BASTEI
LÜBBE
TASCHENBUCH

Titel in der Regel auch als E-Book erhältlich

Über den Autor:

J. T. Brannan ist ehemaliger Berufssoldat und liebt alles, was mit Action zu tun hat: Kampfsportarten, Bruce-Willis-Filme und rasante Pageturner. Vor allem Letztere haben es ihm angetan, sodass es nur eine Frage der Zeit war, bis er mit *ALPHA* seinen ersten eigenen Thriller schrieb. J. T. Brannan lebt mit seiner Frau und ihren zwei Kindern in England.
Weitere Informationen erhalten Sie auf www.jtbrannan.com

J. T. Brannan

ALPHA

Thriller

Aus dem Englischen von
Barbara Röhl

BASTEI LÜBBE
TASCHENBUCH

BASTEI LÜBBE TASCHENBUCH
Band 16 871

1. Auflage: Oktober 2013

Dieser Titel ist auch als E-Book erschienen.

MIX
Papier aus verantwortungsvollen Quellen
FSC® C014496

Vollständige Taschenbuchausgabe

Deutsche Erstausgabe

Titel der englischen Originalausgabe: »Origin«
Originalverlag: Headline

Lektorat: Judith Mandt
Textredaktion: Christiane Geldmacher
Titelillustration: © shutterstock/Dudarev Mikhail
Umschlaggestaltung: Manuela Städele
Satz: Urban SatzKonzept, Düsseldorf
Gesetzt aus der Adobe Garamond
Druck und Verarbeitung: GGP Media GmbH, Pößneck
Printed in Germany
ISBN 978-3-404-16871-2

Für Jakub und Mia

»Drei Leute können ein Geheimnis wahren,
wenn zwei von ihnen tot sind.«

Benjamin Franklin, *Poor Richard's Almanack*

1. Teil

1

Lynn Edwards öffnete die Tür des Basislagers und trat in eine Eishölle hinaus.

»Wo habt ihr ihn zuletzt gesehen?«, schrie sie gegen den heulenden Wind an. Dem Mann vor ihr stand die Panik ins Gesicht geschrieben.

»Auf dem Kamm!«, schrie Stephen Laverty zurück und wies in die unendlich weite, eisbedeckte Wildnis hinter sich.

Lynn sah über Lavertys Schulter. Der Kamm lag über vierhundert Meter entfernt – in der wirklichen Welt nicht weit, aber hier draußen in der Antarktis, auf dem Pine-Island-Gletscher, hätten es ebenso gut viertausend sein können. *Was hatte er bloß dort zu suchen?*

»Er ist weiter hinausgegangen, um eine bessere Stelle für seine Messungen zu finden«, rief Laverty, als hätte er ihre Gedanken gelesen. »Aber der Kamm ist abgerutscht und hat ihn mitgerissen.«

Dies war nicht der richtige Zeitpunkt für Schuldzuweisungen, aber der Vermisste hätte es besser wissen können. Lynn war die Forschungsleiterin des NASA-Teams, das den rasch schmelzenden Gletscher untersuchte, und Tommy Devane war für die Heißwasserbohrungen verantwortlich, die einen wichtigen Teil dieser Mission ausmachten. Die Stellen dafür waren bereits peinlich genau ausgesucht worden, aber offensichtlich hatte Devane noch weitere Erkundungen anstellen wollen. Lynn wusste, dass solche unüberlegten Aktionen sich in der Antarktis fatal auswirken konnten.

Lynn spürte eine Bewegung hinter sich, drehte sich um und sah, dass vier weitere Teammitglieder zu ihnen getreten waren. Sie nickte und wies auf die ungezähmte Landschaft hinter Laverty. »Dort drüben«, erklärte sie ihnen. »Hinter dem Kamm.«

»Was zur Hölle hat er da gesucht?«, wollte Sally Johnson wissen. Die anderen pflichteten ihr murmelnd bei.

»Darüber können wir später diskutieren«, schrie Lynn. »Jetzt müssen wir ihn erst mal zurückholen.« Sie stemmte sich in den brutalen antarktischen Wind. »Und jetzt los!«

Der Pine-Island-Gletscher, auch als PIG bekannt, ist einer der zwei größten Gletscher, die das Westantarktische Eisschild ins Meer schieben und in die Amundsen-See kalben; ein gewaltiger Eisstrom, der vom Hudson-Gebirge aus in die Pine-Island-Bucht fließt. Satellitenbilder zeigen, dass sich dieser Prozess in den letzten Jahren beträchtlich beschleunigt hat, sodass er mehr Eis ins Meer entlässt als jede andere Flussmündung auf dem Planeten.

Lynn Edwards' Team hatte die Aufgabe, sich einen Überblick über die Interaktion zwischen Meer und Eis zu verschaffen, indem die Wissenschaftler komplexe Messungen vornahmen, um dann aus den Ergebnissen ein Modell herzustellen, das ein virtuelles Bild der Vorgänge auf dem gesamten Gletscher abgeben sollte.

Der PIG selbst befand sich in einem der entlegensten Gebiete des gewaltigen Eiskontinents und lag achthundert Meilen von der nächsten ständig besetzten Forschungsstation entfernt. Lynn und ihr Team waren vor gerade einmal einer Woche von der großen US-Forschungsstation McMurdo hergekommen, die etwa tausend Meilen südlich lag. Sie waren mit einer kleinen Twin-Otter-Maschine geflogen und bei dem alten Matrix-Basislager gelandet, das sie wieder geöffnet hatten.

Die Woche war gut verlaufen. Lynn hatte mithilfe ihres Teams aus acht handverlesenen Wissenschaftlern das Basiscamp rasch und effektiv organisiert.

Am zweiten Tag hatten sie den Kamm entdeckt. Er lag nur vierhundert Meter vom Basislager entfernt, erhob sich über hundert Meter hoch aus der Oberfläche des Gletschers und bildete eine lange, schneeweiße Linie am eisigen Horizont. Der Steilhang auf der anderen Seite – den Devane anscheinend hinuntergestürzt war – reichte fast dreimal so tief nach unten; eine leicht schräge Klippe, die beim Kalben des Gletschers zurückgeblieben war.

Die Eintönigkeit der kahlen weißen Landschaft machte die Orientierung und die Einschätzung von Entfernungen fast unmöglich, und Lynn konnte nur beten, dass Stephen Laverty in der Lage sein würde, sie wieder an die Stelle zu führen, wo er Devane zuletzt gesehen hatte.

Wenn nicht, würde Tommy innerhalb einer Stunde tot sein.

Tommy Devane bewegte sich vorsichtig und tastete nacheinander erst seine Gliedmaßen, dann seinen Hals ab. *Nichts gebrochen.*

Erleichtert seufzte er auf und sah zum Gipfel des »Kamms« hoch, der aus diesem Blickwinkel eher wie ein Berg wirkte. Er wusste, dass er Glück gehabt hatte – sein thermoelektrischer Anzug hatte den größten Teil des Aufpralls abgefedert. Dann verfluchte er sich laut für seine Dummheit. Er war schließlich ein Profi! Was hatte er sich nur dabei gedacht?

Er schob die Gedanken beiseite. Selbstmitleid half ihm nicht weiter, so viel war sicher. Aber er wusste auch, dass er, obwohl das Basislager nur vierhundert Meter entfernt lag, bald tot sein würde, wenn es ihm nicht gelang, wieder über den Kamm zu klettern. Er blickte zu dem Berg hoch, der über ihm aufragte. Sein steiler Hang spottete all seinen Hoffnungen. *Ja, ganz bestimmt.* Ohne viel Hilfe würde er es nicht wieder nach oben schaffen.

Er wusste, dass Laverty Hilfe holen gegangen war, aber er wusste auch, dass er womöglich nie gefunden würde.

Doch er war nicht bereit, der Panik nachzugeben. Mühsam rappelte er sich auf die Beine und begann den Kamm zu untersuchen. Der Abhang fiel beinahe senkrecht ab und bot außer Eis keinen Halt. Sein Instinkt sagte ihm, am Kamm entlangzugehen und zu versuchen, ihn irgendwie zu erklettern, doch sein Kopf befahl ihm, zu bleiben, wo er war. Wenn Laverty das Team zu der Stelle führte, an der er abgestürzt war, und ihn dort nicht mehr vorfand, steckte er in ganz, ganz großen Schwierigkeiten.

Daher würde er warten. Er würde warten und …

Was in aller Welt …?

Devanes Augen weiteten sich, als er nur ein kleines Stück weiter am Fuß des Kamms das geisterhafte Bild erblickte.

War das möglich?

Er schüttelte den Kopf, ohne seinen Blick losreißen zu können. Es war ein Körper, der im Eis begraben lag.

Ob das nun klug war oder nicht, er wusste, dass er hingehen und nachsehen musste.

2

Endlich hatten Lynn und ihr Team den Kamm erreicht. Sie kletterten um den Rand herum, wobei sie darauf achteten, nicht auf loses Eis zu treten, um nicht wie Devane abzustürzen.

»Ist das die Stelle, an der Sie ihn zuletzt gesehen haben?«, wollte Lynn von Laverty wissen. Der Wind hatte nachgelassen, sodass sie miteinander kommunizieren konnten, ohne zu schreien. Ein Luxus.

Laverty nickte. »Ja, ich bin sicher.« Er wies auf die Anzeige seines wetterfesten GPS-Geräts. »So sicher, wie es geht, jedenfalls.«

Lynn nickte ebenfalls. »Okay.« Sie wandte sich dem Rest der Gruppe zu. »Otis?«

Ein kleiner, drahtiger Mann trat vor. Otis Burns war der leitende Ozeanograf des Teams und außerdem der versierteste Bergsteiger. Mit seinen durchtrainierten hundertvierzig Pfund war ihm klar, dass die Wahl auf ihn fallen und er den Kamm hinabsteigen würde. Er grinste Lynn zu. »Seil mich an, Baby«, sagte er augenzwinkernd.

»Ganz ruhig!«, rief Lynn den drei Teammitgliedern zu, die das Seil am Rand des Kamms sicherten. »Langsam!« Sie spähte hinüber, so weit sie konnte. »Siehst du schon was?«, rief sie Burns zu, der sich inzwischen mindestens dreißig Meter auf der anderen Seite hinuntergelassen hatte.

»Nichts!«, scholl seine Stimme aus der eisigen Tiefe herauf. »Ich kann da unten absolut nichts erkennen!«

»Okay, wir machen weiter«, antwortete Lynn. »Lassen Sie sich ...«

»Warten Sie!« Das ganze Team hörte den Schrei, dessen Tonfall unverkennbar war. Burns hatte etwas gefunden. »Ich glaube, ich sehe etwas in Richtung Westen! Ich ... Ja, da bewegt sich jemand, ganz unten am Boden!«

Ein kurzes Schweigen trat ein, und die Frau und die beiden Männer, die das Seil hielten, spürten, wie es sich leicht bewegte, und wussten, dass Burns seine Haltung geändert hatte und so herumschwang, dass er die Person, die er gefunden hatte, sehen konnte. »Hey!«, hörten sie Burns rufen. »Hier herüber!«

Nervös wartete Lynn neue Meldungen ab. Doch Burns' nächste Worte verblüfften sie mehr als erwartet. »Er ist es! Es geht ihm gut.« Eine Pause. »Aber er will, dass wir zu ihm hinunterkommen!«

Lynn runzelte die Stirn. *Was zum Teufel ...*

Zwei Stunden später befand sich die Hälfte des Teams unten bei Tommy Devane, der einen neuen Thermalanzug und Notrationen bekommen hatte, obwohl er in seiner Aufregung Letztere beinahe abgelehnt hätte. Und als Lynn sah, was er am Grund des Kamms entdeckt hatte, überraschte sie das nicht im Mindesten.

Der Körper war nur teilweise mit Eis bedeckt. Die Gletscherschmelze hatte eine Hälfte befreit, die durch die eisigen Bedingungen perfekt mumifiziert war. Es war der Leichnam eines modern aussehenden Mannes; blond, kurzhaarig und glatt rasiert. Er hätte beinahe als einer von ihnen durchgehen können. Wer war er? Was hatte er hier gesucht? Wie war er gestorben? Und wie lange war das her? In rascher Folge rasten die Fragen durch Lynns Kopf.

Sie wusste, dass die Leiche wirklich sehr alt sein konnte – 1991 hatte man in den italienischen Alpen die gefrorene Mumie eines Mannes entdeckt und die Radiokarbondatierung hatte erwiesen, dass er gut über fünftausend Jahre alt war. Aber dieser Leichnam war anders. Zuerst einmal war er in einen Stoff gekleidet, wie sie ihn noch nie gesehen hatte.

»Was hat er an?«, fragte sie Devane, der die Leiche untersucht hatte, während er darauf wartete, dass das Team zu ihm stieß.

»Ich bin mir nicht sicher. Irgendeine Art speziell ausgerüsteten

Stoff. So etwas habe ich noch nie gesehen. Er wirkt unglaublich komplex.«

»Eine militärische Spezialoperation?«, wandte sich Lynn an Jeff Horssen, einen Datenanalysten, der früher für die US National Security Agency gearbeitet hatte, ein Entwicklungszentrum für Militärtechnologie, die der Durchschnittsbürger nie zu Gesicht bekam.

Horssen untersuchte den Stoff, der durch das Eis außerordentlich gut erhalten war. »Schon möglich. Ich weiß zumindest, dass man dort an ziemlich fortgeschrittener Winterausrüstung arbeitet. Aber das hier ähnelt nichts, was ich je gesehen habe.«

Lynn sah wieder Devane an; seine Miene verriet ihr, dass das noch lange nicht alles war. »Also, was ist noch?«, fragte sie ihn.

»Keine Ahnung, wie *fortgeschritten* das ist«, erklärte er mit einer seltsamen Mischung aus Überraschung und Freude, »aber wie wäre es mit *uralt?*«

Die verwirrten Mienen seiner Teamkollegen entzückten ihn noch mehr. Als derjenige, der für die Heißwasserbohrungen zuständig war, war Devane es gewöhnt, Eisbohrkerne zu entnehmen – Eisstangen mit einem Durchmesser von dreißig Zentimetern, die ausgebohrt und aus mehr als einem Kilometer Tiefe hochgezogen wurden und mit ihren Schichten das Alter anzeigten wie die Ringe eines Baums. Lufteinschlüsse, die im Eis perfekt konserviert waren, konnten Informationen über das Klima in der Region liefern, die Zehntausende, ja sogar Hunderttausende von Jahren zurückreichten. Als Experte für dieses Thema wies er auf die steilen Eiswände des Kamms.

Lynn folgte seinem Finger und betrachtete die Steilwand für einen Moment, bis ihr die Erkenntnis dämmerte. »Oh, mein ...«

»Ja«, bekräftigte Devane. Das Eis, das sich vom Hauptgletscher gelöst hatte, hatte Schichten an der Steilwand enthüllt, die wie ein offener Eisbohrkern wirkten. Man konnte sie meilenweit in der Breite verfolgen. »Nach diesen Schichten zu urteilen, schätze ich, dass der Mann, den wir gerade gefunden haben, vor mindestens vierzigtausend Jahren hier unter dem Eis begraben wurde.«

3

»Wir haben hier unten etwas gefunden«, verkündete Lynn den Teamkameraden in der Matrix-Basis über UHF-Funk.

»Was?«, kam die von der Statik verzerrte Antwort.

»Einen gefrorenen Leichnam. Mumifiziert. Möglicherweise sehr alt. Zusammen mit einigen ungewöhnlichen Artefakten.«

»Ach?« Lynn konnte die Verwirrung hören. »Was zum Beispiel?«

»Dinge, die wir besser nicht über eine offene Funkverbindung diskutieren«, entschied Lynn. »Wir kommen zur Basis zurück.«

Der Kurzwellen-Funkspruch wurde von dem Spionagesatelliten der National Security Agency aufgefangen und direkt an die Supercomputer im Hauptquartier der Behörde in Fort Meade, fünfzehn Meilen südwestlich von Baltimore, übermittelt. Innerhalb von fünfzehn Minuten hatte er verschiedene Analyseebenen durchlaufen; aber dann wurde die Nachricht auf Befehl eines einzigen Mannes nicht weiter verfolgt, sondern ging für immer »verloren«.

Zornig ballte Stephen Jacobs die Fäuste. Sie waren dem Abschluss so nahe. *So nahe!* Er konnte nicht zulassen, dass sich etwas dem Traum seiner Organisation in den Weg stellte. Ein mumifizierter Körper, der zusammen mit »ungewöhnlichen Artefakten« im antarktischen Eis begraben gewesen war? Natürlich brauchte das überhaupt nichts zu heißen. Aber Jacobs wusste auch, was es vielleicht bedeuten könnte, und eine solche Entdeckung würde zu viele Fragen aufwerfen, und das genau zur falschen Zeit.

Jacobs seufzte. Er würde mit seinen Vorgesetzten sprechen müssen. Auf keinen Fall durfte etwas den Traum gefährden.

»Was in aller Welt ist das denn nun?«, fragte Sam Maunders, ein Seismologe, als alle Teammitglieder wieder zusammen in ihrem provisorischen Zuhause in der Matrix-Basis waren.

»Soweit wir sagen können«, begann Lynn, während Devane Bierdosen aus dem Kühlschrank holte und verteilte, »ist es die Leiche eines Mannes – anscheinend identisch mit einem modernen Menschen –, der offenbar vor ungefähr vierzigtausend Jahren unter dem Eis begraben wurde.« Als Devane ihr über den Esstisch hinweg ein Bier zuschob, blickte sie auf, lächelte dankend und zog die Lasche auf. *Was soll's*, dachte sie, während sie einen tiefen Zug aus der Dose tat. *So eine Entdeckung macht man nicht jeden Tag.*

»Wir haben den Körper in Kleidung vorgefunden, die modern wirkt«, fuhr Lynn fort.

»Inwiefern? Was meinen Sie?«, erkundigte sich Maunders fasziniert. Das hier war viel aufregender als Arbeitsschichten im Eis, so viel war sicher.

»Fortgeschrittene arktische Schutzkleidung, eine Art leichten, aber stark isolierenden Materials.«

»Aber was hat das zu *bedeuten?*«, fragte Joy Glass, die leitende Computeranalystin.

Lynn schüttelte nur den Kopf. »In diesem Stadium wissen wir es noch nicht.«

Anschließend ergingen sie sich in wilden Spekulationen über ihren Fund. Die Atmosphäre war überschwänglich, aufgeregt und einfach nur verrückt. Abgesehen von ihrer eigenen Mission war eine vierzigtausend Jahre alte Mumie viel spannender, als nur seismische Daten zu sammeln und Ozean-Modelle zu entwickeln. Möglicherweise hatten sie eine Entdeckung von welterschütternder Bedeutung gemacht ...

Wenn es denn stimmte, wandte die Wissenschaftlerin in Lynn ein. Um dieser Sache auf den Grund zu gehen, würden sie noch viel mehr Zeit für ihre Untersuchung brauchen und weit mehr Ressourcen. Sie war sich nur zu bewusst, welchen Schaden »Ötzi, der Eismann«, die in den Alpen gefundene Mumie, bei der Entdeckung genommen hatte. Die Behörden waren davon ausgegangen, dass der Mann, der von einem Bergwanderer-Ehepaar gefunden worden war, bei einem Kletterunfall gestorben war. Daher hatten sie auch nicht versucht, den Körper zu erhalten und zu schützen, sondern nur, ihn aus dem Eis zu befreien. Im Ergebnis hatten sie seine Kleidung zerrissen, seinen Bogen als Werkzeug eingesetzt, um ihn herauszuholen, und sogar mit einem Presslufthammer ein Loch durch seine Hüfte gebohrt.

Solche Fehler würden hier nicht passieren; Lynn war entschlossen, bei der Bergung und Untersuchung des Körpers streng wissenschaftlich vorzugehen. Diese Exaktheit, die sie auch dann an den Tag legte, wenn die Aufregung über eine Entdeckung sie zu überwältigen drohte, hatte sie in ihrem Berufsfeld an die Spitze gebracht.

Evelyn Edwards – für ihre Freunde Lynn – war hochbegabt, hatte in Harvard als Jahrgangsbeste abgeschlossen und sich dann mit Zähnen und Klauen an die Spitze eines immer noch stark männlich dominierten Arbeitsfelds hochgearbeitet.

Obwohl viele sie um ihr gutes Aussehen beneideten, hatte ihr das das Leben als Akademikerin nicht leichter gemacht. Als junges Mädchen war sie eher unscheinbar gewesen, und manchmal fragte sie sich, ob sie deswegen den akademischen Weg eingeschlagen hatte. Aber schließlich war sie zu einer schönen jungen Frau erblüht. Sie hatte eine glatte, olivfarbene Haut, die auf einen exotischen Einschlag in ihrer Ahnenreihe hindeutete, und dichtes, dunkles Haar, das ihre strahlenden, ungewöhnlich grünen Augen umrahmte. Ihr Körper war geschmeidig und sportlich und im Lauf der Jahre durch regelmäßiges Laufen am frühen Morgen, Training im Fitnessstudio und Kickboxen perfektioniert worden. Aber in der Welt der Wissenschaft führte ihr Äußeres häufig dazu, dass sie nicht richtig ernst genommen wurde; anscheinend waren viele Leute der Meinung, dass Frauen, die wie sie aussahen, unmöglich auch noch *intelligent* sein konnten. Sie hatte gegen diese Widrigkeiten gekämpft und mit ihrem Naturtalent die Bigotterie und Starrheit ihrer Umgebung überwunden, bis sie eine der Topwissenschaftlerinnen der NASA geworden war.

Doch gerade durch die Eigenschaften, die sie in ihrem Beruf auszeichneten, war sie in ihrem Privatleben gescheitert. Ihre Ehe hatte weniger als zwei Jahre gehalten, und sie wusste, dass sie einen großen Teil der Verantwortung dafür trug. Es war nicht Matts Schuld gewesen, nicht wirklich. Sie hatten einander sehr geliebt und sich innerhalb sehr kurzer Zeit verlobt und geheiratet. Wie sich herausstellte, war die Zeit zu kurz gewesen. Matt Adams war ein indianischer Fährtensucher, ein athletischer Mann, der gern im Einklang mit der Natur lebte, in Harmonie mit dem »Großen Geist«. Lynn hatte sich sofort von seiner ungezähmten, sorglosen Art angezogen gefühlt, verlockt von seiner kaum verhohlenen Begeisterung für alles und jedes. Er hatte wirklich gewusst, wie man das Leben nimmt. Und er hatte sie von ganzem Herzen geliebt.

Als Lynn jetzt an ihn dachte, spürte sie wie so oft auf dem Pine-Island-Gletscher, dessen Name so an sein Heimatreservat Pine Ridge in South Dakota erinnerte, ein schlechtes Gewissen. Sie fragte sich, ob er noch dort lebte und was er von ihrer neuesten Entdeckung halten würde. Bestimmt wäre er hocherfreut – er hatte ihr oft davon erzählt, dass indianische Mythen behaupteten, das Gebiet der Vereinigten Staaten sei vor Zehntausenden von Jahren von einem sehr fortgeschrittenen Volk besiedelt gewesen.

Bei dem Gedanken an ihn lächelte sie; doch dann schob sie die Erinnerungen beiseite und widmete sich wieder der anstehenden Arbeit – eine ihrer Eigenschaften, die sowohl Segen als auch Fluch war.

Sie griff nach dem abhörgeschützten Funktelefon und wählte die Nummer des NASA-Hauptquartiers. Eine solche Nachricht konnte nur nach ganz oben gehen.

Die Vermittlung meldete sich, und Lynn vergeudete keine Zeit. »Verbinden Sie mich mit dem Administrator.«

Samuel Bartholomew Atkinson war der Administrator der NASA, der »Weltraum-Oberhäuptling«, wie seine Leute ihn voller Zuneigung nannten.

Seine Liebe zum Kosmos reichte, wie seine Mutter behauptete, bis in die Zeit zurück, als er gerade drei war, und seitdem hatte er seine Weltraumkarriere mit einer geradezu grimmigen Leidenschaft verfolgt. Jetzt arbeitete er in seinem Traumjob und genoss jede Minute. Sicher, er traf auch auf Herausforderungen, aber welchen Spaß machte das Leben schon ohne Herausforderungen? Durch seine Stellung besaß er Kenntnisse über den Kosmos, die den Dreijährigen geängstigt hätten, aber dieses Wissen ging ihm inzwischen über alles.

Die Nachricht, die er eben von Evelyn Edwards erhalten hatte, war äußerst beunruhigend, und er würde seinen Vorgesetzten einschalten müssen. Er erklärte Lynn, er werde sich innerhalb der nächsten Stunde wieder mit ihr in Verbindung setzen.

Rasch wählten seine Finger auf dem abhörsicheren Telefon auf seinem Schreibtisch eine Nummer, und Stephen Jacobs nahm beim ersten Klingeln ab.

Atkinson erklärte ihm die Lage, so schnell er konnte, doch Jacobs unterbrach ihn mitten im Satz. »Ich weiß, Samuel. Und ich habe bereits mit unseren Freunden gesprochen.«

Atkinson wirkte erstaunt. Andererseits war Jacobs ein Mann, der immer für eine Überraschung gut war. »Und was haben sie gesagt?«

Jacobs räusperte sich. »Sie meinen, wir hätten eindeutig Grund zur Sorge. Es könnte eine Verbindung geben, obwohl man das ohne eine genauere Untersuchung nicht wirklich feststellen kann. Wir müssen die Situation kontrollieren.«

»Ja, Sir. Wie sollen wir vorgehen?«

»Okay«, erklärte Jacobs, »hören Sie gut zu. Ich möchte, dass Sie Folgendes tun ...«

In dem engen, metallverkleideten Kommunikationsraum der kleinen Basis klingelte das Funktelefon. Sofort nahm Lynn ab.

»Hey, Lynn«, sagte Atkinson in seinem gutmütigen, freundlichen Ton. »Wie sieht's bei Ihnen aus?«

»Aufgeregt«, bestätigte Lynn. »Wir sind aufgeregt, aber bereit, diese Sache richtig anzupacken. Was empfehlen Sie?«

»Sie bleiben einstweilen auf der Basis«, erklärte Atkinson. »Wir wollen die Fundstätte nicht gefährden. Ein Spezialistenteam befindet sich bereits auf dem Weg zu Ihrem Standort. Sie sollen mit diesem Team zusammenarbeiten und die Leute, so gut Sie können, unterstützen. Ist das klar?«

»Ja, Sir«, bestätigte Lynn. »Geschätzte Ankunftszeit?«

»Geschätzte Ankunftszeit ist 0700 morgen früh. Sie fliegen zuerst nach McMurdo und dann zu Ihnen. Sehen Sie zu, dass Sie den Leuten einen netten Empfang bereiten.«

»Das werden wir, Sir.«

»Und, Lynn?«

»Ja, Sir?«

»Die Sache ist als streng geheim eingestuft worden. Niemand sonst weiß davon, und wir wollen, dass das auch so bleibt. Außer über mich werden Sie jeden Kontakt zur Außenwelt ab sofort einstellen.«

Zehntausend Meilen entfernt, in seinem privaten Arbeitszimmer in Washington, legte Atkinson den Hörer auf und rieb sich die Augen. Diese Nacht würde lang werden.

4

Das Team traf wie versprochen am nächsten Morgen um Punkt sieben Uhr ein. Es landete mit zwei identischen Chinook-AH-46-Doppelrotoren-Hubschraubern nur fünfzig Meter von der Basis entfernt, sodass Schnee und Eis durch den mächtigen Abwind hoch in die Luft gewirbelt wurden.

Rasch stiegen je sechs Männer aus den Helikoptern und rannten mit gesenkten Köpfen unter den auslaufenden Rotoren hindurch. Lynn hielt ihnen die Tür auf und nahm sie in Empfang. Die Piloten würden später kommen, nachdem sie die Maschinen gesichert hatten.

Kein Wort fiel, bis die gesamte Mannschaft im Esszimmer versammelt war, dem größten Raum des kleinen Matrix-Basislagers.

Einer der Männer – Lynn fiel auf, dass das Team *ausschließlich* aus Männern bestand – trat vor. »Dr. Edwards?«, fragte er und streckte ihr eine riesige Pranke entgegen. »Major Marcus Daley, US-Army Ingenieurscorps.«

Lynn nahm die Hand und schüttelte sie fest. »Army?«, fragte sie verblüfft. Rasch ließ sie den Blick über die anderen schweifen, die sich hinter Daley zu einer fächerförmigen Formation aufgestellt hatten. Allerdings, ihre militärische Ausstrahlung war unverkennbar.

»Hey, wer würde sonst eine Notfall-Operation Tausende von Meilen von der Zivilisation entfernt durchführen? Entweder wir, oder Sie warten noch zwei Wochen auf ein ziviles Team. Wenn der Körper bereits freigelegt ist, wollen Sie sicher nicht, dass er verwest.«

Lynn nickte; sie verstand. »Ja, natürlich. Es tut mir leid. Ich wollte nicht unhöflich sein. Ich hatte nur nicht mit einem militärischen

Team gerechnet. Haben Sie schon einmal Leichen aus dem Eis freigelegt?«

Daley nickte ernst. »Es fallen ständig Soldaten in vereisten Weltgegenden. Und wir lassen nie einen Mann zurück.« Er sah Lynn in die Augen. »Jetzt bringen Sie uns zu dem Leichnam.«

Lynn musste gestehen, dass militärische Gründlichkeit etwas für sich hatte. Bis zur Mittagszeit hatten sich die Militäringenieure zum Fundort führen lassen, das Gebiet vollständig erkundet und einen detaillierten Plan aufgestellt, mit dem Lynn sich rasch einverstanden erklärt hatte. Anscheinend hatten sie tatsächlich Erfahrung mit so etwas.

In der Basis setzte sich Major Daley im Speiseraum mit Lynn und Devane zusammen. Auf dem Aluminiumtisch zwischen ihnen standen Tassen mit heißem Kaffee. Die beiden NASA-Wissenschaftler erklärten Daley, wie sie die Entdeckung gemacht hatten, und der Major stellte Fragen und machte sich Notizen.

»Dann sind Sie, seit Sie gestern Abend mit Atkinson gesprochen hatten, nicht wieder hinaus zu dem Leichnam gegangen?«

Lynn wechselte einen Blick mit Devane und schüttelte dann den Kopf. »Nein. Samuel hat uns befohlen, hierher zurückzukehren und zu warten, bis Sie kommen würden.«

Daley nickte. »Gut.«

»Warum?«, fragte Lynn, die sich nur allzu bewusst war, dass sie nicht ganz wahrheitsgemäß geantwortet hatte. Nach ihrer Versammlung und der Diskussion mit dem Team gestern Abend waren sie und Devane noch einmal den Kamm hinuntergestiegen, hatten den Fund mit hochauflösenden Kameras dokumentiert und sich detaillierte Notizen gemacht. Mit ihrer Spezialausrüstung war es ihnen sogar gelungen, ein paar Hautzellen von dem gefrorenen Leichnam abzulösen und ihm etwas Haar für eine spätere DNS-Analyse abzuschneiden. Außerdem hatten sie einen kleinen Streifen Stoff von der Kleidung abgetrennt, um ihn einem Radiokarbontest zu unterziehen.

Angesichts des unvorhersehbaren Wetters auf diesem launischen Kontinent war es gut möglich, dass die ganze Fundstätte unter meterhohem Schnee lag, bis ein Spezialistenteam auftauchte. Der Leichnam ginge dann womöglich für weitere vierzigtausend Jahre verloren, und Lynn wollte verdammt sein, wenn sie das zuließ. Doch sie hatte ein ungutes Gefühl dabei, dies Daley gegenüber zuzugeben, und so befanden sich die Beweisstücke, die sie gesammelt hatten, jetzt in ihrem privaten Rucksack, der in ihrer Einzelkabine stand.

»Okay«, erklärte Daley. »Um fünfzehnhundert setzen wir Phase eins des Plans fort – die Freilegung des Leichnams. Wir legen ihn in eine der Kühl-Druckkammern an Bord des einen Chinook, und dann werden wir alle bis heute Abend zweiundzwanzighundert graben.«

»Wie bitte?«, fragte Lynn schockiert. »Wir sollen *alle* graben? Was ist mit unserer Arbeit?«

Daley setzte sich vollkommen über ihre Besorgnis hinweg. »Sie sind jetzt Teil einer großen wissenschaftlichen Entdeckung, Dr. Edwards«, erklärte er charmant. »Sie haben jetzt einen anderen Auftrag.«

Daley hielt Wort und sorgte dafür, dass sein Team den Leichnam bis zum selben Abend freigelegt und verladen hatte.

Seine Männer waren so gründlich, dass Lynn wider Willen beeindruckt war. Sie legten den Körper mit beinahe liebevoller Sorgfalt frei. Fasziniert sahen Lynn und Devane zu, wie immer mehr von dem uralten Leichnam enthüllt wurde. Die seltsame Kleidung bedeckte auch den Unterkörper und endete in so etwas wie Isolierstiefeln. Und dann war da noch etwas anderes, etwas *Metallisches*, das neben dem Körper begraben war.

Lynn trat heran, um sich das genauer anzusehen, wurde aber zurückgewinkt. »Bedaure, Dr. Edwards«, sagte Daley schroff und ungeduldig. »Diese Ausgrabungswerkzeuge, die wir benutzen, sind gefährlich. Bitte bleiben Sie in der Sicherheitszone.«

Enttäuscht, aber nicht erstaunt, zog sich Lynn zurück. Daley hatte sie überhaupt nicht dabeihaben wollen, aber sie hatte ihre Argumente beredt vorgebracht. Auch wenn die Militärs behaupteten, Erfahrung mit dieser Art von Arbeit zu haben, waren sie doch nicht mit den einzigartigen Bedingungen auf dem Pine-Island-Gletscher vertraut, und Lynn hatte ihm klar gesagt, dass sie fachmännischen Rat brauchten, um sicherzugehen, dass sie keinen Schaden anrichteten. Seismische Anomalien, plötzliche Bewegungen im Eis, Veränderungen der Luftströme – all das konnte gefährliche Eisschläge oder Schlimmeres auslösen.

Daley hatte kapituliert, aber auf höchstens zwei Helfern bestanden. Lynn war froh darüber, dass sie die Bergung beobachten konnte, bedauerte aber, dass der größte Teil ihres Teams keinen Anteil an dem aufregenden Erlebnis haben würde.

Major Daley und sein Team empfanden offensichtlich keine Entdeckerfreude. Sie gingen professionell an die Arbeit, nicht mehr und nicht weniger. Und um zehn Uhr an diesem Abend befand sich der Leichnam wie versprochen an Bord des ersten Helikopters, zusammen mit den Armee-Ingenieuren, während Lynn mit ihrem NASA-Team im zweiten Hubschrauber saß und zusah, wie die kleine Matrix-Basis in dem wirbelnden Nebel unter ihnen verschwand.

5

Durch das Fenster schaute Lynn auf die dunklen, eiskalten Wasser der Drakestraße hinunter, dem kleinen Stück Ozean zwischen dem Südpazifik und dem Atlantik, das Antarktika von Südamerika trennt.

Sie schienen sehr tief zu fliegen, und sie stellte fest, dass sie sich fragte, wo sie zum Auftanken landen würden. Der Chinook konnte nicht viel mehr als tausend Meilen Reichweite haben, womit sie irgendwo über Chile oder Argentinien wären. Besaß das US-Militär in einem dieser Länder Flugfelder? Vielleicht würden sie ja angesichts ihrer sensiblen Fracht auch in der Luft auftanken, sodass sie nicht zu landen bräuchten, ehe sie den Luftraum der USA erreichten.

Ihr Gedankengang wurde von Harry »Truman« Travers unterbrochen, dem leitenden Seismografen ihrer jetzt aufgegebenen Mission. »Wenigstens bekommen wir unsere Familie eher als gedacht zu sehen«, erklärte er ohne wirkliche Begeisterung.

Der Rest des Teams gab murmelnd seine Zustimmung zu erkennen; auch Lynn, obwohl sie sich nur allzu bewusst war, dass sie keine Familie hatte, zu der sie heimkehren konnte. Sie war ein Einzelkind, und ihre Eltern waren nicht lange nach ihrer Geburt bei einem Autounfall gestorben. Ihre Großmutter hatte sie aufgezogen, aber auch diese wunderbare Frau war ihr auf tragische Weise genommen worden, als sie vor gerade einmal zwei Jahren an Krebs gestorben war. Sie hatte keinen Mann und keine eigenen Kinder, niemanden.

Sie war froh, als Sally Johnson das Thema wechselte. »Was glaubt ihr, was jetzt mit uns passiert?«

Horssen brummte. Er war früher beim Geheimdienst gewesen und hatte eine ziemlich genaue Vorstellung von solchen Situationen. »Eigentlich ganz einfach«, sagte er. »Entweder bringen sie uns ganz groß raus, führen uns der Weltpresse vor und stellen uns ins Rampenlicht.« Er hielt inne.

»Oder?«, stellte Devane schließlich die Frage, die allen durch den Kopf ging.

»Oder sie stecken uns in Quarantäne und schaffen uns aus dem Weg. Kommt darauf an, als wie sensibel die Regierung den Fund des Leichnams einstuft. Denn so etwas ist *genau* so eine Angelegenheit, wie sie die Regierung vertuschen würde.«

Der Mann, der sich als Major Marcus Daley ausgegeben hatte, betrachtete am dunklen Himmel die Hecklichter des zweiten Helikopters, der tief über den Wellen flog.

Manche Aspekte seines Jobs liebte er und andere wieder nicht. Zufällig gehörte das hier zu dem Teil, den er gern tat. Viele Männer wären vor dem zurückgeschreckt, was er gleich tun würde, aber er dachte nie über eine andere Option nach. Das war natürlich kaltblütig, aber ihm war es einfach egal. Er handelte zum Wohl und Schutz der Organisation. Und dem ihres Traums.

Er zog die kleine Metallbox aus der Tasche seiner Cargohosen und überprüfte das blinkende Licht.

Noch einmal sah er, den Finger auf den Knopf gelegt, über das Meer zu dem zweiten Chinook hinüber und wartete auf den richtigen Zeitpunkt.

»Es wäre nett, wenigstens zu wissen, wohin wir fliegen«, erklärte Devane und reckte sich auf dem kleinen, engen Sitz.

Damit hatte er Lynns Gedanken gelesen. Sie sah aufs Meer hinaus und fragte sich genau das gleiche. *Ach, zur Hölle.* »Ich frage Gden Piloten«, verkündete sie, löste ihren Gurt und stand von ihrem eigenen schmalen Sitz auf. So hatte sie auf dem langen Flug wenigstens *etwas* zu tun.

Sie schnappte sich ihren Rucksack, lief den schmalen Gang entlang und stieß dabei gegen die Knie ihrer Teamkollegen. »Den können Sie ruhig hierlassen, wissen Sie«, witzelte Otis Burns. »Wir werden ihn schon nicht stehlen.«

Lynn errötete, denn sie wusste, dass Burns recht hatte. Und dennoch hatte sie das seltsame Gefühl, den Inhalt des Rucksacks schützen zu müssen; besonders jetzt, nachdem alle anderen Beweise sich im Besitz der US-Armee befanden.

»Was soll ich sagen?«, gab sie in ebenfalls scherzhaftem Ton zurück. »Ich habe eben Probleme, Leuten zu vertrauen.«

Lynn ging weiter durch den Gang und hatte zwei Schritte später die Tür zum Cockpit erreicht. Sie klopfte einmal, dann noch einmal. Keine Reaktion.

»Hallo?«, sagte sie und klopfte lauter. Sie rief und klopfte noch weiter, immer lauter. Immer noch antwortete ihr niemand.

Sie tastete nach dem Türgriff und drehte ihn um. Langsam öffnete sich die Tür, und Lynn trat in die Kabine.

Angesichts des Anblicks, der sich ihr bot, riss sie die Augen auf, und der Atem stockte ihr.

Commander Flynn Eldridge – der den Wissenschaftlern den falschen Namen Daley genannt hatte – korrigierte seine Haltung und reckte den Hals, um den zweiten Helikopter zu erkennen, der sich gerade einmal fünfhundert Meter auf ihrer Steuerbordseite befand. Seine Lichter waren winzige Punkte in der Dunkelheit.

Er sah auf die Uhr und überprüfte ein weiteres Mal die Koordination.

Dann warf er dem Navigator einen Blick zu. »Hier?«, fragte er, um sich zu vergewissern.

Der Navigator nickte. »Hier.«

Eldridge erwiderte sein Nicken und drückte auf den Knopf.

»Es ist niemand da, der den Helikopter fliegt!«, schrie Lynn entsetzt.

Als Lynn in die Kabine getreten war, hatte sie nicht wie erwartet Pilot und Navigator vorgefunden, sondern nur einen Raum, der bis auf ein einziges, grün blinkendes Licht an der Kontrolltafel vollkommen leer war.

»Wir werden ferngesteuert!«

Sofort geriet das ganze Team in Aufruhr. Alle sprangen von ihren Sitzen auf und liefen zum Cockpit, um es selbst zu sehen.

Und dann sah Lynn, wie das grüne Licht schneller blinkte und dann aufhörte.

Und zu Rot umschlug.

Fünfhundert Meter entfernt über der Drakestraße sahen Commander Flynn Eldridge und sein Team mit distanziertem, professionellem Interesse zu, wie neben ihnen ein gewaltiger Feuerball am schwarzen Nachthimmel aufflammte.

Sie beobachteten, wie der Feuerball sekundenlang in der Luft hing und versuchte, die Höhe zu halten, bevor er in das eisige Meer stürzte.

Eldridge nickte zufrieden.

Auftrag erledigt.

2. Teil

1

Triefäugig kippte sich Matt Adams lauwarmes Leitungswasser über seine Frühstücksflocken. Milch war teuer, und in seinem jetzigen Zustand schmeckte er ohnehin kaum einen Unterschied zwischen Milch und Wasser.

Adams hatte seit über einer Woche keine Nacht mehr gut geschlafen. Manchmal waren die Albträume so – sie kamen in Zyklen, oft zwei- oder dreimal pro Nacht, und dann ließen sie ihn wieder monatelang in Ruhe.

In der letzten Woche hatte er hier und da eine Stunde geschlafen, wenn sein Körper buchstäblich zusammengebrochen war; aber dann kamen die Träume zurück, und er war wieder hellwach und wollte auf keinen Fall die Augen schließen, so müde er auch war.

Er wusste, was sie verursachte – keinerlei Aussicht, dass er *das* je vergessen würde –, aber das änderte nichts daran, dass er nur noch ein Schatten seines alten Ich war, ein Wrack von einem Mann. Und die Nachricht, die er heute Morgen erhalten hatte, war auch nicht dazu angetan, seine Stimmung zu verbessern.

Evelyn Edwards – früher Evelyn *Adams*, damals, als sie verheiratet gewesen waren – war tot. Umgekommen bei einem Hubschrauberabsturz auf dem Rückflug von einer NASA-Mission in der Antarktis.

Die Wrackteile waren über die Drakestraße verstreut worden, und es war unwahrscheinlich, dass die Leichen je geborgen werden würden. Statt eines Begräbnisses würde für Lynn und ihr Team in knapp zwei Wochen in Washington eine staatliche Gedenkfeier stattfinden.

Es war die NASA gewesen, die angerufen hatte, um ihm die tragische Nachricht mitzuteilen und ihn zu der Gedenkfeier einzuladen. Außerhalb ihres beruflichen Zirkels gab es nicht viele andere Leute einzuladen. Da sie keine nennenswerte Familie besaß, stammten die meisten Leute, die sie kannte, aus der NASA.

Adams hatte der Frau am anderen Ende der Leitung erklärt, er werde kommen. Und während er jetzt seine Frühstücksflocken aß, kreisten seine Gedanken unaufhörlich um Lynn.

Die Sache war die, dass er sie immer noch liebte. Eine Träne rollte seine Wange hinunter, und dann betrachtete er die Müslischale, die vor ihm auf dem Tisch stand, und hätte nicht sagen können, was das für ein Ding war.

Eine Stunde später saß er immer noch da.

Das Indianerreservat Pine Ridge liegt in der südwestlichen Ecke South Dakotas und grenzt an Nebraska. Es wird vom Stamm der Oglala-Sioux verwaltet und erstreckt sich über mehr als neunhunderttausend Hektar. Auf seinem Gebiet liegen drei der ärmsten Bezirke der Vereinigten Staaten.

Die indianische Bevölkerung der Vereinigten Staaten, die sogar zu den besten Zeiten marginalisiert wurde, steht immer noch vor großen Problemen in Bezug auf Armut, Bildung, Gesundheit und Wohlfahrt, und nirgendwo ist dieser Zustand so offensichtlich wie in Pine Ridge.

In kleinen Schlangenlinien machte sich Adams mit dem Fahrrad zur Arbeit auf. Er konnte sich glücklich schätzen, überhaupt einen Job zu haben. Es war keine gute Stelle – und ganz bestimmt nicht in derselben Liga wie seine vorherige Anstellung, die ein so tragisches Ende genommen hatte –, aber immerhin ein Job. Die Bezahlung war schlecht, aber wenigstens konnte er seine Miete bezahlen.

Weniger als vier Prozent des Landes im Reservat, das von der Bundesregierung praktisch ignoriert wurde, waren für die Landwirtschaft geeignet. Im Ergebnis war Armut verbreitet, und die Bedingungen begünstigten Alkoholismus, Verbrechen und andere damit verbundene Probleme. Und so betrachtete sich Adams, der jetzt die kleine Touristenhütte am Rand des Badlands-Nationalparks erreichte, als einen derjenigen, die Glück gehabt hatten.

Die Oglala-Sioux sind ein stolzes Volk und gehören zu den sieben Stämmen, aus denen einst die Große Nation der Sioux bestand.

Matt »Free Bear« Adams gehörte diesem Stamm an, der von seinen Mitgliedern als Oglala Lakota Oyate bezeichnet wurde. Seine sagenumwobenen Vorfahren hatten im Red-Cloud-Krieg und im Großen Sioux-Krieg gegen das US-Militär gekämpft und waren unter denjenigen gewesen, die in Wounded Knee massakriert wurden.

Adams persönliche Abstammung war allerdings weniger klar. Er war im Alter von schätzungsweise zwei Tagen vor dem Hauptquartier der Stammespolizei von Pine Ridge abgelegt worden, und seine Herkunft ließ sich nie klären. Der örtliche Polizeichef hatte ihn unter seine Fittiche genommen und in seiner eigenen Familie untergebracht. Doch dies hatte nur die ersten paar Jahre von Adams' Leben angedauert. Als der freundliche alte Mann an einem kalten Novemberabend in der Stadt erschossen worden war, musste Adams bald feststellen, dass er von Pontius zu Pilatus weitergereicht wurde. Ein Waisenhaus hier, eine Pflegefamilie dort; und so war er, bevor er ein Teenager wurde, schon mehr als zwei Dutzend Mal umgezogen.

Aber der junge Adams war zäh, und der Geist, in dem ihn der Polizeichef in diesen ersten Jahren erzogen hatte, war nie weit von der Oberfläche entfernt. Er ließ sich nicht von seiner Lage unterkriegen, gab niemals auf und kämpfte immer weiter.

Es war auch Adams' Kampfgeist gewesen, der schließlich Jim »Big Bear« Maddison auf ihn aufmerksam gemacht hatte, den Anführer der Strong-Heart-Akicita-Kriegergesellschaft und ein entfernter Verwandter des großen Häuptlings Crazy Horse, der am bekanntesten dafür war, dass er in den Schlachten am Rosebud und am Little Bighorn eine Kriegergruppe gegen die Streitkräfte der US-Regierung geführt hatte.

Wie der Polizeichef vor ihm hatte Maddison sich Adams' angenommen. Als er den Stammesältesten vorgestellt wurde, erkannten diese nicht nur seinen Kampfgeist, sondern auch seine tiefere, spirituelle Natur, und fanden ebenfalls Interesse an ihm.

Die traditionellen Kriegs-, Jagd- und Fährtensuchertechniken des Stammes wurden von den meisten Lakota als so etwas wie ein Anachronismus betrachtet, der für die Bedürfnisse der Gegenwart keine Bedeutung hatte. Schon seit dem neunzehnten Jahrhundert wurden diese Techniken nicht mehr von einer Generation an die nächste weitergegeben, und doch besaßen einige der heiligen Männer der Lakota noch das Wissen um die alte Lebensweise.

Diese Männer beobachteten die Natur und traten in Beziehung zu allen Aspekten der Welt – Tieren, Pflanzen und dem Land selbst. Und bei anscheinend mechanischen Tätigkeiten wie dem Fährtenlesen verließen sie sich nicht nur auf sichtbare Zeichen, sondern lauschten auch auf das, was die Welt ihnen über sich selbst erzählte.

Nicht viele Menschen waren in der Lage, diese Verbindung zur Erde aufzunehmen oder eine solche spirituelle Einstimmung zu erlangen, aber der junge Adams hatte eine unglaubliche Fähigkeit gezeigt, die Lehren der Lakota-Ältesten umzusetzen. Dies hatte allerdings zu Problemen mit anderen Stammesmitgliedern geführt, die lautstark einwandten, einem Kind ohne Abstammung oder Vorfahren aus dem Stamm dürfe man einen solchen Unterricht nicht erteilen.

Und so war trotz Big Bears Schutz Adams' Leben nicht leicht. Nie konnte er dem Stigma seines Waisenstatus entkommen und musste ständig um das kämpfen, was die meisten umsonst bekamen. Doch dank seines unbezwingbaren Geistes wurde er der angesehenste Fährtenleser des Reservats, und Maddison und die heiligen Männer der Lakota verliehen ihm den Namen »Free Bear«, um zu zeigen, dass er sich von den Äußerlichkeiten der Abstammung befreit und sich allein durch Können und Willenskraft einen Namen gemacht hatte.

Was Maddison und die Stammesältesten wohl jetzt von ihm gehalten hätten? Denn er würde gleich eine Touristengruppe auf eine Indianertour durch die Badlands führen. Doch als er mit den zwölf Touristen in die wunderbare Landschaft der Badlands hinausritt, dachte er nicht darüber nach, ob er Maddison enttäuschte.

Stattdessen konnte er nur an Lynn denken.

Die Tour dauerte vier Tage, während derer die Gruppe über Nacht kampierte. Abends versammelten sich alle um das Lagerfeuer, um über die Erlebnisse des Tages zu sprechen und zuzuhören, wie Adams Geschichten aus der Mythologie des Landes erzählte.

Trotz der niedrigen Nachttemperaturen verbrachte Adams die Nächte im Freien, unter den Sternen. Ohne von Menschen erzeugtes Licht strahlten Millionen von ihnen hell, und während Adams an einer Tasse Brennnesseltee nippte, spürte er, wie sein Bewusstsein – sein *Geist* – den Kosmos zu durchstreifen begann.

Aber dann drängten sich Gedanken dazwischen und holten ihn von seiner Astralreise ruckartig wieder auf die Erde hinunter. *Lynn.* Sie waren verliebt gewesen, verheiratet und dann geschieden – und jetzt würde er sie nie wiedersehen, bis er ebenfalls in die Geisterwelt aufstieg.

Im Badlands-Nationalpark hatten sie sich kennengelernt, und Adams nahm noch einen Schluck aus der Tasse und erinnerte sich lächelnd.

Damals, vor fast zwei Jahrzehnten, war er gerade zwanzig gewesen und hatte ein Gabelbock-Männchen über die grasbewachsene Ebene gejagt; ein einsames Tier, das von seiner Herde getrennt worden sein musste. Er hatte nicht vor, es zu töten; sein Ziel war es, sich dem Tier so weit zu nähern, wie er konnte, ohne dass es ihn bemerkte. Er wollte ihm nahe genug kommen, um es zu berühren. *Das* war die Kunst.

Und so hatte er stundenlang auf der Lauer gelegen, das Tier meilenweit verfolgt und sich verstohlen immer näher angeschlichen.

Er war gerade einmal drei Meter von dem herrlichen Tier entfernt gewesen, als er die beiden gespürt hatte.

Zwei Personen. Zu Fuß unterwegs. Knapp über eine Meile entfernt, nordöstlich.

Mit dem Ohr am Boden lauschte er genauer, mit aufs Äußerste geschärften Sinnen. Er betete, dass der große Gabelbock sie nicht auch wahrnahm.

Immer näher rückte er an ihn heran – zweieinhalb Meter, zwei Meter, eineinhalb, einen halben. Das unbekannte Paar ließ sich jetzt lauter vernehmen, aber Adams war sich sicher, dass er die Hand ausstrecken und das Tier berühren konnte, bevor es sie hörte.

»Sieh dir das an!«, hörte er eine junge Frau ausrufen.

»Hol deine Kamera heraus!«, hörte er eine zweite, und das war genug – gerade als er den Arm ausstreckte, fuhr das Tier zusammen, wandte den Kopf in Richtung der hellen Stimmen, und dann setzte es sich in Bewegung und lief immer schneller über die Ebene davon.

Seufzend blickte Adams auf. Sinnlos, sich zu ärgern. Was wussten Touristen schon? Vielleicht hätten sie es besser wissen sollen, aber das passierte nie, und Adams hatte sich mit dieser Tatsache des Lebens schon lange abgefunden.

Er wusste, dass die beiden Mädchen jetzt in seiner Nähe waren, denn er konnte sie miteinander schwätzen hören.

»Herrje, du warst zu langsam!«

»Er ist weggelaufen!«

»Vielleicht sehen wir ihn ja noch einmal …«

Er beschloss, sich einen Spaß zu machen und sich wenigstens teilweise für den verlorenen Tag zu entschädigen.

In dem hohen Gras war er vollkommen unsichtbar. Er wartete, bis sie fast auf ihn traten, und richtete sich dann kerzengerade vor ihnen auf.

Er hatte noch ein komisches »Buh!« ausrufen wollen, aber als er das linke der Mädchen erblickte, stockte ihm der Atem.

Sie war die schönste Frau, die Matt Adams je gesehen hatte.

Wie sich herausstellte, studierten die beiden Mädchen in Harvard und hatten Frühjahrsferien; und statt einen Flieger nach Florida oder Cancun zu nehmen und während dieser Woche betrunken über die Stränge zu schlagen, hatten sie beschlossen, in die Prärie zu reisen und sich einen persönlichen Einblick in die Geschichte ihres Landes zu verschaffen.

Das schöne Mädchen hieß Evelyn Edwards und studierte als Hauptfächer Astronomie und Physik; Themen, von denen Adams sich nicht gleich vorstellen konnte, dass sie sich dafür interessierte. Sie sah eher wie ein Model als wie eine Physikerin aus.

Das andere Mädchen war ihre Mitbewohnerin und deutlich unscheinbarer als Lynn – Adams hatte rasch herausgefunden, dass sie sich gern so nennen ließ –, und eher der Typ, den Adams mit Astrophysik in Verbindung gebracht hätte.

Nachdem er sich dafür entschuldigt hatte, sie erschreckt zu haben, und erklärt hatte, wer er war und was er hier suchte, lud Adams die beiden zum Essen in seine Heimatstadt Pine Ridge ein.

Lynns Freundin war nicht begeistert gewesen, aber Lynn, die ganz offensichtlich interessiert war, hatte für sie beide zugesagt.

In den folgenden Tagen erlebten beide eine stürmische Romanze. Adams zeigte Lynn die Wunder der Prärie und schenkte ihr eine Unbeschwertheit, die ihr den Druck des Studiums nahm. Betrüblicherweise hatten sie Lynns Freundin bald vergessen, die, nachdem die ersten Tage deutlich machten, dass sie so etwas wie das fünfte Rad am Wagen war, allein abreiste.

Am letzten Tag, bevor Lynn nach Harvard zurückkehren musste, hatte Adams sie noch einmal mit in die Badlands genommen, und sie hatten genau unter dem Baum gesessen, unter dem er jetzt lag. Sie hatten bis tief in die Nacht geredet, und dann hatte er die Hand ausgestreckt und mit den Fingern sanft ihre Wange berührt.

Und als sie sich endlich küssten, hatte Adams instinktiv gewusst, dass sie vom Schicksal füreinander bestimmt waren.

Gnädigerweise ging die Tour zu Ende, und Adams kehrte zu der Hütte zurück, die als Operationsbasis für diese Touristenausflüge diente. Er versorgte die Pferde, duschte und zog sich um.

Nachdem der Veranstalter ihm sein Honorar gegeben hatte, beschloss er, auf sein Rad zu steigen und ohne Umwege zur nächsten Bar zu fahren. Eigentlich trank er nicht, aber gelegentlich – wenn die Albträume hartnäckig waren – versuchte er festzustellen, ob der Alkohol ihm beim Schlafen half. Manchmal wirkte er, manchmal nicht; und manchmal, wenn er wirkte, kehrten die Träume schlimmer denn je zurück. Da er fürchtete, im Beisein der Touristen Albträume zu haben, hatte er auf dem ganzen Rundritt nicht geschlafen und befand sich jetzt in einem Zustand, in dem sein Körper gebieterisch nach *jeder* Art von Schlaf verlangte, selbst einem von Albträumen erfüllten.

Nach nur einer Stunde hatte Adams genug. Er befand sich kurz vor dem Stadium der Trunkenheit und fürchtete, was passieren könnte, wenn er noch mehr trank. Schon jetzt war ihm klar, dass der Alkohol ihm dieses Mal nicht helfen würde, Schlaf zu finden; daher bezahlte er seine Rechnung und fuhr nach Hause.

Während er durch die kühle Nacht radelte, bog Adams zweimal falsch ab, worüber er laut lachen musste. *Früher warst du der beste Fährtensucher von allen! Ha! Und jetzt sieh dich an – kannst nicht mal dein verdammtes eigenes Haus finden!*

Aber schließlich fand er es; ein baufälliges, einstöckiges Haus – Schlafzimmer, Bad, Wohnzimmer und Kochnische, dazu ein kleiner, von einem Maschendrahtzaun umgebener Garten.

Es war nicht viel, aber es war sein Zuhause.

Trautes Heim, Glück allein. Kichernd ließ Adams das Rad im Garten stehen, taumelte auf die Veranda und zog die äußere Fliegengitter-Tür auf.

Er lehnte sich gegen den Türrahmen, kramte nach seinem Schlüsselbund und stellte sich ungeschickt an, als er versuchte, den Schlüssel ins Schloss zu stecken. Er war nicht richtig betrunken, aber der Alkohol beförderte seine Koordination nicht.

Schließlich gelang es ihm nach viel Fluchen, die Tür zu öffnen, und er trat in sein Wohnzimmer.

Und da nahm er es zum ersten Mal wahr; etwas, das er schon viel früher hätte spüren müssen.

In seinem Haus befanden sich andere Leute.

Er setzte sich in Bewegung, blieb aber abrupt stehen, als er spürte, wie sich der kalte Stahl einer großkalibrigen Handwaffe hart in seinen Hinterkopf drückte.

Augenblicklich war Adams stocknüchtern.

2

Das Licht wurde eingeschaltet und blendete ihn nach der pechschwarzen Dunkelheit mit seinem grellen Schein. Ein scharfer Schmerz schoss durch Adams' Augen direkt in sein Hirn.

Sekundenbruchteile später hatte er sich gefasst und sah, dass sich vier Männer mit ihm im Raum befanden, inklusive dessen mit der Waffe hinter ihm. Sie waren alle gleich gekleidet; dunkelblaue Anzüge, weiße Hemden und dunkelblaue Krawatten. Adams hegte keinen Zweifel daran, dass die anderen drei ebenfalls bewaffnet waren.

Zwei Männer nahmen die Flanken ein, während einer nur etwas über einen halben Meter entfernt direkt vor ihm stand. Dieser Mann – kurzer Igelhaarschnitt, scharfe Augen, die sich hinter einer rahmenlosen Brille versteckten, fließende, entspannte Bewegungen – trat auf Adams zu und starrte ihm mit kaum verhohlener Verachtung ins Gesicht.

»Wo ist sie?«, fragte er mit kalter, monotoner Stimme.

»Wer?«, gab Adams aufrichtig verwirrt zurück, und daran war nicht nur der Alkohol schuld, den er an diesem Abend getrunken hatte.

Der Mann gegenüber gab keine Antwort, sondern boxte Adams mit einer lederbehandschuhten Faust gerade ins Gesicht.

Adams' Kopf ruckte zurück, und aus seiner Nase spritzte Blut über den dünnen Teppich. Kurzzeitig benommen sackte er auf ein Knie. Der scharfe Schmerz ließ seine Augen reflexartig tränen, aber ihm war klar, dass das noch die kleinste seiner Sorgen war.

»Keine Spielchen, Mr. Adams«, sagte der Mann gelassen, als hätte er ihn nicht eben brutal geschlagen. »Sie wissen genau, wen wir meinen. Wo ist sie?«

Adams schüttelte den Kopf, sah zu Boden und spuckte Blut.

Dann blickte er wieder auf. »Ernsthaft«, sagte er. »Ich habe keine Ahnung, wovon Sie reden.«

Der Mann seufzte, verdrehte die Augen theatralisch in Richtung Decke und trat Adams brutal mit dem Stiefel ins Gesicht.

Wieder flog sein Kopf nach hinten, und er sah Sterne, und in seinen Ohren knackte es. Er blickte den Mann fragend an, der vor ihm stand.

»Ihre Ex-Frau«, erklärte der Mann entnervt. »Dr. Evelyn Edwards. *Wo ist sie?*«

Wieder hallte es in Adams' Kopf, aber nicht der Schlag war der Grund, sondern Verwirrung. *Meine Exfrau? Lynn?* »Sie ist tot«, sagte Adams unverblümt. *Oder nicht?*

»Wenn sie tot ist«, gab der Mann nachdenklich zurück, »wie erklären Sie dann die E-Mail?«

»E-Mail?«, überlegte Adams laut. »Was für eine E-Mail?«

Der Mann im Anzug trat vor, um Adams wieder zu schlagen, doch dieser hob besänftigend die Hände. »Hey, hey, ich habe keine Ahnung, wovon Sie sprechen! Ich bin die letzten drei Tage mit einer Touristengruppe unterwegs gewesen!«

Der Mann hielt inne und dachte darüber nach. »Sie meinen, Sie haben die E-Mail nicht gesehen?«, fragte er schließlich. Er zog ein Blatt Papier aus einer Anzugtasche und hielt es Adams direkt vors Gesicht.

Adams schloss die Augen, öffnete sie wieder und versuchte, klar zu sehen. Es war der Ausdruck einer E-Mail. Er erkannte seine eigene Adresse, aber nicht die des Absenders.

Er sah genauer hin und verdrängte seinen Kopfschmerz, während er die Worte las.

Matt. Ich bin's, Lynn. Ich brauche deine Hilfe. Jemand versucht, mich umzubringen, aber ich weiß nicht, wer. Es könnte das Militär sein, die Regierung oder sogar die NASA. Außer dir weiß ich nicht, wem ich trauen kann. Bitte, es ist lange her, aber ich brauche deine Hilfe. Triff mich im Park. Und bitte komm. Sobald du kannst. Lynn.

Adams war wie vom Donner gerührt. Stammte diese Nachricht

von Lynn? Er warf einen Blick auf das Datum. Es war zwei Tage her. Also *vier Tage* nach dem Hubschrauberabsturz, bei dem sie angeblich umgekommen war.

»Und, wie erklären Sie sich das, Mr. Adams?«, fragte der Mann. »Welchen ›Park‹ meint sie?«

Adams Kopf drehte sich noch, doch mit einem Mal wurde ihm alles klar. Lynn lebte, sie war in Gefahr und brauchte seine Hilfe. Warum sollten die Männer sonst hier sein, wenn sie die Nachricht nicht für echt hielten? Und wenn sie versuchten, sie zu finden, mit Gewalt und mit Waffen, dann konnte das nur einen Grund haben – sie wollten ihren Job zu Ende bringen und sichergehen, dass sie tot war.

Er wusste, dass er im Moment nicht zu allzu viel in der Lage war, aber der Zorn, der mit einem Mal durch seine Adern raste, schien ihm neue Kraft zu schenken. Sie wollten Lynn umbringen? *Das wollen wir erst noch sehen,* dachte Adams bei sich. *Das werden wir verdammt noch mal sehen!*

Zum ersten Mal seit vielen Jahren verschmolzen sein Verstand und sein Geist. Free Bear warf sich zurück, sodass der Pistolenlauf nicht mehr auf seinen Kopf zielte, und griff nach hinten, um den Mann mit der Waffe am Arm zu packen.

Adams wusste, dass er eine Chance hatte, solange die drei anderen Männer erst noch ihre Waffen zogen. Brutal riss er den Ellbogen zurück, sodass er das Kinn des Manns mit der Waffe traf und ihn bewusstlos schlug. Gleichzeitig schnappte sich Adams dessen Handwaffe und schob den Finger durch den Abzugsbügel.

Der Mann vor ihm hatte seine halbautomatische SIG Sauer erst halb aus seinem Schnellverschluss-Holster gezogen, als Adams feuerte. Der Schuss traf ihn in die Mitte des Rumpfes, und aus seinem Rücken, wo das Projektil eine riesige Austrittswunde hinterließ, sprühte ein Blutnebel.

Rasch drehte sich Adams nach links und schoss noch mal. Der Alkohol hatte allerdings doch eine Wirkung, sodass er den dritten Mann nur in die Schulter traf, aber das reichte aus, um ihn außer

Gefecht zu setzen. Er ignorierte den Mann, der mit weit aufgerissenen Augen zu Boden ging und sofort in einen Schockzustand verfiel, und fuhr stattdessen augenblicklich herum, um auf den letzten Eindringling zu feuern.

Als dem klar wurde, dass es sich verhängnisvoll auswirken könnte, wenn er mit seiner Waffe herumwerkte, stürmte er stattdessen auf Adams zu und versuchte, ihn zu entwaffnen. Eine gute Strategie – bis Adams sich umgedreht hatte, war es zu spät. Der Mann bohrte ihm die Schulter fest in den Unterleib.

Die Luft wich ihm aus den Lungen. Die Waffe flog durch die Luft und landete in der Nähe der Kochnische. Und dann spürte Adams das Gewicht des Mannes auf sich. Seine großen, fleischigen Finger bohrten sich in seinen Hals und quetschten ihm das Leben aus.

Der Whisky, der Schlafmangel, die Schläge auf den Kopf und die pure Verwirrung über all das waren zu viel für ihn, und er spürte, wie er dem Druck der Finger nachgab. Sein Hirn sich durch den Sauerstoffmangel wie schwebend anfühlte.

Nein! Aufgeben kam nicht infrage; das war einfach keine Option.

Er zog den Arm unter dem Körper des großen Mannes hervor und streckte ihn nach dem billigen Glascouchtisch vor dem Sofa aus. In dem Moment, als sein Blick verschwamm, durchschlug er mit letzter Kraft das Glas.

Das durchdringende Klirren ließ den Mann innehalten, sodass sich der Griff leicht lockerte; und mehr brauchte Adams nicht, um eine Glasscherbe, die zu Boden gefallen war, zu fassen und sie dem großen Mann mit einem wilden Triumphschrei in die Kehle zu rammen. Sie durchtrennte die Halsschlagader, und ein dicker, purpurroter Blutstrahl schoss heraus und spritzte Adams ins Gesicht.

Adams blieb noch mehrere Minuten auf dem Boden liegen. Das Blut lief von seinem Körper hinunter und sammelte sich auf seinem billigen Teppich zu einer Lache.

Schließlich kam er zuerst auf die Knie, dann auf die Füße und betrachtete das Gemetzel. Drei Männer waren tot und der andere durch den Schock bewusstlos.

Aber Adams war okay. Und er wusste genau, wo er hinwollte.

In den Park.

Lynn war am Leben.

3

Stephen Jacobs trank aus einer Porzellantasse seinen Kräutertee und betrachtete dabei den Bildschirm auf dem großen Nussbaum-Schreibtisch vor sich.

Auf dem Schirm erwiderten die anderen elf Mitglieder der Führungselite der Organisation seinen Blick. Es war eine abgeschirmte elektronische Konferenzschaltung, die zwölf der einflussreichsten, mächtigsten Männer der Welt zu einer Diskussion über einen Notfall zusammenführte.

Yasuhiro Obata schaute ernst in die Kamera. »Sind wir kompromittiert worden?«, fragte er schlicht. Als Leiter des größten japanischen *zaibatsu*-Mischkonzerns war er eine direkte Ansprache gewöhnt, was die politischeren Mitglieder des inneren Führungszirkels ziemlich verwirrend fanden.

»Nein«, antwortete Jacobs ebenso unumwunden. »Der Leichnam ist in unserer Anlage in Nevada sicher, und alle außerhalb der Organisation sind eliminiert worden.«

»Bis auf Dr. Edwards«, warf Sergio Molina ein, die Nummer eins des italienischen Motorsports.

Jacobs rückte auf seinem Clubsessel herum, bevor er antwortete. »Es stimmt, dass wir Dr. Edwards noch nicht gefunden haben, ja. Aber die Operation mit dem Ziel, sie zu lokalisieren, hat soeben begonnen.«

Auf dem Bildschirm sah er, wie Juri Andropow, der Eigentümer von Russlands größtem Medienkonzern, sich nach vorn beugte. »Und wenn sie vorher redet?«

»Dazu wird es nicht kommen, dessen bin ich sicher«, gab Jacobs zurück und trank noch einen Schluck Tee. »Außerdem weiß sie sehr wenig. Was könnte sie schon erzählen, wenn sie wieder auftaucht? Nichts, was die Leute glauben würden jedenfalls. Und vergessen wir nicht, dass unsere Organisation weltweit achtzig Prozent der Medien beherrscht. Die Geschichte würde auf jeden Fall unterdrückt. Aber versetzen Sie sich einmal in sie hinein – sie hat das Gefühl, dass jemand versucht, sie umzubringen, und sie hat deswegen lieber Kontakt zu ihrem Exmann aufgenommen als zu den Behörden. Es ist höchst unwahrscheinlich, dass sie den Wunsch hegt, auf sich aufmerksam zu machen. Nein, Ladies und Gentlemen, ich glaube, dass wir einstweilen sicher sind.«

»Wie lange brauchen wir denn noch?«, erkundigte sich Lord Thomas Hart, dienstältestes Mitglied von Großbritanniens Oberhaus.

Jacobs wandte seinen Blick dem Bild von Professor Philippe Messier zu, dem Generaldirektor des CERN, dem Kernforschungszentrum und Teilchenbeschleunigungs-Labor in der Nähe von Genf in der Schweiz. »Professor?«, fragte er und spielte den Ball weiter.

Messier räusperte sich. »Wir machen gute Fortschritte und müssten noch vor dem Ende des Monats so weit sein, dass wir die Anlage testen können.«

Die Mienen aller versammelten Führungspersönlichkeiten zeigten große Zufriedenheit und eine Andeutung von Aufregung. Der Traum stand kurz vor seiner Erfüllung.

»Wir können es uns nicht leisten, Risiken einzugehen«, erklärte Tony Kern, Sonderberater des US-Präsidenten. »Tun Sie, was immer Sie tun müssen, Mr. Jacobs. Sorgen Sie dafür, dass Dr. Edwards beseitigt wird.«

Jacobs nickte. Dr. Edwards auszuschalten, würde kein Problem sein. Die Maschinerie hatte sich bereits in Bewegung gesetzt.

Matt Adams reckte sich, als er aus dem kochend heißen Taxi stieg und direkt in die frenetische, hektische Metropole Santiago de Chile trat.

Die Bevölkerung hier war überwiegend indianisch, und Adams'

klassische Lakota-Züge waren vollkommen unauffällig. Es war wie ein Zuhause fern der Heimat.

Adams besaß einen Pass, aber er wusste, dass es nicht lange dauern würde, bis nach ihm gesucht würde. Die Agenten würden sich nicht zurückmelden, und ihre unbekannten Auftraggeber – wer immer das sein mochte – würden sofort annehmen, dass er auf der Flucht war und wahrscheinlich versuchen würde, Lynn an diesem unbekannten Ort zu treffen. Offensichtlich hatten sie keine Ahnung, wo der sich befand, und sie würden ihre Netze daher nicht sehr weit auswerfen können. Aber sie waren auf jeden Fall in der Lage, ihm das Leben schwer zu machen.

Doch Adams hatte auch seine eigenen Quellen. Er war vor einer Stunde, aus Mexiko kommend, gelandet, und zuvor hatte er einen alten Freund aus dem Volk der Tohono O'odham besucht, das ein weitläufiges Stammesgebiet an der Grenze zu Mexiko bewohnte.

Er hatte sich von dem Mann einen Pass und Bargeld geliehen und aufgepasst, was er ihm sagte. Nicht, dass er gedacht hätte, sein alter Freund würde zu viel reden; aber er wäre umso sicherer, je weniger er wusste – schließlich war sein Freund noch bei der Bundesregierung angestellt. Mit dem geliehenen Pass war Adams von Mexiko nach Chile gereist. Das Foto sah ihm so ähnlich, dass er keinen Verdacht erregte. Rasch hatte er sich an die neue Umgebung gewöhnt und brach zu seiner Verabredung auf.

Sobald Adams nach dem Kampf in seinem Haus wieder ausreichend zu Kräften gekommen war, hatte er die Leichen durchsucht. Wie erwartet war nichts zu finden gewesen. Keine Ausweise, kein Schmuck, keine Tätowierungen, nicht einmal Etiketten in ihrer Kleidung. Das einzig Hervorstechende war gewesen, dass alle vier Männer die gleichen halbautomatischen SIG-Sauer-P229-Pistolen vom Kaliber .40 in Schnellziehholstern am Gürtel getragen hatten. Diese Waffen kosteten tausend Dollar pro Stück, und sie verrieten Adams eine Menge.

Das Team bestand aus Profis, und zwar in einem Maße, dass Adams nur schlussfolgern konnte, dass sie Regierungsagenten waren. Aber welcher Regierung? Der Anführer hatte mit amerikanischem Akzent gesprochen – vielleicht ursprünglich aus Brooklyn, aber im Lauf der Jahre durch Reisen abgeschliffen, bis er einen Hauch von West Virginia aufgelesen hatte. Er vermutete, dass das Team von Washington aus operierte, was sich bestätigte, als er ihren vier Straßen entfernt geparkten Wagen fand. Es war eine metallic-graue Ford-Limousine mit zivilen Nummernschildern, aber Adams kannte diese Art Auto gut: ein klassisches Undercoverfahrzeug der Regierung. Es war peinlich sauber, aber das bestätigte Adams' Verdacht nur noch. Nur eine Eliteagentur der Regierung würde so vorsichtig vorgehen.

Aber wenn es eine Agentur der *US-Regierung* war, dann welche? CIA, FBI, DEA, DIA, NSA, Heimatschutz? Eine ganze Buchstabensuppe von Organisationen könnte damit zu tun haben. Sogar die NASA könnte dahinterstecken, wie Lynn vermutete, obwohl Adams sich nicht bewusst war, dass die Weltraumagentur eine bewaffnete Eingreiftruppe besaß. Aber überrascht hätte ihn gar nichts mehr.

Er hatte beschlossen, so weit er konnte, mit dem Wagen zu fahren. Nachdem er eine kleine Reisetasche gepackt und seine mageren Ersparnisse aus einer Kassette unter dem Küchentisch geholt hatte, hatte Adams das Reservat in Richtung Norden verlassen. Er fuhr nach Bismarck oben in North Dakota, wo er das Auto stehen ließ und sich ein Ticket für den Greyhound-Bus nach Winnipeg, Kanada, kaufte.

Doch statt in den Bus zu steigen, war er weiter in die Stadt hineingegangen und von dort aus wieder nach Süden getrampt. Die Täuschung würde nicht ewig vorhalten, aber vielleicht würde sie dazu führen, dass der Feind einen Teil seiner Ressourcen vergeudete und ihm ein Zeitfenster schaffte, um sein wahres Ziel zu erreichen.

Innerhalb von vierundzwanzig Stunden überquerte er zu Fuß die mexikanische Grenze; auf einem der zahllosen unbewachten Schleichwege, die er entdeckt hatte, als er vor Jahren in dieser

Gegend gearbeitet hatte – vor dem »Zwischenfall«, vor den Albträumen, bevor sein Leben den Bach hinuntergegangen war.

Als er in Mexiko City ins Flugzeug stieg, hatte ihn plötzlich eine furchtbare Erschöpfung überkommen. Das war die Nachwirkung des Adrenalins, eine Gegenreaktion des parasympathischen Nervensystems, die den starken Drang zu schlafen erzeugte.

Er erkannte, was für ein Geschenk das war; und nachdem er seinen Platz in der Maschine eingenommen hatte, erlaubte er sich, die Augen zu schließen und sich zu entspannen.

Und dann konnte er endlich schlafen.

In seinem Toyota-Landcruiser fuhr Adams langsam über die Bodenwellen der Wüstenstraße und schlich mit unter fünf Meilen die Stunde die gewundene Piste entlang. So fest er auch aufs Gas trat, der Wagen bewegte sich einfach nicht schneller.

Durch die Windschutzscheibe sah er zu der glühenden Sonne hoch und wandte den Blick wieder ab. Er hatte Kopfschmerzen.

Er fuhr an den Straßenrand. Es war sinnlos. Er war dem Laster jetzt seit drei Tagen auf der Spur und hatte ihn immer noch nicht eingeholt. Er brauchte eine Rast, nur eine halbe Stunde, um die Augen zu schließen. Er kannte die Folgen, wenn er einschlief, und doch konnte er dem Drang nicht widerstehen.

Er musste weitermachen, musste versuchen, rechtzeitig zu kommen, wenigstens einmal, wenigstens dieses Mal. Aber er war so müde ...

Jetzt befand er sich in der Wüste, inzwischen zu Fuß, und ging den Reifenspuren nach, die nur einen halben Kilometer von der Stelle, an der er gerastet hatte, die Straße verließen. Mehrere Stunden waren vergangen, und die Sonne stand tiefer am Himmel. Er verfluchte sich, denn er wusste, was das bedeuten würde. Er würde den Truck finden, so wie schon tausend Mal, die Türen öffnen und hoffen, dass es dieses Mal anders war. Aber er wusste, dass es nicht anders sein würde; und doch ging er unermüdlich weiter und folgte den Reifenspuren eine weitere Meile über den staubigen Boden, bis er den Truck verlassen in den letzten Strahlen der Nachmittagssonne stehen sah.

Eine Hand an der Pistole, schob er sich näher an die Hintertüren des Trucks heran, während er die andere nach dem Griff ausstreckte, dessen Metall glühend heiß war.

Er holte tief Luft, hoffte gegen jede Wahrscheinlichkeit, dass es dieses Mal anders sein würde, und riss die Türen auf.

Und dann starrte er wieder, wie jedes Mal, auf das, was sich im Laderaum des Trucks befand, und schrie auf.

Mit einem Ruck fuhr Adams hoch. Die Hand der Passagierin neben ihm lag auf seiner Schulter und rüttelte ihn wach.

Aus halb geschlossenen Augen sah er sie verwirrt an.

»Sind Sie okay?«, fragte sie ihn mit besorgter Miene.

Adams versuchte, ihr zuzulächeln. »Tut mir leid«, murmelte er. »Nur ein Albtraum.«

Die Frau nickte verständnisvoll. »Wow«, meinte sie, offensichtlich berührt von dem, was sie ihm angesehen hatte. »Der muss aber wirklich *schlimm* gewesen sein.«

Sie hatte die Hand auf seine gelegt, und Adams war dankbar für den Körperkontakt. Dieses Mal schenkte er ihr ein richtiges Lächeln. »Ja«, sagte er, weil er nicht wusste, was er sonst sagen sollte. »Das war er.«

»Was?«, brüllte Jacobs ins Telefon. Seine Teetasse drehte sich auf dem Unterteller.

»Sie sind tot«, erklärte die Stimme am anderen Ende der Leitung. »Drei von vieren jedenfalls. Der Übrige liegt ausgeschaltet im Krankenhaus.«

Jacobs erkundigte sich nicht nach Einzelheiten. Sie hatten Adams schlicht und einfach unterschätzt. Er war als Einsiedler bekannt, aber sie hatten seine Akte gehabt, seine Geschichte gekannt. Sie hätten vorsichtiger sein sollen.

»Wo ist er jetzt?«, fragte Jacobs. Sie mussten ihn unbedingt finden. Wenn er es bis zu Evelyn Edwards schaffte, dann würde noch jemand erfahren, was auf dem Pine-Island-Gletscher passiert war, was sie dort entdeckt hatten. Und dann würden es andere herausfinden; sobald ein Geheimnis einmal weitergegeben worden war, ließ sich das nicht vermeiden.

»Er hat einen Greyhound-Bus nach Kanada erwischt und ist gestern Abend am Busbahnhof in Winnipeg angekommen.«

»Unsere Leute bei der NSA sollen die Überwachungskameras des Bahnhofs überprüfen und dann seine Bewegungen in der Stadt nachvollziehen.«

Wie in den meisten Städten hingen in Winnipeg überall in den Straßen Überwachungskameras. Indem man gewisse Parameter eingab, konnte man mithilfe einer Gesichtserkennungssoftware die Bewegungen einer Person von Kamera zu Kamera verfolgen.

»Ja, Sir.«

»Und finden Sie heraus, ob sie schon Glück dabei gehabt haben, Dr. Edwards aufzuspüren.«

Das Konkreteste, was sie hatten, war ihr Aufenthaltsort vor über vier Tagen; ein Internetcafé in Punta Arenas in Südchile. Doch bis ein Team dort eintraf, war sie lange fort gewesen, wer weiß wohin. Sie war eine einfallsreiche Frau.

»Ja, Sir.«

»Und lassen Sie mich wissen, wie sie mit dem Vergleich der Akten der beiden vorankommen. Die Antwort auf die Frage, wo sie sich treffen, könnte gleich dort stehen und nur darauf warten, dass wir sie finden.«

Menschen kehrten oft an vertraute Orte zurück, und die flehentliche E-Mail, die Edwards geschickt hatte, wies deutlich darauf hin. Die Frage war, ob diese Information sich irgendwo in den Akten befand. Wenn, dann würden die Supercomputer der NSA früher oder später die Lösung finden. Es kam nur darauf an, die Daten lange genug auszuwerten.

»Ja, Sir.«

»Okay«, sagte Jacobs statt eines Abschieds und legte den Hörer auf.

Er griff wieder nach seinem Tee, aber dann erklang in seinem Kopf laut und deutlich die Stimme seines unmittelbaren Vorgesetzten, sodass er ihn über den Schreibtisch verschüttete. *Verdammt!*

»Probleme?«

»Nein«, artikulierte Jacobs deutlich. »Nichts Besorgniserregendes.«

»Wir können uns keine Probleme erlauben. Nicht jetzt, da wir so kurz davorstehen.«

»Überlassen Sie das mir.«

»Ja. Etwas anderes bleibt uns wohl nicht übrig. Aber enttäuschen Sie uns nicht.«

Jacobs schluckte heftig. »Das werde ich nicht«, sagte er schließlich, erfüllt von einem Selbstbewusstsein, das daher rührte, dass er der mächtigsten Organisation der Welt vorstand. »Unser Traum wird Wirklichkeit werden, darauf können Sie sich alle verlassen.«

»Ja«, gab die Stimme zurück. »Und dann können Sie den Ihnen zustehenden Platz bei uns einnehmen.«

Bei dem Gedanken lächelte Jacobs und wusste, dass er dafür alles tun würde.

Santiago war für Adams von besonderen Erinnerungen erfüllt, und als er mitten im Parque Metropolitano auf dem Gipfel des San-Cristóbal-Hügels stand und auf die unter einer Smogglocke liegende Stadt hinabsah, stand die Vergangenheit ihm wieder lebhaft vor Augen.

Hier hatte er Lynn vor all diesen Jahren seinen Heiratsantrag gemacht, nachdem sie Hand in Hand mit der Bergbahn hinaufgefahren waren. Glücklich waren sie gewesen, so überglücklich.

Er hatte ihr in die Augen gesehen, ein Knie auf den Boden gesetzt und sie gefragt. Und sie hatte Ja gesagt. Es war der glücklichste Moment seines Lebens gewesen, und er hatte gewusst, dass sie genauso empfand.

»Hey!«

Als Adams die Stimme hörte, wandte er abrupt den Kopf. Er war so versunken in seine Gedanken und Erinnerungen gewesen, dass er nicht einmal bemerkt hatte, wie eine einzelne Frau sich aus einer Touristengruppe löste und von der Seite auf ihn zuging.

Lynn.

In all den Jahren hatte sie sich kein bisschen verändert. Wenn überhaupt, sah sie heute besser aus als bei ihrer letzten Begegnung. Sie stand offensichtlich unter großem Stress, doch obwohl sie wirkte, als hätte sie seit Wochen nicht mehr richtig geschlafen, überstrahlte ihre Schönheit die Erschöpfung auf ihren Zügen.

Kein Zweifel, das war sie; Evelyn Edwards, lebendig und aus Fleisch und Blut. Also war die E-Mail echt gewesen, und sie brauchte seine Hilfe.

»Lynn«, sagte er schließlich, zog sie an sich und umarmte sie zum ersten Mal seit fünfzehn langen Jahren.

4

»Also, wie sieht es aus?«, fragte David McNulty und schlug den Ball dreihundert Meter über das Fairway. McNulty war in seinen jüngeren Jahren Halbprofi gewesen und fand am Wochenende immer noch Zeit für achtzehn Löcher, obwohl er inzwischen Präsident der Vereinigten Staaten war.

»Gut«, antwortete Tony Kern. »Die Handelsdelegation wird morgen in Peking eintreffen, und wir glauben, dass die Chinesen zustimmen werden. Der ...«

Das schrille Klingeln seines Handys unterbrach Kern. Er starrte auf den Bildschirm und ging sofort heran, obwohl Präsident McNulty direkt neben ihm stand und auf eine Antwort auf seine Frage wartete.

»Ja«, sagte er einfach und beendete das Gespräch. Er ignorierte den Präsidenten, der immer noch erwartungsvoll neben ihm stand, wählte eine Kurzwahlnummer auf seinem Handy und wandte sich von McNulty ab.

»Nachricht von der NSA«, flüsterte er. »Santiago, Chile. Parque Metropolitano.« Er nickte. »Ja«, schloss er und drückte das Gespräch weg.

McNulty stand mit in die Hüften gestemmten Händen da und starrte seinen Assistenten an. »Bedaure, Tony, störe ich Sie bei Ihren Geschäften?«

Sein beißender Ton war für Kern nicht zu überhören, aber es kam nicht darauf an. Obwohl McNulty Präsident der Vereinigten Staaten war, gehörte er nicht zu den Auserwählten. Und es würde nicht lange dauern, bis ihre Rollen umgekehrt würden, und McNulty – und alle anderen wie er – würden von der wahren Elite der Welt zu Staub zertreten werden.

»Es war furchtbar«, erklärte Lynn in dem Doppelzimmer, das sie im Hostal Americano gemietet hatte. Ein billiges, einfaches Hotel in der Innenstadt von Santiago, gut geeignet für ihre Zwecke.

Adams saß auf dem Bett gegenüber von Lynn und hörte zu. Sie hatte bereits erzählt, wie sie einen Leichnam im Eis gefunden hatten, der möglicherweise vierzigtausend Jahre alt war, aber Kleidung und Ausrüstung mit sich führte, die eine Vielzahl äußerst rätselhafter Fragen aufwarfen. Er trank ein Glas Wasser, während sie ihm schilderte, wie ein Team von Armee-Ingenieuren auf dem Gletscher gelandet war und die Leiche geborgen hatte, bevor sie alle per Hubschrauber evakuiert wurden.

In Adams sammelten sich Fragen an – unzählige –, aber er wollte Lynn nicht unterbrechen, bevor sie fertig war. Sie war ganz offensichtlich erleichtert darüber, alles aussprechen zu können und jemanden zu haben, mit dem sie endlich über die erlebte Tortur reden konnte.

»Ich sah die blinkenden Lichter und habe nur geschrien, alle sollten von dort verschwinden«, fuhr Lynn fort. »Und dann, ich weiß nicht wieso, habe ich einfach reagiert, die Tür auf der Pilotenseite aufgerissen und bin gesprungen.« Sie war so aufgewühlt, dass ihr fast die Stimme versagte. »Die Maschine ist explodiert, die Flammen haben mich fast berührt, bevor ich auf dem Wasser auftraf.«

Ihr Gesicht rötete sich, und Tränen liefen ihr über die Wangen. »Ich konnte keinen von ihnen retten!«, stieß sie hervor, und Adams ging zu ihrem Bett hinüber und nahm sie in die Arme, während ihr Körper von Schluchzen geschüttelt wurde. »Oh Matt, ich hätte versuchen müssen, sie herauszuholen! Aber ich habe nichts getan, ich bin einfach gesprungen und habe mich gerettet. Und jetzt sind alle anderen tot! Sie sind alle tot!«

Sie brach in Adams' Armen zusammen, und er hielt sie einfach fest. Er hätte ihr sagen können, dass sie das Richtige getan hatte, dass sie jetzt auch tot wäre, wenn sie geblieben wäre, um den anderen zu helfen; dass ohnehin niemand überlebt hätte. Aber er wusste, dass das nur leere Allgemeinplätze waren. Lynn war eine außerordentlich begabte Frau, die klügste, die er je gekannt hatte. Er konnte ihr nichts sagen, von dem ihr logisch arbeitendes Hirn sie nicht bereits überzeugt hatte. Tatsache war, dass sie das Einzige getan hatte, was ihr übrig geblieben war, und er wusste, dass sie früher oder später damit fertigwerden würde, ganz gleich, was er sagte.

Und so hielt er sie einfach fest und ließ sie weinen.

»Ein Fischerboot hat mich aufgelesen«, fuhr sie später fort. Adams saß immer noch neben ihr auf dem Bett und hielt ihre Hand. »Sie hatten die Explosion gesehen. Ich schaukelte auf dem Wasser wie ein Bowlingkegel und wurde von meinem Rucksack an der Oberfläche gehalten. Als die Mannschaft mich herauszog, war ich unterkühlt, bewusstlos und stand unter Schock. Sie brachten mich an Land, auf eine Insel vor der Küste von Südchile, meldeten den Absturz über Funk und ließen mich medizinisch versorgen. Als ich schließlich aufwachte und mir klar wurde, wo ich war, bin ich in Panik geraten. Ich flehte den Arzt an, mich zu entlassen und zu vertuschen, dass ich jemals dort gewesen war. Ich habe ihm eine modifizierte Version der Ereignisse erzählt und ihm gesagt, ich fürchtete um mein Leben. Das stimmte ja auch – wenn der Absturz gemeldet und dabei erwähnt würde, dass es eine Überlebende gäbe, würden sie mich holen kommen, da war ich mir sicher. Ich habe weder damals noch heute daran gezweifelt, dass die Explosion des Hubschraubers eine Liquidierung war. Dieser Körper ist für irgendjemanden wichtig, so viel ist verdammt sicher.«

Adams dachte darüber nach, dass er weitere Hinweise darauf hatte – die abgefangene E-Mail, den Versuch, Informationen von ihm zu erpressen –, doch er beschloss, sie ihre Geschichte zu Ende erzählen zu lassen, bevor er ihren Verdacht mit seiner eigenen bestätigte.

»Der Arzt war einverstanden und gab mir sogar Reisegeld mit. Am nächsten Tag befand ich mich auf dem Festland und habe dir von dort aus die Nachricht geschickt. Ich wusste nicht, was ich sonst tun sollte; ich hatte keine Ahnung, wem ich vertrauen konnte. Ich meine, ich hatte den Leiter der NASA mit der Nachricht der Entdeckung des Leichnams angerufen. An wen konnte ich mich sonst wenden? Vielleicht ist die NASA darin verwickelt, vielleicht auch nicht – vielleicht wurde die Nachricht abgehört, und eine andere Gruppe hat sich eingemischt. Wer weiß? Vielleicht kamen die Ingenieure nicht einmal von der Armee. Ich weiß nur, dass jemand alle töten will, die Kenntnis von diesem Leichnam haben.«

Lynn sah Adams in die Augen und drückte seine Hand fester. »Ich wusste ja nicht einmal, ob du es glauben würdest. Ich hatte die Nachrichten gesehen und wusste, dass ich bei dem ›Unfall‹ angeblich gestorben war. Ich habe gebetet, dass du davon hören, dass du es glauben würdest. Ich konnte doch nicht anrufen, konnte nicht riskieren, dass sie das Gespräch zurückverfolgen. Die E-Mail habe ich verschlüsselt geschickt, über ein paar Umwege, um ihren Ursprung zu verschleiern. Wenn du nicht innerhalb der nächsten paar Tage aufgetaucht wärest, hätte ich versucht, das Land allein zu verlassen. Meinen Pass habe ich noch, aber ich will ihn nicht benutzen – ich bin mir sicher, dass sie auf den Flughäfen nach mir suchen werden.«

Wenn nicht kurz zuvor vier bewaffnete Männer versucht hätten, Informationen über Lynns Aufenthaltsort aus ihm herauszuprügeln, hätte Adams sie für paranoid gehalten. Aber es sah tatsächlich so aus, als wäre jemand hinter ihr her, und dieser Jemand war in der Lage gewesen, die Mail abzufangen. Er hoffte, dass die anderen nicht darüber hinausgekommen waren.

Wieder sah Lynn auf. »Glaubst du mir?«

Er erwiderte ihren Blick und verlor sich in ihren klaren grünen Augen. »Ich glaube dir.« Er drückte sie an sich und küsste ihre Wange. »Ich glaube dir.«

Stephen Jacobs stocherte in den Holzscheiten, die in dem riesigen Kamin brannten, und spürte mehr, als dass er es sah, dass Commander Flynn Eldridge ins Wohnzimmer trat.

Eldridge, ein ehemaliger Commander des SEAL-Teams Sechs der US-Navy, war inzwischen für eine noch geheimere Gruppe verantwortlich. Sie war als Alpha-Brigade bekannt und operierte unter dem direkten Befehl der Organisation, an deren Spitze Stephen Jacobs stand, von der Wüste von Nevada aus. Die Gruppe bestand ausschließlich aus Ex-Militärs; einstigen Agenten von Spezialkommandos, die aus den SEALS, der Fernaufklärungsabteilung der Marines, den Green Berets, der Delta Force und den Sonderkommandos der Air Force rekrutiert worden waren. Sie waren eine Privatarmee, die nicht unter Regierungsbefehl operierte, sondern durch den Schutz durch Jacobs' Organisation über dem Gesetz stand.

Eldridge liebte jede Minute davon – keine Aufsicht durch den Kongress, niemand schaute ihm über die Schulter, keine lächerlich einschränkenden Einsatzregeln – und das Einzige, worauf Jacobs Wert legte, waren Ergebnisse. Eldridge hatte freie Hand bei seinen Operationen, solange er die Aufgabe durchführte; das kam seinem rücksichtslosen, aggressiven Temperament außerordentlich gut zustatten. Wenn er Informationen von jemandem brauchte, konnte er ihn foltern. Wenn er Druck auf jemanden ausüben wollte, konnte er die nächststehende Person exekutieren.

Er war der König seiner eigenen kleinen Welt; einer Welt aus angeheuerten Killern, die er mit purer Willenskraft beherrschte. Manchmal fand er, dass er in Gefahr war, wie die Männer der Spezialtruppen der US-Army zu werden, die man während des Vietnamkriegs in die Dschungel von Laos und Kambodscha geschickt hatte, um die Guerilla zu trainieren, und die den Lebensstil der Eingeborenen annahmen; Männer, die von den Stämmen wie Götter verehrt wurden und jeden Sinn für die Realität verloren hatten. Aber immer, wenn er das Gefühl hatte, in ein solches Stadium einzutreten, zügelte er sich – schließlich war er Profi. Rücksichtslos, furchterregend, gnadenlos. Aber trotzdem ein Profi.

Doch als Eldridge jetzt in den großen, mit Mahagoni getäfelten Wohnraum von Jacobs' weitläufiger Washingtoner Villa am Ufer des Potomac trat, war er sich seiner Fehlschläge der letzten Zeit nur allzu bewusst. Zuerst hatte er sich in der Antarktis nicht vergewissert, dass alle, die in dem Hubschrauber gesessen hatten, auch wirklich tot waren. Zweitens hatte ein Team aus seinen Männern den Ex-Ehemann der Überlebenden, Matt Adams, ernstlich unterschätzt. Jetzt würde sich Adams zweifellos mit Edwards treffen, und dann – wer wusste schon, was dann passieren würde?

»Sir«, meldete sich Eldridge und nahm hinter dem alten Mann Haltung an.

Jacobs stocherte weiter im Feuer. Glut fiel hinunter, ließ die Flammen wieder aufflackern. »Guten Abend«, sagte er schließlich, ohne sich umzudrehen. Er fuhr noch ein paar Minuten fort, das Feuer zu schüren, während es Eldridge mit jeder Sekunde, die verging, immer unbehaglicher wurde.

Endlich drehte Jacobs sich um und sah dem Kommandanten seiner Sondertruppe fest in die Augen. »Ich bin mir sicher, dass Sie wissen, wie unsere Organisation auf Versagen reagiert.«

Eldridge nickte. Er hatte selbst mehrere Männer exekutiert, die man der Standards der Gruppe für unwürdig befunden hatte.

»Wie sicher fühlen Sie sich momentan?«, fragte Jacobs unumwunden.

Eldridge veränderte seine Haltung. Er war es nicht gewöhnt, dass Drohungen ihm selbst galten. »Ich brauche noch eine Chance, Sir«, antwortete er. »Ich kriege die beiden.«

Jacobs lächelte; es beruhigte ihn, dass Eldrigde so von sich überzeugt war. Er war sich nicht sicher, ob die Drohung mit der Exekution oder der Gedanke an den Lohn, den er erhalten würde, wenn alles nach Plan lief, dem Hünen ein so überzeugendes Selbstbewusstsein einflößte. So oder so glaubte Jacobs ihm.

»Gut. Tatsache ist, dass wir diese beiden Personen finden müssen, und zwar schnell.«

Eldridge nickte. »Haben wir eine Spur?«

Zum ersten Mal an diesem Abend lächelte Jacobs. »Allerdings.«

5

»Es ist seltsam«, sagte Lynn, die eine frische Tasse Kaffee in den Händen hielt.

»Was denn?«, fragte Adams. Der Schweiß begann ihm auf die Stirn zu treten. Im Flugzeug hatte er es geschafft, ein paar Stunden zu schlafen, bevor die Albträume ihn geweckt hatten, aber jetzt war er nicht mehr in der Lage dazu. Und nachdem sein Körper einmal mit Schlaf belohnt worden war, hungerte er jetzt, statt zufrieden zu sein, widersinnigerweise erst recht danach.

»Der andere Helikopter«, gab Lynn sofort zurück. »Seit ich hier bin, habe ich einiges überprüft, und er scheint einfach verschwunden zu sein – kein Flugplan, keine Aufzeichnungen über Start oder Landung. Vielleicht suche ich auch nur an den falschen Stellen, aber es sieht so aus, als habe die Maschine nie existiert.«

»Klingt nach Militär«, meinte Adams und dachte an den Besuch kürzlich in seinem Haus. Die Männer waren anscheinend Regierungsagenten gewesen. »Wahrscheinlich in Verbindung mit den Geheimdiensten.«

Lynn nickte. »Das dachte ich auch«, fuhr sie fort. »Aber warum? Ich meine, warum sollten sie das tun?«

»Vermutlich würden sie von der nationalen Sicherheit reden, aber wer weiß das schon wirklich? Es könnten Elemente sein, die auf eigene Faust handeln. Es könnte alles sein. Klar ist nur, dass diese Leute skrupellos sind.« Adams wies auf den Rucksack. »Und diese Beweise, die du da hast, sind unser einziges Druckmittel.«

Adams streckte sich aus und dachte daran, was sich in dem Rucksack befand. Hochauflösende Filmaufnahmen der Fundstätte, Messdaten, Notizen, Diagramme und, am wichtigsten, DNS-Proben von dem Leichnam selbst.

»Wenn wir aus dieser Sache herauskommen wollen, müssen wir mehr über diese Leiche erfahren – wer der Mann ist, was er dort gesucht hat und warum er so verdammt wichtig ist.« Er überlegte weiter. »Wir müssen zurück in die USA und diese Proben testen lassen, den Rest der Beweise kopieren und breit streuen. Als Lebensversicherung sozusagen.«

Lynn nickte. Sie wusste, dass er recht hatte. Plötzlich war sie außerordentlich froh darüber, dass sie Matt die E-Mail geschickt hatte. Er war sich immer so sicher, so stark. Sie hatte sich hier so allein gefühlt; gestrandet und allein der gewaltigen Maschinerie der US-Regierung ausgesetzt. Oder wer auch immer hinter ihr her war.

Sie spürte unvertraute Gefühle im Bauch; Gefühle, die sie nicht mehr empfunden hatte, seit – nun ja, seit dem letzten Mal, als sie mit Matt zusammen gewesen war, gestand sie sich endlich ein. Lag das am Stress? Oder waren die Gefühle real?

Darauf wusste sie keine Antwort. Sie legte sich auf das Bett zurück, schloss die Augen und gab ihrem Schlafbedürfnis nach.

Später in dieser Nacht wachte sie in kalten Schweiß gebadet auf. Albträume von dem Hubschrauberabsturz überfluteten ihr Unterbewusstsein und störten ihre inneren Dämonen auf.

Und dann war Matt bei ihr, hielt sie in den Armen und flüsterte ihr ins Ohr, sie werde wieder in Ordnung kommen und alles werde gut werden.

Er stieg zu ihr ins Bett und umschlang sie, und als sie seine starken Arme spürte, wusste sie, dass er recht hatte.

Eldridge lächelte in sich hinein, während das Flugzeug mit über sechstausend Kilometer pro Stunde dreißig Kilometer über der Erde durch die dünne Luft des erdnahen Weltraums schoss.

Das Aurora-Tarnkappenflugzeug war ein militärisches Projekt, von dem viele glaubten, dass sein Abschluss noch Jahre in der Zukunft lag, doch in Wahrheit war es bereits einsatzbereit. Es wurde von einem vollkommen neuen Pulstriebwerk angetrieben und konnte Geschwindigkeiten erreichen, die man früher für unmöglich gehalten hatte. Von der Landebahn in Groom Lake in der Wüste von Nevada bis zum Himmel über Santiago würde es weniger als eine Stunde brauchen.

Das einzig Ungünstige, überlegte Eldridge, während er die Gurte an seinem Fallschirm überprüfte, war, dass das Flugzeug nicht landen konnte – die Gefahr, gesehen zu werden, war einfach zu groß. Stattdessen würden sie das geringere Risiko eingehen und die Geschwindigkeit und die Höhe vermindern, damit er am Zielort mit dem Fallschirm abspringen konnte.

Eldridge hatte Erfahrung mit Fallschirmsprüngen und freute sich auf die Zusammenarbeit mit seinem Team. Sechs Mitglieder der Alpha-Brigade, die in Punta Arenas nach Lynn Edwards gesucht hatten, seit sie ihre E-Mail geschickt hatte, befanden sich bereits am Boden in Santiago. Später würden weitere Teammitglieder zu ihnen stoßen, die momentan von anderen Operationen zurückgerufen und Eldridge in Santiago zugeteilt worden waren. Sie würden auf konventionellere, langsamere Art fliegen müssen, aber sie würden am nächsten Vormittag vor Ort sein.

Und dann würde die Jagd richtig beginnen.

Jacobs, der sich in seiner Privatsauna entspannte, rieb sich nachdenklich das Kinn. Schweiß tropfte von jedem Quadratzentimeter seines Körpers und lief auf dem Boden aus skandinavischem Kiefernholz zusammen. Er holte tief Luft, atmete schwer aus und reckte die Brust.

Die Information war unerwartet hereingekommen, und sie hatten rasch handeln müssen. Es freute ihn, dass es ihm gelungen war, Eldridge mit der Aurora schnell dorthin zu bringen.

Sobald Eldridge angekommen war, würde er Matt Adams und Lynn Edwards gefangen nehmen und dafür sorgen, dass die beiden verdeckt in die Basis in Nevada gebracht wurden, um sie dort zu verhören. Es wäre sauberer gewesen, Adams und Lynn einfach auszuschalten und auf der Stelle zu exekutieren, aber es war von größter Bedeutung, dass Jacobs wusste, was in der letzten Woche passiert war – wem Lynn sonst noch davon erzählt hatte, mit wem *die beiden* gesprochen hatten, und so weiter und so weiter, bis die Lage vollkommen unter Kontrolle war.

Und nachdem sie das Paar jetzt lokalisiert hatten, schien das definitiv möglich zu sein. Computer hatten ein Gebiet berechnet, das Lynn seit dem Absturz möglicherweise erreicht haben könnte, und diverse Faktoren wie Daten über Häfen, Flughäfen, Bahnhöfe und Busbahnhöfe, Kreditkarteneinsatz, die Verfügbarkeit von Bargeld, die Benutzung von Pässen, Aufnahmen von Überwachungskameras und grundlegende Triangulations-Algorithmen einbezogen.

Dieses Gebiet wurde mit jedem verfügbaren Informationsfetzen aus dem vergangenen Leben von Matt Adams und Evelyn Edwards abgeglichen und weitere Computersuchen hatten endlich eine siebzehn Jahre alte Kreditikartenrechnung über zwei Zugfahrkarten vom Wohnort von Lynns Familie in Maine nach Mexiko zutage gefördert. Durch zeitaufwendige Handarbeit hatten sie schließlich die Route der Rundreise durch Südamerika, die sie als junges Paar unternommen hatten, rekonstruiert, und Käufe mit Kreditkarten auf dieser Route hatten darüber hinaus bestätigt, dass die Reisenden tatsächlich Lynn und Adams gewesen waren.

Als die Daten abgeglichen wurden, deckte sich die Triangulierungs-Zone fast vollkommen mit dem vorherigen Besuch des Paars in Santiago de Chile. Es war auch vollkommen logisch – Lynn hätte in der Zeit, die ihr zur Verfügung stand, so weit in den Norden gelangen können, ohne Grenzen überschreiten zu müssen, und es wäre ihr leichtgefallen, in einer Stadt mit fünf Millionen Einwohnern unterzutauchen.

Sobald die Stadt als Zielort festgelegt war, hatte man nur noch Hotelbuchungen, Reisegesellschaften, Taxiunternehmen, die Aufnahmen von Überwachungskameras und Satellitenfotos überprüfen müssen.

Schließlich war Evelyn Edwards beim Betreten des Parque

Metropolitano von einer Überwachungskamera aufgenommen worden, und ihre Daten waren sofort an die Mitglieder der Alpha-Brigade, die sich bereits in Chile aufhielten, übermittelt worden.

Weitere Überwachungskameras folgten Lynn, als sie sich mit einer zweiten Person traf, die daraufhin als die weitere Zielperson, Matt Adams, identifiziert wurde. Dann wurden die beiden auf elektronischem Weg zurück zum Hostal Americano verfolgt, wo die primäre Zielperson anscheinend mit Bargeld und unter dem Namen Patrice Leaky ein Zimmer gemietet hatte.

Die fünf Männer der Alpha-Brigade waren innerhalb einer Stunde vor Ort und zum Zugriff bereit, und während Jacobs in seiner Sauna saß und der Schweiß in dicken Tropfen an seinem Körper hinabrann, musste er zugeben, dass diese Angelegenheit eine beeindruckende Wende genommen hatte.

Nachdem Eldridge ebenfalls auf dem Weg nach Chile war, rechnete Jacobs zuversichtlich damit, dass die beiden bis zum Dunkelwerden in Nevada sein würden. Sie würden fachmännisch verhört und die Informationen bis zum letzten Tropfen aus ihnen herausgepresst werden.

Und dann würden sie exekutiert werden.

6

»Sie haben die E-Mail abgefangen?«, fragte Lynn über den kleinen Frühstückstisch hinweg ungläubig.

Adams nickte. »Sie haben mir sogar eine Kopie gezeigt. Wenn nicht, hätte ich gar nichts davon gewusst, denn ich war seit Tagen nicht mehr zu Hause gewesen.«

Gestern Abend hatte Adams bewusst darauf verzichtet, Lynn die Einzelheiten des Angriffs in seinem Haus zu schildern, weil er wusste, wie sie reagieren würde. Sie hatte ohnehin eine schreckliche Nacht verbracht, und Adams wusste, sie hätte kein Auge zugetan, wenn er ihr noch seine eigene Geschichte erzählt hätte.

Aber jetzt wirkte Lynn, als wäre sie von einer Schlange gebissen worden; sie fuhr plötzlich entsetzt zurück. »Dann wissen sie vielleicht, wo wir sind!«, flüsterte sie und versuchte, ihre aufkommende Panik niederzuringen. »Wenn sie die Nachricht abgefangen haben, könnten sie alles wissen.«

Adams schüttelte den Kopf. »Nein. Sie sind zu mir gekommen, weil sie keine Ahnung hatten, wo du warst. Deswegen brauchten sie ja die Information von mir.«

»Und du bist dir sicher, dass du nicht verfolgt worden bist?«

»Ziemlich. Ich hatte einen geliehenen Pass, habe eine chaotische Route eingeschlagen und nichts Ungewöhnliches bemerkt. Darin bin ich ganz gut.« Noch während er das sagte, zuckte Adams zusammen. Früher vielleicht, dachte er, aber jetzt nicht mehr. Im Park hatte er nicht einmal gesehen, wie Lynn auf ihn zugekommen war. Er war schlicht und einfach aus der Übung. So, wie die Dinge standen, schien sich Lynn besser zu schlagen als er. Was, wenn er *doch* verfolgt worden war?

»Vielleicht nicht von *Menschen*«, meinte Lynn warnend. »Elektronische Überwachung – Einkäufe mit Kreditkarte, Überwachungskameras mit Gesichtserkennungs-Software, Satellitenfotos, die Liste ist endlos!«

Seit ihrer Flucht hatte Lynn akribisch über die Techniken und Methoden ihrer Gegner recherchiert, und ihr rasiermesserscharfer Verstand hatte eine unglaubliche Menge an Informationen über diese Themen aufgesogen. Ihr fehlte die praktische Erfahrung damit, aber theoretisch kannte sie sich inzwischen gut genug aus, um sich Sorgen zu machen.

»Hey«, sagte Adams so beruhigend, wie er konnte, obwohl er sich nur zu bewusst war, dass Lynn recht hatte. »Ich habe nur Bargeld benutzt, ich *besitze* nicht einmal Kreditkarten, und ich habe darauf geachtet, Kameras aus dem Weg zu gehen. Telefoniert habe ich auch nicht. Ich glaube, einstweilen sind wir sicher.«

Lynn sah ihn kurz an und traf dann ihre Entscheidung. »Nein. Wir müssen aufbrechen. Sofort.«

Adams nickte. Er war auch dieser Meinung, er hatte nur gewollt, dass Lynn sich beruhigte und zu entspannen versuchte. Wenn die Anspannung hoch war, machte man Fehler, und das wusste Adams besser als die meisten Menschen. »Okay«, sagte er und nahm seine Tasche von dem zweiten Bett. »Ich bin fertig. Gehen wir.«

Innerhalb von drei Minuten war auch Lynn bereit und stand neben ihm an der Tür. Als er die Hand nach der dünnen hölzernen Trennwand ausstreckte, hielt er inne, gebot Lynn instinktiv mit der anderen Hand Einhalt und legte einen Finger an die Lippen, damit sie schwieg.

Dann drückte er den Kopf fester an die Tür und lauschte angespannt nach draußen.

Das Geräusch kam von der Treppe. Sechs Paar Füße, in Stiefeln, schwere Schritte, als trage jeder von ihnen etwas. Es hätte natürlich Gepäck sein können, aber ebenso gut irgendwelche Waffen. Die Schritte fielen in einem deutlichen Takt, einem Rhythmus, einem Zusammenklang, der militärisch wirkte.

Er spürte, wie seine Sinne zurückkehrten und hinter dem Schleier hervortraten, hinter dem sie sich seit jenem Tag in der Wüste versteckt hatten.

Er zog die Luft ein und roch weder Eau de Cologne noch Deodorant, nur eine schwache Andeutung von Naturseife; genug, um stärkeren Körpergeruch zu verbergen.

Und dann nahm er die Atmung auf – regelmäßig, gleichmäßig, im Takt, aber leicht beschleunigt, und zwar nicht durch die Bewegung, sondern im Vorgefühl dessen, was bevorstand.

»Killerkommando«, erklärte er Lynn. »Sechs Männer, bewaffnet, kommen gerade den Gang herunter. Wir haben zehn Sekunden.«

7

Das Hauptquartier des CERN, der Europäischen Organisation für Kernforschung, liegt in der Nähe von Genf, Schweiz. Die Institution, die in der ganzen Welt berühmt ist für die Suche nach dem »Gottespartikel« in ihrem Teilchenbeschleuniger, wurde 1954 ursprünglich gegründet, um die besten Kernphysiker Europas – und später der Welt – zusammenzubringen. Seitdem machen ihre Forschungen zur Teilchenphysik einen großen Teil ihrer Arbeit aus, und die Entdeckung und Schaffung von Antimaterie durch das CERN wird gleichermaßen bewundert wie mit Furcht betrachtet.

Große Teile der Öffentlichkeit gerieten in helle Panik, als der Teilchenbeschleuniger – bekannter unter dem Namen Large Hadron Collider oder LHC – zum ersten Mal in Betrieb genommen wurde. Da er aus Milliarden von Teilchen bestand, die in kilometerlangen unterirdischen Speicherringen zur Kollision gebracht wurden – manchmal bis zu zehntausend *pro Sekunde* –, fürchteten manche Kreise, die Anlage könne ein schwarzes Loch erzeugen, das in einem Sekundenbruchteil die ganze Welt verschlingen würde.

Natürlich geschah nichts Derartiges, und der Teilchenbeschleuniger läuft seitdem reibungslos und ist ständig auf der Suche nach der Erklärung für die Entstehung des Universums.

Beim Betreten des Aufzugs dachte Professor Philippe Messier über die Geschichte des Teilchenbeschleuniger-Labors nach. Er hatte soeben einen beschädigten Teil des Tunnels besichtigt, der die volle Aufmerksamkeit einer ganzen Armee von Ingenieuren und Maschinenbauern genoss. Nachdem er sich zu seiner Zufriedenheit davon überzeugt hatte, dass alles getan wurde, was möglich war, beschloss er, das bedeutsamere der Projekte zu überprüfen, das weitere hundert Meter tiefer unter der Oberfläche lag.

Der Teilchenbeschleuniger stellte mehr oder weniger das öffentliche Gesicht der CERN dar, doch das darunterliegende Projekt war – obwohl es im Lauf der Jahrzehnte mehrere *Billionen* Euro gekostet hatte – in der Außenwelt nur einer Hand voll auserwählter Menschen bekannt, die alle der von Stephen Jacobs geleiteten Eliteorganisation angehörten. Die anderen – Ingenieure, Techniker, Physiker, Mathematiker, Maschinenbauer sowie gelernte und ungelernte Arbeiter – gehörten nicht zu den Auserwählten und würden die Anlage nie verlassen dürfen. Sie waren gewissermaßen Sklaven der Maschine und dazu bestimmt, bis zu ihrem Ende an ihr zu arbeiten.

Messier lächelte, während der Aufzug tiefer hinabfuhr. Er wurde immer ganz aufgeregt, wenn er über das Projekt nachdachte. Als der Lift sanft zum Halten kam und die Türen aufglitten, wurde die gewaltige Maschine in ihrer ganzen Pracht enthüllt.

Obwohl sie zu einem großen Teil von der Energie abhängig war, die insgeheim in dem Teilchenbeschleuniger über ihr erzeugt wurde, war die Technologie, auf der die geheime Anlage beruhte, weit esoterischer und dem überwiegenden Teil der Menschheit unbekannt. Sie war buchstäblich ein Geschenk der Götter, überlegte Messier, während er darauf zutrat.

Bald, dachte er, als er näher kam. *Bald.*

Ein Schauer der Erregung überlief ihn, als er durch die riesigen Beobachtungsfenster sah. Bald war die Anlage voll funktionstüchtig, und ihm war es vollkommen gleichgültig, dass das Ergebnis womöglich die Vernichtung der Menschheit mit Ausnahme der wenigen Auserwählten sein würde.

Der wenigen Auserwählten, die bald selbst wie Götter sein würden.

Adams rannte an Lynn vorbei, die wie angewurzelt dastand und ihren Rucksack umklammerte. Aus dem Fenster auf der anderen Seite des Zimmers musterte er die gegenüberliegende Häuserreihe der Avenida Santa María.

Innerhalb von zwei Sekunden hatte er den Scharfschützen auf dem Dach erspäht, dessen Gewehr auf das Fenster zielte, und in den Schaufenstern gegenüber das Spiegelbild zweier Männer, die vor dem Foyer des Hostal Americano warteten.

»Stell dich neben das Fenster!«, flüsterte Adams Lynn eindringlich zu. Dann zog er das ihm am nächsten stehende Bett über den Boden und verbarrikadierte damit die Tür. Es würde das Team nur ein paar Sekunden aufhalten, aber die würden reichen.

Eldridge hatte sich um drei Uhr morgens mit seinen Männern im Hotel getroffen. Er hatte sich ihren Lagebericht angehört, seine Ausrüstung vorbereitet und die Pläne für die Gefangennahme der Flüchtlinge aufgestellt.

Um sieben Uhr am selben Morgen hatte er sein Team die Treppe hinabgeführt und zugesehen, wie die beiden Männer an der Spitze mit einem kleinen metallenen Rammbock zwischen sich auf die Tür zustürmten. Ihre Strategie war reines »Schockieren und Einschüchtern« auf dem taktischen Niveau einer kleinen Einheit – die Tür einschlagen, die Zielpersonen durch Blendgranaten desorientieren und eine schnelle Verhaftung durchführen, wobei beide Personen wenn nötig mit Gewalt überwältigt werden sollten.

Doch die Tür war zwar zerschmettert, aber nicht ins Zimmer gefallen wie erwartet. *Warum zum Teufel nicht?*

»Murphy!«, schrie er. »Was hält euch auf?«

Der rechte der Männer setzte den Rammbock noch einmal an. »Hinter der Tür steht ein Bett!«, brüllte er über die Schulter. »Die wussten, dass wir kommen!«

Eldridge drückte den Knopf an seinem taktischen Mikrofon und sprach mit dem Scharfschützen auf dem gegenüberliegenden Dach. Er hätte gern mehr Männer draußen gehabt, aber an einem so abgelegenen Ort waren ihre Ressourcen zwangsläufig begrenzt.

»Williams, was sehen Sie?«

»Nichts. Vorhin hat sich was am Fenster bewegt – warten Sie

einen Moment, sie haben das Fenster zerschlagen, und die männliche Zielperson trägt in der Hand, der … arrgghh!«

Die Verbindung brach ab, und Eldridge gefror das Blut.

Adams sprintete auf das Fenster zu. Lynn hatte er an der Hand gefasst und zerrte sie mit. Mit der anderen Hand hatte er einen großen Spiegel vom Frisiertisch ergriffen. Am Fenster angekommen, zog er den Vorhang zurück und trat mit dem Stiefel die Fensterscheibe ein; das Glas zersprang und fiel zwei Stockwerke tiefer zu Boden.

Adams ignorierte Lynns Proteste und packte ihr Handgelenk fester. Er hielt den Spiegel mit der Fläche nach oben aus dem Fenster und richtete ihn so aus, dass der Reflex den Scharfschützen gegenüber traf. Er sah, wie der Mann instinktiv vor dem plötzlich auftauchenden, grellen Sonnenlicht zurückfuhr, das ihn durch sein Zielfernrohr traf. Hinter sich hörte er, wie das Team gegen die Tür hämmerte und sie aufbrach. In den wenigen Sekunden, die dazwischenlagen, zog er Lynn nach vorn und sprang mit ihr durch das Fenster.

Bei seinem Eintreffen hatte Adams die breite Stoffmarkise über dem Eingang zum Hotelfoyer gesehen und sich später davon überzeugt, dass Lynns Zimmer im ersten Stock direkt darüber lag.

Der Sprung war ein Risiko – sie konnten ebenso gut auf einer Metallstrebe landen –, aber ihre Chancen standen besser, als wenn sie im Zimmer geblieben wären und es mit sechs bewaffneten Männern aufgenommen hätten.

Adams war froh darüber, dass Lynn auf dem Weg nach unten nicht schrie, obwohl er nicht wusste, ob sie so unerschrocken war oder nur unter Schock stand. So oder so war es gut – er hoffte, dass das zerbrochene Glas die Männer unten nicht bereits alarmiert hatte, denn er konnte jeden Vorteil gebrauchen, den er bekam.

Sie trafen mitten auf dem Stoff auf, und Adams nutzte die Federkraft der Markise, um mit einer Hand nach der Kante zu greifen und den anderen Arm um Lynns Taille zu schlingen. Dann drehte er sich, schwang sich nach unten, ließ am äußeren Punkt der Kurve los und sprang leichtfüßig zu Boden, direkt vor die beiden Männer, die er zuvor gesehen hatte.

Als er landete, gab er Lynn frei, die desorientiert beiseitetaumelte. Die Männer rissen die Augen auf, als sie ihn erblickten. Ihre Hände lagen auf ihren Ohrhörern; offensichtlich gab das Team ihnen von oben Anweisungen.

Bevor sie reagieren konnten, stürzte Adams voran und legte sein ganzes Körpergewicht in eine schwere rechte Gerade gegen das Kinn des ersten Mannes. Adams sah, wie er die Augen verdrehte, und während der Mann bewusstlos zu Boden sank, drehte sich Adams bereits zur anderen Seite und schlug mit einem linken Haken nach dem zweiten. Er traf, aber dieses Mal war sein Timing schlecht, und der Mann taumelte nur nach hinten. Er war verletzt, aber immer noch eine Bedrohung.

Adams sah, wie er instinktiv nach der Pistole in einem Gürtel griff, aber dann riss ein weiterer heftiger Schlag seinen Kopf herum. Er drehte sich um und sah Lynn dort stehen. Den Rucksack, mit dem sie mit aller Kraft gegen den Mann ausgeholt hatte, hielt sie noch in der Hand.

Adams war beeindruckt; aber Lynn war schon immer hart im Nehmen gewesen. Der Mann war noch bei Bewusstsein, lag aber am Boden. Mit einem Mal fiel Adams der Scharfschütze von gegenüber wieder ein. Auch wenn er schlecht sehen konnte, war er immer noch in der Lage, ein paar Schüsse abzugeben.

Er zog Lynn beiseite und suchte Schutz hinter einem der zwei riesigen Pflanzenkübel aus Terrakotta, die rechts und links des Haupteingangs standen. Sein Verdacht bestätigte sich, als Schüsse den Gehweg trafen, wo sie gerade noch gestanden hatte. Adams fiel auf, dass sie bis auf kleine schwarze Schlieren keine Einschusslöcher hinterließen – Gummikugeln. Wenn die Zielperson Pech hatte, konnten sie immer noch tödlich sein, doch das war ein Hinweis darauf, dass die Unbekannten, die hinter ihnen her waren, sie lebend wollten.

Das war die gute Nachricht.

Die schlechte war, dass sie jetzt zwischen einem Scharfschützen auf einer Seite und einer Gruppe von Männern im Hotel hinter ihnen in der Falle saßen. Auch wenn der Scharfschütze nur Gummikugeln verschoss, waren sie damit leicht auszuschalten. Wenn sie auf die Straße liefen, würden diese Kugeln sie treffen; wenn sie sich ins Hotel zurückzogen, würden die sechs Männer, die zweifellos gerade die Treppen zum Foyer hinunterjagten, sie in Empfang nehmen.

Adams stellte eine rasche Kopfrechnung an – seit dem Moment, in dem er das Fenster eingetreten hatte, und ihrem Sprung waren vermutlich nicht mehr als fünfzehn Sekunden vergangen. Während dieser Zeit hatte das Team oben wahrscheinlich gerade die Tür aufgebrochen, und der Anführer hatte sich alles zusammengereimt und eine Entscheidung über ihr weiteres Vorgehen getroffen. Eine Gruppe Bewaffneter würde mindestens dreißig Sekunden brauchen, um zwei Treppen hinunterzulaufen.

Adams wusste, dass das Hotel einen Hintereingang haben würde, der wahrscheinlich auf eine von Lieferanten benutzte Gasse hinausging. Er hätte die Ausgänge auskundschaften sollen, sobald er gekommen war. Nachlässig. Und »nachlässig« konnte gegen diese Kerle schnell »tot« bedeuten. Wenn Lynn und er überleben sollten, musste er sich mehr Mühe geben.

So, wie die Dinge standen, hatten sie dreißig Sekunden Zeit, um ins Hotel zurückzugehen und den Weg zum Hinterausgang zu finden.

Das musste reichen.

8

Eldridge führte seine Männer wieder die Treppe hinunter und fluchte dabei ununterbrochen. Woher hatten die beiden gewusst, dass sein Team kam? Und wer hätte gedacht, dass sie aus dem Fenster springen würden? Was für eine Schweinerei!

Die neueste Meldung von Williams beruhigte ihn auch nicht. Anscheinend waren seine Männer, die draußen gestanden hatten, beide niedergeschlagen worden, und die beiden Flüchtigen waren tatsächlich umgekehrt und wieder *in* das Gebäude *hineingerannt!*

Eldridge hatte keine Ahnung, was sie vorhatten, doch er wusste, dass es ein Fehler gewesen war, die Hintertür unbewacht zu lassen. Aber was hätte er mit so wenigen Männern anderes tun können? Er konnte nicht alle Fluchtwege abdecken, und als er den Plan für die Festnahme entworfen hatte, war es sehr unwahrscheinlich erschienen, den Hinterausgang bewachen zu müssen.

Trotzdem, überlegte er, als er sich dem ersten Treppenabsatz näherte, *ist es so, dass Pläne keinen Feindkontakt überleben.* Zumindest darin hatte der knurrige alte Master Chief, der sein Ausbilder bei den SEALs in Virginia Beach gewesen war, recht behalten.

Als sie sich dem Fuß der Treppe und dem Foyer näherten, wurde ihm klar, welchen Eindruck sie erwecken würden: sechs bewaffnete Männer, die mit Höchstgeschwindigkeit durch das Foyer eines billigen Innenstadt-Hotels rannten. Eigentlich hätte die Operation diskret vonstattengehen sollen. Sie hatten zwar die Genehmigung der chilenischen Regierung und der Polizei von Santiago, aber dennoch war sich Eldridge bewusst, dass ihre Mission dabei war, die abgestimmten Grenzen zu überschreiten.

Das Hotelpersonal hatte dafür gesorgt, dass sich während der Operation keine Gäste im Foyer aufhielten – der Plan war gewesen, die beiden Festgenommenen gefesselt die Treppen hinunterzuschleppen und in den draußen wartenden Kleinbus zu verfrachten –, aber Eldridge begriff, was für ein Spektakel sie hier abgaben und wie schlecht es für die US-Regierung aussehen könnte, wenn es noch schlimmer wurde. Er hielt kurz inne – der Laster! Natürlich! Der Laster! Wie hatte er das vergessen können?«

»Renfrew«, sprach er in sein Mikrofon, als er die letzte Treppenstufe ins Foyer nahm, »fahren Sie den Kleinbus auf die Rückseite! Sofort!«

Adams und Lynn stürmten zusammen aus der Metalltür des Dienstboteneingangs und auf die schmale Gasse. Sie hatten den Ausgang durch die Küche gefunden, nachdem sie durch Foyer, Rezeption und Speisesaal gesprintet waren.

Es überraschte Adams, dass keine anderen Gäste zu sehen waren, doch dann wurde ihm klar, dass sie auf ihre Zimmer geschickt worden sein mussten. Auch auf Personal trafen sie nicht, und mit einem Mal ging ihm auf, wie gut vernetzt das Team sein musste, um das Hotel so gründlich zu sichern.

Vorbei an überquellenden Mülleimern rannten sie die Gasse entlang, auf die breite Straßenmündung an ihrem Ende zu. Adams war erleichtert, dass die Tür nicht bewacht gewesen war. Er begann zu glauben, dass sie wirklich eine Chance hatten, doch da erblickte er vor ihnen einen bedrohlichen schwarzen Schatten, der sich bewegte und dessen gewaltiger metallener Umriss das Ende der Gasse blockierte.

Es war ein großer, schwarzer Kastenwagen, auf den Adams nur einen kurzen Blick erhascht hatte, als der Scharfschütze sie vor dem Hotel in Schach gehalten hatte. Offensichtlich hatten die Männer geahnt, dass sie nach dem Hinterausgang suchen würden, und den Wagen herangefahren, um ihnen den Fluchtweg abzuschneiden.

Der Lieferwagen war noch fünf Meter entfernt, als Adams sah, wie sich die Tür öffnete und sich ein Mann herauslehnte und mit einer Maschinenpistole auf sie zielte. Dieses Mal war sich Adams nicht so sicher, ob die Kugeln aus Gummi sein würden. Er schnappte sich den großen, auf Rädern stehenden Müllcontainer neben sich und stieß ihn mit kräftigem Schwung auf den Bewaffneten zu.

Die Tonne donnerte gegen die Tür des Lieferwagens und stieß den Mann zurück ins Fahrzeug. Sofort gab Adams Lynn ein Zeichen und zeigte auf eine Feuerleiter links. Er hob sie auf eine andere Mülltonne, damit sie die erste Strebe erreichen konnte, und zog sich dann selbst hoch. Dann war er bei ihr, und zusammen kletterten sie auf das Dach des Gebäudes hinter dem Hotel.

Adams warf einen Blick nach unten und sah, dass der Mann sich gegen die Tür des Lasters stemmte und den Müllcontainer zurück in die Gasse schob. Wütend schaute er auf und zielte mit seiner MP5-Maschinenpistole auf die beiden.

Aber es war zu spät. Sie hatten das Dach schon erreicht.

Eldridge war alles andere als glücklich.

Er hatte die Operation erst starten wollen, sobald auch der Rest seines Teams vor Ort wäre, aber Jacobs hatte ihn kontaktiert und ihm befohlen, sofort zuzuschlagen, solange sie wussten, wo sich die beiden aufhielten. Eldridge sah die Logik dahinter – besser, das Eisen zu schmieden, solange es heiß war, denn es wäre eine Katastrophe, wenn die zwei erneut entkämen. Trotzdem hatte er gezögert, die Festnahme mit nur neun Männern durchzuführen. Sie waren natürlich alle Experten, aber darauf kam es nicht an – neun Männer waren einfach zu wenig, um ein Gebäude und dessen Umfeld zu kontrollieren. Damit forderte man Unannehmlichkeiten geradezu heraus, und seine Erfahrung mit solchen Einsätzen hätte ihn bewegen sollen, Jacobs Ansinnen abzuschlagen.

Aber, überlegte Eldridge, man lehnte eine Anweisung von Jacobs nicht ab. Niemand tat das. Und so hatte er seine Befehle befolgt wie ein guter Soldat, und jetzt das – die Mission war vollständig gescheitert.

Die beiden Zielpersonen waren aus dem Hotel entkommen und hatten es fertiggebracht, vorbei an den Gebäuden hinter dem Hostal Americano auf die Huérfanos zu gelangen, die Hauptstraße, die parallel zur Straße Compañía de Jesús verlief. Glücklicherweise war es Jacobs gelungen, von der NSA eine direkte Satellitenverbindung zu bekommen, sodass die Leute seiner Organisation in Nevada das Team der Alpha-Brigade jetzt über Luftbeobachtung dirigieren konnten.

Doch in Eldridges Augen hatten sie die Sache trotzdem verbockt. In diese Verfolgungsjagd, die sich auf die Straßen von Santiago ausweitete, würden immer mehr Menschen verwickelt werden – Menschen, die die Alpha-Brigade nachher zum Schweigen bringen musste.

Es sah so aus, als hätten sie Matthew Adams und Evelyn Edwards wieder unterschätzt. Zwei aus Eldridges Männern bestehende Teams – Männer der sagenumwobenen Alpha-Brigade, die Besten der Besten – waren bisher gescheitert, und Jacobs hatte überdeutlich zum Ausdruck gebracht, dass er alles andere als einen kompletten Erfolg schlicht nicht hinnehmen würde.

Eldridge verzog das Gesicht. Er wusste, dass er die Mission vorantreiben musste. Ganz abgesehen von der Organisation war er kein Mann, der ein Scheitern akzeptieren konnte.

Eldridge und seine Männer stürmten aus den Gebäuden. Sie waren ihren beiden Zielpersonen dicht auf den Fersen. Inzwischen wurde er mit Echtzeit-Informationen über die Bewegungen des Paars versorgt, die direkt von oben überwacht wurden. Er wusste, dass sie von einem Beobachtungssatelliten herrührten, der die Erde in einem niedrigen Orbit umkreiste, und war nicht erstaunt darüber, dass man ihnen einen solchen Satelliten so schnell zur Verfügung gestellt hatte. Obwohl die Beziehungen zwischen den verschiedenen Geheimdiensten notorisch schlecht waren, brachte Jacobs' Organisation es immer fertig, die Sache zu beschleunigen.

Während Eldridge sein Team auf die Huérfanos führte, unterrichtete ihn die elektronische Stimme in seinem Ohrhörer darüber, dass die Zielpersonen soeben die Plaza de Brasil betreten hatten, weniger als einhundertfünfzig Meter direkt östlich von ihnen. Rasch erteilte er seinen Teamkollegen Anweisungen und ignorierte die verblüfften Mienen der Passanten, die die schwer bewaffneten, maskierten Männer anstarrten, die den palmenbestandenen Boulevard entlangrannten.

Zwei von ihnen würden jeweils eine Seite des Platzes entlanglaufen und ihn umrunden, um die Ausgänge im Norden und Süden abzuschneiden, und der Laster würde ihn umfahren, um den am weitesten entfernten Ausgang im Westen zu blockieren. Eldridge und sein Partner würden den Platz betreten und die Festnahmen durchführen.

Jedenfalls hoffte er das.

9

Der Anblick, der Adams und Lynn erwartete, als sie die Plaza betraten, raubte ihnen den Atem, obwohl sie keine Pause machten und weiter in den Platz – und damit das Zentrum des Festival del Barrio Brasil – hineinliefen.

Wohin sie auch sahen, war etwas im Gang. Straßentheater, Pantomimen, Tanzgruppen, Kunstausstellungen, Akrobaten, Musikgruppen; und alle umgeben von Hunderten, vielleicht sogar Tausenden faszinierten Zuschauern. Die weitläufige Plaza war dicht mit Bäumen bestanden, die Schatten und Zuflucht boten, und schien der perfekte Ort zu sein, um in der Menge unterzugehen.

Adams, dem nur zu bewusst war, dass das bewaffnete Team sich dicht hinter ihnen befinden musste, zog Lynn weiter in die dichte Menschenmenge hinein und verlangsamte etwas seinen Schritt, um keine Aufmerksamkeit zu erregen.

Angesichts des Trubels auf der Plaza erschien es unwahrscheinlich, dass sie entdeckt würden.

Einhundertfünfzig Meter unterhalb der Wüste von Nevada analysierten Techniker die Liveaufnahmen, die sowohl von den NSA-Satelliten als auch von den Überwachungskameras in Santiago eingingen.

Sie beobachteten, wie die Zielpersonen – Charlie eins und Charlie zwei – den dicht bevölkerten Platz betraten. Kurzzeitig verloren sie die beiden, aber dann hob die Programmsoftware sie hervor, indem sie sie blau unterlegte. Der leitende Techniker überprüfte die angegebene Position und gab sie dann an die Überwachungskameras der Plaza weiter, die sich daraufhin drehten und auf die Zielpersonen ausrichteten.

Sie erhielten Bilder von Charlie eins und zwei, die sich durch die Menge treiben ließen; einen Indianer und eine Frau europäischen Typs. Beide waren Ende dreißig, trugen Rucksäcke und sahen sich unauffällig um.

Als der Techniker dem Team vor Ort die Einzelheiten durchgab, verspürte er fast ein schlechtes Gewissen, weil alles so einfach war.

Als Eldridge die Menschenmengen sah, entfuhr ihm ein Keuchen, und er fragte sich, wie zur Hölle er in einer solchen Umgebung die Zielpersonen finden sollte; doch dann knackte sein Ohrhörer, und die Information wurde kristallklar durchgegeben – sie befanden sich vierzig Meter südöstlich im Park, genau in der Mitte einer Gruppe von siebenundzwanzig Zuschauern einer Akrobatenvorführung.

Er gab die Informationen an den Rest seines Teams weiter, entsicherte seine Waffe und strebte mit großen Schritten vorwärts. Die Aufschreie der Menschen, die ihn sahen, ignorierte er.

Adams wusste nicht, was er zuerst wahrnahm – den Anblick der Überwachungskamera, die von einer großen Palme fast verdeckt wurde und sich langsam auf sie zudrehte, bis sie anhielt und sich direkt auf sie richtete; oder das Geschrei hinter ihnen, von dem gut vorstellbar war, dass es von Leuten stammte, die bewaffnete Männer auftauchen sahen.

Jedenfalls war ihm sekundenschnell klar, dass sie hier keineswegs unsichtbar waren – sie saßen in der Falle. In diesem Moment waren vermutlich die Eingänge zum Platz blockiert, sodass die Fläche eingekesselt war. Er wusste, dass die Unbekannten, die hinter dieser Sache steckten, sie lebend wollten, aber ihm ging auch auf, dass das vielleicht ihre *bevorzugte* Option war, aber nicht zwingend *notwendig*. Er würde jedenfalls nichts riskieren.

Hektisch ließ er den Blick über die Plaza schweifen, die Menschenmengen, die Musikgruppen, die Tänzer, die Aufführungen, die Ausstellungen, die …

Er blieb wie angewurzelt stehen, und unwillkürlich breitete sich ein Lächeln auf seinem Gesicht aus.

Niemand brauchte Eldridge zu sagen, dass vor ihm ein Tumult im Gang war, das sah er mit eigenen Augen. Etwas passierte in der Menge, Menschen liefen durcheinander, und er hörte Gebrüll, Lachen, Ausrufe.

Die Stimme aus seinem Ohrhörer erklärte ihm, die beiden Zielpersonen hätten die Menge hinter sich gelassen und seien weiter in Richtung Südost unterwegs, zu einem Areal, auf dem anscheinend Tiere vorgeführt wurden. Dort drängten sie sich an den Zuschauern vorbei, rannten zu den Tieren und dann – Eldridge schaltete ab, denn er konnte nicht glauben, was er hörte.

Dann war er selbst da und drängte sich an den Menschen vorbei, um es zu sehen, und ihm wurde klar, dass die Stimme recht gehabt hatte.

Er zog sich zurück und brüllte über sein Mikrofon nach seinen Teamkollegen. »In den Laster! Sofort! Die beiden sitzen auf einem verdammten Pferd!«

10

Adams spürte, wie Lynn ihn fester um die Mitte fasste, während er das Pferd durch die rasch vor ihnen auseinanderweichende Menge steuerte.

Er wusste, dass sie auf dem Rücken eines Pferds nur Aufmerksamkeit auf sich lenken würden und ihre erhöhte Position sie erst recht zur Zielscheibe machte, doch er hoffte, dass ihre höhere Geschwindigkeit das mehr als ausgleichen würde. Außerdem rechnete er nicht damit, dass ihre Verfolger an einem so belebten öffentlichen Ort wild um sich schießen würden, aber das war keineswegs garantiert. Und so drückte er die Fersen fest in die Flanken des Pferdes und ritt weiter auf den westlichen Ausgang zu.

Von ihrer erhöhten Position aus konnten sie besser verfolgen, was vor sich ging. Nichts davon war gut. Lynn hatte sich umgedreht, um festzustellen, was hinter ihnen los war. Sie flüsterte ihm ins Ohr. »Zwei Bewaffnete direkt hinter uns.« Er staunte darüber, wie sie ihre Stimme unter Kontrolle hatte und alle grauenhaften Emotionen, die sie durchmachte, dämpfte. Gleichzeitig hatte er selbst vier Polizisten identifiziert, die auf der Plaza Dienst taten und jetzt ihre Aufmerksamkeit dem Aufruhr um das Tiergehege zuwandten.

Adams und Lynn waren schnell hineingerannt, und Adams war gelenkig auf den Rücken des ungesattelten Pferdes gesprungen, hatte den Arm ausgestreckt und Lynn hinter sich hochgezogen. Die Kinder, die das Tier gefüttert hatten, wichen rasch zurück, und der Wärter hatte versucht, nach Adams' Bein zu greifen und ihn hinunterzuziehen, aber es war Adams gelungen, ihn wegzutreten. Er beherrschte das Pferd allein durch den Druck seiner Schenkel und steuerte es auf den Ausgang auf der anderen Seite zu.

Ohne Sattel zu reiten ist anspruchsvoll, aber diese Technik beherrschte Adams schon lange und demonstrierte sie immer noch häufig bei seinen Touristentouren. Dass Lynn hinter ihm saß, machte es natürlich schwieriger, aber nicht unmöglich.

Er trieb das Pferd – eine schöne Fuchsstute – an, und sie übersprang mit Leichtigkeit den Zaun des Geheges und legte an Tempo zu. Aus der Menschenmenge hinter ihnen wurden Rufe nach der Polizei laut, und Adams wusste, dass sie nicht mehr viel Zeit hatten, um die Plaza zu verlassen.

Tim Renfrew saß in seinem Kastenwagen, beobachtete den Ausgang der Plaza und zielte mit der Maschinenpistole aus dem Seitenfenster. Er hatte noch immer den Befehl, die beiden wenn möglich lebend festzunehmen, daher hatte er vor, auf das Pferd zu schießen. Wenn das Tier stürzte, wären die Zielpersonen kurzzeitig hilflos; hoffentlich so lange, dass Renfrew sich ihnen nähern und sie mit dem Elektroschocker ausschalten könnte.

Er sah, wie die dichte Menschenmenge auseinanderstob, und Chaos brach aus. Einige Menschen rannten schreiend von der Plaza, und dann waren sie da. Charlie eins, Charlie zwei und das Pferd – sozusagen Charlie drei, entschied Renfrew, als er durch das Visier seiner MP5 zielte.

Aber das Tier lief zu schnell, es stürmte im Galopp voran, und dann konnte er durch das Visier nur noch Adams' verzerrtes Gesicht sehen, der das Pferd hart auf den Kastenwagen zutrieb.

Und dann hatten sie ihn erreicht, überrannten ihn beinahe, und er musste sich in den Wagen zurückziehen, um nicht verletzt zu werden. Das Pferd schien direkt auf ihn zuzuspringen, seine Hufe kratzten über die Motorhaube.

Und dann blickte Renfrew auf, und das Pferd und die beiden Reiter waren nicht mehr da. Sie befanden sich jetzt auf der anderen Seite des Lieferwagens und galoppierten mit dem nach Norden strömenden Verkehr die Maturana hinauf.

Darüber würde Eldridge ganz bestimmt nicht erfreut sein.

Innerhalb von zwei Minuten saß Eldridges Team komplett wieder im Lieferwagen, den Renfrew in den Verkehr auf der Maturana lenkte, um den Flüchtigen nach Norden zu folgen.

Eldridge erhielt ständiges Feedback über den Standort des Pferdes, aber das war gar nicht notwendig; durch die Windschutzscheibe sah er, wie das Tier den Boulevard entlanggaloppierte und Adams und Lynn sich auf seinem Rücken festhielten. Er hörte auch Sirenen, die sich von hinten und von der Seite näherten.

Verdammt. Anscheinend schalteten sich jetzt auch die örtlichen Polizeikräfte ein, was womöglich zu einer ganzen Reihe neuer Verwicklungen führen würde.

»Schneller«, befahl er Renfrew.

»Hey, ich versuch's ja«, wandte Renfrew ein, während er in dem stetigen Fahrzeugstrom mit dem sperrigen Lieferwagen überholte und sich wieder einordnete. »Der Verkehr ist verdammt dicht.«

Eldridge blickte in den Seitenspiegel und sah die blitzenden Lichter hinter ihnen, die näher kamen. »Drängen Sie die anderen Autos von der Straße, wenn es sein muss«, befahl er. »Wir müssen dieses verdammte Pferd einholen!«

Adams wusste, dass die Stute nervös war, und konnte es ihr nicht verübeln. Die Straße war verstopft, und er musste sie im Galopp durch Tonnen von in Bewegung befindlichem Stahl, grollende Motoren und Gehupe lenken, was jedes Tier nervös gemacht hätte – und auch jeden Menschen, dachte Adams. Er kämpfte darum, ihr unkonventionelles Transportmittel zu beherrschen.

Hinter ihm hielt Lynn ihn über das, was auf der Straße vorging, auf dem Laufenden. »Der Lieferwagen kommt näher und drängt inzwischen auch andere Fahrzeuge beiseite«, schrie sie ihm ins Ohr. »Und dahinter Polizeiautos!«

Adams nickte und behielt die Straße im Auge. Dann drehte er sich schnell zu Lynn um.

»Halt dich fest!«, brüllte er und bog nach links ab. Das Pferd gehorchte, obwohl es kein Zaumzeug trug, und lief quer durch den heranbrandenden Verkehr auf der Compañía de Jesús.

Adams war froh, dass Lynn nicht sehen konnte, was sich vor ihnen abspielte, denn ein riesiges Ford-Wohnmobil hielt auf der belebten Straße direkt auf sie zu. Er beugte sich über den Hals der Stute und redete ihr gut zu, bis sie sich aufbäumte und in einer einzigen, geschmeidigen Bewegung über das gewaltige Fahrzeug sprang.

»Matt!«, rief Lynn aus, als das Pferd landete und dann sofort einen scharfen Haken um einen weiteren Wagen schlug. Adams wandte sich um und spürte gleichzeitig, wie Lynns Griff um seine Mitte sich lockerte. Seine Augen weiteten sich, als er sah, wie sie seitlich vom Pferd rutschte.

»Sie fällt!«, erklärte Eldridge seinen Teamkollegen, die im hinteren Teil des Lieferwagens saßen, als sie um die Ecke bogen und sich einen Weg auf die Compañía de Jesús erzwangen. »Sie stürzt ab!«

In der Fahrerkabine sahen Eldridge und Renfrew zu, wie das Pferd auf geradezu wundersame Weise über die Motorhaube eines dicken Geländewagens sprang, und dann – ja! – wie Evelyn Edwards ihren Halt an Adams verlor und auf den harten Betonboden der Straße zuglitt.

Sobald Adams spürte, dass sich Lynns Griff löste, reagierte sein Körper instinktiv und augenblicklich.

Mit einer Hand griff er in die dichte Mähne der Stute, verlagerte sein Gewicht seitwärts und grub die Knie in den Körper des Tiers, um fester zufassen zu können. Sein anderer Arm schoss Lynn entgegen.

Gerade, als sie vom Rücken des Pferdes rutschte, packte Adams mit festem Griff ihren Unterarm und beugte sich halb über die Flanke des Tieres hinunter. Das Pferd galoppierte weiter die Straße entlang, und Lynn fasste zur Sicherheit auch mit der anderen Hand um Adams' ausgestreckten Arm und schrie, als sie mitgeschleift wurde und ihre Füße schmerzhaft auf den rauen Asphalt schlugen.

Adams verzerrte selbst vor Schmerz das Gesicht, während er darum kämpfte, Lynn wieder nach oben zu ziehen, und gleichzeitig versuchte, das ungesattelte Pferd unter Kontrolle zu halten. Lynn zog sich mit den Händen an seinen Armen hoch. Als er nach vorn blickte, keuchte er beim Anblick des LKW, der auf sie zudonnerte, auf. Die gewaltige Stahlmasse drohte sie beide zu zerschmettern.

Lynn folgte seinem Blick und riss ebenfalls die Augen auf, als sie den Schwerlaster sah. Adrenalin strömte durch beider Körper. Adams zog mit aller Kraft, und Lynn klammerte sich fest an ihn, und dann hob er sie immer höher, bis sie schließlich oben war und Adams sie wieder auf den Rücken des Pferdes schwang und sich selbst in Sicherheit brachte. Und dann raste der LKW hupend nur Zentimeter an ihnen vorbei.

Im Lieferwagen konnte sich Eldridge wenigstens darüber freuen, dass die Polizei ihm nicht mehr auf den Fersen war – Jacobs musste sie irgendwie zurückgerufen haben.

Es war ein Segen, sich keine Sorgen mehr wegen der Stadtpolizei machen zu müssen; anders wäre es gewesen, wenn sie von Anfang an eine Kooperation zahlreicher Agenturen geplant hätten. Aber wenn zusätzliche Elemente involviert wurden, sobald eine Mission schon im Gang war, dann würde die Sache bestimmt auf Grund laufen.

Noch schlimmer auf Grund laufen, verbesserte Eldridge sich, denn natürlich hatten sie es bereits ordentlich vermasselt. Die fliehenden Zielpersonen hatten nicht nur die Kreuzung mit der Ricardo Cumming ohne einen Kratzer überquert und sich auf beinahe magische Art zwischen den entgegenkommenden Fahrzeugen durchgeschlängelt; inzwischen war ihr unkonventionelles Transportmittel vollkommen außer Sicht. Glücklicherweise konnte die

Stimme aus seinem Ohrhörer ihn sofort mit Informationen versorgen und erklärte ihm, das Pferd sei scharf rechts auf die Arz González abgebogen und laufe in Richtung Catedral. Leider sah es auch so aus, als vergrößere sich der Abstand zu ihnen ständig.

»Machen Sie schon«, drängte er Renfrew. »Kann dieser Schrotthaufen nicht schneller fahren?«

Renfrew ignorierte Eldridge und konzentrierte sich mit aller Macht darauf, den schwerfälligen Lieferwagen auf der Straße zu halten. Aber er war entschlossen, sie einzuholen. Er würde es sich nie verzeihen, wenn es ihm nicht gelang, ein Pferd zu fangen, obwohl er einen Wagen mit einem 5-Liter-V8-Motor unter der Haube fuhr. Aber das Pferd hatte auch seine Vorteile; zunächst einmal konnte es weit besser manövrieren als ein Motorfahrzeug und sich leichter durch den Verkehrsstrom bewegen. Aber das Pferd musste irgendwann ermüden, und dann hatte Renfrew sie.

Als das Tier auf das Ende der Arz González zulief, schien es die Geschwindigkeit zu vermindern. War es schon so weit? Renfrew trat noch fester aufs Gas.

Und dann passierte etwas, das sowohl ihn als auch Eldridge laut aufkeuchen ließ.

Adams sah es aus der Entfernung, und er brauchte nur Sekunden, um die Entscheidung zu treffen.

Der Eingang zur U-Bahn-Station Cumming lag direkt vor ihnen, auf der anderen Straßenseite der Catedral, die das Ende der Arz González kreuzte.

Als sie zum Ende der Straße kamen, bremste er die Stute und warf einen Blick auf den Verkehr auf der Catedral. Er sah, dass glücklicherweise nicht viel los war, und trieb das Pferd quer über die Straße und den Gehweg und die steile Treppe hinunter, die in das unterirdische Bahnsystem von Santiago führte.

11

Die Metro von Santiago ist Südamerikas ausgedehntestes U-Bahn-System. Ihre fünf Linien umfassen über hundert Bahnhöfe und über hundert Kilometer Schienen. Sie transportieren täglich mehr als zwei Millionen Passagiere und sind der Lebensnerv der Stadt.

Als Adams die treue Stute vorbei an den schreienden, auf sie zeigenden, verblüfften Zuschauern auf den Bahnsteig lenkte, war er sich ziemlich sicher, dass noch nie zuvor ein Pferd über diese Bahngleise gelaufen war. Er wusste nicht einmal, ob das Pferd bereit sein würde, den Bahnsteig zu verlassen und zwischen die Stahlschienen zu springen, aber er wusste, dass er das Risiko eingehen musste – der Rest seines Plans hing davon ab, ob sie es in die Tunnel schafften.

Lynn klammerte sich an ihm fest. Er hielt das Pferd am Rand des Bahnsteigs an, und dann sprangen sie vom sicheren Bahnsteig auf die tiefer liegenden Schienen.

Die Männer, die in der Aufklärungsabteilung in Nevada vor dem Computer saßen, hatten alle Hände voll zu tun.

Einem Pferd mittels Überwachungskameras und Satellitenaufnahmen durch Großstadtstraßen zu folgen, war ziemlich einfach, aber jetzt war das Pferd – und niemand im Kontrollraum hatte die *geringste* Vorstellung davon, wie der Reiter das fertigbrachte – in Santiagos U-Bahn-System gelangt.

Der leitende Techniker musste sich sofort in das Computersystem des städtischen Nahverkehrs einhacken und die Aufnahmen aus dessen Überwachungskameras anzapfen.

Als er das unbearbeitete Material auf seine eigenen Monitore geleitet hatte, zeigte das einzige Bild, das ihm die Kamera auf dem Bahnsteig lieferte, die Hinterbeine des Pferdes, das in vollem Galopp den östlichen Tunnel in Richtung Santa Ana entlanglief.

Zögernd griff er nach dem Telefon.

Die Berichte prasselten nur so auf Eldridge ein.

Die Bahnpolizei erhielt Befehl, alle Züge im System sofort anzuhalten und Männer in die Tunnel zu schicken, um Pferd und Reiter hinauszutreiben. Unterdessen drängte Eldridge Renfrew auf der Catedral, schneller zu fahren; zur Station Santa Ana, wo sie die beiden abfangen und ihrer verrückten Flucht durch die Stadt ein für alle Mal ein Ende machen wollten.

Minuten später führte Eldridge sein Team in Vierergruppen die Treppe zur U-Bahn-Station Santa Ana hinunter. Sie hatten die entsicherten Waffen gezogen.

Gleichzeitig strömten Menschenmengen in umgekehrter Richtung die Treppe herauf und zum Ausgang. Eldridge wusste nicht, ob die Bahnpolizei die U-Bahn evakuierte oder etwas anderes der Grund war.

Das Team erreichte im Laufschritt den Fuß der Treppe, und Eldridge hätte schwören können, dass er hinter der nächsten Ecke das Wiehern eines Pferds hörte.

Auf dem Weg zu dem Bahnsteig Richtung Westen passierte das Team die letzten Nachzügler, rannte den modernen, gefliesten Gang entlang und kam schließlich durch einen hohen Torbogen auf den Bahnsteig hinaus.

»Fertig!«, schrie Eldridge, und die Männer des Teams hoben gleichzeitig die 9-Millimeter-Maschinenpistolen und zielten damit auf den dunklen Tunnel, der ihnen gegenüberlag. Sie waren bereit, das Pferd in dem Moment, in dem es herauskam, zu erschießen. Wenn die beiden Zielpersonen dann bei ihrem Sturz von dem toten Tier auf die Schienen nicht gleich an einem elektrischen Schlag starben, würden seine Männer sich auf sie stürzen und sie überwältigen.

Als die Männer das Pferd erneut aus dem Tunnel wiehern hörten, korrigierten sie ihre Positionen. Sie sahen seinen schwachen Umriss auf sich zukommen und atmeten ruhig aus. Dann hielt jeder den Atem an, um exakt schießen zu können.

Und dann brach die Fuchsstute in das Licht des Bahnsteigs. Sie galoppierte immer noch mit voller Kraft und lief zwischen den stählernen Schienen dahin; ein schönes, beeindruckendes Tier, dessen Fell im Neonlicht schimmerte und an dessen Flanken die Muskeln wogten.

»Nicht schießen!«, schrie Eldridge, als das Pferd an ihnen vorbei weiterlief und mit Höchstgeschwindigkeit durch das Gleisbett und in den nächsten Tunnel rannte, bis es wieder außer Sicht war.

Das Pferd hatte einen beeindruckenden Anblick abgegeben, aber etwas hatte gefehlt. Etwas Entscheidendes.

»Wo zur Hölle sind Adams und Edwards geblieben?«, brüllte Eldridge frustriert.

Auf halbem Weg zwischen den Stationen hatte Adams das Pferd im Tunnel angehalten, war mit Lynn abgestiegen und hatte dem Tier einen Schlag auf die Flanke versetzt, damit es weiter zum nächsten Bahnsteig lief. Während er der Stute nachsah, die über die Gleise davongaloppierte, schickte er ein Gebet an die Tiergeister, dankte ihnen dafür, dass sie ihnen die herrliche Stute geschickt hatten und bat um ihre Sicherheit.

Adams war sicher, dass es irgendwo an den Gleisen einen Zugang geben musste, eine Personaltür, die in einen Versorgungsbereich führte. Doch im Tunnel war es dunkel. Nur eine trübe rote Notbeleuchtung erhellte ihn, und seine Nachtsicht war nicht mehr annähernd so gut wie früher.

Lynn erspähte die Stahltür schließlich in der Dunkelheit auf der linken Seite des Tunnels.

Adams rannte hin und betätigte den Hebel. Dann überprüfte er den Tunnel noch einmal auf Anzeichen von Verfolgung, nahm

Lynn bei der Hand und trat mit ihr in den dunklen Wartungstunnel, der dahinter lag.

Da sich ihre Augen endlich der Finsternis anpassten, beschloss Adams, das Licht ausgeschaltet zu lassen, weil er keine weitere Aufmerksamkeit auf sie beide lenken wollte. Aber nach weniger als zwei Minuten blieb er abrupt stehen.

»Da ist jemand vor uns«, flüsterte er Lynn scharf zu, »und kommt auf den Korridor zu. Sie werden bald hier sein.«

Rasch zog er sie auf dem Gang ein, zwei Meter zurück. Im Halbdunkel war Adams eine Reihe von Spinden und Metallschränken aufgefallen, die an der Wand entlang standen, und jetzt zerrten Lynn und er hektisch an den Griffen, um einen zu finden, der offen war.

»Sie sind schon an der Tür!«, zischte Adams warnend, und gleichzeitig gelang es Lynn, eine Tür zu öffnen. Sie drückten sich in das enge Innere hinein und zogen die Aluminiumtür hinter sich zu, so leise sie konnten.

Es war ein Putzschrank voll mit Besen, Mopps und Chemikalien. Aber er bot genug Platz für sie, und beide sahen durch die Schlitze in der Tür, wie das Licht eingeschaltet wurde.

Nach einem kurzen Moment, in dem sich ihre Augen an das grelle Licht gewöhnt hatten, konnten sie eine Gruppe Polizisten in Uniform erkennen – wahrscheinlich die Bahnpolizei, wurde Adams klar –, die den Gang entlang in Richtung Tunnelröhre rannten.

Adams hatte keine Ahnung, ob das Pferd schon gefunden worden war – der Bahnhof Santa Ana lag noch ein Stück von der Stelle entfernt, an der sie abgestiegen waren –, aber die Stute hätte es schaffen können, wenn sie in vollem Galopp lief. Er wusste nicht, ob man schon vermutete, dass sie beide den Tunnel über den Gang verlassen hatten, oder ob die Polizisten den Tunnel nur über einen direkten Weg erreichen wollten. So oder so musste die Polizei – und die Unbekannten, denen sie Bericht erstattete – den Eindruck haben, dass sich die Zielpersonen nicht in dem Wartungskorridor befanden, und Lynn und ihm war hoffentlich eine Atempause gegönnt, um zu fliehen.

Sie warteten, bis die Stahltür, die in den Tunnel führte, hinter den Männern zufiel. Dann öffneten sie die Schranktür und schlichen vorsichtig den jetzt hell erleuchteten Gang entlang, jeden Moment zum Handeln bereit.

Keine zehn Minuten später hatten sie die Straße erreicht. Glücklicherweise hatten sie sich nur noch zweimal verstecken müssen, denn Adams' Sinne kehrten zurück, sodass sie gerade noch genug Zeit zum Reagieren hatten.

Der Ausgang führte sie auf die Catedral, nur hundert Meter von der Kreuzung mit der Brasil entfernt.

Diese Gegend wurde nur minimal videoüberwacht, aber sowohl Adams als auch Lynn waren sich der Gefahr der Satellitenüberwachung inzwischen vollständig bewusst. Sofort duckten sie sich in die Tarnung einer Markise vor einem Lebensmittelladen und gaben vor, die diversen angebotenen Obstsorten zu betrachten.

»Wir müssen ein Auto auftreiben und die Stadt verlassen«, erklärte Lynn bestimmt. Bisher hatte ihr Exmann die Führung übernommen, und obwohl sie ihm überaus dankbar war – natürlich hatte sie genau deswegen Kontakt zu ihm aufgenommen –, war sie kein Mensch, der gut damit zurechtkam, hilflos zu sein. Wenn sie jetzt Verantwortung übernahm, würde sie wenigstens einen Teil ihres Selbstwertgefühls retten können.

Nervös überprüfte sie ihren Rucksack und sah erleichtert – und angesichts dessen, was sie gerade durchgemacht hatten, verblüfft –, dass noch alles da war.

»Genau das hatte ich auch überlegt«, pflichtete Adams ihr bei. »Aber wo bekommen wir eins her?«

»Gleich hier«, gab Lynn prompt zurück.

»Was?«, fragte Adams verblüfft, doch als er das aufgeregte Glitzern in den Augen seiner Ex sah, wusste er, dass sie einen guten Plan hatte.

Im Kontrollzentrum tief unter der Air-Force-Basis in Nevada war unter den Technikern hektische Betriebsamkeit ausgebrochen.

Sie hatten die Suchparameter – Bahnsteige, Gleise, Wartungsein- und -ausgänge, alle möglichen Stellen, an denen die beiden Zielpersonen die Straßen von Santiago erreicht haben konnten – eingegeben und überwachten jetzt jedes Einzelne dieser potenziellen Areale.

Das Problem war, dass es einige Minuten gedauert hatte, bis die Bitte um die Umleitung der Satellitendaten von ihrer eigenen Organisation an die NSA und von dort aus an den Militärgeheimdienst, den eigentlichen Betreiber der Satelliten, weitergeleitet worden war.

Falls die Zielpersonen in dieser Zeit das Tunnelsystem verlassen und eine ausreichend große Entfernung zurückgelegt hatten, würde eine solche direkte Suche zu nichts führen.

Aber es gab noch das die ganze Stadt abdeckende System der Überwachungskameras, die Gesichtserkennungs-Software und die Augen der Leute vor Ort. Falls der Befehl erteilt wurde, konnte jede Regierungsbehörde in Santiago Anweisung erhalten, Matthew Adams und Evelyn Edwards zu suchen. Die städtische Polizei, die Nationalpolizei, die paramilitärischen Carabineros – sie alle und noch mehr konnten für die Suche mobilisiert werden.

Aber einstweilen würden die Techniker weiter überwachen, was sie konnten, und auf ein Ergebnis hoffen.

»Verdammt!«, brüllte Eldridge wütend und schlug mit der behandschuhten Hand gegen eine Marmorsäule in der Eingangshalle der Station Santa Ana.

Adams und Edwards waren nirgendwo zu entdecken – weder in den Tunneln, auf den Bahnsteigen oder in den Wartungszonen, und nach den Informationen, die er durch seinen Ohrhörer erhielt, waren sie noch von keiner Überwachungskamera auf den Straßen der Stadt aufgenommen worden.

Eldridge wusste, dass die beiden womöglich noch im Tunnelsystem waren – eine gründliche Durchsuchung dieses Labyrinths konnte buchstäblich Tage dauern –, und langsam wurde ihm klar, dass seine Chancen, sie festzunehmen, sich von Minute zu Minute verringerten.

Eine Stunde später erfuhr er, dass die Verfolgungsjagd sich möglicherweise bereits über die Stadtgrenzen ausgedehnt hatte.

Kunden hatten den Besitzer des Lebensmittelladens auf der Catedral hinter seiner Theke gefunden – unverletzt, aber gefesselt und geknebelt – und sofort Anzeige bei der örtlichen Polizei erstattet.

Anscheinend hatten die Besitzer, die in der Wohnung über dem Laden wohnten, einen Wagen hinter dem Haus stehen, der von den Flüchtlingen gestohlen worden war. Sofort war ein Fahndungsbefehl nach dem Auto ausgegeben worden, und kurz darauf erfuhr Eldridge, dass der Wagen sich nach Norden bewegt hatte und bis zum Stadtteil Conchali gekommen war, wo die beiden ihn auf der Mercedarios stehen gelassen hatten. Was seitdem aus dem Paar geworden war, wusste niemand – vielleicht hatten sie ein weiteres Auto gestohlen, waren wieder in die U-Bahn zurückgekehrt oder hatten die Stadt sogar mit dem Zug oder dem Bus verlassen.

Die Techniker in der Basis verglichen Bilder der beiden Flüchtigen mit dem Material aller Kameras in Bahnhöfen, U-Bahn-Stationen und Busbahnhöfen, hatten aber bisher nichts gefunden. Sie analysierten auch die Informationen aus Verkehrsüberwachungskameras, einschließlich der Bilder von Fahrern, die bei einer Geschwindigkeitsüberschreitung geblitzt wurden, aber Eldridge machte sich nicht viel Hoffnung.

Das Spiel würde weitergehen, und es versprach auf jeden Fall, interessant zu werden.

12

Lynn und Adams lehnten sich auf dem Rücksitz des großen Trucks zurück, und Lynn überprüfte ihren Rucksack noch einmal. Alles war noch da und Gott sei Dank unversehrt. Die Beweise für die Existenz des Mannes, den sie im Eis gefunden hatten; einer vierzigtausend Jahre alten Mumie, für die Menschen zu töten bereit waren.

Sie warf Adams einen Blick zu, der neben ihr saß. Es bekümmerte sie tief, dass er jetzt ebenfalls zur Zielscheibe geworden war. Inzwischen wusste er über den Fund Bescheid und schwebte in ebenso großer Gefahr wie sie selbst – und selbst wenn er nichts wüsste, würden die anderen trotzdem davon ausgehen.

Sie hatten den Truck an einem Rastplatz knapp außerhalb der Stadtgrenze von Santiago gefunden. Den ersten gestohlenen Wagen hatten sie aufgegeben, und Adams hatte auf einem Parkplatz, der nur zwei Straßen weiter lag, einen anderen kurzgeschlossen. Damit hatten sie die Stadt verlassen und darauf geachtet, ihre Gesichter zu verdecken, wenn sie Verkehrsüberwachungskameras oder Starenkästen entdeckten, denn sie waren sich im Klaren darüber, dass solche Bilder abgerufen und analysiert werden konnten. Ihre Feinde schienen tatsächlich über enorme Ressourcen zu verfügen.

Mit dem gestohlenen Wagen waren sie in Richtung Norden, Colina, gefahren, einer ziemlich großen Stadt fünfzehn Meilen nördlich von Santiago. Dort hatten sie das Auto in einem bewachten Parkhaus abgestellt und für eine Woche bezahlt. So waren sie sich sicher, dass es den Behörden erst auffallen würde, wenn sie die Gegend schon lange verlassen hatten.

Anschließend waren sie zu einer Raststätte für Fernfahrer getrampt, hatten zu Mittag gegessen und waren mit einem netten Fahrer ins Gespräch gekommen, der Computerteile zu einer Fabrik in Copiapó, vierhundert Meilen weiter nördlich, transportierte. Gegen eine kleine *mordida* – wörtlich ein »Biss« und die hiesige Bezeichnung für eine harmlose Bestechung – war der Fahrer bereit, sie mitzunehmen. Es mache ja keine Mühe, erklärte er, und er sei dankbar für das Extrageld.

»Und, wohin geht's?«, fragte Adams Lynn schließlich.

Bisher war nur klar, dass sie nach Norden wollte. »Peru«, sagte sie. »Zu einem Ort namens Nazca.«

»Nazca?«, fragte Adams. »Dem mit den Nazca-Linien?« Als Antwort nickte Lynn. »Warum dorthin?«, erkundigte er sich.

Die Nazca-Linien sind geheimnisvolle Scharrbilder in der Wüste und so unglaublich groß, dass sie nur aus der Luft deutlich erkennbar sind. Man glaubt, dass diese Ansammlung von geraden Linien, Tieren, geometrischen Formen und Vögeln von bis zu dreihundert Metern Größe vor über zweitausend Jahren in die wüstenhafte *pampa* gekratzt wurden. Theorien über den Sinn und Zweck der Linien deuten sie als riesigen astronomischen Kalender; als eine Ansammlung ritueller Wege, die mit einem Wasser- oder Fruchtbarkeitskult verbunden waren; oder als Darstellung der Träume von Drogen berauschter Schamanen. Manche glaubten sogar, sie seien Landestreifen für Außerirdische.

Adams hatte davon gehört, aber er hatte nicht die geringste Ahnung, warum er dorthin fahren sollte. Mit Peru selbst hatte er kein Problem – wenn sie versuchen wollten, in die USA zurückzukehren, war Peru eine genauso gute Durchgangsstation wie jedes andere Land –, aber er wusste, dass Lynn einen guten Grund haben musste, um speziell nach Nazca zu reisen.

»Fabricio Baranelli«, gab Lynn geheimnisvoll zurück.

»Wer?«

»Ich sollte wohl sagen *Professor* Fabricio Baranelli«, verbesserte sich Lynn. »Er ist schließlich der Spitzenwissenschaftler auf seinem Gebiet.«

»Welches ist das?«, fragte Adams.

»Archäologie. Momentan befindet er sich auf einer Expedition und kartografiert das Gebiet. Ich glaube, er ist dabei, eine neue Theorie über die Geoglyphen dort zu entwickeln.«

»Geoglyphen?«

»Die Linien, die Zeichnungen auf dem Boden. Ich weiß nicht genau, woran er arbeitet, aber es ist von großer Bedeutung.«

»Und warum wollen wir ihn treffen?«, erkundigte sich Adams verwirrt.

»Ich kenne ihn aus Harvard«, erklärte Lynn. »Wir stehen seit Jahren in Verbindung, und er ist ein lieber Freund. Außerdem kenne ich außer ihm niemanden in Südamerika, der uns helfen könnte. Dass er an einer großen, geschützten archäologischen Fundstätte gräbt, bedeutet, dass er gute Verbindungen zur Regierung und Freunde an den richtigen Stellen haben muss. Ich hoffe, dass er seine Kontakte nutzen kann; vielleicht dafür sorgen, dass wir in die USA zurückkehren können.«

Adams dachte darüber nach. Er hatte sich auch schon gefragt, wie sie wieder in die Vereinigten Staaten gelangen sollten. Ihm fiel immer etwas ein, aber er konnte sich nur schwer vorstellen, wie es mit Lynn gehen sollte. Ihr Pass war inzwischen bestimmt gesperrt, da war er sicher. Er wusste nicht einmal, ob er seinem eigenen noch trauen konnte; es war denkbar, dass der Feind ihm von Pine Ridge aus gefolgt war, festgestellt hatte, welchen Pass er benutzte und ihn zur Fahndung ausgeschrieben hatte. Damit blieb noch die Möglichkeit, Grenzen zu Fuß zu überqueren, wobei er angesichts der gewaltigen Entfernungen nicht sicher war, ob Lynn das schaffen würde; oder andere Transportmittel, von denen jedes eine eigene Problematik hatte. Diese Methoden waren außerdem alle langsam, was dem Feind mehr Zeit ließ, sie aufzuspüren.

Baranelli wäre nicht seine erste Wahl gewesen, aber vielleicht hatte er etwas, das sie gebrauchen konnten – Verbindungen zur Regierung konnten auf keinen Fall schaden. Vielleicht pflegte er sogar enge Kontakte zu den Medien, die sie nutzen konnten, um die Beweise aus Lynns Rucksack öffentlich zu machen.

»Okay«, sagte er. »Dieser LKW nimmt uns bis Copiapó mit,

womit wir immer noch ungefähr sechshundert Meilen von Nazca entfernt sind, mit der peruanischen Grenze auf halber Strecke. Hast du dafür auch Pläne?« Er fragte das sarkastischer, als er vorgehabt hatte.

Lynn machte das überhaupt nichts aus – ihr war klar, in welche Lage sie ihn gebracht hatte. Sie hatte ihn aus seinem eigenen Leben herausgerissen und in Lebensgefahr gebracht. Ein wenig Sarkasmus war da im Vergleich gar nichts. Sie lächelte ihm herzlich zu und nahm seine Hand. »Hey«, sagte sie, sah in seine dunklen braunen Augen und stellte fest, dass sie sich, wie hypnotisiert von seiner Seele, kurz darin verlor. »Es tut mir leid, dass ich dich in diese Sache hineingezogen habe, wirklich. Und ich möchte dir für alles danken, was du für mich getan hast. Ich verdanke dir mein Leben.«

Adams hielt ihrem Blick eine Zeit lang stand, dann wandte er sich ab, weil seine intensiven Empfindungen ihn in Verlegenheit stürzten. Sie hatten überlebt, aber er hatte sich alles andere als fehlerlos geschlagen.

Wieder sah er ihr in die Augen, und Lynn erkannte die Ernsthaftigkeit und Ehrlichkeit des Mannes, den sie einst geliebt hatte. »Ich würde es jederzeit wieder tun. Du brauchst nur zu fragen.«

Sie lächelte, nickte und wischte sich eine Träne aus dem Auge. »Ich weiß«, flüsterte sie und drückte seine Hand ans Herz, »ich weiß.« Sie küsste seine Hand und schaute erneut zu ihm auf. »Du fragst nach meinem Plan, um nach Peru zu kommen? *Du* bist mein Plan. Ich glaube an dich, Matt. Du musst uns dorthin bringen.«

13

»Wie geht es voran?«

Jacobs hörte die Worte laut und deutlich, wusste aber nicht gleich, was er antworten sollte. Was sollte er ihnen sagen? Dass er derzeit alle Fäden zog, über die er verfügte, und sämtliche Ressourcen der US-Regierung einsetzte, nur um zwei normale, alltägliche, unbedeutende menschliche Wesen zur Strecke zu bringen? Was würden sie von ihm und seiner Organisation halten?

Würden sie es erkennen, wenn er log? Und falls ja, wie würden sie reagieren? Jacobs fürchtete nicht um seine persönliche Sicherheit, aber wenn sie wegen der ständigen Misserfolge der Alpha-Brigade ihre Versprechen nicht einhielten, wäre das für ihn schlimmer als Folter und Tod.

Aber, überlegte er, ihre Möglichkeiten waren durch die Entfernung notwendigerweise eingeschränkt, und im Ergebnis brauchten sie ihn genauso sehr wie er sie – zum gegenwärtigen Zeitpunkt vielleicht sogar mehr. Daher entschied Jacobs, ihnen die Wahrheit zu sagen, wenn auch nicht die ganze.

»Die Zielpersonen sind immer noch frei«, erklärte er schließlich. »Wir stehen jedoch kurz davor, sie festzunehmen, und bisher gibt es keinerlei Anzeichen dafür, dass die Informationen weitergegeben wurden. Und selbst wenn irgendwann Einzelheiten über den Fund bekannt werden, sind wir zuversichtlich, dass wir die Beweise herunterspielen können. Es dürfte kein Problem geben. Vor allem«, fuhr Jacobs, der zuversichtlicher wurde, fort, »da die neuesten Berichte des CERN besagen, dass wir kurz davorstehen, in die Testphase für die Apparatur einzutreten. Auch wenn das Wissen um Ihre Existenz und Ihre Beteiligung jetzt öffentlich gemacht würde, wäre es so spät, dass es nicht mehr darauf ankommen würde.«

»Sie irren sich«, hielt die Stimme sofort dagegen. »Es kommt *immer* auf Anomalien an. Unbekannte Variablen können alles auf unvorstellbare Weise zum Erliegen bringen. Alles muss *perfekt* sein. Wir dachten, das wäre Ihnen klar.«

»So ist das *Leben*«, entgegnete Jacobs und versuchte, seine Frustration zu zügeln. »Manchmal sind die Dinge eben unvollkommen, und man geht mit ihnen um, so gut man kann.«

»Niemand von uns würde so handeln«, lautete die blitzschnelle Antwort. »Wir akzeptieren keine Unvollkommenheiten.«

Die Verbindung war beendet, und Jacobs lehnte sich auf seinem Ledersessel zurück und trank einen Schluck Wasser aus dem dicken Glas, das vor ihm auf dem Schreibtisch stand.

Dann akzeptierten sie also keine Unvollkommenheiten. Nun, das war vollkommen in Ordnung.

Er nämlich auch nicht.

»Bist du okay?«, erkundigte sich Lynn bei Adams. Sie saß auf der Beifahrerseite des kleinen, zwanzig Jahre alten Fiat.

Adams war sich nur zu bewusst, wie er aussehen musste. Schweiß lief ihm über die Stirn, er war gespenstisch bleich und zitterte unkontrollierbar. Zusammen mit dem Adrenalin und der Aufregung der letzten paar Tage wurde der Schlafmangel unerträglich, und ihm fiel alles viel schwerer, als er gedacht hatte.

Seit jenem Vorfall in der Wüste vor vielen Jahren hatte er nie über seine Probleme sprechen wollen. Zuerst hatte er sich zu akzeptieren geweigert, dass er überhaupt ein Problem hatte, und selbst als er es sich schließlich eingestand, hatte er nie erwogen, Hilfe zu suchen. Jetzt wurde ihm klar, dass das unrealistische Angeberei gewesen war, und zum ersten Mal in seinem Leben wünschte er sich Hilfe. Am liebsten hätte er sich einfach zusammengerollt und um Hilfe *gebettelt*. Aber er wusste auch, dass es nie so weit kommen würde.

»Ich glaube, ich brüte ein Fieber aus«, log er.

»Soll ich fahren?«

Darüber dachte Adams kurz nach. Die Konzentration auf die Straße bereitete ihm Kopfschmerzen, aber wenigstens hatte er etwas zu tun. Wahrscheinlich wäre es schlimmer, auf dem Beifahrersitz zu hocken und sich in Selbstmitleid zu suhlen.

»Nein, danke«, antwortete er und ließ seine Stimme ein wenig munterer klingen. »Ich komme schon klar. Mir geht es am besten, wenn ich etwas zu tun habe, verstehst du?«

Lynn betrachtete ihn, als sehe sie ihn seit ihrem Wiedersehen gestern zum ersten Mal richtig. »Du hast dich verändert, seit wir zusammen waren«, meinte sie schließlich.

Wenn du wüsstest, dachte Adams. »In welcher Hinsicht?«, fragte er stattdessen.

Lynn überlegte noch einmal. »Ich weiß nicht … Vorher schienst du so voller Leben zu sein … Überlebensgroß sogar. Jetzt kommst du mir … bedrückter vor.« Sie lächelte ihm entschuldigend zu. Es tat ihr leid, so negativ zu sein, aber die Veränderung an dem Mann, den sie einst so geliebt hatte, machte sie neugierig.

»Ich schätze, das Leben holt einen irgendwann ein«, gab Adams zurück, doch in dem Moment, in dem er es aussprach, wurde ihm klar, dass gerade solche Bemerkungen Lynn auf die Veränderungen an ihm aufmerksam gemacht hatten. »Aber wahrscheinlich setzt mir nur das Fieber zu, verstehst du«, ruderte er schnell zurück.

Das Schweigen zog sich über Sekunden, dann über Minuten hin, während sie auf der Ruta 5 weiter durch die gewaltigen Wüstenebenen Chiles fuhren.

Gestern waren sie am späten Abend in Copiapó angekommen und hatten mit Bargeld Fahrkarten für den Regionalbus nach Caldera an der Küste gekauft. In der Kleinstadt angekommen, hatten sie sich nach einem Auto umgehört und nur Minuten später einen bereitwilligen Verkäufer gefunden. Der Wagen war kein Kunstwerk, hatte keine Klimaanlage und war kaum noch verkehrstüchtig, aber er sah aus, als könnte er von A nach B fahren. Und für den Preis, den sie bezahlt hatten, konnte man nicht mehr verlangen.

Außerdem war es unwahrscheinlich, dass jemand den Wagen aufspürte, bevor sie lange fort waren. Ihre Verfolger hätten ihnen schon bis nach Caldera folgen und dann von Tür zu Tür gehen müssen, bis sie jemanden auftrieben, der kürzlich ein Auto verkauft hatte. Daher nahmen sie an, dass sie einigermaßen sicher waren.

Sie hatten sich mit Essen, Getränken und Benzinkanistern eingedeckt, da sie nicht sicher waren, ob sie regelmäßig auf Tankstellen stoßen würden, und dann die lange Fahrt nach Norden angetreten. Die Straße verlief größtenteils am Pazifik entlang, und Adams und Lynn staunten beide über die Schönheit der Route. Schließlich wurde das Küstengebirge höher, und die Straße wandte sich nordöstlich, in die weite Wildnis der Atacama-Wüste hinein.

Inzwischen hatten sie die halbe Strecke nach Nazca zurückgelegt und waren nur noch hundert Meilen von der peruanischen Küste entfernt.

Adams beschloss, ihr voriges Gespräch zu vergessen und ein anderes Thema anzuschneiden. Außerdem begann er sich schläfrig zu fühlen und musste reden, um wach zu bleiben. »Erzähl mir von eurem Fund.«

Er hatte die Fotos gesehen, die Lynn und ihr Kollege insgeheim von dem Leichnam gemacht hatten, als er vor dem Eintreffen des Militärteams noch halb im Eis begraben war. Doch er wusste, dass sie noch mehr gesehen haben musste, als der Leichnam schließlich freigelegt worden war. Es war so viel passiert, dass sie noch keine richtige Gelegenheit gehabt hatten, darüber zu sprechen.

»Es war … ziemlich merkwürdig«, begann Lynn. »Zuerst, als wir ihn entdeckten, sah es so aus, als wäre es ein moderner Mensch. Der Körper lag in einer Senke am Fuß eines Kamms, was bedeutete, dass das Eis ihn nicht zerquetscht, sondern perfekt konserviert hat, und zwar, wie wir glauben, ungefähr vierzigtausend Jahre lang.«

»Und er hat normal ausgesehen?«

»Als wäre er dort letztes Jahr begraben worden. Das macht ihn ja so einzigartig.«

»Und was vermutet man über das Aussehen von Menschen vor vierzigtausend Jahren?«

»Also, das ist noch so eine Sache, die ich recherchiert habe, seit ich in Santiago angekommen bin. Von den Körperproportionen her haben wir wahrscheinlich fast wie heute ausgesehen. Seit der erste Homo sapiens vor ungefähr zweihunderttausend Jahren die Bühne betreten hat, haben wir uns sehr wenig verändert.«

»Und das Gesicht?«

»Die Schädel waren früher ein wenig anders, eine Mischung von Elementen aus Mensch und Neandertaler. Flache Stirn, ein kräftigerer Kiefer, sehr große obere Backenzähne. Vom Gesicht her müssen wir sehr unterschiedlich ausgesehen haben.«

»Und trotzdem sah der Körper, den ihr gefunden habt, aus wie wir?«

»Exakt genauso. Aber das Interessante ist eher, was wir *zusammen mit* dem Körper gefunden haben, und nicht der Körper selbst.«

»Im Hotel hast du etwas von ungewöhnlicher Kleidung gesagt.«

Lynn nickte. »Ja, und Jeff...« Sie hielt inne, erinnerte sich an ihre Kollegen und gedachte ihrer. »Also, er hat früher für die NSA gearbeitet, und er hatte so etwas noch nie gesehen. Und als dieses Militärteam den Körper geborgen hat, befanden sich noch andere Gegenstände in seiner Nähe.«

Fasziniert warf Adams ihr einen Seitenblick zu. »Was zum Beispiel?«

»Major Daley war nicht erfreut darüber, dass wir dort waren, und er und seine Männer haben dafür gesorgt, dass wir nicht allzu viel zu sehen bekamen. Aber zum Beispiel die Stiefel – sie hatten eine Art Anhängsel an den Seiten, eindeutig mechanischer, vielleicht sogar elektrischer Natur. Und dann haben sie noch etwas anderes gefunden, von dem Tommy und ich fanden, dass es wie eine Art Motorschlitten aussah.«

Darüber dachte Adams eine Weile nach, während die Wüstenstraße als langer, weißer Schemen an ihnen vorüberflog.

»Wenn du die Datierung außen vor lässt, was würdest du

dann glauben, was passiert ist? Was könnte der Mann dort gesucht haben?«

Lynn überlegte kurz. »Polarausrüstung und Motorschlitten würden darauf hinweisen, dass er möglicherweise zu einem Forscherteam in der Antarktis gehörte.« Sie hielt inne. »Vielleicht sogar zu einem wie uns.«

»Könnte die Datierung falsch sein?«, wollte Adams als Nächstes wissen.

»Möglicherweise«, antwortete Lynn sofort, denn der Gedanke war ihr ständig durch den Kopf gegangen. »Aber wir waren alle ganz sicher; jedenfalls soweit das möglich war, ohne die Eisproben wegzubringen und in einem Labor zu analysieren – was Major Daley und sein Team angeblich vorhatten.«

»Also«, meinte Adams schließlich und wischte sich kalten Schweiß aus den Augen, »erscheint es am wahrscheinlichsten, dass der Tote einem Forschungsteam des Militärs oder der Regierung in der Gegenwart angehörte und kürzlich dort verschüttet wurde. Dann wäre die Datierung auf vierzigtausend Jahre in der Vergangenheit nicht korrekt. Falls jemand dort draußen neuartige Polarausrüstung getestet hat, würde das auch erklären, warum der Fund vertuscht wurde.«

»Du meinst, ein ganzes Forschungsteam der NASA wurde umgebracht, nur um Tests für Polarausrüstung und -kleidung zu vertuschen?«, gab Lynn ungläubig zurück.

»Wenn du eben gesagt hättest, die Datierung sei zu hundert Prozent genau, würde ich diese Möglichkeit nicht in Betracht ziehen«, sagte Adams. »Aber es sind keine hundert Prozent. Und selbst wenn die Genauigkeit bei neunundneunzig Prozent läge, dann wäre ich immer noch der Meinung, dass die einprozentige Chance, dass die Leiche dort in jüngerer Vergangenheit begraben wurde, die wahrscheinlichste ist.«

Lynn wollte Einwände erheben, konnte aber nicht. Tatsache war, dass er recht hatte. Durch all die dramatischen Ereignisse und Ängste der letzten paar Tage und die aufregende Entdeckung war die Möglichkeit einer simpleren, profaneren Erklärung in den Hintergrund getreten. Aber mit ihrer logischen Seite begriff sie, dass die profaneren Erklärungen meist die korrekteren waren.

Aber ergab eine solche Erklärung im Licht der darauf folgenden Reaktion einen Sinn? Ein Team von Wissenschaftlern war getötet, der Leichnam gestohlen worden. E-Mails waren abgefangen worden, Verhörspezialisten hatten ihren Exmann überfallen, und Killerkommandos durchkämmten Südamerika nach ihnen – das alles schien viel zu viel zu sein, um einfach eine neue Technologie der Regierung zu vertuschen. Irgendwie hatte sie das Gefühl, dass höchstens eine Entdeckung, die der menschlichen Existenz eine neue Bedeutung gab, eine Rechtfertigung für alles sein könnte, was sie durchgemacht hatte. Und für den Tod so vieler Menschen.

»Nun ja«, meinte Adams, »wahrscheinlich können wir das besser einschätzen, wenn wir die Daten zu Hause in den Staaten analysieren lassen.«

Tief in Gedanken versunken nickte Lynn. »Du hast recht. Sorgen wir einfach dafür, dass wir in einem Stück hinkommen.«

Eldridge traf den Rest seiner Männer am internationalen Flughafen von Santiago, wo der Learjet auf dem privaten Rollfeld am Ende des Komplexes landete.

Er ging allein an Bord, denn seine neun Teamkollegen arbeiteten in der Stadt noch mit der Polizei und Regierungsinstitutionen zusammen und versuchten, ein Bewegungsprofil der beiden Flüchtigen aufzustellen.

Von den vierundzwanzig Männern an Bord behielt Eldridge eine Vierergruppe zurück und schickte die anderen zwanzig zu den anderen, die in Santiago bereits vor Ort waren. Dann erklärte er den Learjet zu seinem neuen Operationszentrum und befahl, das Flugzeug sofort aufzutanken und für den Start bereitzumachen. Auf Anweisung von Stephen Jacobs war der Privatjet so umgebaut worden, dass er in der Luft betankt werden konnte, und es gab eine

Zusage der chilenischen Luftwaffe, die Prozedur jederzeit vornehmen zu können. Damit war Eldridge in der Lage, unbegrenzte Zeit in der Luft zu bleiben.

Er hatte das Gefühl, sofort auf hereinkommende Informationen reagieren zu müssen – aus der Luft konnte er relativ schnell an jeden Punkt auf dem Kontinent gelangen. Wenn er am Boden festsaß, würde das seine Reaktionszeit verdoppeln oder sogar verdreifachen. Und mit jeder Stunde, die verging, mit jeder Stunde, die Adams und Edwards da draußen waren, wuchs das Risiko für die Organisation.

Das Videomaterial der Verkehrsüberwachungskameras lief langsam ein, und Jacobs leitete es sofort an die Supercomputer der NSA weiter, von wo aus es anschließend an seine eigenen Techniker in Nevada gesendet wurde.

Bis jetzt waren Resultate ausgeblieben, aber Eldridge wusste, dass sie nicht weit gekommen waren. Die Pässe beider Flüchtlinge waren gesperrt, und wenn sie sie benutzten, würden sie sofort verhaftet. Überwachungsfotos von allen Flughäfen, Fährstationen und übernationalen Busterminals und Bahnhöfen wurden laufend analysiert, was allerdings bis jetzt ergebnislos geblieben war. Für Eldridge wies das auf zwei Umstände hin. Erstens: dass die Flüchtlinge sich noch in Chile aufhielten, irgendwo innerhalb der Landesgrenzen. Zweitens: dass sie die Straßen benutzten und wahrscheinlich gestohlene Wagen fuhren oder trampten.

Eldridge stellte die Anfrage an die Nationalpolizei und die Carabineros, verdächtige Wagen anzuhalten und die Identität der Insassen zu überprüfen und auch Geschichten über Tramper im Auge zu behalten. Außerdem verlangte er, dass alle Informationen über kürzlich gestohlene Autos direkt an ihn weitergeleitet wurden.

Während er die Straßenkarten von Chile studierte, überlegte er, dass es auch hier wieder zwei Optionen gab: Entweder würden die beiden sich Zeit lassen und über die langsamen, wenig befahrenen Straßen im Hinterland reisen, weil sie glaubten, dass eine Entdeckung dann weniger wahrscheinlich war. Oder sie würden die großen Straßen benutzen und hoffen, dass sich die Geschwindigkeit als Verbündeter dabei erweisen würde, ihre Verfolger so weit wie möglich abzuhängen.

Eldridge ordnete eine detaillierte Satelliten-Analyse der Autos an, die sich auf den Straßen im Hinterland bewegten, und ließ die Systeme der NSA so programmieren, dass sie jedes anomale Fahrverhalten meldeten. Dann rief er noch einmal an, dieses Mal direkt beim Leiter der Nationalpolizei.

»Señor Vásquez«, begann Eldridge, der es nicht nötig hatte, seinen eigenen Namen zu nennen, »ich fürchte, ich habe noch eine Bitte.« Da er anscheinend die volle Rückendeckung der US-Regierung hatte, war das mehr ein Befehl als eine Bitte, aber die Regeln der Höflichkeit mussten gewahrt werden.

»Was wünschen Sie, mein Freund?«, gab Vásquez unterwürfig zurück.

»Straßensperren«, antwortete Eldridge. »Auf jeder Fernstraße, in Abständen von hundert Kilometern.«

Jetzt gab es kein Entkommen mehr, gelobte sich Eldridge. *Kein Entkommen.*

14

Adams sah die Straßensperre erst, als es fast zu spät war. Er war so müde, dass ihm immer wieder die Augen zufielen, sodass er gefährlich lange blind fuhr, bis sein Sehvermögen zurückkehrte.

Vor dem Hintergrund der Wüste war es schwer, Entfernungen abzuschätzen, aber er vermutete, dass die Straßensperre sich ungefähr eine Meile weiter an der langen, schnurgerade verlaufenden Straße befand. Von hier aus konnte er erkennen, dass drei Polizeiwagen quer über der Straße standen und Wagen heranwinkten, um die Papiere der Insassen zu überprüfen.

»Wir haben ein Problem«, sagte Adams zu Lynn und stieß sie an, um sie aufzuwecken.

Sie schlug die Augen auf und erkannte sofort, was sich vor ihnen befand. »Oh nein«, stöhnte sie. Sie spürte, wie der Wagen langsamer fuhr, als Adams den Fuß vom Gas nahm.

Adams bremste nicht, denn er wollte keine Aufmerksamkeit auf den Wagen lenken, indem er plötzlich langsamer fuhr; aber er wollte die Geschwindigkeit so weit vermindern, dass er sich einen Plan ausdenken konnte.

»Was sollen wir tun?«, fragte Lynn, und Adams fiel es schwer, ihr zu antworten. Wenn sie anhielten, würden sie sich sofort verdächtig machen, und die Polizei würde augenblicklich zu ihnen kommen. Wenn sie an den Kontrollpunkt kamen, würden sie identifiziert und beinahe mit Sicherheit verhaftet. Und Adams war nicht sicher, ob der kleine Fiat in der Lage sein würde, die Blockade zu durchbrechen.

»Ich schätze, wir müssen uns spontan etwas einfallen lassen«, meinte er.

Polizeisergeant Manuel Vega saß auf der Kühlerhaube des vordersten Wagens und plauderte mit seinen Männern. Man konnte sich wirklich Schöneres vorstellen, als mitten in der Atacama-Wüste zu hocken und auf vorbeifahrende Autos zu warten. Die Temperatur in der offenen Wüste konnte durchaus unter den Gefrierpunkt fallen, und obwohl es erst Mittag war, begannen die Männer die Auswirkungen der Kälte zu spüren.

Sie stampften mit den Füßen, um sich warm zu halten. Da wies mit einem Mal einer der Polizisten die Straße entlang auf das kleine Auto, das auf sie zukam.

Vega glitt von der Motorhaube und klatschte in die Hände. »Freude über Freude«, sagte er, obwohl er nichts dergleichen empfand. »Noch einer. Aber wenigstens können wir uns dafür Überstunden aufschreiben, was?«, witzelte er, an seine Männer gerichtet.

Adams ließ den Wagen vor dem ersten Polizeiauto ausrollen. Er kurbelte das Fenster hinunter, und kalte Luft schwappte in den Innenraum. Der Schweiß auf seinem Körper kühlte sich ab.

Interessiert beobachtete er die Reaktion des vorgesetzten Polizisten und seiner Männer. Zuerst legten sie vollkommenes Desinteresse an den Tag; doch dann, als sie sahen, dass sich in dem Wagen eine weiße Frau und ein Indianer befanden, zeigten sie plötzlich Anzeichen von Besorgnis und kniffen misstrauisch die Augen zusammen. Dann fielen Befehle, und die Männer setzten sich rasch in Bewegung.

Adams sah, wie der vorgesetzte Polizist ein Blatt Papier im A4-Format überprüfte, auf das wahrscheinlich ihre Fotos gedruckt waren, und dann seinen Männern Befehle zublaffte. Mit gezogenen Waffen umstellten sie den Wagen.

»Aussteigen, und Hände auf den Kopf!«, brüllte der Sergeant. »Sofort!«

»Moment noch«, sagte Adams hinter dem Steuer in verbindlichem Ton. »Wissen Sie, wer wir sind?«

»Terroristen, verdammt!«, schrie der Polizeisergeant. »Aussteigen, sofort!«

Perfekt, dachte Adams. Menschen als Terroristen abzustempeln war ein typischer Schachzug, wenn man Bewegung in eine Angelegenheit bringen wollte. Wenn man den Leuten mitteilte, dass ein Verbrecher frei herumlief, setzte sich die Maschinerie nur langsam, wenn überhaupt, in Bewegung. Aber wenn man von Terroristen sprach, war das gleich eine ganz andere Sache.

Vega beobachtete die beiden im Wagen mit Argusaugen. Er konnte nicht glauben, dass ausgerechnet sein Team sie gefangen hatte! Terroristen, in seinem Land! Und *er* hatte sie festgesetzt! Dafür würde er bestimmt belohnt werden. Eine Beförderung war ihm sicher, wahrscheinlich gefolgt von einem Empfang beim Präsidenten.

Aber warum blieb der Mann so ruhig? Warum stellte er Fragen?

Die nächsten Worte des Mannes verwirrten ihn noch mehr.

»Dann wissen Sie ja, was wir bei uns haben«, erklärte er süffisant lächelnd.

Wovon redete er?

Aber was immer es war, es war unwichtig.

»Steigen Sie aus dem Wagen! Das ist unsere letzte Warnung! Sofort aussteigen, sonst eröffnen wir das Feuer!«

Und dann bewegte sich die Frau, hob die Hände und hielt etwas vor die Windschutzscheibe, damit sie es sehen konnten.

Er zog die Augen zusammen und versuchte, den Gegenstand zu erkennen.

Es war ... ein Reagenzglas?

Lynn hielt eine der DNS-Proben von dem im Eis gefundenen Leichnam vor die Windschutzscheibe. Sie hatte sich gesträubt, sie zu zeigen, aber Adams hatte eingewandt, wenn sie verhaftet würden, seien die Proben ohnehin verloren. Also hatte sie sich bereit gefunden, bei seinem improvisierten Plan mitzuspielen.

»*Bacillus anthracis*«, hörte sie Adams durch das offene Fenster, an den nervösen Polizeisergeanten gerichtet. »Anthrax.«

Anthrax? Vega drehte sich der Kopf. *Davon* hatte man ihm nichts gesagt! Aber sie hatten da etwas in einem isolierten Teströhrchen, wie man es in einem Labor finden würde.

War das wirklich Anthrax? Vega hatte nicht die geringste Ahnung. Aber was sollte es sonst sein? Warum sollten Terroristen Teströhrchen mit einer Substanz mit sich herumtragen, wenn das nicht eine Art Waffe war?

»Wenn ich es öffne und Sie die Sporen einatmen«, hörte er den Mann weitersprechen, »werden Sie heute am Spätnachmittag die Symptome spüren. Zu Anfang wird es sich wie eine Grippe anfühlen, sich aber dann rasch verschlimmern und ihre Körpersysteme werden zusammenbrechen, bis – wenn Sie Glück haben, vielleicht in einer Woche – daraus eine letale hämorrhagische Mediastinitis wird.« Der Mann warf ihm ein Lächeln zu. »Das verläuft in neunzig Prozent der Fälle tödlich.«

Vega brauchte weniger als dreißig Sekunden, um sich zu entscheiden.

»Waffen runter«, befahl der Sergeant seinen Männern, und Adams und Lynn atmeten erleichtert auf. Sie waren auf ganzer Linie auf ihren Bluff hereingefallen.

Während die Polizisten ihre Waffen senkten, ging Adams zu Phase zwei des Plans über.

»Jetzt legen Sie Ihre Waffen auf den Boden und treten zwei Schritte zurück.«

Der Polizeisergeant bellte seinen Männern eine Übersetzung des Befehls zu und alle taten, wie ihnen geheißen. Auch wenn sie sonst diensteifrig waren, reichte doch die Drohung mit einer Infektion durch eine tödliche Biowaffe vollkommen aus, um sie gehorchen zu lassen.

Langsam stiegen Adams und Lynn aus, wobei Lynn das furchteinflößende Teströhrchen hochhielt, sodass alle es sehen konnten. Nachdem er die Männer gemustert hatte, wählte Adams zwei der vielversprechendsten Kandidaten aus. »Sie da«, sagte er und wies auf die beiden, »legen dem Rest der Gruppe Handschellen an.«

Wieder übersetzte der Sergeant, und rasch waren die Polizisten, denen die Angst ins Gesicht geschrieben stand, gefesselt. Den Männern in den Handschellen befahl Adams, sich auf den Bauch zu legen, und dann wandte er sich erneut den beiden Polizisten zu, die die anderen gefesselt hatten.

»Und jetzt«, sagte er zu ihnen, »ziehen Sie sich vollständig aus.«

Wie so oft im Leben war es reines Pech, dass die gefesselten Polizisten gefunden wurden. Adams und Lynn waren nur noch sechzig Meilen von der Grenze entfernt; wären die Polizisten nur eine Stunde unentdeckt geblieben, wäre es den beiden gelungen, mit ihrem gestohlenen Polizeiwagen und in ihren geliehenen Uniformen ungehindert die peruanische Grenze zu passieren. Das wäre auf den Straßen der Atacama-Wüste machbar gewesen. Hier gab es kaum Verkehr, und es kam durchaus vor, dass man stundenlang keinem anderen Auto begegnete.

Adams hatte die Polizistengruppe fünfzig Meter von der Hauptstraße weggeführt und hinter einer kleinen Baumgruppe versteckt. Er hatte überlegt, auch die Autos von der Straße zu fahren, sich dann aber dagegen entschieden, denn er war nicht sicher, ob das Gebiet durch Satelliten überwacht wurde. Es war unwahrscheinlich, dass man solche Feinheiten heranzoomen würde, aber andererseits würde das Fehlen einer angeforderten Straßensperre auffallen. Er hatte einfach gebetet, dass innerhalb der nächsten Stunde niemand auf die leeren Autos stoßen würde.

Aber es sollte anders kommen. Nur zwanzig Minuten nachdem Adams und Lynn im Polizeiwagen des Sergeanten davongerast waren, zockelte ein kleiner Viehlaster langsam die Straße hinauf. Der Fahrer bremste und blieb dann stehen. Nachdem er kurz in seinem Fahrzeug gewartet hatte, stieg er aus und trat an den ersten Wagen. Als er niemanden sah, schaute er in das zweite Polizeiauto und dann in den Fiat. Immer noch niemand da, keine Seele.

Der Fahrer überlegte, was er tun sollte, als er aus dem Augenwinkel eine Bewegung bemerkte. Er drehte den Kopf und sah zunächst nur die Baumgruppe, die ein Stück von der Straße entfernt stand. Und dann sah er die Bewegung erneut – ein Bein, das hinter einem der Bäume vorgestreckt wurde.

Nervös schnappte er sich das Gewehr, das in seinem Laster im Fußraum des Beifahrersitzes lag, und ging über das staubige Buschland langsam auf die Bäume zu. Weniger als eine Minute später trat er mit dem Gewehr im Anschlag um den ersten Stamm.

Ungläubig riss er die Augen auf, als er die sechs Polizisten erblickte, die Rücken an Rücken gefesselt auf dem Boden lagen und trotz ihrer Knebel zu schreien versuchten.

Nachdem sie befreit waren, stellte Vega fest, dass die Funkgeräte der Polizeiwagen zerstört worden waren; und auch ihre privaten Handys hatten diese irren Terroristen in Stücke geschlagen.

Er fragte den Lastwagenfahrer, ob er ein Handy bei sich hatte. Rasch beschlagnahmte Vega es und konnte endlich Kontakt zu seinem Hauptquartier aufnehmen.

»Wir haben hier einen dringenden Notfall«, erklärte er seinem Vorgesetzten atemlos.

Mit Anthrax bewaffnete Terroristen waren auf der Flucht.

Eldridge hatte das Gespräch zwischen Sergeant Vega und seinem Hauptmann mitgehört und verfluchte sein Pech. Ihnen wurde der Treibstoff knapp, und momentan hielten sie ihre Position, während sie darauf warteten, in der Luft betankt zu werden. Das Tankflugzeug würde innerhalb der nächsten zehn Minuten bei ihnen eintreffen, aber das Betanken würde eine weitere Stunde in Anspruch nehmen. Während dieser Zeit würden sie sich von ihrer jetzigen Position östlich von Santiago aus weiter den Flüchtigen nähern, aber mit stark verminderter Geschwindigkeit.

Angesichts des gegenwärtigen Tempos des gestohlenen Polizeiwagens wusste Eldridge, dass er und sein Team an Bord es wahrscheinlich nicht rechtzeitig bis zur Grenze schaffen würden. Auch seine anderen Männer, die momentan über verschiedene Standorte in Zentralchile verteilt waren, würden sie nicht rechtzeitig erreichen. Das hieß, dass er sich für die Festnahme auf die lokalen Behörden verlassen musste.

Aber was sollte diese Sache mit dem Anthrax? Der Polizeisergeant hatte gesagt, die beiden hätten ihnen ein gläsernes, in Isoliermaterial gepacktes Reagenzglas gezeigt und behauptet, es enthalte waffenfähiges Anthrax.

Stimmte das? Eldridge hielt das für höchst zweifelhaft. Wo zum Teufel hätten die beiden sich so etwas besorgen sollen? Hatten sie Kontakte in Chile? Oder hatte Adams seine alten Regierungskontakte bemüht und es sich verschafft, bevor er hergereist war? Aber wenn das so war, wie hätte er es durch den Zoll bringen sollen?

Auch die Tatsache, dass sich der Stoff in einem Teströhrchen befand, kam ihm seltsam vor; denn waffenfähiges Anthrax war dazu geschaffen, in Aerosol-Form eingesetzt zu werden. Aber trotzdem besaßen sie ein Teströhrchen, was Eldridge zu der Überlegung führte, ob ...

Verdammt!

Was, wenn Edwards Proben von dem Körper genommen hatte? Sie schien immer einen Rucksack bei sich zu tragen, und als Eldridge sich jetzt an die Antarktis erinnerte, wurde ihm klar, dass sie denselben Rucksack bei sich gehabt hatte, als sie in den Hubschrauber gestiegen war. Warum zum Teufel war ihm das nicht vorher aufgefallen?

Er dachte weiter zurück, an ihr Gespräch im Speiseraum des Matrix-Basiscamps.

»Sie sind also, seitdem Sie gestern mit Atkinson geredet haben, bis heute Morgen nicht wieder zu dem Leichnam hinausgegangen?«, hatte er sie gefragt, damals noch als Major Daley vom Ingenieurscorps der US-Armee.

Edwards hatte ihn angesehen und dann den Kopf geschüttelt. »Nein«, hatte sie geantwortet. »Samuel hat uns befohlen, hierher zurückzukehren und zu bleiben, bis Sie kommen würden.«

Eldridge nahm seine Erinnerungen an diesen Tag unter die Lupe; versuchte, Edwards' Bild aus seinem Hinterkopf hervorzuziehen und es auf Anzeichen für eine Lüge zu untersuchen. Er wusste, dass es ein hoffnungsloses Unterfangen war, und doch versuchte er es und durchleuchtete das Bild, das er von ihrem Gesicht hatte, auf ein Zögern oder etwas anderes, was auf Unaufrichtigkeit hindeutete.

Aber er kannte die Antwort schon. Natürlich waren sie wieder hinausgegangen. Welcher Wissenschaftler hätte das nicht getan? Damals hatte Eldridge darin kein Problem gesehen, da er wusste, dass er sie ohnehin alle töten würde. Doch jetzt wurde offensichtlich, dass er damals nicht gründlich genug nachgedacht hatte. Noch ein Fehler.

Mit diesem allerdings würde er Jacobs noch nicht behelligen. Wenn die beiden an der Grenze festgenommen wurden, würde er innerhalb einer Stunde dort sein, und die ganze beklagenswerte Angelegenheit wäre abgeschlossen.

Aber zuerst mussten sie die beiden schnappen, und so nahm Eldridge sofort Kontakt nach Nevada auf, von wo aus wiederum Befehl an die NSA erging, den Satelliten neu auszurichten, sodass er Echtzeit-Bilder des fliehenden Polizeiwagens lieferte. Als Nächstes vergewisserte er sich, dass die Grenzpatrouillen am Grenzübergang Arica in höchster Alarmbereitschaft waren und für alle Fälle Verstärkung durch das chilenische Militär unterwegs war.

Bei dem Gespräch mit der Grenzpatrouille stellte sich heraus, dass dort ein vom Air-Corps der britischen Armee entliehener Lynx-

Aufklärungshubschrauber stationiert war. Sofort erteilte Eldridge den Befehl, damit nach Süden über die Ruta 5 zu fliegen, um die Flüchtigen, wenn möglich, abzufangen oder sie wenigstens genau zu überwachen.

Ein Teil von ihm fühlte sich versucht, die beiden bis zur Grenze kommen zu lassen, wo sie stärkere Kräfte gegen sie zusammengezogen hatten, aber ein anderer Teil sagte ihm, dass sie die zwei schon mehrmals verloren hatten und Warten keine Option mehr war – die Flüchtlinge waren gefunden, Eldridge wusste, wo sie sich *in diesem Moment* aufhielten, und die Truppen der Grenzpatrouille waren in der Lage, sie innerhalb der nächsten zehn Minuten zu erreichen.

Ja, es war entschieden eine gute Idee, den Hubschrauber zu schicken und die beiden hart anzugehen. Eldridge rief noch einmal zurück, um sich zu vergewissern, dass die Männer auf dem Chopper anständig bewaffnet waren.

Und dann rief er die peruanischen Behörden an, um sie vor dem, was gleich hinter der Grenze vor sich gehen würde, in Kenntnis zu setzen. Und sie zu mobilisieren.

Nur für den Fall der Fälle.

15

Sie hörten es schon lange, bevor sie den Hubschrauber sahen; das langsame, stetige Wummern von Rotoren am Himmel über ihnen.

Lynn wandte sich Adams zu. »Wie weit sind wir gekommen?«

Rasch warf Adams einen Blick auf den Tacho. »Nur zwanzig Meilen«, antwortete er. »Verdammt.«

Jemand musste die Polizisten von der Straßensperre gefunden und es gemeldet haben. Auf jeden Fall waren die Grenzkontrollen alarmiert worden, was hieß, dass sie einen neuen Plan brauchten, und zwar schnell.

Er sah Lynn an. »Irgendwelche Ideen?«, fragte er hoffnungsvoll.

»Das kommt darauf an, was die Leute vorhaben«, sagte sie, reckte den Hals, um durch die Windschutzscheibe zu sehen, und erhaschte einen kurzen Blick auf den Lynx-Hubschrauber über ihnen. »Wenn sie uns nur beobachten, werden sie uns zur Grenze folgen, wo die Polizei uns festnehmen wird. Wir können noch einmal den Anthrax-Trick benutzen, aber ich weiß nicht, ob er ein zweites Mal funktionieren wird. Wenn die Besatzung des Helikopters allerdings Befehl erhalten hat, die Verhaftung vorzunehmen, muss er irgendwann landen ...«

Adams nickte und begriff sofort, worauf sie hinauswollte. Er hoffte nur, dass Lynn eingedenk ihres letzten Erlebnisses in einem Hubschrauber nicht in Panik geraten würde. »Bist du dir sicher?«, fragte er behutsam.

Sie nickte. »Es ist unsere einzige Chance.«

Entschlossen wandte Adams seinen Blick wieder der Straße zu. »Dann müssen wir diesen Chopper zum Landen bewegen.«

Was war das? Captain Marco Delongis sah, wie der Polizeiwagen, der auf der Straße unterhalb seines Hubschraubers fuhr, mit quietschenden Bremsen anhielt und die beiden Flüchtigen aus dem Fahrzeug sprangen.

Was hielt der Mann da in der Hand? Delongis kniff die Augen zusammen. *Eine Pistole!*

Er kämpfte gegen den instinktiven Drang an, dem Piloten zu befehlen, er solle die Maschine hochziehen, denn er wusste, dass eine 9-mm-Handwaffe dem Helikopter absolut nichts anhaben konnte. Stattdessen schaute er in einer Mischung aus Grauen und Faszination zu, wie der Mann alle fünfzehn Schuss aus der Waffe abfeuerte, bis sie leer war. Dann sah er, wie der Mann einen angewiderten Blick auf die Pistole warf und sie dann zu Boden schleuderte.

Offensichtlich hatte er die Waffe einem der Polizisten an der Straßensperre abgenommen, war aber nicht so vorausschauend gewesen, ihren Munitionsvorrat einzustecken. Er sah, wie die Frau ihrem Partner etwas zuschrie und auf den Hubschrauber zeigte; und dann rannten die beiden los, weg von der Straße und in das Buschland hinein, das sie säumte.

Offensichtlich gerieten sie in Panik; der Anblick des Helikopters ließ sie in blinder Angst zu Fuß fliehen. Wenn so etwas passierte, war Delongis immer verblüfft und erfreut über die Wirkung, die sein kleiner Hubschrauber auf Menschen hatte. Das machte alles beträchtlich einfacher.

Auch dass die beiden den Wagen angehalten hatten und ihre Flucht zu Fuß fortsetzten, machte ihm das Leben leichter. Seine Befehle hatten gelautet, den Wagen zu stoppen und die beiden Flüchtigen festzunehmen. Um sie zum Anhalten zu bewegen, hätte er den Chopper vor das fahrende Auto manövrieren und in geringer Höhe über der Straße schweben müssen, und er war froh, dass er das nicht zu tun brauchte. Wer wusste schon, wie verrückt die beiden waren? Vielleicht wären sie direkt gegen seine Maschine gefahren.

So, wie die Dinge jetzt standen, brauchte er nur in ihrer Nähe zu landen, das aus vier Männern bestehende Team im hinteren Teil aussteigen zu lassen und darauf zu warten, dass sie die beiden festnahmen. Einfach, vor allem, da die zwei jetzt unbewaffnet waren.

Aber, rief sich Delongis ins Gedächtnis, da stellte sich noch das Problem mit dem Anthrax. Es hieß, dass die Flüchtigen ein Teströhrchen besaßen, was darauf hinwies, dass es nicht waffenfähig war, doch seine bloße Existenz würde ausreichen, um seine Männer misstrauisch zu machen. Ihre Order lautete, die beiden lebend festzunehmen, aber Delongis hatte seine eigenen Befehle gegeben: Wenn es aussah, als wolle einer der beiden das Anthrax einsetzen, sollten sie auf der Stelle erschossen werden. Sinnlos, unnötige Risiken einzugehen.

Adams und Lynn rannten, so schnell sie konnten, über das raue, unebene Terrain und taten ihr Bestes, um den Eindruck panikerfüllter, ängstlicher Flüchtlinge zu erwecken.

Sie hörten, wie der Hubschrauber zu ihnen aufschloss, und spürten, wie er näher kam. Aber sie drehten sich nicht um, um ihn anzusehen, sondern rannten einfach weiter, den Blick nach vorn gerichtet.

Lynn erhaschte zuerst aus dem Augenwinkel einen Blick darauf, als der graue Rumpf an ihrer Flanke vorbeiflog und überall um sie herum Wüstensand aufwirbelte, sich dann auf die Seite legte, die Nase hochzog und nur zwanzig Meter entfernt von ihnen landete.

Die beiden drehten sich um und wechselten einen Blick. Das war es.

Als das schwarz gekleidete Festnahmeteam mit Sturmgewehren im Anschlag in den wirbelnden Sand sprang, hielt Lynn abwehrend ihren Rucksack hoch.

»Runter, runter, runter!«, brüllte der Anführer, während sein Team vorwärtssprintete.

»Warten Sie!«, schrie Lynn und reckte den Rucksack höher in die Luft. »Anthrax!«

Der Anführer hob eine behandschuhte Faust, und die anderen Teammitglieder blieben wie angewurzelt stehen. »Stellen Sie die Tasche ab!«, befahl er gebieterisch. »Wir sind autorisiert, Sie zu erschießen, wenn Sie nicht gehorchen!«

Als sie nicht sofort reagierte, stieß er mit dem Lauf seines Gewehrs drohend nach ihr. »Hinstellen«, rief er noch einmal. »Sofort!«

Lynn sah zu Adams, der zögernd nickte.

Geschlagen setzte Lynn den Rucksack zu ihren Füßen ab und wartete hilflos, während die Männer voranstürmten.

16

Delongis sah zusammen mit seinem Kopiloten vom Cockpit aus zu. Es freute ihn, dass diese Aktion noch einfacher vonstattenging, als er gehofft hatte. Offensichtlich hatte der Anblick des schwarz gekleideten Sondereinsatzkommandos den Kampfgeist der Terroristen gebrochen, und sie hatten ohne Gegenwehr aufgegeben. Natürlich hatten sie mit dem Anthrax gedroht, aber das Problem war schnell gelöst worden.

Und jetzt rückten seine Männer vor, um die Festnahme durchzuführen, nahmen Handschellen von ihren Gürteln, und ...

Entsetzt sah Delongis zu, wie der Mann und die Frau Handwaffen zogen und jeweils einen Mann packten, ihnen den Arm um den Hals schlangen und ihnen Pistolen an den Kopf setzten.

Das war unmöglich. Zwei seiner Männer wurden mit der Waffe bedroht! Sie mussten der Polizei mehr als eine Waffe gestohlen haben. Delongis verfluchte seine Dummheit und Unbesonnenheit. Während die beiden anderen Teammitglieder ihre Sturmgewehre beiseitewarfen, sich dann auf den staubigen Boden legten und unter Druck selbst mit Handschellen fesselten, umklammerte er die Lehnen seines Sitzes so fest, dass die Knöchel weiß hervortraten.

Und dann sah er, wie die Flüchtigen – die Frau nahm vorsichtig ihren Rucksack wieder hoch – sich mit ihren Geiseln stetig auf den Helikopter zubewegten.

Innerhalb von Sekunden standen Adams und Lynn rechts und links des Hubschraubers neben den Türen zum Cockpit.

»Türen öffnen!«, brüllte Adams. »Sonst pusten wir den beiden die Köpfe weg!«

Als sie nicht sofort reagierten, stieß Adams dem Mann die Mündung seiner Pistole fester gegen den Kopf und drückte so sein Gesicht gegen das Plexiglas-Fenster des Cockpits, damit die Piloten das angsterfüllte Gesicht des Mannes von Nahem sehen konnten.

Sekunden später nickte der Mann, der auf Adams' Seite saß, und öffnete die Tür. Sein Partner tat es ihm auf der anderen Seite nach.

»Lassen Sie die Rotoren laufen und steigen Sie aus«, befahl Adams, und beide Männer gehorchten. Kurz sah er zu Lynn und bemerkte ihren fragenden Blick, ignorierte ihn aber.

»Jetzt laufen Sie zu Ihren Freunden«, wies er die beiden an und sah zufrieden, dass sie taten, was er sagte, und zu ihrem im Staub liegenden Kameraden liefen.

Adams warf Lynn einen Blick zu und nickte, und beide schlugen ihren Geiseln gleichzeitig die Pistolen über den Hinterkopf, worauf sie bewusstlos zusammenbrachen.

Sekunden später saßen sie sicher im Cockpit, und Adams übernahm mit raschen, selbstbewussten Handgriffen die Kontrolle.

Verwirrt sah Lynn ihn an. »Du kannst dieses Ding fliegen?«, fragte sie verblüfft. »Wann hast du das gelernt?«

Adams schloss seine Checks ab und schaute Lynn an. »Es gibt vieles, was du über mich nicht weißt«, gab er zurück und justierte den Kreiselkompass.

Captain Delongis, der im Buschwerk kauerte, blickte auf und sah in einer unangenehmen Mischung aus Wut und Demütigung, wie sich der Lynx in ruhigem Flug aus der Wüste erhob und mit großer Geschwindigkeit in Richtung Grenze davonflog.

Eldridge gab sich große Mühe, seinen Zorn zu verbergen, doch es fiel ihm schwer.

Der Learjet befand sich jetzt auf dem Weg zur Grenze und würde in schätzungsweise knapp zwanzig Minuten dort eintreffen. Er hätte am Grenzkontrollpunkt ankommen und seine Gefangenen in Empfang nehmen sollen, und jetzt? Die Gejagten hatten einen

Hubschrauber entführt und würden gleich die Grenze überfliegen, und er hatte keine Möglichkeit, sie aufzuhalten.

Nein, das stimmte nicht ganz, musste Eldridge sich eingestehen: Er hatte keine Möglichkeit, sie aufzuhalten, *ohne sie zu töten*. Und auf diese Entscheidung lief es hinaus. War der Versuch, die beiden aus Angst vor ihrem Wissen lebend festzunehmen, wirklich die steigenden Kosten und die Aufmerksamkeit wert, die das ganze Debakel verursachte? Eldridge begann das zu bezweifeln.

War es wahrscheinlich, dass die beiden jemand anderem davon erzählt hatten oder dass sie die Möglichkeit hatten, jemandem Beweise zuzuspielen, der damit etwas anfangen konnte? Die Organisation konnte doch wohl mit den Medien fertigwerden, falls das Thema tatsächlich den Weg ins Rampenlicht der Öffentlichkeit finden würde. Eldridge wusste, dass das Spezialprogramm nach Plan verlief, und bald würde es auf alles andere ohnehin nicht mehr ankommen.

Nachdem er seinen Entschluss gefasst hatte, griff er zum Satellitentelefon und wählte Stephen Jacobs' Nummer. Er würde ihm seinen Fall vorlegen und ihn um die Erlaubnis bitten, den Hubschrauber abzuschießen, die Flüchtigen zu töten und sie damit ein für alle Male vom Angesicht der Erde zu fegen.

Zehn Minuten später wurde Eldridge zu Colonel Carlos Santé durchgestellt, dem Kommandanten der chilenischen 1. Panzerdivision. Jacobs hatte endlich kapituliert und der Tötung der Flüchtigen zugestimmt. Obwohl es ihm widerstrebte, ihren Tod zu autorisieren, ohne sie zuerst verhört zu haben, hatte Jacobs Einsicht gezeigt und sich der unangenehmen Realität gebeugt. Besser sie starben jetzt, hatte er gemeint, statt noch einmal zu entkommen.

Die Division stellte Chiles Luftverteidigung an der Grenze dar und war in Arica stationiert, direkt an der Grenze. Colonel Santé kommandierte eine Batterie Gepard-Flakpanzer, die erst vor wenigen Jahren bei dem deutschen Hersteller erworben und kürzlich so modernisiert worden waren, dass sie die tödlichen Mistral-Raketen abfeuern konnten.

Das Gespräch fiel kurz aus, da Eldridge den Zeitdruck betonte; der Hubschrauber würde sich in diesem Moment der Grenze nähern, falls er sich nicht bereits im peruanischen Luftraum befand. Santé versprach, den Chopper sofort abzuschießen.

Eldridges nächster Anruf galt der peruanischen Seite, wo er um die Erlaubnis nachsuchte, den Helikopter durch die 1. Panzerdivision abschießen zu lassen, auch wenn er sich bereits in Peru befand. Die bloße Erwähnung von Terrorismus und Anthrax sorgte dafür, dass er die Genehmigung sofort erhielt.

Eldridge setzte selbst ebenfalls seinen Flug zur Grenze fort und lächelte.

Die Flüchtigen hatten nicht die geringste Aussicht, 20 Kilo hochexplosivem Sprengstoff zu entrinnen, der mit 1200 Meilen pro Stunde auf sie zuraste

Nicht die allergeringste.

17

Nur zehn Minuten nachdem sie ihn entführt hatten, überflog der gestohlene Lynx-Hubschrauber die Grenze, und Adams und Lynn konnten die Massen von Fahrzeugen sehen, die unten um den Grenzübergang zusammengezogen worden waren.

»Wenigstens sind wir hier oben sicher«, meinte Lynn beim Blick auf die Wüste unter ihnen. Als sie in den peruanischen Luftraum einflogen, umarmte sie ihn und drückte ihn an sich. »Wir haben es geschafft!«, rief sie aus.

Adams nickte nur, denn etwas anderes zog seine Aufmerksamkeit auf sich. Aber was? Was war ihm aufgefallen? Wieder ließ er den Blick über die Wüste schweifen, über die unzähligen Autos, LKWs und Laster, die um den Grenzkontrollpunkt an der Ruta 5 standen; aber das war es nicht gewesen.

Sein Blick wanderte weiter, und dann sah er es – ungefähr zwei Meilen westlich, irgendeine Militärinstallation. Seine Augen zogen sich zusammen, als er versuchte, Einzelheiten zu erkennen. Die Bewegung hatte ihn aufmerksam gemacht.

»Lynn«, sagte er, »sieh dir mal diese Militärbasis im Westen an. Kannst du etwas erkennen?«

Lynn schaute durch das seitliche Glas und bemühte sich, etwas zu sehen. Da bewegte sich etwas. Aber was? Sie sah genauer hin. War das ...? Nein, das konnte nicht sein.

»Matt«, sagte sie schließlich, »das sieht nach Geschützen aus. Große, mobile Artilleriefahrzeuge. Und sie bewegen sich, formieren sich zu einer Linie.« Sie blickte noch genauer hin, und dann traf die Erkenntnis sie wie ein Schlag. »Sie rücken gegen uns vor!«, schrie sie. »Sie wollen uns abschießen!«

Colonel Santé sah zu, wie sein erster Panzer eine Mistral-Rakete abschoss. Flammen schossen aus ihren Düsen, als sie in den Himmel aufstieg und mit über tausend Meilen pro Stunde auf den fliehenden Hubschrauber zuraste.

Der gestohlene Helikopter war inzwischen zehn Meilen weit nach Peru eingedrungen; der Einschlag würde in ungefähr dreißig Sekunden stattfinden.

Colonel Santé nutzte die Zeit, um sich eine Zigarre anzuzünden.

Adams holte alles aus dem Hubschrauber heraus und flog mit fast zweihundert Meilen die Stunde nach Peru hinein.

Trotzdem war er sich nur allzu bewusst, dass es hoffnungslos war, einer Flugabwehrrakete davonzufliegen. Der Radar zeigte, dass sie bereits abgefeuert worden war und sich auf die Infrarot-Signatur des Helikopters ausrichtete.

Adams hatte schon viele Jahre in keinem Lynx mehr gesessen, aber sein Instinkt sagte ihm, wo er finden würde, was er suchte.

Er griff nach dem Hebel auf der Schaltfläche vor sich und zog ihn kräftig nach unten.

»Was war das?«, fragte Lynn und versuchte ihre aufsteigende Panik zu beherrschen. Sie hatte Matt gesagt, sie werde schon klarkommen, aber die Wahrheit war, dass sie Angst hatte, und zwar bis ins Mark. Nach den Ereignissen in der Antarktis fiel es ihr ohnehin schwer, in einem Helikopter zu fliegen; aber jetzt war ihr Leben erneut durch eine Rakete in Gefahr, und sie spürte, wie sich ihr Herzschlag beschleunigte und ihre Handflächen feucht wurden.

Nicht schon wieder, sagte eine Stimme in ihrem Kopf ein ums andere Mal. *Bitte, nicht schon wieder.*

Adams' Antwort unterbrach ihre innere Stimme. »Abwehr«, erklärte er. »Infrarot, um das Leitsystem der Rakete zu verwirren. Soll dafür sorgen, dass die Rakete *dorthinein* fliegt, statt *uns* zu treffen.«

»Funktioniert das?«

Adams verzog das Gesicht. »In ungefähr zehn Sekunden werden wir es wissen.«

Colonel Santé konnte weder den Helikopter noch die Rakete mehr mit bloßem Auge erkennen, daher beobachtete er zusammen mit seinen Kanonieren den Radarschirm und paffte dabei seine Zigarre.

Rasch holte die Signatur der Rakete die des Hubschraubers ein. Ein Lichtblitz – der Treffer –, und dann beobachteten die Männer, wie das Licht verlosch.

Aber was war das? Das Bild des Helikopters war immer noch da!

Verdammt! Sie mussten die Infrarotabwehr aktiviert haben. Wütend zog Santé an seiner Zigarre, als ihm klar wurde, dass der Pilot sich besser mit dem Hubschrauber auskannte, als man ihm gesagt hatte.

»Noch einmal!«, erklärte er mürrisch. »Geschütze zwei bis vier!«

Wenn eine Rakete versagt hatte, würden vier bestimmt ihre Aufgabe erfüllen. Schließlich spielten die Kosten keine Rolle – der Anrufer hatte volle Entschädigung für sämtliche eingesetzte Munition versprochen, und auch einen kleinen finanziellen Anreiz für Santé selbst, falls es ihm gelang, den Chopper abzuschießen.

Abwehr oder nicht, vier Raketen waren eine Garantie für einen Abschuss.

Adams wusste, dass sie Glück gehabt hatten und eine Wiederholung unwahrscheinlich war. Der Artilleriekommandant würde jetzt zweifellos befehlen, mehrfach zu feuern; und wenn mehrere Raketen abgeschossen wurden, musste zwangsläufig eine durchkommen.

Sie mussten anders an das Problem herangehen, und Adams wusste auch, wie. Das einzige Problem würde sein, Lynns Zustimmung dafür zu bekommen.

Er wartete noch einen Moment, denn er wollte es soweit kommen lassen, bis sie keine andere Wahl mehr hatte. Und bald sah er die elektronischen Anzeigen auf seinem Radar auftauchen. Vier Raketen.

Rasch überschlug er die Geschwindigkeit, mit der sie näher kamen, sowie sein eigenes aktuelles Tempo und schätzte, dass der Einschlag in etwa eineinhalb Minuten stattfinden würde. Noch einmal überprüfte er die topografische Karte und nahm seine Geschwindigkeit zurück. Er wollte den Canyon fast gleichzeitig mit den Raketen erreichen.

»Fliegen wir etwa langsamer?«, erkundigte sich Lynn ungläubig.

Adams wandte sich ihr zu und nickte. Und dann erklärte er ihr seinen Plan.

Im Hauptquartier der 1. Panzerdivision sah Santé fasziniert zu, wie seine vier Geschosse majestätisch auf den unseligen Hubschrauber zurasten. Er bewunderte den Hubschrauberpiloten, der Ausweichmanöver nach oben, unten, links und rechts durchführte, und bemitleidete ihn gleichzeitig für seine vergebliche Mühe.

Es dauerte nicht lange; und obwohl der Hubschrauber inzwischen fast fünfzig Meilen nach Peru vorgedrungen war, machte er sich keine Sorgen wegen des Zuständigkeitskonflikts – man hatte ihm die Kooperation der Peruaner zugesagt.

Er bemerkte, dass der Pilot seine Infrarot-Störstrahler einsetzte, und sah, wie eine seiner Raketen auf den Köder hereinfiel und hinter dem Hubschrauber explodierte.

Und dann lächelte er breit, als die übrigen drei Raketen einen direkten Treffer landeten und er das deutliche Aufblitzen auf dem Radarschirm sah.

Er blinzelte, und der Schirm blieb leer.

Die Raketen hatten ihre Arbeit getan; der Helikopter – und die Menschen darin – existierten nicht mehr.

18

Innerhalb einer Minute nach dem tödlichen Einschlag erreichte die Nachricht Eldridge.

Es war vorüber. Oder? Eldridge war sich bewusst, dass er diesen Fehler schon einmal begangen und zu voreilig vom Tod der beiden ausgegangen war. Das würde ihm dieses Mal nicht passieren. Er würde sich selbst ein Bild machen. Der Learjet würde die Abschussstelle innerhalb der nächsten zehn Minuten erreichen, und chilenische und peruanische Militär- und Polizeitruppen waren ebenfalls unterwegs.

Er würde die Stelle aus der Luft überprüfen – sich davon überzeugen, dass der Hubschrauber *wirklich* vernichtet war und er nicht wieder auf einen verdammten Trick hereingefallen war –, und dann würde er landen und die Untersuchung der Absturzstelle leiten.

Nachdem die Maschine von drei verschiedenen Raketen getroffen worden war, musste das Wrack ein Inferno sein, nur noch eine schwelende Masse. Aber Eldridge würde erst zufrieden sein, wenn er darin eine Spur der Leichen gefunden hatte.

Dann würde er sich entspannen können.

Innerhalb von zehn Minuten befand sich der Learjet tatsächlich über der Absturzstelle, und Eldridge betrachtete hochzufrieden das brennende Wrack des Hubschraubers, der am Grund eines tiefen Canyons lag. Die Flammen, die an den Seiten hochschlugen, erreichten fast sein Flugzeug.

Es war zweifelhaft, ob jemand eine solche Explosion überleben konnte, aber wenn sein gegenwärtiger Auftrag Eldridge eins gelehrt hatte, dann, dass alles möglich war.

Er trat ins Cockpit und wies den Piloten an, einen Landeplatz zu suchen.

Zwölf Stunden später, als endgültig finstere Nacht herrschte und die Temperaturen fast bis auf den Gefrierpunkt gefallen waren, fanden die Männer, die die Absturzstelle untersuchten, etwas.

Früher am Tag hatte es diskrete Diskussionen darum gegeben, in wessen Zuständigkeit die Untersuchung fallen sollte, aber dann übernahmen Eldridge und seine Männer die Kontrolle und setzten die Ermittler aus beiden Ländern ein, um die Operation zu beschleunigen.

Aber es gab nicht viel, woran man sich halten konnte. Bei dem Einschlag war der Rumpf überhitzt worden und hatte augenblicklich alles, was sich in seinem Inneren befand, ausgelöscht. Als der Lynx in der Tiefe auf den Talboden des Canyons krachte, war nicht mehr allzu viel übrig, was man untersuchen konnte.

Was da war, wurde geborgen, getrennt, untersucht und Stück für Stück identifiziert. Die Ermittler erklärten Eldridge, die Hitze sei so stark gewesen, dass zu bezweifeln war, ob von den zwei Flüchtigen, die die Maschine gestohlen hatten, noch etwas übrig war. Bestenfalls konnten sie sich verkohlte Knochenfragmente oder vielleicht ein, zwei Zähne erhoffen.

Eldridge würde erst zufrieden sein, wenn er sich sicher war, dass Adams und Edwards tot waren. Daher wurde es auch fast Mitternacht, bis er sich zum ersten Mal wirklich erleichtert fühlte.

»Hier, Sir!«, rief der aufgeregte Techniker, der etwas in einer kleinen, transparenten Plastikhülle in der Hand hielt.

»Was ist das?«, verlangte Eldridge zu wissen.

»Ein Zahn«, antwortete der Mann zufrieden. »Er ist stark verkohlt«, fuhr er fort und hielt ihn hoch, damit Eldridge ihn mit eigenen Augen sehen konnte, »aber es ist der Zahn des Mannes, der sich bei dem Absturz in dem Hubschrauber befand.«

»Sind Sie sich sicher?«, fragte Eldridge, der seine Erregung immer noch in Zaum hielt.

»Hundertprozentig, Sir«, gab der Techniker zurück.

Eldridge nickte. »Gut.« Er ließ sich von dem Mann die Hülle mit dem Zahn darin geben. »Ich muss das sofort testen lassen.«

Stephen Jacobs war aufgeregt. Er war soeben in die Schweiz gereist, um die Maschine mit eigenen Augen zu sehen, und war hocherfreut über die Fortschritte des CERN-Teams. Es würde wirklich passieren.

Jetzt flog er nach Hause und befand sich in seinem Privatjet 12 000 Meter über dem Atlantik, als das Telefon klingelte.

»Jacobs«, meldete er sich.

»Sir«, hörte er die tiefe, grollende Stimme am anderen Ende, »hier ist Eldridge. Die Situation hier ist unter Kontrolle.«

»Sind Sie sich sicher?«, fragte Jacobs.

»Ja, Sir. Der Hubschrauber ist fast vollkommen zerstört worden, aber es ist uns gelungen, drei verkohlte Zähne zu finden. Der DNS-Test hat ergeben, dass zwei davon Matthew Adams und der andere Evelyn Edwards gehört haben. Die beiden können unmöglich überlebt haben. Es ist vorbei.«

Jacobs ließ sich tiefer in seinen ledernen Klubsessel sinken. Es war vorbei, ja. Und doch würde bald auch alles beginnen – der Tod der beiden Flüchtigen kündigte die Geburt der neuen Weltordnung an.

»Gut«, sagte Jacobs schließlich. »Sie können nach Hause kommen und Ihren Platz unter uns einnehmen. Es ist fast so weit.«

Jacobs konnte spüren, wie die Aufregung des Mannes über das Satellitentelefon ausstrahlte. »Ja, Sir«, sagte der Kommandant der Alpha-Brigade, und Jacobs beendete das Gespräch und legte auf.

Ja, dachte Jacobs bei sich, während er sich, erfreut über die Nachrichten aus Peru, im Sessel ausstreckte, *es ist fast soweit.*

19

Sie ließen sich in ihrem provisorischen Unterschlupf nieder, und Adams musterte das wüstenartige Buschland auf Lebenszeichen, fand aber nichts. Nachdem er sich zu seiner Zufriedenheit davon überzeugt hatte, dass sie sicher waren, zog er die Decke über sie beide und legte den Arm um Lynn, um sie zu wärmen.

Nachdem ihr Hubschrauber am vergangenen Abend abgeschossen worden war, hatten die beiden die dunklen Stunden genutzt, um durch die Wüste zu wandern. Das Navigationssystem des Helikopters hatte ihnen ihren genauen Standort angezeigt, und Adams hatte den Weg zur nächstgelegenen großen Stadt – Arequipa – ausgerechnet und sich dabei nach den Sternen gerichtet. Als der Morgen dämmerte, hatten sie dreißig Meilen zurückgelegt und waren beide der Erschöpfung nahe.

Normalerweise hätte Adams viel länger weitergehen können, aber der Schlafmangel der letzten Zeit setzte ihm schwer zu und machte ihn zu einem zitternden, unbeherrschten Wrack. Sie beschlossen, den Tag über zu rasten – wenn sie nachts wanderten, wurden sie besser mit den eisigen Temperaturen der Wüste fertig und waren außerdem vor Blicken verborgen –, und Adams verbrachte die nächste halbe Stunde damit, ein Versteck vorzubereiten; einen kleinen natürlichen Spalt, gut versteckt zwischen einer Ansammlung sonnengebleichter Felsen.

Adams hoffte, dass man nicht nach ihnen suchen würde, aber sie mussten vorsichtig sein. Ein Blutrinnsal lief aus seinem Mundwinkel über das Kinn, und er wischte es weg.

»Was macht dein Zahnfleisch?«, fragte er Lynn, denn das Blut erinnerte ihn daran, was sie getan hatten, um zu entkommen.

»In Anbetracht der Umstände nicht übel«, antwortete sie mit

einem Lächeln, das die Lücke in ihrer oberen Zahnreihe erkennen ließ.

Gestern Abend hatte Adams Ausweichmanöver durchgeführt, damit sich die Unbekannten, die sie beobachteten, an die unberechenbaren Bewegungen des Hubschraubers gewöhnten. Dann, als die Raketen direkt hinter ihnen waren und der Rand des Canyons gleich vor ihnen lag, hatte er den Helikopter gebremst und sinken lassen, und sie waren gesprungen.

Sie fielen über drei Meter tief auf den harten, staubigen Wüstenboden und rollten über den groben Sand auf die Kante zu. Die beiden sahen, wie die Raketen den Hubschrauber trafen, der mit einem gewaltigen, überwältigenden Donnern explodierte. Sein zerstörter Rumpf krachte unter ihnen auf die Talsohle des Canyons.

Nur eine Armeslänge vor dem tiefen Steilhang des Canyons kamen sie zum Halten, und Adams hatte Lynn in den Armen festgehalten und vor der großen Explosionshitze geschützt. Als die Hitze nachzulassen begann, hatte Adams sie losgelassen. Sein Hemd war mit Blut aus ihrem Mund beschmiert.

Da er wusste, dass ohne einen Beweis dafür, dass sie sich in dem abstürzenden Helikopter befunden hatten, die Jagd auf sie weitergehen würde, hatte Adams die kostbaren Sekunden, die ihnen bis zum Einschlag der Raketen blieben, genutzt, um ihrem Feind die harten Beweise zu liefern, die sie brauchten.

Er hatte sein Taschenwerkzeug genommen und es so gedreht, dass die Zange nach vorn zeigte. Dann hatte er sich rasch zwei Zähne gezogen, wobei das Blut aus seinem Mund durch das Cockpit spritzte. Vor Schmerz war ihm schwindlig geworden, doch es war ihm gelungen, die Maschine unter Kontrolle zu halten und noch eine Runde Störstrahlen abzusetzen.

Die Störstrahlen vernichteten eine weitere Rakete. Zu seiner Verblüffung nahm Lynn ihm die Zange ab, riss sich ebenfalls einen Zahn aus und warf ihn auf den Boden des Cockpits. Während sie ihn anschaute, tröpfelte Blut aus ihrem Mund, und Adams sah ihren entschlossenen Blick. Er hatte nicht gewollt, dass Lynn es ihm nachtat, aber er wusste, dass es logisch war – wenn die Verfolger nur Zahnmaterial von einem von ihnen fanden, würden sie womöglich weiter nach ihnen suchen. Solange sie eindeutige Hinweise auf zwei Leichen hatten, würden sie sich wahrscheinlich die Mühe nicht machen.

Und dann hatte Adams den Helikopter nach unten gelenkt, und sie hatten noch einmal einen Blick gewechselt, um sich gegenseitig aufzumuntern, bevor sie die Türen geöffnet hatten und gesprungen waren.

Eine Stunde später hielt Lynn Adams in den Armen. Ihre Rollen hatten sich umgekehrt. Er konnte nicht aufhören, unkontrollierbar zu zittern, seine Zähne klapperten, und sein ganzer Körper wurde von Krämpfen geschüttelt.

Sie hatten zusätzliche Kleidung und auch Notfalldecken, die sie gefunden hatten, aus dem Hubschrauber mitgenommen, und Lynn stopfte die Kleidung um ihn herum und deckte ihn mit der Decke zu. Aber trotzdem zitterte er noch so heftig, dass Lynn fürchtete, es könne ihn buchstäblich zerreißen.

Sie gab ihm Wasser und ein paar der Notrationen, die sie an Bord gefunden hatten, und zwang ihn, ein paar kleine Schokoladenriegel zu essen. Dann legte sie ihre Kleidung ab, zog ihn nackt aus und kletterte zu ihm unter die Decke. Sie umschlang ihn mit Armen und Beinen und teilte ihre Körperwärme mit ihm.

Lynn hielt ihn fest, und der Umstand, dass sie seinen Körper neben ihrem spürte, ließ Erinnerungen in ihr aufsteigen; intensive Erinnerungen aus ihrer gemeinsamen Vergangenheit. Wie sie stundenlang im Bett gelegen hatten; sich geliebt, eng umschlungen ausgeruht und sich wieder geliebt hatten.

Sie waren glücklich gewesen; jetzt erkannte sie das. Warum hatte sie das nur damals nicht gesehen? Ihre Arbeit hatte sie daran gehindert, wirklich zusammen mit ihm in der Gegenwart zu leben und richtig glücklich mit ihm zu sein; sogar als sie harmonisch und selig beieinandergelegen hatten, hatte sie unwillkürlich an ihr nächstes Forschungsprojekt gedacht. Wen sollte sie dafür auswählen, wie würden sie die Mittel auftreiben, mit welchen Ergebnissen konnten sie rechnen? Die Liste ging immer weiter, und irgendwann wurden sie dadurch auseinandergerissen.

Adams war ein Mann, der das Leben im Hier und Jetzt genoss; und Lynn war besessen von ihrer Arbeit. Als ihr Mann von Kindern gesprochen hatte, hatte sie höhnisch darauf reagiert – hatte er denn keine Ahnung, was ihre Arbeit mit sich brachte, wie viel Zeit und Energie sie verschlang? Kinder mussten auf jeden Fall noch warten. Adams hatte wissen wollen, wie lange, aber Lynn hatte ihm keine Antwort darauf geben können. Danach waren sie noch kurze Zeit zusammengeblieben, aber es war klar, dass sie unterschiedliche Prioritäten im Leben hatten. Schließlich hatten sie sich so weit auseinanderentwickelt, dass die Scheidung die einzige Option gewesen war.

Und jetzt? Als Lynn Adams in den Armen hielt und die Wärme ihrer Haut in seinen Körper strömte, erkannte sie, wie sehr sie sich geirrt hatte. Was hatte ihre Arbeit ihr eingebracht? Sie lebte allein, jemand versuchte sie umzubringen, und der einzige Mensch, an den sie sich wenden konnte, war der Mann, mit dem sie ursprünglich zusammen gewesen war. Sicher, sie war in ihrem Fachgebiet eine hervorragende Wissenschaftlerin, aber was hatte das jetzt schon noch zu bedeuten?

Sie spürte, wie Adams sich neben ihr bewegte. Benommen und desorientiert schlug er die Augen auf. »Lynn?«, fragte er mit schwacher Stimme.

»Es ist okay«, antwortete sie und drückte ihn fester an sich. »Es ist okay. Nur ein Fieber.«

Sie sah, wie er die Augen wieder schloss, und spürte, dass er tief Luft holte. Dann schlug er die Augen erneut auf und sah sie eindringlich an. »Nein«, sagte er betrübt, »das ist es nicht.«

Immer noch sehnte er sich nach Schlaf, nur ein paar Stunden *echtem*, ehrlichem Schlaf. Er hätte weiter so tun können, als hätte er

Fieber, doch er war es Lynn schuldig, ihr die Wahrheit zu sagen.

»Ich kann nicht mehr schlafen«, erklärte er einfach und sah beim Sprechen ihre verblüffte Miene. »Ich träume schlecht.«

»Aber ... Ausgerechnet du? Warum?« Lynn begriff es nicht. Der Matt Adams, den sie gekannt hatte, hatte nie ein Schlafproblem gehabt. Er war voller Leben, voller Optimismus und Hoffnung gewesen, und wenn Schlafenszeit war, war er eingeschlummert, als hätte er keine Sorge auf der Welt.

»Nach unserer Trennung«, begann er, froh darüber, sich das endlich von der Seele zu reden und seine Probleme mit jemandem zu teilen, insbesondere mit *diesem* Jemand, »habe ich mich von der Regierung anwerben lassen.«

»Was?« Wieder war Lynn erstaunt. Als sie zusammen gewesen waren, hatte er keinerlei Interesse daran gezeigt, für die Regierung zu arbeiten, so viel war sicher. Er war der beste Fährtensucher des Reservats gewesen, das wusste sie, und hatte der örtlichen Polizei häufig bei schwierigen Fällen geholfen, aber für die Regierung zu arbeiten war etwas ganz anderes.

»Von der Einwanderungs- und Zollbehörde«, erklärte Adams. »Sie hatten eine Gruppe namens ›Schattenwölfe‹ gegründet, die Schmuggler durch die Grenzgebiete zwischen Mexiko und den USA verfolgte. Alle Fährtensucher wie ich, aus neun verschiedenen Stämmen. Sie hatten von mir gehört und wollten, dass ich beitrat.«

»Und du warst einverstanden?«, fragte Lynn, der es erneut schwerfiel, das mit dem Matt Adams, den sie gekannt hatte, in Einklang zu bringen.

»Was hätte ich sonst tun sollen?«, gab er zurück. »Wir waren frisch geschieden, du hattest mir gesagt, mein Leben brauche eine Richtung – wie du sie mit deiner Arbeit hattest –, und die Gelegenheit bot sich. Also habe ich sie ergriffen.«

Lynn nickte; es tat ihr leid, dass sie für seine Entscheidung mit verantwortlich gewesen war. »Erzähl weiter«, ermunterte sie ihn behutsam.

»Ich habe dann jahrelang bei den Schattenwölfen gearbeitet und bin der beste Mann in der Einheit geworden – meine Erfolgsrate war überwältigend. Und dann, eines Tages, hat sich alles verändert.«

Lynn nahm seinen Blick wahr – bekümmert, schuldbewusst, gequält. Sie sagte nichts, denn sie wusste, dass er weitersprechen würde, wenn er bereit war.

»Ein Anruf meldete einen Laster, der von einer Bande Kinderschmuggler gefahren wurde. Wir hatten schon von der Gruppe gehört; sie hatten schon monatelang Kinder über die Grenze gebracht. Aber wir hatten sie noch nie festnageln können. Dieses Mal hatten wir die Marke und das Modell des Lasters, den sie benutzten, daher wussten wir, dass wir sie hatten.« Sein Blick wanderte, verlor sich in der Vergangenheit. »Wir sind dem Truck sechzig Meilen durch das Territorium der Tohono O'odham gefolgt, und schließlich haben wir ihn nur zehn Meilen vor der Grenze gefunden.

Sie hatten ihn einfach in der Wüstensonne stehen gelassen. Wir näherten uns vorsichtig und rechneten damit, dass die Schmuggler zu fliehen versuchen würden, aber als wir zum Führerhaus kamen, war niemand da. Spuren im Sand deuteten darauf hin, dass die Fahrer sich schon in der Nacht, vielleicht sogar schon am Vortag davongemacht hatten. Der Laster hatte vierundzwanzig, möglicherweise sogar sechsunddreißig Stunden dort gestanden.« Adams hielt inne und holte tief Luft, bevor er weitersprach. »Wir sind nach hinten gegangen, um die Türen zu öffnen und drinnen nachzusehen, aber wir konnten schon riechen, was es war. Leichen.«

Er schloss die Augen und versuchte, die Erinnerungen abzublocken. »Hinter diesen Türen lag ein Albtraum. Siebenundsechzig Kinder, manche erst drei Jahre alt, waren zusammen in den Laderaum des Lasters gepresst worden, sodass sie sich nicht rühren konnten. Und dann hatte man sie mitten in der Wüste zum Sterben abgestellt. Es war Hochsommer, die Innentemperaturen mussten über sechzig Grad erreicht haben. Und der Truck hatte keine Lüftung. Sie hatten keine Chance.«

Tränen rollten über Adams' Wangen, als er an den grauenhaften Anblick zurückdachte, der sich ihm geboten hatte, als die Türen des Lasters sich öffneten. »Sie waren alle tot – jedes einzelne Kind. Gestorben an der Hitze und erstickt. Kannst du dir vorstellen, wie sie sich gefühlt haben müssen? Gefangen in diesem Glutofen, unfähig zu fliehen, und neben dir, über dir, unter dir sterben Menschen. Überall waren Erbrochenes und Durchfall und Kratzer an den Innenwänden des Lasters, die sie hinterlassen haben, als sie versuchten, sich zu befreien.«

Adams wischte sich die Tränen weg und sah Lynn an. »Und weißt du, warum die Schmuggler sie dort gelassen haben, warum sie weggelaufen sind?« Lynn schüttelte den Kopf. »Weil sie gehört hatten, dass die Schattenwölfe sie jagten. Sie haben geglaubt, keine Chance zu haben, deswegen sind sie weggelaufen, zu Fuß geflüchtet, und haben den Laster zurückgelassen. Unseretwegen.« Er schlug die Augen nieder, denn er war zu aufgewühlt, um weiterzusprechen.

Lynn hielt ihn in den Armen. Ihre beiden Körper fühlten sich warm und tröstlich an. »Du hättest nichts tun können«, sagte sie leise. Sie wusste, dass es nichts änderte, aber sie sprach es trotzdem aus.

»Ich hätte den Truck schneller finden können«, antwortete Adams sofort. »Ich war angeblich der Beste, und ich habe versagt. Ich habe jämmerlich versagt, und sie sind alle gestorben, weil ich nicht schnell genug war, nicht gut genug.

Danach habe ich versucht, weiterzuarbeiten, aber ziemlich bald begannen die Albträume. Sie wurden immer schlimmer, regelrechte Horrorszenarien, und ziemlich bald hatte ich Angst vor dem Einschlafen. Nach einer Weile war ich vollkommen arbeitsunfähig. Ich war erledigt. Schließlich ließen sie mich gehen, und ich bin ins Reservat zurückgekehrt, wo ich mich seitdem mühsam über Wasser halte.« Adams hielt Lynns Hände und sah in ihre tiefen, wie Opal schimmernden Augen. »Du glaubst es vielleicht nicht, aber du hast meinem Leben wieder einen Sinn gegeben«, erklärte er endlich. »Danke.«

Lynns Herz tat einen Sprung. Sie hatte ihn in Lebensgefahr gebracht, und er *dankte* ihr? Auch ihr begannen die Tränen über die

Wangen zu rinnen, und ihr wurde etwas klar, das sie sich nicht hatte eingestehen wollen. Sie liebte ihn immer noch, und sie war sich sicher, dass er sie ebenfalls noch liebte.

Immer noch lagen sie nackt und eng umschlungen beieinander. Adams wischte ihr die Tränen weg, und dann rückte sein Kopf noch näher an sie heran, und sein Mund streifte über ihre Lippen. Zuerst küsste er sie forschend und wartete ab, was sie tun würde; und dann reagierte sie auf ihn, presste sich an ihn und erwiderte seinen Kuss mit unerwarteter Leidenschaft.

Beide waren erleichtert darüber, dass ihr Begehren auf Gegenseitigkeit beruhte. Lynn und Adams ließen sich gehen und bewegten sich in perfekter Harmonie. Stress und Adrenalin, die sich in den letzten paar Tagen angestaut und sie erfüllt hatten, verwandelten sich in frenetische, fieberhafte Leidenschaft, und ihre Körper fielen in einen Rhythmus, den sie lange vergessen geglaubt hatten, bis Lynn schließlich das Gesicht an Adams' Hals vergrub und beide spürten, wie die Spannung in einem Strom köstlicher, wunderbarer Erleichterung aus ihnen hinausfloss.

20

Zwei Tage später erreichten Adams und Lynn endlich die kleine Stadt Nazca.

In der zweiten Nacht hatten sie den größten Teil des Wegs nach Arequipa zu Fuß zurückgelegt. Über Tag hatten sie sich wieder verstecken müssen und waren endlich in der darauffolgenden Nacht angekommen. Es dauerte nicht lange, die Weiterfahrt nach Nazca zu organisieren – sie waren einfach durch die Stadt gegangen, bis sie zur Nationalstraße 1 nach Norden kamen, und dann getrampt.

Der Fahrer des großen LKWs, der auf dem Weg nach Lima war, hatte sie in aller Morgenfrühe in der kleinen, staubigen Stadt abgesetzt. Die Stadt selbst war reizlos und bestand aus schachbrettförmig angelegten Straßen mit ebenerdigen Häusern und Läden. Dieser Teil der wüstenhaften Pampa lag im Schatten der hohen Berge, die sich dahinter erhoben.

Die Stadt selbst war nichts Besonderes, aber Lynn drückte Adams fest die Hand, während sie zusahen, wie die Sonne langsam und majestätisch über den fernen, schneebedeckten Gipfeln aufging und sich ihr gedämpfter rosaroter Schein warm durch das Tal ergoss.

Lange, wunderbare Minuten schauten sie gemeinsam, Hand in Hand, schweigend zu und vergaßen für einige Zeit über der Bewunderung der majestätischen Schönheit der Natur alle Sorgen.

Als die Sonne schließlich über die Berggipfel stieg, wandte Adams sich Lynn zu. »Und wo finden wir nun diesen Baranelli?«, fragte er sie.

»Hundertprozentig sicher bin ich mir nicht«, gestand Lynn verlegen, »aber ich glaube, ich habe eine gute Idee.«

Das Hotel Nazca Lines in der Straße Jiron Bolognesi lag nur fünf Minuten von den berühmten Nazca-Linien entfernt, was seine Beliebtheit bei Touristen, Astronomen, Forschern und Verschwörungstheoretikern erklärte.

Die Linien waren zuerst 1939 bemerkt worden, als ein amerikanischer Wissenschaftler namens Paul Kosok in einem kleinen Flugzeug die trockene Küstenlandschaft überflogen hatte. Bis dahin hatte man die Linien für Teile eines Bewässerungssystems gehalten, doch Kosok, der Bewässerungsexperte war, schloss diese Erklärung rasch aus.

Sein Flug fiel zufällig mit der Sommersonnenwende zusammen, und er entdeckte bald, dass eine Linie genau zu dem Punkt zeigte, an dem die Sonne unterging, und parallel zu denen einer riesigen Vogelzeichnung im Wüstensand verlief, was ihn dazu bewog, die Gegend das »größte Astronomiebuch der Welt« zu nennen.

Auf Kosok folgte eine junge deutsche Mathematikerin namens Maria Reiche, die die Gegend während der nächsten fünfzig Jahre studierte und zu der Schlussfolgerung gelangte, die kolossalen Zeichnungen gehörten zu einem von der Nazca-Kultur geschaffenen astronomischen Kalender und seien möglicherweise auch dazu da, Botschaften an die Götter zu senden.

Reiche hatte im Hotel Nazca Lines gewohnt, das damals viele Jahre lang unter dem Namen *Hotel Turistas* bekannt war, und jeden Abend einen einstündigen Vortrag über das archäologische Phänomen gehalten. Lynn hatte Baranelli in Harvard über Reiche sprechen hören und war sich sicher, dass er während seines Aufenthalts in Nazca an keinem anderen Ort absteigen würde. Außerdem gab es nicht allzu viele andere Möglichkeiten.

Adams und Lynn gingen an gemähten Rasenflächen und kleinen Palmen vorbei, betraten das weiß getünchte, im Kolonialstil gehaltene Hotelfoyer und steuerten gleich auf die Rezeption zu.

Lynn, die versuchte, sich nicht allzu unsicher wegen ihres fehlenden Zahns und ihrer allgemein zerzausten Erscheinung zu fühlen, trat lächelnd an die Theke.

»Guten Morgen«, sagte sie freundlich. »Sprechen Sie Englisch?«

Die junge Angestellte nickte. »Ein wenig, ja.«

»Großartig«, erklärte Lynn. »Wir kommen von der Universität Harvard und sollen Professor Baranelli hier zum Frühstück treffen, aber ich glaube, wir sind ein wenig zu früh dran. Wäre es in Ordnung, wenn wir hier auf ihn warten?«

Die Angestellte wirkte verunsichert. »Sie wollen sich mit dem Professor zum Frühstück treffen?«

Lynn nickte. »Richtig«, bekräftigte sie.

»Bedaure sehr, aber Professor Baranelli ist nicht hier.«

»Er wohnt gar nicht hier?«, fragte Lynn ziemlich besorgt.

»Oh nein, er wohnt schon hier. Er ist nur schon fort.«

»Fort?«, wiederholte Lynn. »Wohin denn?«

Die Angestellte wies hinaus über die gepflegte Rasenfläche. »Zum Flugfeld auf der anderen Straßenseite«, erklärte sie. »Wenn Sie sich beeilen, erreichen Sie ihn noch, bevor er fliegt.«

Weniger als zwei Minuten später hatten Adams und Lynn die Jiron Bolognesi überquert, liefen schnell durch einen metallenen Torbogen und rannten über die kalte Rollbahn auf das kleine Flughafengebäude zu.

Als sie aufblickten, sahen sie zwei kleine Propellermaschinen, die am Himmel aufstiegen. Ob in einer davon Baranelli saß?

In den offenen Hangars standen ungefähr ein Dutzend weiterer Flugzeuge, von denen drei gerade startbereit gemacht wurden. Für so einen kleinen Flughafen war hier ungewöhnlich viel los.

Adams streckte gerade die Hand nach der Tür des Kontrollzentrums aus, als Lynn an seinem Ärmel zupfte. »Matt«, sagte sie aufgeregt und wies auf eine der drei Maschinen, die auf die Startbahn zurollten. »Da ist er!«

Adams folgte Lynns ausgestrecktem Finger und sah einen tiefgebräunten, leicht übergewichtigen Mann mit schütterem Haar und Metallbrille, der in ein altmodisches Khakihemd und Shorts gekleidet war und sich anschickte, in eines der kleinen Flugzeuge zu klettern.

»Professor!«, schrie Lynn über die Startbahn hinweg.

Der Mann schaute in ihre Richtung. Seine Miene wirkte ärgerlich, wenn sich auch ein Hauch von Neugierde hineinmischte.

Als Lynn winkte und noch einmal nach ihm rief, erkannte er sie, und ein breites Lächeln erhellte seine strengen Züge. Er bedeutete dem Piloten, das Flugzeug anzuhalten, und eilte über das Rollfeld auf Lynn zu.

»Lynn!«, rief er mit überschwänglichem, süditalienischem Akzent aus. »Was in aller Welt machen Sie denn hier?«

»Wir brauchen Ihre Hilfe«, erklärte Lynn unumwunden.

Nach kurzem Überlegen lächelte Baranelli. »Natürlich, was immer Sie brauchen, gehört Ihnen. Aber wir werden in der Maschine reden müssen«, sagte er und drehte sich um, um in das Flugzeug zu steigen. »Die Bedingungen werden nur noch eine Stunde lang perfekt sein.«

Lynn sah Adams an und stöhnte auf. *Schon wieder in ein Flugzeug steigen?* Das hatte ihr gerade noch gefehlt.

Trotzdem folgte sie Baranelli an Bord der kleinen Maschine, wobei sie betete, dass es ihr ausnahmsweise – nur dieses *eine Mal* – vergönnt sein würde, normal zu landen.

»Den größten Teil des Jahres muss man am Vormittag oder frühen Nachmittag in der Luft sein, weil es sonst zu dunstig wird«, erklärte Baranelli, während die Cessna von der Rollbahn abhob und hoch in die dünne Bergluft aufstieg, »aber ich habe in letzter Zeit festgestellt, dass der frühe Morgen die beste Zeit ist. Ich bin schon fünfzig Mal hier oben gewesen, und ich kann Ihnen sagen, dass es mich immer noch fasziniert.«

Lynn und Adams nickten. Lynn wusste, dass ihr Freund ein sehr leidenschaftlicher Mensch war, besonders wenn er über seine Arbeit sprach. Sie würde sich große Mühe geben müssen, das Gespräch auf ihr Problem zu lenken. Doch gerade als sie beginnen wollte, schnitt Baranelli ihr das Wort ab.

»Haben Sie diese Linien schon einmal aus der Luft gesehen?«, fragte er seine beiden Gäste.

Adams und Lynn schüttelten den Kopf.

»Nicht?«, sagte er entzückt. »Dann steht Ihnen jetzt ein besonderes Erlebnis bevor. Und wer könnte ein besserer Reiseführer sein als ich? Wenn Sie Glück haben«, setzte er zwinkernd hinzu, »kläre ich Sie sogar über meine eigenen Theorien bezüglich dieser Stätte auf.«

Während der nächsten halben Stunde kreiste das Flugzeug gemächlich am Himmel und zog die gewaltigen Linien auf der Ebene von Nazca nach.

Baranelli war wie eine Maschine. Er schrieb gleichzeitig Notizen in ein eselsohriges Büchlein, machte hochauflösende Fotos und führte komplexe Berechnungen durch, während er ohne Punkt und Komma begeistert die Geschichte der Linien erzählte, und zwar besser, als ein professioneller Touristenführer das je vermocht hätte.

»Ist es nicht unglaublich?«, fragte Baranelli, und das nicht zum ersten Mal. »Von hier aus sehen die Linien und Geoglyphen aus, als hätten sie keinen Sinn und wären bedeutungslos durch die Pampa gezogen; manche fachmännisch ausgeführt, andere grob gehauen, und nur ein riesiges Durcheinander. Aber wenn wir genauer hinsehen«, fuhr er fort und nickte dem Piloten zu, der die Flughöhe verminderte und tiefer über der Wüstenebene flog, »sehen wir die Schönheit des Entwurfs. Wir erkennen die Keile«, sagte er und wies auf gewaltige, trapezartige Formen, die sich bis zu siebenhundertfünfzig Meter weit erstreckten, »und wie sie von den Linien selbst gekreuzt werden – die bis zu *neun Meilen* lang vollkommen gerade verlaufen. Es gibt auch Spiralen, Dreiecke, Kreise, die Liste lässt sich fortsetzen. Wissen Sie, wie viele dieser geometrischen Formen sich hier befinden?«

Lynn schüttelte den Kopf. »Leider nein.«

»Um die *neunhundert.* Neunhundert! Ist das zu fassen? Es ist wirklich unglaublich. Und dann die Umrisse!«, sprach Baranelli, vollständig in seiner eigenen Welt versunken, weiter. »Es gibt ungefähr *siebzig* Biomorphe – Tier- und Pflanzendarstellungen, darunter einige sehr bekannte Beispiele. Der Kolibri, der Reiher, der Kondor, der Hund, die Hände, die Spinne, der Pelikan, der Affe«, erklärte er und unterstrich jedes Wort, indem er mit dem Finger in die Richtung des betreffenden Geoglyphen wies, und Adams und Lynn betrachteten ehrfürchtig die Scharrbilder. Sie drängten sich in einem Bereich der weitläufigen Ebene zusammen, von der Baranelli ihnen erklärt hatte, dass sie fast zweihundert Quadratmeilen maß. Die Größe der Umrisse war erstaunlich. Von ihrem Aussichtspunkt aus schätzte Adams die Pelikanfigur auf über dreihundert Meter Länge.

»Und dann haben wir noch meine persönliche Lieblingsfigur«, fuhr Baranelli lächelnd fort. »Den Astronauten.«

Aus den Fenstern der Maschine sahen Adams und Lynn auf eine in den Hang eines kleinen Hügels gezeichnete Figur hinunter. Der Lichteinfall war perfekt, und sie konnten beide die Darstellung eines Mannes erkennen, der eine Art Helm zu tragen schien und die rechte Hand zum Gruß erhoben hatte. Aber an wen gerichtet? Oder was?

»Und?«, fragte Baranelli seine Gäste sichtlich aufgeregt. »Was meinen Sie?«

»Auf jeden Fall interessant«, antwortete Lynn. »Wozu dient sie?«

Baranelli wandte sich vom Fenster ab und zog die Augenbrauen hoch. »Ah!«, rief er aus. »Das ist die Frage! Wozu ist das alles da? Was denken Sie?«, fragte er, ganz der Professor, der seine Studenten auf die Probe stellte.

»Im Lauf der Jahre sind darüber viele Theorien aufgestellt worden«, begann Lynn, »angefangen mit Kosoks Überzeugung, dass es sich um eine Art astronomischen Kalender handelt. Allerdings haben Computermodelle gezeigt, dass die Übereinstimmungen zufällig waren.«

»In der Tat«, pflichtete Baranelli ihr bei und nickte. »Und was sonst noch?«

»Also, ich glaube, die vorherrschende Theorie ist die, dass sie religiöse Straßen darstellen, die mit Wasser oder Fruchtbarkeitskulten verbunden sind.«

»Ja, dieser Meinung sind viele«, meinte der Professor zustimmend. »Die ethnografischen und historischen Daten scheinen darauf hinzudeuten, dass die Verehrung von Bergen und Wasserquellen seit alter Zeit die Religion von Nazca beherrschten. Daher kann man die Linien als heilige Wege betrachten, die die Gläubigen an Stellen führen, wo solche Gottheiten verehrt werden können.«

»Viele glauben das ... aber Sie nicht?«, hakte Lynn nach.

Über diese Vorstellung lachte Baranelli. »Ich ganz bestimmt nicht!«

»Und was glauben Sie?«, fragte Adams.

»Zeit zu landen«, gab Baranelli statt einer Antwort zurück. »Vielleicht können wir unser Gespräch beim Mittagessen fortsetzen?«

21

Eine Stunde später hatte sich Baranelli mit seinen beiden Gästen an einem kleinen Tisch im Hotel Nazca Lines niedergelassen und setzte mit einem großen Glas Chianti in der Hand seine Vorlesung fort.

»Haben Sie von der Theorie der Prä-Astronautik gehört?«, wollte er von ihnen wissen.

Lynn nickte und trank von einem Glas Wasser. »In den 1960er-Jahren behauptete Erich von Däniken, die geraden Linien stellten Landebahnen für außerirdische Raumschiffe dar. Er betrachtete sogar die ganze Ebene von Nazca als eine Art gigantischen Flughafen.«

»Das stimmt«, sagte Baranelli, »obwohl wir uns nicht sicher sind, ob die Oberfläche stabil genug gewesen wäre, um das Gewicht wiederholter Landungen auszuhalten. Aber er vertrat auch andere interessante Theorien über die anderen Geoglyphen und behauptete, die Menschen von Nazca hätten sie gezeichnet, nachdem diese Außerirdischen wieder abgereist und wahrscheinlich zu ihrem Heimatplaneten zurückgekehrt wären.«

»Warum sollten sie das tun?«, wollte Adams wissen.

»Ähnliche Phänomene sind auf der ganzen Welt dokumentiert«, erklärte Baranelli. »Sogenannte ›Cargo-Kulte‹ entstehen, wenn ein eingeborenes Volk von einer fortgeschritteneren Kultur besucht wird. Erstere schreiben dieser – und ihren modernen Transportmitteln – übernatürliche Bedeutung zu und betrachten sie als Gottheiten. Nach dem Zweiten Weltkrieg herrschten solche Kulte im Südwestpazifik vor, als die Amerikaner und Japaner die Inseln als Stützpunkte benutzt und gewaltige Materialmengen dorthin transportiert hatten. Als die Basen nach dem Krieg geschlossen wurden und diese Güter nicht mehr verfügbar waren, versuchten die Inselbevölkerungen, weitere Lieferungen herbeizuführen, indem sie grobe Imitationen von Landestreifen, Flugzeugen und Funkausrüstung bauten und sie verehrten.«

»Und von Däniken glaubt, das sei hier ebenfalls geschehen?«, fragte Adams.

»Ja, und nicht nur das. Er glaubte, dass die Religion insgesamt und überall auf der Welt entstand, um Außerirdische zu verehren, die auf die Erde gekommen waren, die primitiven Menschen mit ihrer fortgeschrittenen Technologie verblüfft und es ihnen überlassen hatten, übernatürliche Erklärungen für das, was sie gesehen hatten, zu finden.«

»Sie nehmen mich wohl auf den Arm«, meinte Adams skeptisch. »Dann war Gott also ein Alien?«

»Eine von von Dänikens Kapitelüberschriften – in der Tat wahrscheinlich die, die ihn berühmt gemacht hat – lautet ›War Gott ein Astronaut?‹«, erklärte Baranelli lächelnd.

»Und auf welche Beweise hat er diese Behauptung gestützt?«, fragte Adams, der immer noch nicht überzeugt war.

»Sie müssen wissen, dass nicht nur von Däniken das über Jahre hinweg behauptet hat, sondern viele andere Experten – Astronomen, Astrophysiker, Historiker, Philosophen, alle möglichen Leute. Es existiert auch eine große Anzahl von, wie diese Menschen sagen würden, *Beweisen*, die die Theorie unterstützen, obwohl andere einwenden würden, es handle sich eher um eine Ansammlung seltsamer Anomalien und nicht um eindeutige Beweise.«

»Was für Anomalien?«, erkundigte sich Lynn, die immer noch versuchte, eine Verbindung zwischen ihrer eigenen Entdeckung und diesem Gespräch über Aliens aus uralter Zeit herzustellen.

»Die Nazca-Linien sind eine solche Anomalie – woher kommen sie, wer hat sie erdacht, und zu welchem Zweck? Bedeutet der Umstand, dass man sie nur aus der Luft erkennen kann, dass ihre unbekannten Schöpfer wollten, dass sie von fliegenden Wesen gesehen wurden? Und woher soll diese Flugtechnologie vor so langer Zeit gekommen sein? Also liegt eine Anomalie vor, etwas, das nicht in das übliche historische oder archäologische Wissen zu passen scheint. Und was haben wir sonst noch?«, fragte Baranelli, bevor Adams oder Lynn eine Chance hatten, ihm zu antworten. »Eine Karte aus dem sechzehnten Jahrhundert, die in den Ruinen des Topkapi-Palasts in Istanbul gefunden wurde, zeigt im Süden die Antarktis, und zwar so, wie die Landmasse aussehen müsste, wenn sie eisfrei wäre – etwas, das sie seit fünfzehn Millionen Jahren nicht mehr war. Handelte es sich also um eine Kopie von Karten, die vor Millionen von Jahren gezeichnet wurden, oder hatte dieser General aus dem sechzehnten Jahrhundert Zugang zu Radar- und Satellitendaten, durch die er in den Untergrund hineinsehen konnte? Und wenn, wo könnte diese Technologie hergekommen sein? Dann gibt es die diversen Kunstwerke aus alter Zeit, die etwas zeigen, das nach außerirdischen Besuchern aussieht, oder Astronauten mit Helmen – ganz ähnlich im Übrigen dem Geoglyphen, den wir eben gesehen haben. Sie reichen von alten Höhlenmalereien in der afrikanischen Sahara bis zu Mayatempeln in Mexiko über alle möglichen Stätten dazwischen – Zimbabwe, Südafrika, Russland, Val Camonica in Norditalien, Usbekistan, die Liste ließe sich beliebig fortsetzen. Und immer die gleichen Bilder – menschenähnliche Gestalten in seltsamer Kleidung und Helmen. Beispielsweise zeigt das Relief aus dem Tempel der Inschriften in Palenque, Mexiko, eindeutig eine astronautenähnliche Gestalt, die an den Kontrollen eines Miniatur-Raketenschiffs sitzt. Gibt es dafür eine konventionelle Erklärung?«

Baranelli nahm einen tiefen Zug von seinem Wein und sprach dann weiter. »Und was ist mit solchen Rätseln wie dem Mayakalender, der Sonnenfinsternisse unzählige Tausende von Jahren voraussagt? Woher hatten sie die Technologie, um solche Berechnungen anzustellen? Im Irak hat man uralte elektrische Batterien gefunden, in Assyrien neuntausend Jahre alte Linsen aus Kristall, in einem Hinterhof in Delhi einen eisernen Pfosten, der in viertausend Jahren keinen Rost angesetzt hat, in Peru einen zwei*tausend* Tonnen schweren Granitblock, der auf dem Kopf stand – wer kann so etwas erklären?

Und vergessen wir auch die Große Pyramide von Gizeh nicht, und alle Tempel, die sie umgeben, die Große Sphinx, und so weiter, und so fort. Wissen wir heute, wie diese Gebäude errichtet wurden? Oder warum? Die Große Pyramide besteht aus über zwei Millionen Steinblöcken, von denen einige bis zu siebzig Tonnen wiegen. Es ist das am exaktesten ausgerichtete Bauwerk, das es gibt, und weicht nur um ein einundzwanzigstel Grad vom geografischen Norden ab. Außerdem liegt es genau im Zentrum der Landmasse der Erde. Die Steine der äußeren Verkleidung waren glatt poliert und auf 0,03 Zentimeter genau abgeflacht. Man hätte die Pyramide von Israel und vielleicht sogar vom Mond aus sehen können. Warum? Die Antwort ist, dass wir es schlicht nicht wissen. Wir wissen nur, dass diese Anomalien existieren und geradezu nach einer Erklärung schreien.«

»Und Außeridische könnten eine solche Erklärung liefern?«, fragte Adams.

»Wieso nicht? Viele Menschen behaupten, dass sie uns in der Gegenwart besuchen; warum hätten sie nicht auch vor Tausenden von Jahren kommen sollen?« Baranelli sah den Unglauben in Adams' und Lynns Blicken. Er selbst war nicht unbedingt ein Anhänger der Theorie, doch ihm war auch klar, dass man sie nicht einfach von der Hand weisen konnte. »Manche Leute«, fuhr er fort, »sehen die Informationen, die in religiösen Texten enthalten sind, als direkte Beweise für einen Besuch Außerirdischer.«

»Erzählen Sie weiter«, sagte Adams. Er war noch nicht überzeugt, aber neugierig geworden.

»Ist Ihnen noch nie aufgefallen, dass die meisten Religionen in ihren Schriften sehr ähnliche Geschichten erzählen? Die alten Sumerer, die Ägypter, Römer und Griechen; das Alte und das Neue Testament – wenn man sie genau ansieht, sind sie alle fast identisch. Und wo entstand die Kultur – Naturwissenschaft, Mathematik, Landwirtschaft, die Schrift?«

»Im alten Sumer«, antwortete Lynn.

Baranelli schnippte mit den Fingern. »Genau!«, sagte er. »Nach

Millionen von Jahren langsamer, mühsamer Evolution haben wir also einen plötzlichen Entwicklungssprung. Blitzschnell – jedenfalls nach dem Maßstab der Evolution – haben wir das Land bewässert, Tempel gebaut, komplizierte mathematische Berechnungen angestellt, gelesen und geschrieben. Was ist da im alten Sumer passiert? Manche Leute behaupten, zu diesem Zeitpunkt hätten uns zum ersten Mal Außerirdische besucht und uns den Keim unserer modernen Zivilisation geschenkt. Wir hätten ihnen unsererseits übernatürliche Bedeutung verliehen, und so sei die organisierte Religion entstanden. ›Götter‹, die in Feuerwagen vom Himmel herabsteigen, wären dann nicht Träume, Visionen oder Metaphern, sondern Realität: Aliens, die mit ihren Raumschiffen auf der Erde landeten. Wie hätten die Menschen des Altertums das anders erklären können? Und so nahm die Religion ihren Anfang in Sumer und breitete sich dann in der ganzen Region aus; zuerst nach Ägypten und dann weiter nach Israel. Schließlich umspannte sie die ganze Welt und unterwarf auch Indien, Rom und Griechenland. Überall, wo sie sich ansiedelte, wurde sie von den dort ansässigen Völkern angepasst, blieb aber im Prinzip, was sie war: Tatsachenberichte über die Landung von Außerirdischen und ihre Technologie, wie die Sumerer sie aus erster Hand erlebt hatten.«

»Dann war Gott also tatsächlich ein Astronaut?«, fragte Adams immer noch skeptisch.

»Wer weiß? Es ist eine Theorie, oder? Eine Geschichte. Aber meiner Meinung nach nicht mehr oder weniger überzeugend als jede andere.«

»Übrigens, Fabricio«, sagte Lynn, »wir haben da selbst auch eine kleine Anomalie.«

»Vierzigtausend Jahre alt?«, fragte Baranelli aufgeregt.

»Jedenfalls sah es so aus. Natürlich ist inzwischen der größte Teil der Beweise zerstört worden.«

»Wann kam denn in Sumer die Zivilisation auf?«, erkundigte sich Adams bei Baranelli.

»Um 3800 vor Christus«, gab der Professor sofort zurück. »Also vor fast sechstausend Jahren, mehr oder weniger.«

»Gibt es denn Theorien über ein fortgeschrittenes Volk, das vor *vierzig*tausend Jahren existiert haben könnte?«, hakte Adams beharrlich nach.

»Vielleicht war ja der Zyklus, dessen Beginn wir in Sumer gesehen haben, nicht der erste«, meinte Baranelli unsicher.

»Was wollen Sie damit sagen?«, fragte Lynn.

»Ich meine, wenn außerirdische Wesen 3800 vor Christus auf die Erde gekommen sind und den Menschen die Zivilisation gebracht haben, dann wäre es doch ebenso gut möglich, dass sie – vielleicht dieselben Wesen, vielleicht eine andere Gruppe aus einer ganz anderen Gegend des Universums – vor vierzig-, fünfzig- oder sogar hunderttausend Jahren hergekommen sind. Ausschließen können wir das nicht. Oder die Menschheit hat während dieser Zeit ohne Hilfe von außen eine solche Technologie entwickelt.«

»Und dann?«, fragte Adams.

»Und wurde dann vernichtet, wie Atlantis, von einer globalen Katastrophe, die die Menschheit vollständig ausgelöscht hat. Vielleicht haben in einigen Nischen Leute überlebt, fielen aber aufgrund dessen, dass die Bedingungen auf dem Planeten wieder zur Natur zurückkehren mussten, auf eine primitivere Stufe zurück.«

»Atlantis?«, hakte Adams nach. »Behaupten Sie, dass Atlantis existiert hat?«

»Nein«, gab Baranelli bedächtig zurück; er wählte seine Worte sorgfältig. »Ich sage, dass fast jede moderne Kultur einen Atlantis-Mythos besitzt, der von einer prähistorischen, fortgeschrittenen Kultur erzählt. Ist das nur Zufall, oder haben diese Mythen eine reale Basis? Der Körper, den Lynn gefunden hat, deutet doch wohl darauf hin, dass es so ist?«, fragte Baranelli mit hochgezogenen Augenbrauen. »Und dann muss man noch die universelle Verbreitung der Mythen über eine urzeitliche Flut in Betracht ziehen. In unserer christlichen Kultur wissen wir vor allem von Noah und der Sintflut, aber auch das lässt sich bis auf seine Ursprünge in der uralten sumerischen Folklore zurückverfolgen. Tatsächlich glauben viele geachtete Naturwissenschaftler, dass die Welt eine solche katastrophale Flut erlebt hat, und zwar in der Zeit zwischen 12 000 und 10 000 vor Christus.

Aber das ist nur ein Beispiel, das aufzeigen soll, dass es durchaus wahr sein könnte. Den Menschen der Urzeit können auch andere Katastrophen zugestoßen sein – ein Meteoreinschlag, Vulkanausbrüche, die Liste ließe sich beliebig fortsetzen. Im Ergebnis ist es sicher möglich, dass eine fortgeschrittene Zivilisation, vielleicht sogar entwickelter als unsere eigene, einmal auf der Erde existiert hat und irgendwann praktisch ausgelöscht wurde ... Die DNS haben Sie noch nicht analysieren lassen?«, fragte er unvermittelt.

»Nein, noch nicht. Wir hoffen, das in den USA tun zu können, falls es uns gelingt, dorthin zu gelangen.«

Tief in Gedanken versunken nickte Baranelli. »Es ist also möglich, dass der Leichnam nicht einmal der eines *Homo sapiens* war«, meinte er. »Vielleicht gehört er einer anderen Art der Gattung *Homo* an, die sich aus irgendeinem Grund schneller entwickelt hat als wir. Möglich, dass die Katastrophe sie härter traf als uns, weil sie von Technologie abhängig waren, sodass sie vollständig ausstarben und wir uns nach oben kämpfen konnten.«

Lynn und Adams wechselten einen Blick. Ein anderer Zweig der menschlichen Familie? So etwas hatten sie nicht einmal in Betracht gezogen, und Adams war die Vorstellung weitaus überzeugender erschienen, dass Lynn die Leiche eines Außerirdischen oder eines Zeitreisenden gefunden hatte, zwei weitere Möglichkeiten, die eine Erklärung für den uralten Körper liefern könnten.

»Für mich sieht es so aus, dass Sie die DNS umgehend untersuchen lassen müssen«, erklärte Baranelli. »Dann wissen wir, womit wir es zu tun haben.«

»Deshalb müssen wir ja auch unbedingt zurück in die USA«, pflichtete Adams ihm bei. »Die Beweisstücke untersuchen lassen und herausfinden, was zum Teufel hier vorgeht.«

Baranelli nickte. »Das wird gefährlich, meine Freunde. Es ist klar, dass der Körper für jemanden sehr bedeutsam ist, und diese Unbekannten werden vor nichts zurückschrecken, um ihr Geheimnis zu bewahren.«

»Da haben Sie wohl recht«, sagte Adams. »Ich glaube ja, wir haben es mit Regierungsinteressen auf höchster Ebene zu tun; mit Leuten, die so viel Macht haben, dass sie auch weit südlich ihrer Grenzen agieren können.«

»Wenn so jemand ein Geheimnis hat, dann ist es bestimmt wert, dass man dahinterkommt, was?«, fragte Baranelli mit einem schelmischen Lächeln und zwinkerte. Er trank noch einen Schluck von seinem Wein und sah Adams und Lynn direkt an. »Und das ist auch der Punkt, an dem Sie meine Hilfe brauchen, ja? Sie wollen wissen, ob ich in der Lage bin, Sie unentdeckt zurück in die USA zu schmuggeln?«

Adams und Lynn nickten und sahen zu, wie Baranelli sich nachschenkte und dann das Glas mit einem langen, gemächlichen Zug zur Hälfte leerte.

»Aber nur, wenn Sie sich sicher sind, das tun zu können, ohne sich selbst in Gefahr zu bringen«, setzte Lynn ernst hinzu.

Baranelli machte eine wegwerfende Handbewegung. »Machen Sie sich darüber keine Gedanken«, sagte er. »Ich glaube, dass ich Ihnen helfen kann, und ich bin mir sicher, dass ich mich absolut nicht in Gefahr bringe. Außerdem, was ist das Leben schon ohne ein wenig Aufregung?« Er leerte sein Weinglas. »Ich verspreche Ihnen, dass Sie morgen zurück in den USA sind. Versprechen *Sie* mir dafür, dass Sie mir erzählen, was Sie herausfinden.«

»Das werden wir, Fabricio«, gelobte Lynn. »Und wir werden auch herausbekommen, wer hinter dieser ganzen Sache steckt«, sagte sie und ergriff Adams' Hände. »Ich bin es leid, das Opfer zu sein«, fuhr sie fort, und Adams war schockiert über die glühende Entschlossenheit in ihrem Blick. »Sie glauben, dass wir tot sind, dass sie gewonnen haben. Aber wir werden herausfinden, wer *sie* sind, und dann bekommen sie es mit uns zu tun.«

3. Teil

1

DNA Analytics lag in der Innenstadt von Phoenix, eines von Tausenden ähnlicher Labors überall in den USA. Solche Firmen führen hauptsächlich Vaterschaftstests durch, wenn auch viele mit dem FBI und anderen Strafverfolgungsbehörden kooperieren und DNS-Spuren im Zusammenhang mit Kriminalfällen untersuchen.

Lynn hatte dieses spezielle Labor ausgesucht, weil es grundsätzlich nicht für die Regierung oder Strafverfolgungsbehörden tätig und damit etwas weniger exponiert war als viele andere solcher Einrichtungen. Außerdem hatte es eine Zweigstelle in Los Angeles, die in der Lage war, die Stofffragmente zu analysieren, die Lynn an der Fundstätte an sich genommen hatte. Dadurch konnten sie alles mit nur einem Besuch erledigen und sich so wenig wie möglich zeigen.

Als sie das Foyer betraten, waren sie erstaunt über das geschäftige Treiben. Das Publikum reichte von jungen Müttern mit schreienden Babys über ältere Collegedozenten bis hin zu Labortechnikern in weißen Kitteln. Ein reges Kommen und Gehen herrschte.

Adams hatte sich den Kopf rasiert und ließ sich einen Bart wachsen, während Lynn sich das Haar blond gefärbt hatte. Außerdem hatte sie ihren Make-up- und Kleidungsstil stark verändert und trug jetzt blaue Kontaktlinsen. Zusätzlich hatten sie beide ihre Hautfarbe mit Puder aufzuhellen versucht und Brillen aufgesetzt, um ihre Gesichtskonturen zu verfremden. Trotzdem vermieden sie es, in die Sicherheitskameras zu sehen, die sich von der Decke aus in die belebte Eingangshalle richteten. Zwar waren sie offiziell tot – Lynn inzwischen sogar zwei Mal –, aber wenn die letzten paar Tage sie eines gelehrt hatten, dann, dass man niemals vorsichtig genug sein konnte.

Mit dem Rucksack in der Hand trat Lynn auf die Empfangstheke zu. Nach einem kurzen Gespräch mit der Empfangssekretärin, bei dem Lynn um eine vollständige DNS-Untersuchung der drei Proben bat, die sie bei sich hatte, erklärte man ihnen, sie könnten wegen eines Auftragsstaus frühestens in einem Monat mit den Ergebnissen rechnen. Doch die Übergabe von fünfhundert Dollar in bar – freundlicherweise von Fabricio Baranelli zur Verfügung gestellt – verkürzte die Wartezeit augenblicklich auf gut eine Woche.

Lynn wandte sich an Adams. »Eine Woche«, sagte sie ernüchtert, obwohl sie mit so etwas gerechnet hatte. »Können wir so lange warten?«

»Ohne Zugang zu Regierungslabors haben wir keine andere Wahl. Ich meine, wir könnten überhaupt nur Zugang zu besseren Einrichtungen bekommen, wenn wir uns deiner Stellung bedienen, aber das würde bedeuten, deinen Namen zu benutzen, und das können wir uns auf keinen Fall leisten.«

Lynn nickte und wandte sich erneut der Empfangsdame zu. »Okay«, erklärte sie und gab ihr eine Handynummer, die zu einem neu gekauften, nicht nachzuverfolgenden Prepaidhandy gehörte. »Rufen Sie mich an, sobald Sie etwas wissen. Und wenn Sie uns die Ergebnisse in unter einer Woche liefern, bedeutet das noch einmal fünfhundert Dollar für Sie.«

Als sie das Gebäude verließen, sagte Lynn: »Okay, und was machen wir jetzt?«

»Den wissenschaftlichen Teil haben wir erledigt«, erklärte Adams, »und jetzt geht es richtig an die Arbeit. Wir treffen uns mit meinen Freunden.«

Baranelli hatte Wort gehalten. Am Tag nach ihrem Treffen waren Lynn und Adams zurück in den Vereinigten Staaten.

Der Professor hatte für seine Forschungen aus der Luft langfristig ein Flugzeug gechartert. Er hatte einen Flug nach Mexiko angemeldet und als Grund Recherchen angegeben. Der kleine Vogel hatte einmal in Kolumbien aufgetankt werden müssen, und dann waren sie weiter nach Mexiko, wo niemand auf dem kleinen Flugfeld Interesse an den beiden Passagieren gezeigt hatte, die ausstiegen und ihrer Wege gingen.

Der Schmerz durch die eilig gezogenen Zähne, der so lange durch ihren Andrenalinpegel überdeckt worden war, wurde jetzt unerträglich, und daher setzte Adams seine alten Kontakte ein, um einem freundlichen Zahnarzt in einer nahegelegenen Kleinstadt einen spätabendlichen Besuch abzustatten.

Der Zahnarzt, der wie Adams Oglala-Lakota war, akzeptierte Bargeld und stellte keine Fragen. Er erklärte Adams allerdings, es sei gut, dass sie jetzt gekommen seien; wenn sie länger mit der Behandlung gewartet hätten, wäre es womöglich zu einer Infektion gekommen, die zu einer Blutvergiftung hätte führen können.

Der alte Herr hatte sie rasch – wenn auch nicht gerade schmerzlos – zusammengeflickt und ihnen geraten, sich auszuruhen. Adams und Lynn hatten nur gelächelt und das Gleiche gedacht: *Schön wäre es.*

Die Stadt lag in Grenznähe, und nach ihrem kurzen Abstecher führte Adams Lynn über dieselben unbewachten Wege, über die er vor einigen Tage nach Mexiko gelangt war.

Während sie als Anhalter in einem verbeulten Pick-up durch Arizona nach Phoenix fuhren, hatte Adams mit dem neuen Handy einen seiner Kollegen von den Schattenwölfen angerufen und darauf geachtet, Codes zu benutzen, die er seit Jahren nicht gebraucht hatte; er war sich bewusst, dass er, wenn er offen redete, durchaus auf elektronischem Weg abgehört werden konnte. Aber sein Freund hatte ihn verstanden, und sie hatten für den nächsten Morgen ein Treffen vereinbart.

Die Schwitzhütte der Tohono O'odham lag in einem Teil des Reservats, der für alle, die nicht mit dem Stamm verbunden oder auf seine Einladung hier waren, vollständig tabu war.

Bei der Schwitzhütte handelt es sich um einen uralten indianischen Brauch, eine traditionelle Stammeszeremonie, die immer noch von zahlreichen Stämmen im ganzen Land durchgeführt wird. Sie ähnelt insofern einer Sauna, als Hitze und Feuchtigkeit vorhanden sind – die Besucher sitzen um eine mit Steinen gefüllte Feuergrube, auf die sie Wasser gießen, während sie in dem stabilen, mit Decken abgedichteten Zelt sitzen –, aber eine Schwitzhütte ist eine spirituellere Angelegenheit, bei der die Hitze eingesetzt wird, um eine Atmosphäre zu schaffen, in der man sich wie im Bauch der »großen Erdmutter« fühlt. Sie soll nicht nur den Körper reinigen, sondern auch den Verstand, die Gefühle und den Geist.

Adams und Lynn kamen am frühen Morgen bei der Schwitzhütte an. Adams begrüßte seine ehemaligen Kollegen mit herzlichen Umarmungen und lernte die neueren Mitglieder des alten Teams kennen. Auch Lynn wurde vorgestellt, und ihr war klar, welche Ehre es für sie bedeutete, hier zu sein – Außenseiter waren selten willkommen.

Adams freute sich, seine alten Freunde zu treffen, aber es beunruhigte ihn, dass er Mark »Spirit From Above« Takanawee nicht bei der Versammlung sah. Die Tatsache, dass dieser ihm seinen Pass und etwas Bargeld für seine Reise nach Südamerika überlassen hatte – und die aufgewühlten Mienen der anderen Männer – ließen nichts Gutes ahnen.

Doch seine Fragen würden warten müssen. Die Tradition schrieb vor, dass sie sich erst auf rituelle Weise reinigen und dann das Feuer für die Zeremonie anzünden mussten, bevor das Gespräch beginnen konnte.

2

Adams warf Lynn einen Blick zu. Sie befand sich nicht zum ersten Mal in einer Schwitzhütte – als sie verheiratet gewesen waren, hatte er sie in seinem Heimatreservat mit zur Lakota-Hütte genommen –, aber er sah, dass die extreme Hitze ihren Zoll von ihr forderte und ihr der Schweiß reichlich über Gesicht und Hals rann. Wie der Brauch es verlangte, war sie vollständig angezogen. Adams fragte sich, ob sie ohnmächtig werden würde. Das letzte Mal war schließlich lange her.

Doch sie hielt sich gut und fiel sogar in die rituellen Lieder und Sprechgesänge ein, die im Takt zu dem stetigen, rhythmischen Klang der Trommeln erklangen. Für Adams hatte sie nie schöner ausgesehen.

»Matt«, begann John »First to Dance« Ayita, ein Cherokee, der die Einheit leitete und nach Adams' Abschied in diese Stellung aufgerückt war, »es ist Zeit zu reden.«

Mit seinen Worten veränderte sich die Atmosphäre im Zelt abrupt.

Adams nickte. »Was ist mit Mark?«

Ayitas Miene nahm einen gequälten Ausdruck an. Er sah zum Zeltdach und zum Himmel darüber auf. »Er wurde vor nicht langer Zeit von uns genommen. Jetzt ist er bei den Geistern.«

»Wie ist das passiert?«, fragte Adams, obwohl er fürchtete, dass er die Antwort bereits kannte.

»Herzinfarkt.«

Adams wusste, dass der Zufall zu groß war. Auf keinen Fall konnte das ein echter Herzinfarkt gewesen sein, und der Kummer überrollte ihn. Das war allein seine Schuld. Der Feind musste bei seiner Einreise nach Chile auf dem Flughafen sein Bild aufgenommen und herausgefunden haben, mit welchem Pass er reiste, und anschließend Mark Takanawee aufgespürt haben. Und dann mussten diese Leute ihn gefoltert haben, um Informationen zu erpressen, und schließlich hatten sie einen Herzinfarkt vorgetäuscht.

»Hattet ihr eine Möglichkeit, seinen Leichnam anzusehen?«

Ayitas Gesicht war ernst. »Bodaway konnte ihn aus der Leichenhalle holen, bevor er begraben wurde.«

Bodaway »Fire-Maker« Arawan war der oberste Mediziner der Schattenwölfe und eine Legende unter den Stämmen, weil er die traditionelle Medizin mit den neuesten Verfahren verschmolz.

»Ich glaube, es war ein Elektronentrigger«, erklärte Arawan mit gedämpfter Stimme. »Ein solches Gerät wird angeblich vom Militär getestet, ist aber im Handel noch nicht erhältlich. Es sendet eine Statikwelle direkt ins Herz, wo sie das normale, regelmäßige elektrische Signal stört und die Anzeichen und Symptome eines Myokardinfarkts erzeugt. Wenn ich nicht nach etwas Ungewöhnlichem gesucht hätte, wäre es mir vollkommen entgangen. Aber er hatte zwei winzige Verbrennungen unter seinem Brusthaar, die darauf hinwiesen, dass ein elektronisches Gerät eingesetzt wurde. Das passt auch zu meinen anderen Befunden, darunter mehrere Prellungen und Quetschungen am Körper, die darauf hinwiesen, dass er misshandelt und gefesselt wurde. Dazu Nadelstiche in seiner rechten Ellenbeuge und die ungewöhnlichen Blutproben.«

»Ungewöhnlich in welcher Hinsicht?«, fragte Adams. Die Schuldgefühle nagten schmerzhaft an ihm.

»Ich habe Spuren kurz wirksamer Barbiturate gefunden, insbesondere Thiopental, einen Wirkstoff des sogenannten Wahrheitsserums Sodiumpenthotal. Das weist darauf hin, dass er entführt und verhört wurde, bevor er mit einem elektronischen Gerät, das außerhalb von Militärkreisen unbekannt ist, getötet wurde.«

»Dann hat man ihn hingerichtet?«, fragte Adams.

»Ohne den Schatten eines Zweifels«, bekräftigte Arawan.

John Ayita sah Adams mit hartem Blick an. »Und ich finde, es ist Zeit, dass du uns erzählst, warum.«

Adams beriet sich nicht mit Lynn, bevor er begann; er wusste, dass sie Verständnis dafür haben würde. Ein weiterer Mann hatte wegen Lynns Fund sein Leben verloren, und sie waren es seinen Freunden schuldig, ihnen die Wahrheit zu sagen.

Adams begann mit Lynns Forschungsexpedition in die Antarktis und schilderte alles, was sie seitdem durchgemacht hatten, ohne etwas auszulassen. Es machte Adams nichts aus, dass die Männer, an die er diese Informationen weitergab, für dieselbe US-Regierung arbeiteten, die möglicherweise hinter dem Ganzen steckte. Stammesbindungen würden immer schwerer wiegen als die Loyalität zur Regierung.

Als er zu Ende gesprochen hatte, schüttelte Ayita langsam und ungläubig das mächtige Haupt. »Unglaublich«, sagte er schließlich. »Einfach unglaublich. Dann ist diese Entdeckung der Grund für Marks Tod?«

Beschämt nickte Adams. »Ja. Er ist tot, weil ich ihn um Hilfe gebeten habe.«

»Und jetzt kommst du zu uns, um uns um Unterstützung zu bitten?«

Adams hielt inne. Ihm war nie der Gedanke gekommen, dass er seine alten Freunde vielleicht in Gefahr brachte, aber jetzt spürte er, wie die Schuldgefühle ihn erneut heiß und unerbittlich überliefen.

»Bitte verzeiht mir«, stotterte er. »Ich . . .«

Ayita hielt die Hand hoch. »Keine Sorge, Bruder«, sagte er. »Ein mächtiger Feind hat uns Mark Takanawee entrissen, und wir werden nicht ruhen, bis wir ihn gerächt haben.«

Adams wurde es warm ums Herz, und Hoffnung stieg in ihm auf. »Aber habt ihr denn alle so viel Zeit?«, erkundigte er sich.

Ayita nickte. »Ich fürchte, ja«, gab er zurück. »Seit wir Marks Leichnam untersucht haben, hat das Heimatschutzministerium die Auflösung der Schattenwölfe verfügt. Wir sollen zu unseren Stämmen zurückkehren und auseinandergehen. Es würde mich nicht verwundern, wenn einigen von uns in den kommenden Monaten unerwartete ›Unfälle‹ zustoßen.«

»Aber wer sind diese Leute, dass sie eine Einheit wie die Schattenwölfe auflösen können? Sie untersteht schließlich dem Heimatschutzministerium, verdammt!« Lynn hatte zum ersten Mal das Wort ergriffen, und alle im Zelt sahen sie an.

Ayita wandte sich an einen Mann, der auf der anderen Seite der Feuergrube saß und durch den heißen Dunst sah. »Samuel?«, forderte er ihn auf.

Samuel »Two Horses« Stephenfield war der Nachrichtenoffizier der Gruppe. »Wir haben natürlich bereits erste Untersuchungen eingeleitet«, begann er und sah, wie Adams' und Lynns Mienen interessiert aufleuchteten. »Habt ihr schon einmal von der Bilderberg-Gruppe gehört?«

Lynn antwortete zuerst und versuchte dabei angestrengt, die erstickende Hitze und Feuchtigkeit zu ignorieren, die aus der Feuergrube aufstiegen. »Ist das nicht einfach ein Haufen Politiker und Medienpersönlichkeiten, die sich einmal jährlich treffen, um Ideen und Telefonnummern auszutauschen? So etwas wie eine inoffizielle Network-Gruppe für große Tiere aus aller Welt?« Sie wischte sich den Schweiß von der Stirn, die Sekunden später schon wieder feucht war. »Ich glaube, sogar Sam Atkinson hat vor ein paar Jahren eines ihrer Treffen besucht, und ...«

Sie unterbrach sich abrupt, als ihr aufging, was das zu bedeuten hatte. Atkinson war der Chef der NASA, und er war der Erste gewesen, dem sie von dem Fund des Körpers berichtet hatte.

»Vielleicht solltest du uns erzählen, was du weißt«, sagte Adams zu Stephenfield.

Der Nachrichtenoffizier nickte. »Bis zu einem gewissen Grad hat Lynn recht«, begann er. »Das erste Treffen der Gruppe fand am 19. Mai 1954 im Hotel de Bilderberg in Holland statt – daher der Name. Angeblich waren der Grund dafür Probleme in der Kooperation zwischen Europa und den USA auf einigen äußerst wichtigen Gebieten. Angesichts der sowjetischen Bedrohung hatte man das Gefühl, eine neue Art der Zusammenkunft sei notwendig, ein inoffizieller Rahmen, bei dem man sich keine Gedanken darüber zu machen brauchte, dass Journalisten oder politische Berater über die Inhalte berichten oder sie kommentieren würden. Nach dem Ende des Kalten Krieges fanden die Treffen weiter statt. Auch ohne die Bedrohung durch den Kommunismus hatten die Führer der westlichen Welt sich noch über wichtige Themen Gedanken zu machen – Handel, Arbeitsmarkt, Währungspolitik, Umweltprobleme, Investitionen, Terrorismus und internationale Sicherheit, um nur ein paar zu nennen. Für gewöhnlich nehmen ungefähr einhundertundzwanzig Personen teil, und die Liste ändert sich jedes Jahr. Die meisten kommen aus Europa und der Rest aus den USA, obwohl auch andere Länder aus der ganzen Welt vertreten sind. Die Liste besteht zu einem Drittel aus Regierungsmitgliedern und Politikern, und zwei Drittel kommen aus der Finanzwelt, der Industrie, Gewerkschaftskreisen, dem Bildungswesen und den Medien. Bei diesen Treffen werden keine Resolutionen verfasst, es finden keine Abstimmungen statt, und es werden keine politischen Erklärungen abgegeben. Sie sind einfach ›Schwatzbuden‹, wo die Weltelite ohne das Scheinwerferlicht der Medien zusammenkommen kann.«

»Und wie steht diese Gruppe in Verbindung zu dem, was hier vorgeht?«, fragte Adams.

»Die Verbindung zeigte sich, als wir uns angesehen haben, wer Druck auf das Heimatschutzministerium ausgeübt hat, um uns abzuschaffen. Nach einigem Suchen stellten wir fest, dass er direkt aus dem Weißen Haus kam, und zwar aus dem Büro des Sonderberaters des Präsidenten, Tony Kern. Wir haben schnell herausgefunden, dass Kern Mitglied der Bilderberg-Gruppe ist.«

»Wieso Mitglied?«, wollte Lynn wissen. »Ich dachte, Sie hätten eben gesagt, dass sie ein inoffizielles Netzwerk darstellt und jedes Jahr andere Personen an den Treffen teilnehmen?«

Stephenfield nickte. »Das stimmt, ja. Aber es gibt auch ein Leitungskomitee aus zwölf semipermanenten Mitgliedern, zu denen Kern gehört.«

»Aber es ist doch nicht ungewöhnlich, dass ein Berater aus dem

Weißen Haus dem Leitungskomitee einer internationalen Gruppe angehört, oder?«, konterte Lynn.

»Normalerweise hätten Sie natürlich recht«, räumte Stephenfield ein. »Aber die Bilderberg-Gruppe ist alles andere als normal. Sie wird international mit großer Skepsis betrachtet, und es gehen jede Menge Verschwörungstheorien darüber um, was diese globalen Führer bei ihren Geheimtreffen aushecken. Manche Leute finden, dass sie auf sehr undemokratische Art über die internationale Politik entscheiden; dass Personen, die nicht durch Wahlen legitimiert sind, über Themen von globaler Bedeutung diskutieren, ohne dass darüber berichtet wird oder sie jemand kontrolliert. Einige glauben, dass sie versuchen, nach und nach eine neue Weltordnung einzuführen, die von den Interessen des Big Business bestimmt wird.«

»Aber ich verstehe immer noch nicht, wie das mit dem Körper in Verbindung steht, oder mit den Menschen, die getötet worden sind«, beharrte Lynn.

»Vielleicht besteht ja gar keine Verbindung«, räumte Stephenfield ein. »Aber Kerns Mitgliedschaft in der Gruppe ist bisher die einzige Anomalie, die wir gefunden haben, und daher eine Untersuchung wert. Und jetzt erst recht, nachdem Samuel Atkinson als NASA-Chef an einem Bilderberg-Treffen teilgenommen hat, was eine eindeutige Verbindung darstellt. Ihre NASA-Gruppe findet einen Körper, Sie melden es Atkinson – der mit der Gruppe in Verbindung steht –, und bald ist der Körper verschwunden, und alle Ihre Kollegen sind tot. Matt kommt Ihnen zu Hilfe und bittet einen alten Freund um Unterstützung – und dann wird sein Freund umgebracht, und eine Polizeieinheit, die seit den 1970er-Jahren operiert, wird plötzlich grundlos aufgelöst – und wieder von jemandem, der in Verbindung zur Bilderberg-Gruppe steht.«

»Okay«, sagte Adams und nickte, »dann haben wir also eine mögliche Verbindung. Was wissen wir sonst noch über diese Leute?«

»Wir hatten noch keine Zeit, die Gruppe vollständig zu überprüfen«, räumte Stephenfield ein, »aber was wir entdeckt haben, ist, vorsichtig ausgedrückt, interessant.«

»Was habt ihr gefunden?«, wollte Adams wissen.

»Bei unseren ersten Nachforschungen haben wir verschiedene Regierungsquellen eingesetzt, zu denen wir glücklicherweise inoffiziell noch Zugang haben. Es sieht so aus, als wären die jährlichen Treffen alles andere als nur eine Diskussionsrunde, sondern würden als eine Art Rekrutierungsfeld genutzt.«

»Und wofür wird da rekrutiert?«, fragte Lynn.

»Tja«, gab Stephenfield zurück, »das ist die Vierundsechzigtausend-Dollar-Frage, nicht wahr? Berichte über diese Veranstaltungen weisen darauf hin, dass irgendwann während des Konferenz-Wochenendes jeder Delegierte eine inoffizielle ›Unterhaltung‹ mit dem Leitungskomitee führen muss. Dieses Gespräch findet in einem Privatraum statt; so etwas wie ein Bewerbungsgespräch. Es wird nie etwas darüber gesagt, wofür sie die Leute anwerben wollen. Doch anscheinend hat im Lauf der Jahre ein überproportional hoher Anteil von Gästen dieser Treffen irgendwann unglückliche ›Unfälle‹ – Autounfälle, Herzinfarkte, oder sie rutschen in der Dusche aus und brechen sich den Hals. Alles, was man sich vorstellen kann.«

»Und was glauben Sie, was da vorgeht?«, fragte Lynn.

»Eine mögliche Erklärung wäre«, schaltete sich Adams ein, »dass gelegentlich einer von ihnen das Angebot ablehnt. Und nachdem diese Personen jetzt wissen, worin es besteht, bringt die Gruppe sie zum Schweigen, um dafür zu sorgen, dass ihr wahres Vorhaben nie an die Öffentlichkeit gelangt.«

Ayita nickte langsam. »Genau das denken wir auch, Matt«, sagte er. »Es bleibt also die Frage, wofür sie anwerben. Auf jeden Fall sind sie dafür zu töten bereit. Und ich kann mich des Gedankens nicht erwehren, dass es irgendwie mit unseren Problemen zu tun hat.«

»Aber wie?«, fragte Adams verwirrt.

»Wir untersuchen die Sache noch, aber dank Kern sind unsere Möglichkeiten inzwischen beschränkt.«

Adams und Lynn sahen einander an und dachten angestrengt nach. Gab es noch etwas; irgendetwas, das ihnen vielleicht entgangen war?

»Der Helikopter«, sagte Lynn plötzlich und blickte auf. »Ich habe selbst versucht, Informationen über die Flüge zu finden, aber ich konnte keinen Zugang dazu bekommen. In Antarktika waren es zwei Militärhubschrauber, Chinooks, glaube ich. Sie hatten Seriennummern an den Heckrotoren.« Sie überlegte kurz und nannte dann die Nummern; froh darüber, dass ihr wissenschaftlicher Verstand und ihr Detailgedächtnis noch funktionierten.

Stephenfield nickte. »Sie könnten gefälscht gewesen sein, aber diese Leute haben damit gerechnet, dass die Passagiere an Bord Ihres Hubschraubers sterben würden. Daher ist es möglich, dass die Nummern echt waren. Wir prüfen das nach.«

Adams sah Stephenfield an und dann alle seine alten und neuen Kameraden, bis sein Blick bei John Ayita anhielt. »Danke«, sagte er zutiefst aufrichtig.

Ayita machte eine wegwerfende Handbewegung. »Es ist unsere Pflicht, den Tod unseres Bruders Takanawee zu rächen«, erklärte er feierlich. »Und wenn dabei eine vierzigtausend Jahre alte Leiche und die größte Verschwörung der Welt eine Rolle spielen, dann ist das ein Abenteuer, das keiner von uns missen wollte.«

3

Santa Rosa ist eine winzige Ortschaft in Pima, Arizona. Dort leben weniger als vierhundertfünfzig Menschen in einem Gebiet von knapp sechs Quadratmeilen, und über fünfzig Prozent der Bevölkerung existiert unterhalb der Armutsgrenze. Durch seine Lage mitten im Territorium der Tohono O'odham war es sicher – Außenseiter waren nicht willkommen und sehr leicht zu entdecken.

Das winzige Holzhaus, in dem Adams und Lynn untergekommen waren, gehörte zu den wenigen unbewohnten Häusern der Stadt, und Ayita hatte dafür gesorgt, dass sie einstweilen dort bleiben konnten. Die Gruppe stellte ihnen einen Pick-up zur Verfügung, falls sie nach Phoenix fahren mussten, um die Laborergebnisse abzuholen, oder aus einem anderen Grund eilig aufbrechen mussten. Es hieß, Stephenfield würde sie in vierundzwanzig Stunden aufsuchen und ihnen die neuesten Ergebnisse ihrer Untersuchung mitteilen. Da man Telefonen und anderen Formen der elektronischen Kommunikation nicht mehr trauen konnte, hatten sie entschieden, dass persönliche Treffen die einzige Lösung waren.

Adams sah aus dem schmutzigen Wohnzimmerfenster und spürte, wie die Erinnerungen zurückkehrten. Im Lauf der Jahre, die er für die Schattenwölfe gearbeitet hatte, hatte er viele Tage in Santa Rosa – das bei den O'odham *Kaij Mek* hieß – verbracht, Spuren verfolgt, mit den Stadtbewohnern geredet und an der großen Fernstraße, der Indian Route 29, Fährten gelesen.

Nicht weit von hier, nur ein Stück von der Indian Route 15 entfernt, hatte er vor vielen Jahren den Truck gefunden. Und die Leichen.

Rasch wandte er sich ab, ging in Richtung Küche und sah Lynn schlafend auf dem Sofa liegen. Sie hatte über Übelkeit geklagt, und Adams hatte sie auf die Couch gelegt, wo sie sofort tief und fest eingeschlummert war.

Er bewunderte ihre Schönheit, die auch im Schlaf sichtbar war; den festen und doch weichen Umriss ihrer Wangen, die geschwungenen Augenbrauen und die Art, wie ihr Haar über ihre Stirn fiel. Sie hatte die Arme um den Körper geschlungen und die Knie bis an die Brust hochgezogen.

Adams durchquerte den Raum, nahm seine Jacke, die er über einen Sessel auf der anderen Seite geworfen hatte, und deckte sie damit zu. Er beugte sich über sie und küsste sie sanft auf die Wange.

Was sie wohl für ihn empfand? Er wusste, dass ihr körperliches Zusammenkommen in Peru wahrscheinlich aus einem starken emotionalen Drang heraus geschehen war. Die Anspannung nach ihrer Flucht durch Chile und dem darauf folgenden Hubschrauberabsturz hatte nach einem Ventil gesucht. Aber für ihn war es mehr gewesen; etwas, das er sich auf einer tieferen Ebene ersehnt hatte, und er hoffte, dass Lynn ebenso empfand.

Seitdem hatten sie nicht wirklich eine Chance gehabt, richtig zu reden, da alles so schnell passiert war. Doch als er jetzt auf sie hinuntersah, sein Herz den sprichwörtlichen Schlag aussetzte und sein Magen sich flau anfühlte, wusste er eines ganz genau: Er liebte sie.

Er legte sich neben sie, nahm sie in die Arme und schmiegte den Kopf an ihren. Dann schloss er die Augen, sog den Duft ihres Haars ein und fühlte sich zum ersten Mal seit vielen Jahren zufrieden.

Und dann, endlich: Zum ersten Mal seit langer Zeit fand er *richtigen* Schlaf.

Zwölf Stunden später nahmen Adams' Sinne den Mann wahr, der gleich an die Tür klopfen würde. Er stand bereits da. Die Schritte, die den Weg heraufkamen, hatten ihn geweckt, und er war von der Couch gesprungen. Nach seinem langen, dringend benötigten Schlaf fühlte er sich erfrischt und von neuer Energie erfüllt.

Dem Rhythmus des Gangs zufolge nahm er an, dass es Stephenfield war, obwohl es sich anhörte, als hätte der Nachrichtenoffizier die Länge seiner Schritte verändert; vielleicht um zu testen, wie aufmerksam er war.

»Komm rein, Sam«, sagte er und öffnete die Tür, bevor der andere klopfen konnte.

Stephenfield blickte auf und lächelte. »Dann bist du nicht darauf hereingefallen?«

»Fast hättest du mich hinters Licht geführt«, scherzte Adams, während er seinen alten Freund einließ, »aber ich schätze, nächstes Mal musst du dir mehr Mühe geben.«

»Na ja, du warst eben immer der Beste«, räumte Stephenfield ein und trat ins Wohnzimmer. Er sah Lynn auf dem Sofa sitzen, die nach ihrem langen Schlaf ausgeruht war, und nickte ihr grüßend zu. »Hi, Lynn«, sagte er freundlich.

»Hi, Sam«, gab Lynn zurück. »Ich weiß nicht genau, was wir in der Küche haben. Kann ich Ihnen etwas anbieten?«

Stephenfield schüttelte den Kopf. »Nein, danke«, antwortete er. »Sie wollen das jetzt sicher sofort hören. Wir haben Neuigkeiten.«

Adams setzte sich neben Lynn auf die Couch, und die beiden nahmen sich an der Hand, ohne darüber nachzudenken. Stephenfield nahm gegenüber auf dem Sessel Platz.

»Also, zuerst das Wichtigste«, begann er. »Wir haben bei DNA Analytics nachgefragt und die Ergebnisse sind noch nicht da.«

Adams nickte. »Ja, wir schätzen, dass es noch ein, zwei Tage dauern wird. Aber hoffentlich wird das Geld die Sache ein wenig beschleunigen.«

»Und der Helikopter?«, fragte Lynn nervös.

»Es sieht so aus, als hätten wir mit der Bilderberg-Gruppe recht gehabt. Wir haben die Nummern benutzt, die Sie uns gegeben haben, und die Hubschrauber über mehrere Umwege zu der Person zurückverfolgt, die sie gechartert hat.« Stephenfield bemerkte die gespannten Mienen Lynns und Adams'. »Wesley Jones«, erklärte er, und als er ihre verwirrten Gesichter sah, wurde ihm klar, dass sie wahrscheinlich noch nie von dem Mann gehört hatten. Warum sollten sie auch? »Fünfundsechzig, ehemals beim Militärgeheimdienst im Rang eines Colonels. Jetzt persönlicher Berater von Stephen Jacobs.«

Adams und Lynn hatten Dossiers darüber erhalten, was Stephenfield bereits über die Bilderberg-Gruppe herausgefunden hatte, daher wussten sie sofort, wer Stephen Jacobs war.

»Der Vorsitzende der Gruppe?«, fragte Adams trotzdem nach.

»Genau der. Ich will es genau erklären«, fuhr Stephenfield fort. »Der Berater des Vorsitzenden der Bilderberg-Gruppe ist derjenige, der die Hubschrauber gechartert hat, die das Ingenieursteam in die Antarktis gebracht haben und mit dem Leichnam abgehoben sind. Jetzt haben wir eine eindeutige, unzweifelhafte Verbindung zwischen der Gruppe und dem hergestellt, was euch beiden passiert«

»Okay«, meinte Adams in gemessenem Tonfall. »Was wissen wir sonst noch?«

»Darüber möchte John selbst mit euch reden«, erklärte Stephenfield zur Antwort und stand vom Sessel auf. »Kommt, gehen wir.«

Das Gewerbegebiet Hi Kdan gehört zur San-Xavier-Industrieentwicklungsbehörde in Tuscon und liegt nicht weit vom Highway nach Nogales entfernt. Wegen seiner Lage innerhalb des Territoriums der Tohono O'odham, betrachtete John Ayita, der eine der kleinen Fabrikhallen langfristig gemietet hatte, es als sicheren Rückzugsort.

Diese Geschichte mit Matt Adams und seiner Exfrau beunruhigte ihn zutiefst. Es war nicht nur einer ihrer alten Kameraden umgekommen, sondern ihre ganze Einheit war von jemandem, der über enorme Macht zu verfügen schien, aufgelöst worden. Und was war mit dem Leichnam, den Lynn und ihr Team – dessen Mitglieder ebenfalls alle tot waren – in der Antarktis gefunden hatten? Was für eine Geschichte steckte dahinter? Was Ayita in letzter Zeit erfahren hatte, wies jedenfalls darauf hin, dass es etwas ganz Besonderes sein könnte und aus diesem Grund so spezielle Aufmerksamkeit auf sich zog. Doch was Ayita besondere Sorge bereitete, war der Ort, an dem der übrig gebliebene Hubschrauber – der mit dem Leichnam – schließlich gelandet war. Das bedeutete, dass die Macht, die gegen sie anstand und gegen die sie kämpfen mussten, größer war, als sie zunächst gedacht hatten.

Sie würden in die Höhle des Löwen vordringen müssen, und er konnte nicht umhin, sich zu fragen, ob Adams noch den Biss dazu hatte.

4

Als Stephenfields verbeulte Ford-Limousine in das Gewerbegebiet rollte, begann die Sonne gerade unterzugehen; ein riesiger roter Feuerball, der weit im Westen langsam hinter den Tucson-Bergen versank.

An der Seitenwand von Ayitas Halle stand ein Tor offen. Stephenfield fuhr langsam hindurch und parkte seinen Wagen im Inneren des Gebäudes, wo er vor neugierigen Blicken sicher war. Dicht gefolgt von Lynn und Adams stieg er aus.

Das Gebäude schien ein kleines Lagerhaus zu sein, in dem sogar irgendwelche Waren aufbewahrt wurden, obwohl Adams keine Ahnung hatte, was das sein sollte. Paletten mit Kisten standen überall an den Wänden, wo Platz war, und eine offene Treppe führte zu einem Steg im ersten Stock, der rund um das Gebäude verlief, und einem Büro mit Glasfront, von dem aus man das ganze Lagerhaus überblicken konnte. Als Adams hinaufschaute, sah er Ayita hinter dem großen Fenster stehen. Er bedeutete ihnen, zu ihm heraufzukommen.

»Okay«, sagte Ayita, sobald alle auf metallenen Klappstühlen in seinem spartanisch eingerichteten Büro saßen. »Sam wird euch schon von der Verbindung zu Jacobs erzählt haben, oder?« Er streifte durch das Büro wie eine Raubkatze und sah sie kurz an, um sich ihrer Zustimmung zu versichern. »Dann sage ich euch jetzt, wo der Hubschrauber mit dem Leichnam gelandet ist. Wir haben seinen Kurs zum internationalen Flughafen McCarran in Las Vegas verfolgt. Genauer gesagt, zum Terminal der Janet-Airline.«

»Janet-Airline?«, fragte Adams. Die Konsequenzen trafen ihn wie ein Hammerschlag.

Ayita nickte nur.

»Okay«, schaltete sich Lynn ein, der klar war, dass ihr etwas entging, »würde mir wohl jemand erklären, was am Terminal der Janet so Besonderes ist?«

»Willst du es ihr sagen, Matt?«, fragte Ayita.

Adams nickte langsam und wandte sich Lynn zu. »Als ich hier unten gearbeitet habe, sind wir manchmal bis nach Nevada gefahren. Wir haben uns mit den dort ansässigen Stämmen unterhalten, die ziemlich genau wissen, was los ist. Es haben sich schon immer ziemlich viele Gerüchte um das Terminal der Janet auf dem McCarran gerankt, aber die Leute, die wir kannten, haben uns aufgeklärt. Wir haben es überprüft, und es stimmte alles.«

»Was stimmte?«, fragte Lynn.

Adams und Ayita wechselten einen Blick. »Die sogenannten ›Janet-Flüge‹ vom McCarran haben normalerweise nur ein einziges Ziel«, erklärte Adams. »Die US-Air-Force-Basis am Groom Lake. Allgemein als Area 51 bekannt.«

»Area 51?«, sagte Lynn ungläubig. »Bist du sicher?«

Adams nickte. Ihm fiel auf, dass er Lynn nicht zu erklären brauchte, was Area 51 war.

Der Name der Basis stammt daher, dass sie auf Karten aus den 1950er- und 1960er-Jahre als »Bereich 51« des Test- und Ausbildungsgeländes in Nevada bezeichnet wird, einer wahrhaft kolossalen Militäreinrichtung, die sich über fast 1,2 Millionen Hektar erstreckt – größer als manche Länder.

Seit Jahrzehnten wurde ihre Existenz von der US-Regierung dementiert, die behauptete, eine solche Einrichtung existiere nicht, aber in Wahrheit ist das Wissen um die Existenz der Basis – wenn schon nicht darüber, was gegenwärtig dort vorgeht – weit verbreitet.

Die Basis stellt eine streng geheime militärische Test- und Entwicklungsanlage dar, die derzeit von der Abteilung 3 des Testflugzentrums der US-Air-Force betrieben wird. Gegründet wurde sie 1955 von Lockheed und der CIA, um ihr neu entwickeltes U2-Spionageflugzeug zu testen. Seitdem ist die Basis stetig gewachsen und war für weitere streng geheime Projekte verantwortlich, darunter den A-12-Aufklärer oder »Blackbird«, den F-117-Tarnkappenbomber und den B-2-Tarnkappenbomber. Sie spielte auch eine Schlüsselrolle bei der Entwicklung der neuesten Militärtechnik sowie unbemannten Aufklärungs- und Kampfflugzeugen.

Doch am bekanntesten – und berüchtigtsten – ist die Area 51 als angebliches Depot für außerirdische UFO-Technologie, von dem viele Menschen glauben, dass es sich in der Anlage am Groom Lake verbirgt. Sie behaupten, sie werde dort nachgebaut, und dies sei die einzige Erklärung dafür, dass die USA nach wie vor eine führende Rolle in der Militärtechnologie einnähmen.

Einer der zentralen Glaubenssätze solcher Verschwörungstheoretiker ist, dass die Air-Force und die CIA ein UFO in ihren Besitz brachten, das angeblich 1947 in Roswell in New Mexico abgestürzt war. Sie sind davon überzeugt, dass es zusammen mit seinen außerirdischen Piloten in der Air Force Base Edwards aufbewahrt wurde, während die Area 51 erbaut wurde, um dann zur Untersuchung an den neuen Standort gebracht zu werden. Viele Menschen behaupten, der ganze Sinn und Zweck der Basis seien Analyse, Nachbau und der Einsatz außerirdischer Technologie.

Ohne Beweise blieben die Gerüchte über die Basis allerdings genau nur das – Gerüchte. Adams und Lynn wussten das beide, aber der Zufall war einfach zu unwahrscheinlich, und der Blick, den sie wechselten, besagte, dass sie beide in dieselbe Richtung dachten.

»Also«, sagte Lynn in beider Namen, »dann befindet sich der Leichnam, den wir gefunden haben, an dem einzigen Ort auf der Welt, der Gerüchten zufolge außerirdische Technologie benutzt oder Zugang dazu hat?«

Stephenfield nickte. »Da wird man doch nachdenklich, oder?«

Adams sah ihn an. »Können wir auf die Basis gelangen?«

»Wir haben die Optionen abgewogen, aber das ist nicht machbar. Wir könnten versuchen, an Bord eines Flugs der Janet-Airline zu kommen und direkt auf der Basis zu landen, aber die Gefahr der

Entdeckung ist zu groß, vor allem beim Verlassen der Maschine nach der Landung. Die einzige andere Möglichkeit wäre, zu Fuß auf die Basis zu gelangen. Sie ist nicht auf konventionelle Art gesichert – einfach zu groß, um einen Zaun darum zu bauen. Aber es gibt bewaffnete Patrouillen, die wegen ihrer Tarnuniformen ›Cammo Dudes‹ genannt werden. Eigentlich gehören sie einer privaten Sicherheitsfirma an und haben die Erlaubnis, tödliche Waffen gegen jeden einzusetzen, der so verrückt ist, unbefugt das Gelände zu betreten. Das ganze Areal ist außerdem mit Körperwärme-Sensoren übersät, sodass es sehr schwerfallen würde, sich dort unentdeckt zu bewegen. Und selbst wenn man es fertigbringen würde, an der Security vorbei zur Basis zu gelangen, haben wir keine Vorstellung von ihrem Grundriss. Einige Websites haben Satellitenfotos der Anlage ins Netz gestellt, und andere Leute haben von den nahen Bergen aus mit Teleobjektiven fotografiert, aber es ist einfach nicht bekannt, wie sie von *innen* aussieht. Ich meine, sie ist nicht ohne Grund die geheimste militärische Einrichtung der Welt. Wir haben aber nichts als Gerüchte. Ein solches Gerücht lautet, dass die Basis bis zu zehn Ebenen tief *in den Boden* hineinreicht. Falls auch nur die Möglichkeit besteht, dass das stimmt, wo sollten wir dann anfangen? Es wäre praktisch unmöglich, in einem so riesigen Komplex etwas Bestimmtes zu finden. Ein anderes Gerücht besagt, dass es sieben Hangars gibt, deren Türen unsichtbar in einem Berghang am Papoose Lake verborgen sind, zehn Meilen südlich der Area 51. Damit wären die Chancen, etwas Brauchbares herauszufinden – selbst wenn es uns überhaupt gelingen würde, hineinzukommen – so gut wie null, und die Gefahr, erwischt, verhaftet und möglicherweise getötet zu werden, außerordentlich groß.«

Adams nickte zustimmend.

»Welche Optionen haben wir sonst noch?«, wollte Lynn wissen.

»Stephen Jacobs«, antwortete Adams, der Ayitas Gedanken erraten hatte. »Habt ihr ihn überprüft?«

Ayita nickte. »Haben wir. Sam?«

»Er bewohnt eine Villa aus der Kolonialzeit in der Nähe von Washington«, erklärte Stephenfield. »Direkt am Potomac, in der Nachbarschaft des Mason-Neck-Naturschutzgebiets bei Colchester, ungefähr zwanzig Meilen südwestlich der Stadt. Habt ihr das Dossier über ihn gelesen?«

Adams und Lynn nickten beide. In der begrenzten Zeit, die Stephenfield und seinen Kontaktleuten zur Verfügung gestanden hatte, hatte er nicht nur ein Informationspapier über die Bilderberg-Gruppe selbst verfasst, sondern auch biografische Details über das Steuerungskomitee der Gruppe zusammengetragen.

»Dann wisst ihr ja, dass er ein hohes Tier in Washington war und offensichtlich immer noch großen Einfluss in der Stadt hat. Über sein Leben bis zum Alter von dreißig bekomme ich nicht allzu viel heraus, aber seitdem hat er anscheinend einen kometenhaften Aufstieg durch die Ränge der militärischen und zivilen Nachrichtendienste hingelegt. Er ist gern dort, wo etwas los ist, daher ist er, obwohl er inzwischen pensioniert ist, in der Nähe der Hauptstadt wohnen geblieben. Erscheint logisch. Als Kopf der Bilderberg-Gruppe dürfte er den Wunsch haben, über alles auf dem Laufenden zu sein.«

»Wissen wir etwas über sein Haus?«, fragte Adams.

Stephenfield lächelte. »Fast alles. Wir haben von den städtischen Behörden die Original-Baupläne bekommen, und auch Grundrisse, auf denen verschiedene, der Sicherheit dienende Veränderungen aufgeführt sind. Außerdem haben wir Verbindung zu den Sicherheitsfirmen aufgenommen, die sie installiert haben, und weitere Einzelheiten erfahren. Da das Grundstück keine militärische Einrichtung ist, besitzen wir auch die neuesten, hochauflösenden Satellitenbilder davon.«

Stephenfield zog einen Stapel Papiere hervor – Blaupausen, Karten und Hochglanzfotos – und breitete sie auf einem alten, zerkratzten Tisch aus, der in der Mitte des Büros stand.

Zuerst wies er auf eines der Satellitenfotos, das Jacobs' Haus und Grundstück zeigte. »Hier seht ihr das Gebäude«, erklärte er und wies auf das gewaltige, zweiflüglige Herrenhaus. »Es liegt in der Nähe einer Klippe, die zweihundert Fuß tief zum Potomac abfällt, auf einem etwas über dreißig Meter langen Rasenstück. Auf der anderen Seite befindet sich die Einfahrt, die fast eine Meile weit von dem Tor zur Straße zum Eingang führt. Und diese Wälder, durch die die Straße verläuft und die sich zu beiden Seiten ungefähr eine Meile weit erstrecken, gehören auch alle ihm, sodass er fast zwei Quadratmeilen Land besitzt, oder ungefähr zwölfhundert Morgen.«

»So nahe an der Hauptstadt ist das eine Menge«, merkte Lynn an.

»Du hast ja gesehen, wie groß sein Vermögen ist«, meinte Adams. »Wie war das? Zwei Milliarden Dollar? Er kann sich das leisten.«

Stephenfield nickte. »Ja, und das ist noch vorsichtig geschätzt.«

Adams sah zu Stephenfield und Ayita auf. »Also, was habt ihr vor?«

Ayita sprach offen. »Unsere Ressourcen sind offensichtlich begrenzt. Wir sind zu zwölft«, sagte er und meinte die Einheit der ehemaligen Schattenwölfe, »und setzen auch andere Kollegen aus den Stämmen ein. Einige unserer Leute haben sich bereits an Tony Kern gehängt, und wir haben zwei Männer in Jacobs' Nähe postiert. Sie gehören dem Mattaponi-Stamm aus Virginia an; Brüder von ›Great Spirit‹.«

Thomas »Great Spirit« Najana war relativ neu in der Gruppe, aber Adams vertraute auf Ayitas Urteilsvermögen und hatte kein Problem damit, Aufgaben an Familienmitglieder des Mannes auszugliedern – schließlich waren Familienbande die beste Versicherung.

»Wir entsenden auch andere, um einen weiteren Amerikaner im Komitee zu überwachen, Harold Weissmuller«, fuhr Ayita fort. »Er ist oben in San Francisco, aber bis morgen in aller Frühe müssten wir ihn haben.«

Weissmuller war ein Milliardär; ein Geschäftsmann, der sein Vermögen mit Öl gemacht hatte, aber seitdem in jede nur mögliche andere Branche – vom Waffenhandel bis zu Medien – expandiert war.

»Und die anderen?«, fragte Adams.

»Sie befinden sich momentan außerhalb unserer Reichweite«, gestand Stephenfield. »Sie stammen aus der ganzen Welt, daher fällt es uns schwer, Zugang zu ihnen zu finden. Wir versuchen jedoch, eine Art elektronischer Überwachung aus der Ferne einzurichten. Eigentlich müssten wir recht bald eine ziemlich gute Vorstellung davon haben, was sie im Schilde führen.«

Adams sah Ayita direkt an. »Ich möchte mich in Washington mit Thomas treffen.«

Lynn warf zuerst Adams und dann Ayita einen Blick zu. »Ich auch«, sagte sie und war sich dabei bewusst, dass ihr Exmann über den Vorschlag alles andere als begeistert sein würde.

»Ich bin mir nicht sicher, ob das eine gute Idee ist«, fiel Adams auch sofort ein. »Du bist das Observieren nicht gewöhnt, und es muss wirklich jemand hierbleiben und auf die Laborergebnisse warten, außerdem ...«

Lynn unterbrach ihn mit einer Handbewegung. »Stephen Jacobs hat die Männer geschickt, die acht meiner Freunde umgebracht haben«, erklärte sie. »Ich will dabei sein.«

Adams wollte weitere Einwände erheben, doch Ayita hob die Hand. »Thomas wartet schon«, erklärte er, wandte sich Lynn zu und lächelte. »Auf Sie *beide*.«

Adams sah zur Decke und verdrehte die Augen. Lynns triumphierendes Lächeln ignorierte er demonstrativ.

5

Der gewaltige Mahagoni-Schreibtisch war mit Papieren übersät und dahinter saß Stephen Jacobs mit einem großen Glas Cognac. Auf seiner Liste standen dreiundzwanzig Namen, und er musste sich bald für einen davon entscheiden.

Normalerweise wurde eine solche Auswahl bei den Jahrestreffen der Bilderberg-Gruppe getroffen und bis gestern Abend hatten sie auch noch über ihr volles Kontingent von einhundert Personen verfügt, auf das man sich vor vielen Jahren geeinigt hatte. Aber gestern war einer der »Bilderberg-Hundert« von einem Auto angefahren worden und sofort tot gewesen, sodass jetzt eine kleine Lücke zu füllen war. Er hoffte, dass sein Angebot angenommen würde. In neun von zehn Fällen war das der Fall; die Menschen, an die sie herantraten, wurden sorgfältig unter die Lupe genommen, sodass ihre Zustimmung so gut wie garantiert war. Es lag nicht in der Natur solcher Menschen, die Aussicht auf eine so gut wie unsterbliche Existenz und ungeahnter Macht abzulehnen.

Doch im Lauf der Jahre hatten einige abgelehnt und angesichts der wahren Pläne der Gruppe etwas gezeigt, was man nur als *Grauen* bezeichnen konnte. Als wäre es abscheulich, menschliches Leben zu opfern. Im Grunde war es das natürlich auch; aber im Vergleich zu so etwas Unglaublichem war dieses Opfer bedeutungslos.

Doch Fakt blieb, dass es gelegentlich Verweigerer gab; Menschen, um die sich im Anschluss Eldridge und seine Alpha-Brigade kümmern mussten. Das Problem war nicht, dass Jacobs es bedauerte, solche Menschen zu töten; doch wenn ein ausgewählter Kandidat sich weigerte, mussten sie Zeit damit vergeuden, einen anderen auszuwählen, der seinen Platz einnahm. Und da die Maschine so gut wie fertig war, lief ihnen die Zeit davon.

Jacobs vermutete, dass es nicht das Ende der Welt sein würde, wenn sie keine einhundert Personen zusammenbekamen; auf *ihn selbst* würde das kaum eine Auswirkung haben. Aber es lag in seiner Natur, zu schachern, immer das Beste herauszuschlagen und zu verhandeln, und in den frühen Phasen seiner Verhandlungen mit der Gruppe, die sich selbst als *Anunnaki* bezeichnete, hatte man ihm nur das Überleben des Leitungskomitees angeboten.

Jacobs legte das Dossier weg, in dem er las, und lachte leise in sich hinein. Das erste Angebot war das reine Überleben gewesen, und das für nur zwölf Personen. Am Ende hatte Jacobs sie auf einhundert Personen hochgehandelt, denen die Anunnaki den gleichen Status und die gleiche Macht wie sich selbst zugestehen würden.

Er wollte mehr Menschen; nicht nur, um den Anunnaki klarzumachen, dass sie ihm keine Bedingungen aufdiktieren konnten, sondern auch, weil seine Stellung umso sicherer war, je mehr Gleichgesinnte hinter ihm standen. Sicher, er vertraute seinen Partnern – wenn auch nicht vollständig –, doch die Erfahrung hatte ihn über viele Jahrzehnte gelehrt, dass es gut war, so viele Verbündete wie möglich zu haben. Sollten die Anunnaki versuchen, ihn zu betrügen, hätte er lieber neunundneunzig fähige Menschen bei sich statt nur elf.

Das Ganze war natürlich ein Glücksspiel; die Anunnaki könnten sich ebenso gut nicht an ihre Abmachung halten, und dann waren er und seine Leute womöglich tot, zusammen mit dem Rest der Weltbevölkerung. Aber wenn er vor vielen Jahren nicht Ja gesagt hätte, dann hätte es jemand anderer getan und er wäre am Ende ohnehin gestorben. Auf diese Weise, an der Spitze der Mission, bestand zumindest eine sehr reale Aussicht auf die große Belohnung, und eine größere als die, die er schließlich ausgehandelt hatte, konnte es wahrhaftig nicht geben.

Jacobs nippte an seinem Cognac und nahm gerade das Dossier wieder zur Hand, als die Stimme kristallklar wie immer in seinem Kopf erklang.

Er warf einen Blick zu der Metallbox an der Tür, eine der Maschinen, die in Area 51 nach den technischen Angaben der Anunnaki gebaut worden waren.

»Wie laufen die Vorbereitungen?«, hörte er die Stimme in seinem Kopf und überlegte wie immer, was es mit dieser »Stimme« auf sich haben mochte. Sie war keine Stimme in dem normalen Sinn, dass sie eine Klangfarbe, einen Ton oder eine Sprachmelodie gehabt hätte; stattdessen erschienen die Worte vollständig ausgebildet direkt in seinem Hirn, fast wie seine eigenen Gedanken.

»Gut«, sagte er laut. »Die Maschine ist fast fertig.«

»Wann können wir damit rechnen, dass sie funktionsfähig ist?«

»In einer Woche«, erklärte Jacobs zuversichtlich. »Und dann werden wir uns zum ersten Mal persönlich treffen.«

Die Reise nach Washington war kürzer als erwartet. Adams hatte vermutet, dass sie eher mit dem Auto fahren als fliegen würden, da sie Flughäfen oder andere sicherheitsüberwachte Zonen meiden mussten. Das hätte allerdings zwei Tage in Anspruch genommen, und er war erleichtert, als er hörte, dass Ayita einen eigenen Hubschrauber besaß, der im hinteren Teil des Lagerhauses stand. Lynn dagegen war weniger glücklich darüber, wieder in einen Helikopter zu steigen. Adams hatte die Furcht in ihrem Blick gesehen, doch rasch überwand ihre Entschlossenheit ihre Vorbehalte – die Zeit, die sie auf diese Weise sparten, war es wert, erneut zu fliegen. Wenigstens war dieser Chopper nicht gestohlen, und er wurde auch nicht ferngesteuert.

Ayita lenkte den Hubschrauber selbst und tankte nur einmal auf einem Flugfeld der befreundeten Choctaw-Nation in Oklahoma auf. Schließlich landete er knapp außerhalb von Fredericksville, kurz bevor der Luftraum von Washington begann. Dort erwartete sie eine unauffällige Toyota-Limousine, und Adams und Lynn stiegen rasch in den Wagen, während Ayita noch einmal auftankte und sich anschickte, zu ihrer Heimatbasis zurückzufliegen, um alle Aktivitäten von seiner Zentrale aus zu überwachen.

Eine Stunde später erreichten die beiden das Einkaufszentrum Potomac Plaza in Woodbridge, wo sie sich mit einem von Najanas drei Brüdern trafen. Sie ließen das Auto auf dem Parkplatz stehen und stiegen zu Ben Najana in dessen großen Geländewagen um.

Nachdem sie sich einander vorgestellt hatten, kam Adams direkt zum Thema, bevor das Allradfahrzeug überhaupt auf die Hauptstraße eingebogen war.

»Was habt ihr bis jetzt herausgefunden?«, fragte er.

»Die Security ist gut, Mann«, gab Ben ernst zurück. »Besser als auf den Plänen, die wir hatten. Wir haben uns kurz umgesehen, wollten aber nicht zu weit vordringen. Die Wälder gehen in das Naturschutzgebiet Mason Neck über, und es sieht so aus, als wäre zwischen den Bäumen eine Art Körperwärmedetektor gespannt. Ein Eindringen über die Klippen ist wegen der Brecher unten so gut wie unmöglich – man käme gar nicht nahe genug an den Fuß der Klippen heran, selbst wenn sie nicht bewacht würden. Was aber der Fall ist. An der Einfahrt patrouillieren Wachleute mit Hunden, genau wie auf dem Rasen, der zu den Klippen führt.«

»Sonst noch was?«, fragte Adams.

»Die Security-Leute sind gut. Wir schätzen, dass es ungefähr ein Dutzend sind, dazu noch ein paar persönliche Bodyguards. Alles gute, professionelle Leute; die Sorte, die man bestimmt nicht beim Schlafen im Job antrifft.«

»Die Hunde«, wollte Adams wissen, »welche Rasse sind sie?«

»Dobermänner, gut abgerichtet. Es gibt vier Hundeteams, die jeweils aus einem Wachmann und zwei Hunden bestehen. Sie machen ihre Runden abwechselnd und die Teams pendeln zwischen Einfahrt und Rasenflächen.«

»Okay. Wo habt ihr euch niedergelassen?«

»Wir campen oben im Naturschutzgebiet. Während der Nacht haben wir ein paar Mal versucht, uns dem Zaun um das Grundstück zu nähern, aber der ist verdammt schwer zu überklettern.«

Adams nickte. »Okay, lasst uns zum Lager fahren, und dann sehen wir, ob uns ein Plan einfällt.«

6

Bis zum Einbruch der Dunkelheit hatten sie ihren Plan entworfen und einstudiert, und alle waren bereit.

Lynn sah Adams an. In ihrem Blick standen alle möglichen Emotionen – Furcht, Sorge, Glaube, Liebe –, und Adams versuchte, ihr Vertrauen einzuflößen. Er würde selbst gehen, denn er wusste, dass es so sicherer war. Die Wahrheit war, dass er der Beste für ein solches Unternehmen war. So war es schon gewesen, bevor er den Schattenwölfen beigetreten war, und jetzt stimmte es auch wieder. Endlich hatte er seine Fähigkeiten vollständig zurückgewonnen.

Worte waren nicht nötig, nur ein Blick zwischen zwei Menschen, die gemeinsam viel durchgemacht hatten und erkannten, dass sie noch mehr Gemeinsames erleben wollten. Eine Träne rollte über Lynns Wange, und dann drehte Adams sich um und war fort. Er durchquerte den Waldsaum und drang in die dichten Wälder des Naturschutzgebiets Mason Neck ein.

Jacobs' Privatbesitz war von einer zweieinhalb Meter hohen Mauer umgeben. Oben war sie mit Stacheldraht und rasiermesserscharfen Klingen abgesichert. Über ihre ganze Länge befanden sich alle sechs Meter Überwachungskameras. Adams sah sich das Ganze an und überlegte, dass der Weg über die Klippen vielleicht gar keine so üble Alternative gewesen wäre.

Die Nacht war wolkig, und zuerst hatte im Wald pechschwarze Dunkelheit geherrscht. Adams hätte eine Nachtsichtbrille benutzen können – Ayita hätte ihm bestimmt eine besorgen können –, aber er hatte noch nie viel davon gehalten, weil die Brille die Sicht zur Seite verwehrte und einen von den Flanken her angreifbar machte. Er zog es vor, sich auf die Fähigkeiten zu verlassen, die ihm die Natur geschenkt hatte, und hatte daher die erste halbe Stunde auf dem kalten Waldboden gekauert, bis seine Augen sich an die Dunkelheit gewöhnt hatten. So etwas wie *pechschwarze Finsternis* existierte nicht; diesen Eindruck hatte man nur, bis man den Augen Zeit gelassen hatte, sich darauf einzustellen. Obwohl die Wolken alle natürlichen Lichtquellen wie Mond und Sterne verdeckten, waren von Menschen erzeugte Lichter allgegenwärtig, besonders so nahe an einer großen Stadt wie Washington D. C. Obwohl er sich, von hohen Bäumen umgeben, in einem Naturschutzgebiet befand, einer Gegend, die vielen Menschen als die Mitte des Nichts erscheinen würde, lag die Landeshauptstadt nur zwanzig Meilen entfernt, und Mason Creek selbst wurde nur durch eine relativ kleine Wasserfläche von mehreren größeren Städten getrennt. Im Ergebnis war genug Licht vorhanden, um ohne jegliche technische Apparaturen zu sehen, wenn man nur den Augen Zeit ließ, sich anzupassen. Man musste nur Geduld haben, eine Eigenschaft, die Adams reichlich besaß.

Er wusste auch, *wie* man Dinge im Dunklen wahrnahm, indem er den Gegenstand, den er sehen musste, in genau dem richtigen Winkel ansah und niemals direkt, um die Wirkung des zur Verfügung stehenden Lichts auf seine Netzhaut so gut wie möglich auszunutzen. Diese Fähigkeit hatte er schon vor langer Zeit auf den Ebenen der Badlands erworben.

Ein weiterer Kniff war der kalte Schlamm, den er auf seinen ganzen Körper aufgetragen hatte. Einige der nachtaktiven Wesen der Badlands, darunter die tödlich gefährliche Prärieklapperschlange, benutzten eine Art Wärmeerkennung, und er und seine Freunde hatten sich den Körper regelmäßig mit dem Schlamm eingerieben, wenn sie bei Nacht jagen gingen, um Unglücksfälle mit solchen Raubtieren zu vermeiden. Das Gleiche hatte er jetzt getan; jeder Quadratzentimeter seines Körpers war mit Schlamm aus den Tümpeln am Lagerplatz überzogen. Damit würde er nicht unbedingt die Körperwärmesensoren täuschen können, die angeblich auf dem ganzen Besitz verteilt waren, aber es war eine gute Ergänzung seines Hauptplans, und angesichts solcher Sicherheitsmaßnahmen konnte er jeden kleinen Vorteil gebrauchen.

Nachdem sich seine Augen jetzt vollständig an die Bedingungen angepasst hatten, befasste er sich eingehend mit der Mauer, dem Stacheldraht, den Kameras und den Bäumen, die sie umgaben. Es war so, wie Najana es beschrieben hatte: Die Bäume des Naturschutzgebiets standen bis dicht an die Mauer heran, während die Bäume auf der privaten Seite aus Sicherheitsgründen auf einem über drei Meter breiten Streifen abgeholzt worden waren. Er war sich ziemlich sicher, dass Jacobs sie auch auf der anderen Seite der Mauer gern geschlagen hätte, aber es freute Adams, dass der Einfluss des Mannes anscheinend nicht so groß war, dass er hektarweise Wald in einem Naturschutzgebiet fällen konnte. Adams vermutete, dass die öffentliche Empörung größer gewesen wäre als der Nutzen für die Sicherheit. Jacobs' Sicherheitssystem beruhte wahrscheinlich darauf, dass niemand wusste, wo er sich aufhielt, und ein öffentlicher Streit würde das augenblicklich zunichtemachen.

Die Sicherheitsverantwortlichen auf Jacobs' Besitz mussten sich Sorgen gemacht haben, jemand könnte einfach von Baum zu Baum herüberklettern und die Mauer überwinden, indem er sich darüber hinwegschwang. Daher hatten sie auf ihrer Seite die Bäume gefällt. Das würde Adams allerdings nicht aufhalten. Aufmerksam musterte er die Bäume und schritt an der Mauer entlang, wobei er darauf achtete, nicht von den Kameras erfasst zu werden, bis er eine, wie er fand, ideale Stelle entdeckte; eine hohe Eiche, deren gewaltige, dicke Äste mehr als einen Meter höher als die Mauer lagen und bis auf zwanzig, dreißig Zentimeter an das Grundstück heranreichten.

Adams vergeudete keine Zeit und stieg hinauf. Innerhalb von Sekunden hatte er den dicken Stamm erklettert und hangelte sich an dem von ihm ausgewählten Ast entlang, bis er nur Zentimeter über der Mauer hing. Er lag flach auf dem Ast, den er fest mit den Beinen umschlang, und konnte über den Stacheldraht hinweg zum ersten Mal den Besitz dahinter richtig erkennen.

Wie er vermutet hatte, waren sowohl Überwachungskameras als auch Körperwärmesensoren über das offene Areal zwischen der Mauer und dem Beginn des Baumbestands verteilt und warteten darauf, jeden zu erfassen, der so dumm war, von der Seite des Naturschutzgebiets aus einfach hinunterzuspringen. Aber die Sensoren waren dazu gemacht, jemanden aufzuspüren, der auf dem Boden landete, und das hatte Adams gar nicht vor.

Die gut drei Meter zu den Bäumen waren zu weit, um sie mit einem einzigen Sprung zu bewältigen – jedenfalls in gerader Linie. Aber Adams wusste, dass er mehr als drei Meter zurücklegen konnte, wenn er von einem erhöhten Punkt aus *nach unten* sprang.

Und so rutschte er zurück bis zu dem dicken Stamm und kletterte höher – sechs Meter, zehn Meter, bis er sich schließlich zwölf Meter über dem Boden befand. Hier waren die Äste dünner, und er manövrierte sich wacklig auf das Ende seines Sprungbretts zu.

Er schaute zu den Bäumen auf der anderen Seite hinunter, die so weit entfernt zu sein schienen, obwohl sie genauso hoch waren wie die auf seiner Seite, und sah sich nach einem Landeplatz um. Den richtigen Baum hatte er schon gefunden, jetzt kam es auf eine geeignete Stelle an.

Nachdem er sich den Punkt ausgesucht hatte, kauerte er sich auf seinem Ast hin und zog den Körper zusammen wie eine Sprungfeder. Dann schnellte er davon und segelte durch den leeren Raum wie eine Dschungelkatze.

Sein lang ausgestreckter Körper flog hoch über die stacheldrahtbewehrte Mauer, und er spürte, wie er besorgniserregend schnell auf den Boden zufiel. Aber auch der Baum kam näher – näher, *immer näher …*

… dann hatte er ihn erreicht, klammerte sich hektisch an und griff nach Ästen, Zweigen und allem, was er erreichen konnte, bis sich sein Bein an einem dicken Ast festhakte und seinen Sturz aufhielt. Dann schwang er hin und her und hielt sich an anderen Ästen fest, bis er soliden Halt gefunden hatte und zwischen zwei Ästen auf- und abschwang. Er befand sich immer noch drei Meter über dem Boden, war aber jetzt auch drei Meter auf Jacobs' Grundstück vorgedrungen.

Als er so dalag und über den überwachten Streifen zurücksah, gestattete er sich ein kurzes Lächeln. Er hatte es geschafft.

Wäre er über einen Weg gerannt, hätte er nur ein paar Minuten gebraucht, um die halbe Meile zwischen der Mauer und Jacobs' Haus zurückzulegen. Mit der Fortbewegungsmethode, die Adams gewählt hatte, würde es allerdings viel länger dauern.

Nach derselben Logik wie beim Eindringen auf das Grundstück – dass Kameras und Körperwärmesensoren auf dem Boden eingesetzt wurden, weil die Security damit rechnete, dass sich eine Bedrohung dort bewegte – beschloss Adams, dass die beste Art, unentdeckt zum Haus zu gelangen, der Weg durch die Bäume war. Und so setzte Adams – langsam, vorsichtig und oft *schmerzhaft* – seine ausgezeichneten Kletterkünste ein, um in den Bäumen zu bleiben, und arbeitete sich hoch in den Baumkronen auf das Haus zu.

Er achtete darauf, dass seine Atmung, sein Herzschlag und seine Bewegungen so langsam und bedacht wie möglich verliefen, denn er wollte die Tiere, die in den Bäumen zu Hause waren, nicht aufschrecken. Er wusste, dass ein dichter Vogelschwarm, der um diese Nachtzeit aus den Baumkronen aufflog, die Wachen ebenso gut warnen würde wie ein schriller Alarmton. Und so zog sich ein Weg, der sonst zwei oder drei Minuten gedauert hätte, über drei Stunden hin, während er jeden Baum Ast für Ast durchstieg. Manchmal konnte er den nächsten Baum leicht erreichen, dann wieder musste er springen, während er ein andermal kleine Lichtungen umgehen musste, wodurch sein Weg sich noch weiter in die Länge zog.

Zweimal gingen Hundepatrouillen durch die Wälder, wenn auch nie direkt unter ihm; Adams hörte sie schon aus großer Entfernung, schätzte ein, welchen Weg sie wahrscheinlich nehmen würden, und verhielt sich hoch in den Bäumen ganz still, bis sie vorüber waren. Die Schlammschicht auf seinem Körper verminderte auch seinen natürlichen Körpergeruch, sodass die scharfen Sinne der Hunde nicht alarmiert wurden.

Es zog sich lange und quälend hin, doch als Adams sich dem zum Haus hin liegenden Waldrand näherte – die Lichter des Ostflügels schienen schon hell durch die Äste –, war er sich sicher, dass er vollkommen unentdeckt geblieben war.

Er hatte überlegt, ob die Najana-Brüder vielleicht eine Art Ablenkung schaffen könnten, um die Aufmerksamkeit der Sicherheitsleute auf einen anderen Teil des Geländes zu lenken, hatte sich aber schließlich dagegen entschieden. Besser, die Sicherheitskräfte wurden überhaupt nicht aufgeschreckt, hatte er sich gedacht.

Noch länger hatte es gedauert, sich durch die letzten paar Bäume zu manövrieren und dabei zu wissen, dass das Licht auf dem Gelände ihn jetzt verraten könnte. Er besaß einen natürlichen, durch jahrelange Übung geschärften Instinkt, der ihn in die Lage versetzte, sich an die dunkelsten Bereiche zu halten, und konnte sich ein Bild davon machen, wie die Bäume für jemanden aussehen würden, der sie direkt anschaute. Inzwischen hatte er einen ausgezeichneten Beobachtungsposten erreicht, an dem er in den Baumkronen verborgen war und direkte Sicht auf den Ostflügel der Villa hatte.

Die Brüder hatten ihm ein zusammenlegbares, miniaturisiertes Parabolmikrofon angeboten, mit dem er von seiner jetzigen Position aus Stimmen aus dem Haus hätte hören können. Aber er hatte sich Sorgen wegen des elektrischen Felds gemacht, das das Gerät ausstrahlte, denn er war sich nur zu bewusst, dass die Sicherheitsgruppe auch elektronische Strahlung anmessen konnte. Daher hatte er beschlossen, »nackt« zu gehen, ohne jegliche elektrische oder technische Ausrüstung. Es war nicht so, dass er solchem Gerät nicht traute oder es für nutzlos hielt, im Gegenteil. Während seiner Zeit bei den Schattenwölfen hatte er viele solche Apparate benutzt und sie gelegentlich außerordentlich wertvoll gefunden. Doch in dieser speziellen Situation hatte er beschlossen, dass es die beste Option war, sich auf seine natürlichen Ressourcen zu verlassen. Was allerdings hieß, dass er jetzt näher heran musste.

Er hatte sich den Grundriss des Hauses eingeprägt – die Wohnbereiche und Küchen, das Esszimmer, das Arbeitszimmer und die Bibliothek, die Bäder und die Schlafzimmer – und wusste, dass er sich direkt gegenüber dem Gästezimmer im ersten Stock befand und im Stockwerk darunter die Küche lag. Jacobs' Schlafzimmer befand sich auf der Rückseite des Ostflügels, auf der dem Rasen und der Bucht zugewandten Seite. Auch sein privates Arbeitszimmer lag nach hinten heraus und besaß Glastüren, die auf die Terrasse vor der Rasenfläche führten. Die rückwärtige Fassade des Hauses wurde von Gartenlaternen beleuchtet, die direkt auf das Äußere aus weißem Stuck gerichtet waren. Die Ostseite des Gebäudes dagegen, die Adams jetzt sah, war dunkel, unbeleuchtet und von den Bäumen beschattet.

Die Frage war, wie er die zwölf Meter kurzgehaltenen, offenen Rasens zwischen dem Rand des Baumbestands und der Ostseite des Hauses überqueren sollte. Mit Sicherheit würden sich dort zusätzlich zu Körperwärmesensoren auch Bewegungsmelder befinden, ganz zu schweigen von den Wachleuten und ihren Hunden. Doch wiederum war es wahrscheinlich, dass alle Sensoren sich auf den Boden richteten.

Immer noch im Schutz der Dunkelheit begann Adams, das lange, dünne Seil abzuwickeln, das er sich um den Körper geschlungen hatte.

»Was meinen Sie, ob er schon da ist?«, wollte Lynn von Thomas wissen. Sie war nervöser, als sie es sich anmerken lassen wollte.

»Also wahrscheinlich hat er jetzt den Rand des Baumbestands erreicht, kann das Haus sehen und versucht sich ein Bild davon zu machen, ob er es mithilfe seines Seils erreicht«, antwortete Thomas. »Aber er ist bestimmt okay«, setzte er hinzu, als er sah, dass seine Worte sie nicht gleich beruhigten. »Wir haben keinen Alarm gehört und auch kein Schreien oder Bellen, deswegen glaube ich, dass er gut klarkommt.«

»Nach allem, was ich über ihn gehört habe, sollte das sowieso kein Problem sein«, warf Jacob Najana ein, der jüngste der Brüder. »Ich meine, er ist eine Legende, oder? Er ...« Ein Piepen aus dem abhörsicheren, digitalen Satellitenfunkgerät zwischen ihnen unterbrach Jacob.

»Jungs«, hörte er Bens laute und deutliche Stimme, »es gibt ein Problem.« Ben Najana hatte oben an der Cemetery Road Stellung bezogen und beobachtete die Hauptzugangsstraße zum Haus. »Acht große Geländewagen haben soeben den Haupteingang passiert und biegen auf die Zufahrt ein. Sie werden in zwei Minuten am Haus sein.«

Lynn wurde kalkweiß im Gesicht. Matt hatte nicht einmal ein Funkgerät dabei. Sie hatten keine Möglichkeit, ihn zu warnen.

7

Adams hörte die Autos, noch bevor sie auf das Grundstück einbogen; er erkannte das tiefe Blubbern der Achtzylindermotoren großer Wagen – acht oder neun davon –, die nördlich seiner Position im Konvoi über die Hauptzugangsstraße fuhren. Er hörte, wie sie abbremsten, das Knirschen ihrer Reifen und wusste, dass sie sich auf der Zufahrt befanden und auf das Haus zubewegten.

Während er zehn Meter über dem seitlichen Rasenstreifen an seinem schwarzen Nylonseil hing, ging er seine Optionen durch. Er hatte das Seil auf das Dach werfen müssen und gehofft, dass er gut gezielt hatte. Beklommen hatte er beobachtet, wie es mit dem beschwerten Ende voran durch die Nacht auf eine der von einem Geländer umgebenen Dachkanten zugesegelt war. Er hatte genau gewusst, dass es nutzlos auf den Rasen darunter fallen würde, wenn er nicht die richtige Stelle traf. Undenkbar, dass er das über zehn Meter lange Tau vom Rasen einholen konnte, ohne dass es jeden Sensor und Detektor in diesem Bereich auslösen würde.

Aber es war exakt geflogen und hatte sich an der richtigen Stelle verkeilt. Adams hatte einen Seufzer der Erleichterung ausgestoßen und zu klettern begonnen. Mit dem Kopf nach unten setzte er eine Hand vor die andere und hatte, um sich zu stabilisieren, auch die Beine um das Seil geschlungen.

Jetzt hatte er die halbe Strecke zurückgelegt, und acht Fahrzeuge mit möglicherweise je fünf Insassen – vierzig zusätzliche Personen, die eine große Unbekannte darstellten – würden gleich eintreffen. Sollte er zurückklettern oder weitermachen? Er musste sich sofort entscheiden, denn innerhalb der nächsten zwei Minuten würden die Scheinwerfer der näher kommenden Wagen auf das Haus treffen, und er säße buchstäblich auf dem Präsentierteller.

Da er kein Mensch war, der gern den Rückzug antrat, war die Entscheidung eigentlich keine, und er kletterte verbissen weiter und setzte stetig eine Hand vor die andere.

Als Wesley Jones in sein Arbeitszimmer trat, blickte Jacobs von seinen Papieren auf.

»Wir haben ein Problem, Sir«, erklärte er. Eine typisch militärische Untertreibung.

Jacobs starrte Jones durch die halbmondförmigen Gläser seiner Lesebrille an. »Was meinen Sie?«, fragte er.

»Der Secret Service ist soeben auf dem Gelände eingetroffen«, sagte Jones zögernd.

»Wie bitte?« Jacobs verschüttete fast den Cognac über seine Papiere. »Warum zum Teufel das? Wo steckt Tony?«

»Tony ist noch im Weißen Haus, ich habe ihn eben angerufen. Er hat keine Ahnung davon.«

Jacobs' Gedanken überschlugen sich. Was ging da vor? Wieso hatte der Secret Service beschlossen, ihm einen Besuch abzustatten, und das so kurz vor dem Ende?

»Wer sind die Leute?«, fragte Jacobs weiter. »Und wie viele?«

»Die Sicherheitsleute am Tor haben acht Autos gemeldet, mit je vier Männern. Einer davon ist Lowell persönlich.«

Jacobs stöhnte auf. Harvey Lowell war der Leiter des Secret Service. Er war letztes Jahr Gast bei einer Bilderberg-Versammlung gewesen und – was er selbst nicht ahnte – als einer der Auserwählten in Betracht gezogen worden. Schließlich hatte er es jedoch nicht geschafft und man hatte ihm kein Angebot gemacht. Sein psychologisches Profil sowie seine Antworten während ihres privaten, formlosen Gesprächs hatten darauf hingedeutet, dass er moralische Probleme mit den notwendigen Opfern haben würde.

Ahnte er jetzt etwas? Hatte er sich zusammengereimt, was vor sich ging? Und warum hatte er so viele Agenten mitgebracht? Wozu diese Machtdemonstration?

Langsam nahm Jacobs die Brille von der Nasenspitze und legte sie auf seinen Schreibtisch. Dann schob er seinen Stuhl zurück und stand auf.

»Na schön«, meinte er resigniert. »Dann begrüße ich ihn wohl besser, oder?«

Adams hörte, wie die Autos immer näher kamen. Seine Sinne waren so geschärft, dass er beinahe die Wärme der herankommenden Lichtkegel aus ihren Scheinwerfern fühlen konnte.

Endlich erreichte er das Haus. Seine Fingerspitzen berührten das Geländer, und er setzte die dünnen Sohlen seiner Kletterstiefel vorsichtig auf den Backsteinrahmen des Fensters unter ihm. Normalerweise hätte er sich direkt auf das Dach gewälzt, aber die von Stephenfield zusammengetragenen Informationen deuteten darauf hin, dass sich auch dort Infrarot-Sensoren befanden. Daher klammerte er sich an die Fassade, wo er mit der Dunkelheit verschmolz, während er das Seil vom Geländer löste. Am liebsten wäre er zurück in die Bäume geklettert, aber ihm war klar, dass ein zwölf Meter langes, zwischen den Bäumen und dem Haus gespanntes Seil nicht lange unbemerkt bleiben würde. Daher nahm er das beschwerte Ende, warf es, so kräftig er konnte, zurück in die Bäume und sah zu, wie es durch die Luft segelte. Glücklicherweise blieb es unsichtbar in den höchsten Ästen hängen, gerade als das grelle Scheinwerferlicht den Wendehammer vor dem Haus erreichte.

Rasch drückte er sich enger an die Wand, machte sich so flach wie möglich und erstarrte, denn er war sich bewusst, dass jede Bewegung ihn verraten konnte. Und dann wurde es noch heller, als die Fahrzeuge um den Wendehammer fuhren, und ein paar kurze Sekunden lang war Adams sich sicher, dass er entdeckt würde; sicher, dass seine dunkle, schlammbedeckte Silhouette sich scharf von der weißen Stuckfassade der Villa abheben würde.

Dann wurde es glücklicherweise wieder dunkel, als die Autos –

große, schwarze Geländewagen mit Regierungs-Nummernschildern – wendeten und vor dem Vordereingang anhielten.

Adams begann seinen vorsichtigen Abstieg an der Hauswand.

»Lowell, wie kommen wir zu der Ehre?«, fragte Jacobs liebenswürdig, während er die große Eingangstür seines Hauses öffnete.

Vor ihm stand Harvey Lowell. Er war groß, knochig und dünn, mit schütterem Haar und scharfem, intelligentem Blick. Flankiert wurde er von sechs Männern, die alle die gleichen dunklen Anzüge trugen.

»Wir müssen reden«, erklärte Lowell gelassen.

»Dann kommen Sie doch herein«, sagte Jacobs freundlich, obwohl das ganz und gar nicht seiner Befindlichkeit entsprach. »Wo sind Ihre anderen Agenten?«, fragte er und wies auf die acht draußen geparkten Geländewagen.«

»Sichern das Gelände«, gab Lowell knapp zurück, doch es war klar, was er meinte: Dies war kein Freundschaftsbesuch.

Jacobs lächelte steif. »Ich bin mir sicher, das ist nicht nötig«, sagte er. »Aber Sie sollten auf jeden Fall hereinkommen.«

Im Arbeitszimmer angekommen, setzte sich Lowell und wies auf dem Papiere, die immer noch auf Jacobs' Schreibtisch verstreut lagen. »Recherchen?«, fragte er mit hochgezogenen Augenbrauen.

»Sie wissen ja, wie das ist«, erklärte Jacobs unverbindlich.

Zur Antwort brummte Lowell.

»Einen Drink?«, bot Jacobs in dem Versuch, eine angenehme Atmosphäre zu schaffen, als Nächstes an.

Lowell schüttelte den Kopf. »Nein, danke. Das hier ist nicht das, was man einen Höflichkeitsbesuch nennt.«

Jacobs kniff die Augen zusammen, und kurz war Lowell erschüttert darüber, wie durchdringend sein Blick war.

»Wenn das so ist«, erklärte Jacobs mit leicht drohendem Unterton, »sollten Sie mir besser sagen, was zum Teufel Sie wollen.«

Adams drang durch das Fenster des Gästezimmers ins Haus ein. Wie er vermutet hatte, war das Haus nicht lückenlos mit Alarmanlagen gesichert; so etwas hätte das normale Kommen und Gehen zwischen den Räumen unnötig verkompliziert. Daher konzentrierten die Sicherheitsmaßnahmen sich größtenteils darauf, Bedrohungen zu entdecken, bevor sie das Haus überhaupt erreichten, und weniger auf die Ein- und Ausgänge des Hauses selbst, insbesondere in den oberen Etagen.

Das Gebäude war 1815 errichtet worden, und trotz einiger größerer Umbauten, um die Sicherheit zu verbessern, war es immer noch ein altes Haus, in das man relativ leicht eindringen konnte, wenn man wusste, wie. Welcher Mensch, der seinen Verstand beisammen hatte, käme angesichts der zwölf bewaffneten Wachposten auf dem Gelände auch auf die Idee, in das Haus einzubrechen?

Adams erkannte den Infrarotstrahl, der quer über das Innere des Fensterrahmens verlief. Nachdem er das Schloss aufgebrochen hatte, reichte es aus, einen einfachen Handspiegel in den Lichtstrahl zu halten, damit sein Einstieg den Alarm nicht auslöste.

Drinnen angekommen, lief er sofort zur gegenüberliegenden Wand, öffnete einen Schrank und stellte fest, dass er den Wäscheschacht vor sich hatte. Er war noch funktionstüchtig und befand sich genau da, wo Adams ihn zu finden erwartet hatte.

Perfekt, dachte Adams und stieg hinein.

Als er sich dem unteren Ende der Rutsche näherte, bremste er ab, bis er sich vollkommen lautlos bewegte, und lauschte auf jedes Geräusch. Als er überzeugt davon war, dass die Waschküche im Kellergeschoss leer war, ließ sich Adams aus dem Schacht in die riesige Wäschetonne fallen, die darunter stand. Er spähte über den Rand, um sich zu vergewissern, dass hier keine Wachleute waren. Zwar wusste er nicht, was oben vor sich ging, aber die Anwesenheit von Regierungsagenten bedeutete, dass sich jetzt noch mehr Menschen im Haus aufhielten, die ihn entdecken konnten, und er noch vorsichtiger sein musste.

Von der Wäschetonne aus vergewisserte sich Adams, dass die

Überwachungskameras sich dort befanden, wo er sie vermutet hatte, und plante seine Route so, dass er ihnen aus dem Weg ging. Dann lief er schnell durch den Raum, zu einer Tür auf der gegenüberliegenden Seite. Kaum hatte er sie erreicht, öffnete er sie, schlüpfte rasch hindurch und zog sie, keine drei Sekunden nachdem er den Schutz der Wäschetonne verlassen hatte, wieder hinter sich zu.

Der neue Raum war eigentlich gar keiner, sondern ein großer Schrank voller Ablagen, die verschiedene Putzmittel, frische Laken und andere Bettwäsche enthielten. Und den Blaupausen des Gebäudes zufolge lag der Schrank direkt unter Stephen Jacobs' Arbeitszimmer im Erdgeschoss.

8

»Ich will über den Tod von Ryan Yordale, Frank Croaker, Yves Desault, Vitor Dzerzewski, Patek Guillaume, Stephanie Ortmeyer, Gustav Schließer, Helen Holmes, Anthony DeSilva, Jacek Ostrawski und Nicolas St. Vincent reden«, erklärte Lowell ernst.

Jacobs seufzte. Dann hatte Lowell also wirklich etwas in der Hand; allerdings hätte er Schlimmeres finden können, und Jacobs stellte sogar fest, dass er sich leicht entspannte.

»Was meinen Sie?«, fragte er schließlich.

»Was ich meine?«, gab Lowell zurück und unterdrückte ein Auflachen. »Ich meine, dass diese elf Todesfälle – *mysteriöse* Todesfälle – sämtlich Personen zugestoßen sind, die kurz zuvor ein Treffen der Bilderberg-Gruppe besucht hatten.«

»Und?«, fragte Jacobs. Er war sicher, dass Lowell noch mehr dazu zu sagen hatte.

»*Und* diese Todesfälle sind alle während Ihrer Amtszeit als Vorsitzender der Gruppe aufgetreten.«

Jetzt war es Jacobs, der lachte. »Elf Menschen starben nach Versammlungen, die ich geleitet habe? Harvey, ich bin seit zwölf Jahren der Vorsitzende der Gruppe, und bei einer durchschnittlichen Anwesenheitszahl von einhundertundzwanzig macht das – Moment, wie viel? – zwischen vierzehn- und fünfzehnhundert Personen. Elf Fälle sind ...«

»Null Komma sieben sechs Prozent«, unterbrach ihn Lowell. »Also eine Todesrate von 7,6 pro 1000, doch da alle innerhalb der nächsten zweiundzwanzig Tage nach den Versammlungen gestorben sind, läuft es auf eine Todesrate von 126,1 pro 1000 pro Jahr hinaus, und das ist *zwölf Mal* höher als der landesweite Durchschnitt. Wie erklären Sie sich das?«

»Ich weiß gar nicht, ob ich das muss, oder?«, fragte Jacobs sanft.

Lowells Nasenlöcher blähten sich. »Kennen Sie die Todesrate für Teilnehmer an den Bilderberg-Treffen, bevor Sie den Vorsitz übernommen haben? Sie war *niedriger* als der landesweite Durchschnitt, was man angesichts der Vermögenslage der Teilnehmer und ihrem leichteren Zugang zu fortgeschrittener Medizin auch erwarten würde. Die Todesrate der Teilnehmer hat sich also *verzwanzigfacht*, als Sie den Vorsitz übernommen haben, und ist während der zwölf Jahre, die Sie jetzt die Leitung haben, ziemlich konstant geblieben.«

»Ich warte immer noch darauf, dass Sie mir erklären, was Sie hier suchen«, sagte Jacobs leichthin.

Lowell schlug mit der Faust auf den Tisch. »Verdammt, Sie wissen genau, wovon ich rede! Sie betreiben die Bilderberg-Gruppe wie ein Rekrutierungsbüro, das ist uns doch allen klar. Jeder weiß, dass Sie diese kleinen Privatunterhaltungen wie Bewerbungsgespräche führen. Und vielleicht ringen ja einige der Leute die Hände, die Sie auswählen, wenn sie Ihr Angebot hören, und sagen ›Um Himmels willen!‹. Und was machen Sie dann?« Wieder schlug er auf den Tisch. »Sie bringen sie um!« Er schnippte mit den Fingern. »Einfach so!«

Jacobs schwieg eine Weile, dann lachte er in sich hinein. »Ich warte immer noch auf die Beweise, die Sie haben, abgesehen von einigen zweifelhaften statistischen Ungereimtheiten. Croaker ist an einem Herzanfall gestorben, Schließer wurde von einem Auto angefahren, Ostrawski hatte eine Hirnblutung, und die Liste ließe sich weiterführen. Alles von Ärzten bescheinigt, und nie gab es Hinweise oder Andeutungen, dass etwas nicht in Ordnung gewesen wäre. Verdächtig? Das will ich Ihnen zugestehen. Stichhaltig, sodass es bei einem Prozess standhält?« Wieder lächelte er. »Wohl kaum.«

Lowell ließ sich wieder auf seinen Stuhl sinken und grinste breit und tückisch. »Stephen, ich glaube, Sie haben mich ganz falsch verstanden«, sagte er. »Ich will Sie nicht verhaften.«

Jacobs kniff die Augen zusammen. Er ahnte schon, was der Mann wirklich wollte. »Sondern?«, fragte er leise.

»Ich will dabei sein«, erklärte Lowell selbstbewusst. »Was immer Ihr kleiner Plan ist, ich will dazugehören. Und wenn Sie mich nicht aufnehmen, werde ich tun, was ich kann, um Sie restlos fertigzumachen.«

Was in aller Welt …? Adams war in dem Schrank unter dem Arbeitszimmer auf das oberste Bord gestiegen, hatte das Ohr an die Decke gelegt und alle Sinne geschärft, um das Gespräch zu verfolgen, das durch das Gebälk des alten Hauses herunterdrang.

Der Leiter des Secret Service, Harvey Lowell, verlangte, in Jacobs' inneren Kreis aufgenommen zu werden, und wollte an dem Projekt teilnehmen.

War das sein Ernst? Adams konnte es nicht glauben. Würden solche Menschen vor nichts haltmachen, um ihre Macht, ihren Reichtum und ihren Status zu vermehren? Adams seufzte; natürlich würden sie das nicht, das war so sicher wie das Amen in der Kirche.

Er lauschte noch angestrengter; wenn Lowell seine Aufnahme verlangte und Jacobs kapitulierte, dann würde er vielleicht erfahren, worum zum Teufel es bei der ganzen Sache ging.

»Wie kommen Sie auf die Idee, ich würde Ihnen etwas sagen?«, fragte Jacobs und nippte nachdenklich an seinem Cognacglas. »Vielleicht stochern Sie ja nur im Trüben und hoffen, dass ich mich selbst ins Unrecht setze.«

»Kann schon sein«, gab Lowell gleichmütig zurück. »Aber dann würde einfach mein Wort gegen Ihres stehen, oder? Wenn Sie wollen, können Sie mich untersuchen, ob ich verkabelt bin.«

Einige Sekunden lang betrachtete Jacobs sein Glas und drückte dann auf den Knopf der Gegensprechanlage auf seinem Schreibtisch.

»Ja, Sir?«, ließ sich Jones' Stimme laut und deutlich hören.

»Schicken Sie Eldridge her, Wesley«, befahl Jacobs.

Beide Männer lehnten sich zurück und sahen einander an. Jeder versuchte den anderen einzuschätzen, seinen Charakter, seine Willenskraft, seine innere Stärke abzuwägen.

Kurz darauf wurde der Bann durch ein Klopfen an der Tür gebrochen. »Herein«, sagte Jacobs und sah über Lowells Schulter hinweg Flynn Eldridge an, der in den Raum trat.

»Untersuchen Sie bitte Mr. Lowell. Ich will wissen, ob er ein Mikrofon trägt«, wies Jacobs ihn an.

Eldridge nickte und bat Lowell, vom Stuhl aufzustehen. Dann führte er einen elektronischen Sensor über dessen Körper und tastete ihn anschließend gründlich ab.

Während er damit beschäftigt war, gelang es Jacobs, Eldridges Blick aufzufangen, während Lowell ihnen den Rücken zuwandte. Er blinzelte zweimal, unmissverständlich, und gab ihm dann mit den Fingern einer Hand ein Codezeichen.

Eldridge verstand den Befehl sofort und blinzelte einmal, um ihn zu bestätigen.

Er beendete die Untersuchung, dankte Lowell und wandte sich wieder Jacobs zu. »Er ist sauber«, erklärte er, worauf Jacobs ihn entließ.

Sobald sich die Tür mit einem Klicken hinter Eldridge geschlossen hatte, wandte Lowell sich geschäftsmäßig an Jacobs. »Zufrieden?«, fragte er.

Jacobs zuckte die Achseln. »Ich denke schon. Was jetzt?«

»Jetzt«, erklärte Lowell fröhlich, »erzählen Sie mir alles.«

»Der Secret Service?«, fragte Lynn und überlegte, was das bedeuten konnte.

»John hat die Nummernschilder identifiziert«, antwortete Thomas. »Sieht so aus, als würde der Direktor in Person Jacobs einen Besuch abstatten. Unsere Leute, die Kern observieren, haben auch berichtet, dass sein Telefon in der letzten halben Stunde nicht stillgestanden hat, daher können wir annehmen, dass der Besuch wahrscheinlich unangekündigt ist und Jacobs oder seine Leute versucht haben, Kern zu kontaktieren, um zu hören, was zum Teufel los ist. Und laut unseren Jungs schwimmt Kern selbst und hat keine Ahnung.«

»Glauben Sie, dass der Secret Service in dieselbe Richtung gearbeitet hat wie wir? Dass er herausgefunden hat, was vor sich geht?«

»Wer weiß?«, gab Thomas zurück. »Aber wenn ja, dann erledigen diese Leute den Job vielleicht für uns.«

9

Jacobs leerte sein Cognacglas, schenkte sich ein neues ein und trank es zur Hälfte leer. Dann lehnte er sich zurück und lächelte Lowell zu.

»Sie wollen wissen, was los ist?«, fragte er.

Lowell beugte sich vor. Sein Blick war durchdringend. »Ich *verlange* es zu wissen.«

Jacobs seufzte resigniert und wies mit einer Kopfbewegung auf einen Metallwürfel, der in einer Ecke stand. »Früher mussten wir den Kontakt zu ihnen durch alle möglichen komplizierten Geräte aufnehmen. Es dauerte zwei Wochen, bis unsere Fragen sie erreichten, und ihre Antworten brauchten genauso lange. Aber jetzt können wir nur durch diese Box hier mit ihnen kommunizieren.«

»Sie? Mit ihnen?«, fragte Lowell. Die Skepsis stand ihm deutlich in die scharfen Züge geschrieben. »Und wer zum Teufel sind ›sie‹?«

Jacobs lächelte liebenswürdig. »Sie haben natürlich von Roswell gehört.«

»Roswell?«, fragte Lowell ungläubig. »Was hat das denn damit zu tun?«

»8. Juli 1947«, begann Jacobs, fast als wäre Lowell gar nicht da. »Roswell, New Mexico. Walter Haut, der Presseoffizier des Militärstützpunkts Roswell, sagte in einer Presseerklärung, die 509. Bomberdivision habe auf einer nahe gelegenen Ranch eine abgestürzte ›fliegende Untertasse‹ gefunden. Später wurde behauptet, die von der Absturzstelle geborgenen Trümmer hätten in Wahrheit von einem streng geheimen Projekt namens ›Mogul‹ gestammt, einem Stratosphären-Überwachungsballon, der sowjetische Atomwaffentests ausspionieren sollte. Doch tatsächlich stammten die Wrackteile von einer fliegenden Scheibe unbekannter Herkunft. Leider sind die Piloten bei dem Absturz gestorben, aber wir haben seitdem mithilfe der Technologie, die wir geborgen haben, Kontakt aufgenommen.«

Lowell wirkte wie vor den Kopf geschlagen; er war sich immer noch nicht sicher, ob er auch nur ein einziges Wort davon glauben sollte. »Kontakt mit *wem?*«, hakte er nach.

Jacobs wies auf die Box hinter Lowell. »Warum fragen Sie sie nicht selbst?«

Unter dem Büro versuchte Adams die anderen Geräusche, die er aus dem Haus wahrnahm, zu ignorieren, obwohl sie wichtig waren, und gab sich die größte Mühe, sich auf das Gespräch oben zu konzentrieren.

Es sah so aus, als wolle Jacobs in Verbindung zu den Unbekannten treten, mit denen er zusammenarbeitete – vielleicht arbeitete er ja sogar *für* sie –, und Adams hoffte, endlich zu erfahren, was los war. Er drückte das Ohr an die dünne Faserplatte der Decke und lauschte angestrengt.

»Wer ... wer sind Sie?«, hörte Adams Harvey Lowell, den Leiter des US Secret Service, unsicher sagen.

Adams wartete auf eine Antwort, doch es folgte nur Schweigen. Er konzentrierte sich so gewaltsam, dass er sogar auffing, was er für den Atem der Männer hielt – Jacobs' tiefe und rhythmische Atemzüge und Lowells aufgeregte und nervöse. Aber immer noch keine Antwort.

»Was ist das?«, fragte Lowell als Nächstes. Er klang schockiert.

»So funktioniert die Box eben«, antwortete Jacobs. »Lassen Sie es einfach zu.«

Die Box?, fragte sich Adams. *Wovon zum Teufel redet er?*

»Okay«, hörte er Lowell mit entschlossener Stimme sagen. »Können Sie mir erklären, was los ist?«

Wieder versuchte Adams, die Antwort zu verstehen, doch er

hörte nichts, nur die Atemzüge. Und Lowells Atem beschleunigte sich rasch. Adams fragte sich, was er wohl hören mochte.

»Das ... das kann nicht wahr sein!«, stammelte Lowell.

»Aber ja, mein Freund«, versicherte Jacobs ihm. »Und das Beste haben Sie noch gar nicht gehört.« Sein Tonfall veränderte sich, als spreche jetzt er mit jemand anderem. »Warum verraten Sie ihm nicht, was bald bevorsteht?«

Wieder blieb es still, und Adams fragte sich nicht nur, was die beiden Männer in dem Raum über ihm hörten, sondern wie. Was war diese Box? Sicher nichts so Simples wie irgendein Telekommunikationsgerät – etwas so Profanes hätte Lowell bestimmt nicht beeindruckt. Eine Art außerirdischer Technologie? Jacobs' Erwähnung von Roswell und den geborgenen Wrackteilen einer fliegenden Untertasse wies auf eine solche Möglichkeit hin, und an diesem Punkt war Adams bereit, alles zu glauben.

»Sie ... sind wahnsinnig!«, schrie Lowell. Unmissverständlich schwangen Angst und Grauen in seiner Stimme.

»Genau deswegen wurden Sie bei der letzten Versammlung nicht ausgewählt, Harvey. Wir sind zu dem Schluss gelangt, dass Sie den Plan niemals billigen würden. Sie sind einfach nicht stark genug.«

»Stark?«, gab Lowell zurück, dessen Stimme wieder ein wenig gefasster klang. »Das ist keine Stärke, Stephen. Das ist Völkermord.«

»Und dazu braucht es keine Stärke?«, erwiderte Jacobs. »So etwas erfordert mehr Kraft, als Sie für möglich halten würden.«

Völkermord? Adams drehte sich der Kopf.

»Darauf kommt es jetzt ohnehin nicht mehr an«, erklärte Lowell. »Ich mache dem allen ein Ende, und dabei ist mir vollkommen gleich, wer Ihre Freunde sind und woher sie kommen. Ich gehe direkt zum Präsidenten. Ihr geheimes kleines Projekt in Europa wird nächste Woche *nicht* betriebsbereit sein, und Ihre Freunde werden niemals den Fuß hierher setzen. Und Sie und Ihre ganzen Bilderberg-Kumpane kommen für *sehr* lange Zeit ins Gefängnis.«

Eine Pause trat ein, und dann hörte Adams, wie Jacobs leise lachte.

»Ach, Sie finden das komisch?«, fragte Lowell. »Meine Männer haben sich überall verteilt, und Sie sind alle von diesem Moment an verhaftet.«

Erneut lachte Jacobs, und Lowell klang jetzt anders, als spreche er in ein Mikrofon. »Fangen Sie an, sie festzunehmen, Jenkins«, befahl er mit neuem Elan. »Wir lassen diesen Laden hochgehen.« Eine Pause. »Jenkins?«, fragte er nervös.

Jacobs lachte immer noch, und jetzt ergaben die Geräusche aus den anderen Teilen des Hauses, die Adams auszublenden versucht hatte, alle einen Sinn.

»Fredriks?«, fragte Lowell als Nächstes. »Fielding?« Dann sprach er wieder zu Jacobs. »Verdammt sollen Sie sein, was ist mit den Männern?«

»Sie sind tot, Harvey. Ihr Schicksal war in dem Moment besiegelt, als Sie sie hergebracht haben. Aber *Sie* hatten eine Chance. Hätten Sie die Vision akzeptiert, hätten Sie uns beitreten können. Sie hätten einer von uns werden können.«

»Hey«, sagte Lowell in beschwichtigendem Tonfall, »wir wollen nichts überstürzen, Stephen. Wir können doch verhandeln. Ich meine, das war damals, und jetzt ist heute, oder? Es ist nicht zu spät. Ich kann mich immer noch auf Ihre Seite schlagen. Sie wissen, dass ich mich nützlich machen kann. Das wissen Sie doch, oder?«

»Nein, Harvey, das weiß ich nicht. Aber warum frage ich nicht meinen Freund?«, sagte er verbindlich. »Was meinen Sie?«, fragte er, und Adams sah vor sich, wie er seine Frage an die geheimnisvolle Box richtete.

»Tja«, erklärte Jacobs kurz darauf, »das war ziemlich eindeutig, oder?«

»Nein!«, schrie Lowell, und Adams hörte, wie er seinen Stuhl zurückschob und sich schnell und ängstlich bewegte. »Nein!«

Und dann vernahm Adams den ohrenbetäubenden Knall, mit dem drei 9-mm-Kugeln aus einer halbautomatischen Handwaffe abgefeuert wurden, und das schwere, dumpfe Geräusch, mit dem im Stockwerk über ihm Lowell auf dem Boden auftraf.

10

Jacobs sah auf Lowell hinunter, der blutüberströmt auf dem Boden seines Arbeitszimmers lag. Das war bedauerlich, aber notwendig.

»Warum haben Sie uns kontaktiert?« Die Stimme drang schmerzhaft in Jacobs' Bewusstsein. »Damit hätten Sie selbst fertig werden können. Es war unnötig, ihm Einzelheiten zu nennen.«

»Im Gegenteil. Wir hatten schon früher das Gefühl, ihn in unserer Gruppe gebrauchen zu können. Er war ein guter Mann, wir waren nur der Meinung, dass er nicht mitmachen würde. Aber dann ist er hergekommen und hat *verlangt*, uns beizutreten. Es war die Mühe wert, herauszufinden, wie er reagieren würde.«

Vor allem, da ich immer noch eine weitere Person finden muss. Doch das sprach Jacobs nicht aus.

»Solange es keine Auswirkungen auf unseren Zeitplan hat.«

»Das wird es nicht«, gelobte Jacobs. Er hatte bereits entschieden, was er mit den Leichen Lowells und seiner Männer anfangen wollte. »Ich verspreche Ihnen, dass wir uns innerhalb einer Woche persönlich gegenüberstehen.«

»Was zum Teufel ist da drüben los?«, fragte Lynn erschrocken, als sie die Schüsse hörte, die gedämpft von der anderen Seite der Bäume herüberklangen.

Über das abgeschirmte Funkgerät rief Thomas sofort Benjamin an der Hauptstraße an. »Was siehst du, Ben?«

»Ich weiß es nicht genau«, antwortete Ben. Seine Stimme war kristallklar zu verstehen. »Aber ich bin mir ziemlich sicher, dass mit einer 9-mm-Waffe gefeuert wurde, und der Secret Service benutzt Kaliber .40.«

»Sie meinen, Jacobs' Männer haben auf die Agenten geschossen?«, fragte Lynn ungläubig.

»Kann sein«, gab Thomas zurück. »Ich habe keine Ahnung, was zur Hölle dort vor sich geht, aber inzwischen halte ich alles für möglich.«

Adams ließ sich behutsam von dem obersten Schrankbrett hinunter und kam lautlos auf dem Boden auf.

Er war schon zu lange hier und musste dringend weiter. Wenn er die Lage richtig deutete, waren Lowells Secret-Service-Agenten alle tot. Vermutlich war es das Standard-Vorgehen von Jacobs' Sicherheitsteam, jetzt das Gebäude zu durchkämmen, um sich zu vergewissern, dass es gesichert war.

Aber was hatte er erfahren? Adams begann nachzudenken, doch dann alarmierte ihn ein Rappeln an der Außentür der Waschküche.

Verdammt!, tadelte er sich. Zeit zum Nachdenken würde er noch reichlich haben, wenn – falls – es ihm gelang, aus diesem Haus zu fliehen. Einstweilen musste er seine Kräfte aufs Überleben konzentrieren.

Instinktiv zog er sich wieder auf die obersten Bretter und legte sich knapp unterhalb der hohen Decke flach hin. In dem Vorratsschrank war es eng und dunkel, aber wenn jemand direkt nach oben schaute, konnte er ihn nicht übersehen.

Adams konzentrierte sich auf seine Atmung und verlangsamte sie bewusst, um seinen Stoffwechsel herunterzufahren, damit er weniger Gefahr lief, eine unnötige Bewegung zu machen, die jemanden, der in die Kammer trat, alarmieren würde. Gleichzeitig zog er das geschwärzte Messer aus dem Futteral an seinem Gürtel und legte die scharfe Klinge flach an seinen Unterarm.

Von draußen hörte er, wie zwei Männer die Waschküche überprüften. Die Wäscherutsche, über die er vorhin hergelangt war, wurde geöffnet. Offensichtlich sahen die Männer hinein. Die Klappe schwang wieder zu, und ehe er sich versah, wurde die Tür des Vorratsschranks aufgerissen und ein stämmiger Security-Mann mit kurz geschorenem Haar, der mit einer kurzläufigen Maschinenpistole bewaffnet war, trat in die winzige Kammer.

Aufs Äußerste angespannt sah Adams zu, wie der Mann die unteren Bretter durchsah, denn er wusste, dass ihm, wenn der Agent nach oben schaute, nichts anderes übrig blieb, als sich auf ihn fallen zu lassen und ihn mit dem Messer zu töten.

Aber der Mann schob nur halbherzig zwei Dosen Bleichmittel zur Seite, murmelte etwas vor sich hin, ging hinaus und schloss die Schranktür hinter sich.

Adams wartete kurz, bis die Männer auch den größeren Wäscheraum verlassen hatten, und atmete dann langsam aus.

Er wollte sich schon auf den Boden zurückgleiten lassen, als Stimmen von oben seine Aufmerksamkeit erweckten.

»Was sollen wir mit den Leichen machen?«, hörte Adams. Er erkannte die Stimme von Eldridge, dem Wachposten, der Lowell vorhin durchsucht hatte.

»Suchen Sie sie zusammen, setzen Sie sie in ihre eigenen Autos und fahren Sie sie nach Pahosa Point hinaus«, antwortete Jacobs. »Ich habe gerade mit GT gesprochen; er wartet dort mit einem Tanklastzug auf Sie. Inszenieren Sie eine Unfallszene und sehen Sie zu, dass alle Autos in Brand gesetzt werden, wenn der Tanklaster explodiert. So wird es aussehen, als wären sie auf dem Weg hierher umgekommen.«

»Sir«, hörte Adams Eldridge einwenden, »diese Leichen sind von Kugeln durchsiebt. Einer der Körper hat allein über dreißig Einschusswunden. Es wird nicht lange wie ein Unfall aussehen.«

»Das muss es auch nicht«, gab Jacobs zurück. »Nur ein paar Tage, in denen wir unsere Ressourcen nutzen, um eine eventuelle Untersuchung zu verlangsamen. Danach kommt es nicht mehr darauf an.«

»Ja, Sir«, kam Eldridges Antwort, doch Adams überlegte nicht einmal, *warum* es in ein paar Tagen nicht mehr darauf ankommen würde, dass soeben eine ganze Truppe Secret-Service-Agenten massakriert worden war. Stattdessen blieb er bei etwas anderem hängen, das Jacobs gerade gesagt hatte.

Die Autos. Sie würden die Wagen bewegen.

Und sofort erkannte Adams, wo sein Weg nach draußen lag.

»Okay, schiebt sie hinein«, befahl Eldridge den Wachen und wies auf die Regierungsfahrzeuge. Die Männer nickten düster und begannen, die Toten in die großen, allradgetriebenen Geländewagen zu laden.

Die Leichen der Secret-Service-Agenten waren bereits zusammengeholt und vor dem Eingang abgelegt worden. Eine breite Spur aus Blut und Eingeweiden führte zum Haus zurück.

Die Agenten waren im Haus herumgegangen, hatten die Wachleute festgenommen und sich dabei auf ihre vom Präsidenten verliehene Autorität verlassen. Sie hatten sie gezwungen, ihre Waffen fallen zu lassen, hatten sie aber weder in Handschellen gelegt noch nach weiteren Waffen untersucht, die sie alle bei sich trugen.

Als Eldridge den Befehl zum Gegenschlag gegeben hatte, hatten die Männer einfach ihre Waffen gezogen und die Agenten erschossen. Die Leute des Secret Service waren ihrer unantastbaren Autorität so sicher gewesen, dass sie vollkommen überrumpelt worden waren, und nur ein Agent hatte überhaupt einen Schuss abfeuern können.

Über dreißig Mitglieder der Elitetruppe zu töten, die den Präsidenten bewachte, hätte die meisten Menschen aus der Fassung gebracht, doch Eldridge blieb, ebenso wie die Wachleute, unbewegt; schließlich wussten sie, dass die höchste Macht auf dieser Welt nicht von einer Regierung ausgeübt wurde.

Eldridge selbst hatte als einer der hundert »Auserwählten« sogar noch mehr Informationen. Er wusste genau, warum der Tod all dieser Männer nicht die geringste Bedeutung hatte.

Sie wären in naher Zukunft ohnehin alle gestorben.

Adams manövrierte sich, so schnell er konnte, durchs Haus, denn er war sich bewusst, dass er jederzeit auffliegen konnte, auch wenn Jacobs' Männer anderweitig beschäftigt waren. Er sah, wie Leichen durch das Haus geschleppt wurden, deren Blut aus den Einschusslöchern, mit denen sie übersät waren, noch über die gefliesten Böden rann, doch es gelang ihm, unentdeckt zu bleiben. Und dann hatte er das Fenster der dunklen Küche erreicht und sah auf den hell erleuchteten Hof hinaus. Die acht Geländewagen waren direkt vor dem Vordereingang im Halbkreis rund um den Wendehammer geparkt, und die Leichen lagen davor aufgereiht.

Wider Willen war Adams beeindruckt; die Agenten des Secret Service waren Jacobs' Männern zahlenmäßig mehr als 2:1 überlegen gewesen, was hieß, dass Letztere jeweils mindestens zwei Männer hatten erschießen müssen, bevor die Agenten reagieren konnten. Und dabei waren die Agenten des Secret Service vielleicht zu selbstbewusst, aber keine Nichtskönner, sondern gut ausgebildete Profis.

Jacobs' Männer hatten Mühe, die schweren, blutüberströmten Leichen unter dem wachsamen Blick eines hochgewachsenen, konzentrierten Mannes, von dem Adams annahm, dass er Eldridge war, in die Wagenreihe zu laden. Er vermutete, dass Jacobs sich noch in seinem Arbeitszimmer befand, wahrscheinlich zusammen mit Jones, und versuchte, Schadensbegrenzung zu betreiben. Vor allem würde er hier ein professionelles Säuberungsteam brauchen. Alle Spuren des Besuchs durch den Secret Service mussten ausgelöscht werden.

Adams machte sich ein Bild von der Anordnung der Fahrzeuge, wobei er sich darüber klar war, dass er sich schnell entscheiden musste. Das Einladen der Leichen ging zwar schleppend voran, würde aber nicht ewig dauern. Von einem Busch aus, der sich gleich vor dem Hauswirtschaftsraum befand, verlief ein langer Schatten bis zu dem Geländewagen auf der äußersten linken Seite. Gut möglich, dass es ihm gelang, ungesehen aus dem Fenster zu schlüpfen und in diesem Schatten zum Wagen zu kriechen.

Gerade wollte er sich in Bewegung setzen, als er sie hinter sich spürte. Er wusste nicht, was ihn zuerst verraten hatte; vielleicht hatten sie seinen Geruch oder seine Atmung wahrgenommen, vielleicht leitete sie auch ihr Raubtierinstinkt. Aber er wusste, dass zwei der Dobermänner gerade in die Küche gelaufen waren.

Die Wachen mussten die Hunde im Haus von der Leine gelassen haben, da sie alle mit der Säuberungsaktion beschäftigt waren. Er fragte sich, wo die beiden anderen Tiere steckten, und hoffte, dass sie noch draußen waren.

Langsam und vorsichtig drehte er sich um, bis er sie sah. Erwartungsvoll starrten sie ihn an und hielten die Schwänze still und die Ohren aufgestellt. Die Tiere waren angespannt und bereit, in Aktion zu treten. Sie hatten nicht einmal warnend die Zähne gebleckt, und Adams wusste, dass diese Hunde ihn nicht erschrecken wollten, sondern darauf abgerichtet waren, zu töten.

Adams hielt seine Stellung und sah die Hunde nicht direkt an, sondern schlug stattdessen leicht und ohne Aggression die Augen nieder. Ohne sich zu rühren, begann er ein leises, fast unhörbares Summen auszustoßen. Der linke der Hunde neigte neugierig den Kopf, und der rechte zog sich einen halben Schritt zurück.

Er deutete das Zeichen und trat seinerseits einen halben Schritt vor, summte heller, richtete den Blick wieder aufwärts und hob leicht die rechte, offene Hand.

Beide Hunde wirkten, als versuchten sie, einer unsichtbaren Macht zu widerstehen, doch dann kapitulierten sie gleichzeitig und machten Platz wie Schoßhündchen. Mit offenen Mäulern und baumelnden Zungen nahmen sie ihren neuen Herrn in Augenschein.

Lächelnd betrachtete Adams seine neuen Freunde und überlegte rasch, wie sie ihm behilflich sein konnten.

11

Abrupt wandte Eldridge den Kopf, als er Hecheln und eiliges Tapsen hörte, und sah verblüfft, dass die beiden Wachhunde, die sie im Haus losgelassen hatten, über die Steintreppe herausgesprungen kamen und in die Dunkelheit zwischen den Bäumen, die die lange Auffahrt säumten, hineinrannten. Den Wachleuten fiel es ebenfalls auf; sie zogen die Köpfe aus den Wagen und sahen zu, wie die beiden Tiere in die Wälder sprinteten.

»Thompson, Greer, Jenkins, Marquez«, befahl Eldridge Sekunden später, »geht ihnen nach und stellt fest, was sie aufgescheucht hat.«

Er beobachtete, wie die Männer ihre Waffen zogen und hinter den Hunden in das Gehölz rannten. Die Dobermänner waren gut ausgebildete Wachhunde und wären bestimmt nicht zum Spaß über das Gelände gerannt. Da draußen musste etwas sein.

»Ellison, Carter«, sagte Eldridge nach kurzem Überlegen. »Ihr auch.«

Die beiden anderen Wachleute jagten den Hunden nach.

Eldridge drehte sich wieder zu den übrigen Männern um, die dastanden und ihren Kameraden nachsahen. »Zurück an die Arbeit!«, befahl er barsch. Sie mussten trotzdem einen Zeitplan einhalten, und der Tanklaster würde in einer Viertelstunde in Pahosa Point eintreffen.

Als die jetzt atemlosen Wachleute zu ihren Fahrzeugen zurückkehrten, lag Adams bereits sicher unter dem Fahrgestell des großen Geländewagens. Er hatte die Ablenkung durch die Hunde genutzt, um aus dem Fenster des Hauswirtschaftsraums zu steigen und dem

Schatten zum Wagen zu folgen. Er hätte versuchen können, den Umstand, dass die Wachen mit dem Verladen der Leichen beschäftigt waren, zu nutzen, um wieder durch die Baumlinie zu flüchten, aber ohne die Sicherheit, die die Höhe ihm geschenkt hatte, machte er sich Sorgen, dass die Sensoren auf dem Gelände auf ihn reagieren könnten. Doch er wollte ohne eine Spur, dass er je hier gewesen war, von dem Anwesen verschwinden, daher hatte er beschlossen, es zusammen mit den Wachen zu verlassen und sich unter einem der Wagen zu verstecken, denn er wusste, dass sie keinen Grund hatten, dort nachzusehen.

»Und?«, hörte er Eldridge rufen.

»Nichts, Sir«, antwortete einer der Männer. »Sie sind einfach bloß durchgedreht und kläffen den Mond an. Außer uns und den Hunden ist da draußen nichts.«

Ein kurzes Schweigen trat ein, und Adams konnte sich vorstellen, dass Eldridge nachdachte. »Vielleicht haben sie bloß die Schüsse erschreckt«, meinte er schließlich. »Passiert schon mal, sogar bei ausgebildeten Tieren. Okay, brechen wir auf.«

»Ja, Sir«, hörte Adams die Männer antworten und sah zu, wie ihre Stiefel auf die anderen Geländewagen zumarschierten und einstiegen.

Bald starteten die Motoren, und dann setzten sich die Regierungsfahrzeuge in Bewegung, knirschten über den Kies und hielten auf die Auffahrt zu.

In Richtung Freiheit.

»Die Autos kommen wieder über die Zufahrt heraus«, hörten Lynn und die beiden Najana-Brüder Benjamin über Funk sagen.

»Kannst du sehen, wer drinsitzt?«, fragte Thomas sofort.

»Negativ«, erklärte sein jüngerer Bruder. »Die Scheinwerfer sind eingeschaltet und die Seitenscheiben geschwärzt.«

Eine kurze Pause trat ein, dann setzte Benjamin seine Beschreibung fort. »Sie sind jetzt am Haupttor und biegen ... Sie fahren nach rechts, wollen sicher nach Pahosa Point.« Wieder herrschte einige Sekunden Schweigen. »Sie sind vorbeigefahren, zur Hauptstraße, alle acht Wagen. Konnte immer noch nicht sehen, wer drinsitzt. Ich ...«

Die Verbindung brach ab, und Thomas' Hand krampfte sich um das Funkgerät. »Ben?«, flüsterte Thomas eindringlich in das stumme Gerät. »Ben?«, fragte er noch einmal hilflos, dann legte er das Funkgerät weg und sah Lynn und Jacob an.

Lynn legte jedem der Brüder eine Hand auf den Arm. »Ich bleibe hier«, sagte sie. »Sie gehen nachsehen.«

»Du alter Halunke!«, lachte Benjamin und boxte Adams gegen den Arm.

Sobald der Geländewagen auf der Hauptstraße war, hatte sich Adams vom Fahrgestell fallen lassen und sich ungesehen auf den Rasenstreifen gegenüber dem Anwesen abgerollt. Dann war er im Dunkeln zu Benjamins Beobachtungsposten gegangen, hatte sich von hinten an ihn angeschlichen und ihm den Mund zugehalten.

Benjamin hatte sich augenblicklich angespannt, das Funkgerät losgelassen, sich schlagbereit umgedreht und dann Adams gesehen, der dastand und ihm zulächelte. Benjamin war selbst ein hochgeachteter Fährtenleser und Führer und hielt sich für unübertroffen, was Operationen im Feld anging. Aber Adams spielte wirklich in einer anderen Liga.

»Ich sollte lieber meine Brüder anrufen, bevor sie mit gezogener Waffe angerannt kommen!«, meinte er nur halb im Scherz.

Adams nickte. Er freute sich darauf, sich auf dem dick gepolsterten Sitz von Thomas Najanas Wagen zu entspannen.

Aber noch mehr freute er sich darauf, Lynn wiederzusehen.

12

Erst als sie alle wieder sicher in dem gemieteten Lagerhaus in Tucson angekommen waren, lieferte Adams einen vollständigen Bericht über die Ereignisse.

Im Basislager hatte Lynn ihn mit Tränen in den Augen umarmt, und Adams hatte sie umschlungen gehalten, bis die Schlammschicht, mit der er immer noch bedeckt war, durch ihrer beider Körperwärme zu schmelzen begann. Als sie sich voneinander lösten, hatten sie sich geküsst, und bald packte die ganze Gruppe zusammen und ging zum Wagen.

Sie wechselten noch einmal das Auto, dieses Mal in Dale City, und dann holte Ayita sie auf dem privaten Flugfeld eines Freundes in der Nähe von Manassas mit dem Hubschrauber ab. Den größten Teil der Zeit hatte die Gruppe verschlafen, sodass sie bei ihrer Ankunft in Tucson noch kaum über Adams' Abenteuer gesprochen hatten. Aber jetzt, nachdem alle ausgeruht waren, berichtete er detailliert und Schritt für Schritt über alles, was passiert war.

»Dann hatten wir also recht damit, dass Jacobs die Bilderberg-Gruppe als Rekrutierungszentrum benutzt«, meinte Stephenfield.

»Sieht jedenfalls so aus«, pflichtete Adams ihm bei. »Aber wir wissen immer noch nicht, wofür genau.«

»Nach dem, was du uns erzählt hast, können wir wohl eine Vermutung riskieren«, gab Stephenfield zurück.

Lynn nickte. Die Wissenschaftlerin in ihr verarbeitete die Informationen rasch. »Es sieht so aus«, begann sie, »als hätte es in den 1940ern eine Art Kontakt zu Außerirdischen gegeben, der es erlaubte, in Verbindung mit ihnen zu treten. Außerdem ist klar, dass Jacobs und mindestens einige Elemente der Bilderberg-Gruppe dabei sind, eine Maschine zu bauen, durch die diese Wesen auf die

Erde kommen können, mutmaßlich in großer Zahl. Die Erwähnung von Völkermord ist, vorsichtig gesagt, beunruhigend; und wahrscheinlich ist man zu einer Übereinkunft gelangt, nach der Jacobs und seine Konsorten im Austausch für ihre Hilfe verschont werden. Und vielleicht rekrutiert Jacobs Leute dafür – für die, die überleben dürfen. Das könnte erklären, warum manche das moralisch abstoßend fanden und nichts damit zu tun haben wollten, und warum dieselben Personen kurz darauf einen mysteriösen Tod starben, bevor sie jemandem davon erzählen konnten.«

Ayita nickte. »Auf eine vollkommen verrückte Art ist das logisch«, meinte er zustimmend.

»Was mir Sorgen bereitet, ist der Zeitplan«, erklärte Stephenfield. »Du sagst, Lowell hätte erwähnt, dass Jacobs' ›kleines Geheimprojekt in Europa‹ nächste Woche funktionstüchtig ist, was vermutlich irgendwie damit zu tun hat, wie diese unbekannte Gruppe auf die Erde kommen will. Berücksichtigen müssen wir auch, dass der Direktor des Secret Service und einunddreißig weitere Agenten von Jacobs' Männern abgeschlachtet wurden und ihn das völlig unberührt gelassen hat.«

»Der Zusammenstoß mit dem Tanklaster wurde als Unfall gemeldet, und der Feuerball, der das Ergebnis war, wird wahrscheinlich nicht mehr viel an Beweisen übrig gelassen haben«, warf Ayita ein, der die Ereignisse von Tucson aus verfolgt hatte.

»Es wird zweifellos Spuren geben; nur wird es einige Zeit in Anspruch nehmen, sie ans Licht zu bringen. Und Jacobs' Verhalten deutet darauf hin, dass er glaubt, bis dahin sei eine solche Untersuchung gegenstandslos. Was, weitergedacht, bedeutet, dass die gesamte Macht des Präsidenten und der Regierung der Vereinigten Staaten ihm in ungefähr einer Woche keine Sorgen mehr bereiten wird.«

Ayita nickte und dachte darüber nach. »Ja, es sieht allerdings so aus, als laufe uns die Zeit davon«, pflichtete er ihm bei. »Anscheinend geht es nächste Woche ums Ganze.«

»Aber was ich immer noch nicht verstehe«, warf Adams ein,

»Was hat der Leichnam, den Lynns Team gefunden hat, mit der Sache zu tun? Ich meine, offenbar kam der Kontakt zu den Außerirdischen erst 1947 zustande, und der Körper, den sie gefunden hat – für den Jacobs und die Bilderberg-Gruppe zu töten bereit sind und der möglicherweise selbst außerirdischen Ursprungs ist –, ist vierzig*tausend* Jahre alt. Also, wo ist die Verbindung?«

Tief in Gedanken versunken sah Lynn vor sich hin. »Ich weiß es einfach nicht«, gestand sie. »Es ergibt immer noch keinen Sinn.«

»Dann habe ich vielleicht eine gute Nachricht für euch«, sagte Ayita und lächelte zum ersten Mal, seit Adams mit seinem Bericht begonnen hatte. »DNA Analytics hat eure Ergebnisse, und ihr könnt sie euch heute Nachmittag abholen.« Er beobachtete, wie Adams und Lynn vor Aufregung und Vorfreude große Augen bekamen. »Ihr sollt nach drei Uhr kommen.«

Als Adams und Lynn durch die elektronischen Doppeltüren eintraten, herrschte bei DNA Analytics das gewohnte rege Treiben.

Obwohl man sie beide für tot hielt, hatten sie dunkle Brillen aufgesetzt, sich das Haar gefärbt und trugen weite Kleidung, um ihre Körperformen zu verwischen. Sie waren so weit gekommen, da lohnte es sich nicht, Risiken einzugehen.

Adams ließ sich zurückfallen, um die Umgebung im Auge zu behalten, während Lynn zur Rezeptionstheke ging.

Die blonde Empfangssekretärin mit dem Namensschild »Angela« schenkte ihr ein herzliches, wenn auch nicht ganz echtes Lächeln.

»Guten Tag. Willkommen bei DNA Analytics in Phoenix. Was können wir heute für Sie tun?«

»Ich bin gekommen, um Testergebnisse abzuholen«, erklärte Lynn. »Auf den Namen Gower, Lucy Gower.«

Angela wandte sich ihrem Computer zu. Ihre langen, künstlichen Nägel klickten über die Tastatur. »Ah ja, da haben wir Sie ja«, sagte sie. »Dr. Connor wird die Ergebnisse mit Ihnen besprechen. Sie finden ihn in Zimmer 16, erster Stock«, fuhr sie fort und wies auf einen langen Gang östlich der Hauptrezeption. »Da entlang und nach links abbiegen; da sind die Aufzüge. Wenn Sie aussteigen, nach rechts, und dann ist es das zweite Zimmer links. Okay?«

Lynn fragte sich, wie groß dieser Komplex sein mochte, und wie viele Menschen sich hier wohl verliefen. »Danke«, sagte sie einfach, drehte sich um und bedeutete Adams mit einem Nicken, ihr zu folgen.

Fünf Minuten später standen sie vor Dr. Connors Büro.

Im ersten Stock sah es vollkommen anders aus als im Erdgeschoss. Während dort ein hektisches Getümmel herrschte, wirkte die erste Etage beinahe verlassen.

Dieser Umschwung weckte sofort Adams' Überlebensinstinkt, und er fragte sich, warum sie in einen so ganz anderen Bereich geschickt wurden, um ihre Ergebnisse abzuholen. Wenn der Termin beim Doktor eine normale Sache war, sollte es dann in diesem Gang nicht auch vor Menschen wimmeln?

Er tastete nach der halbautomatischen Glock-17-Pistole, die er in den Hosenbund geklemmt hatte, und spürte ihr beruhigendes Gewicht. Dann schaute er rechts und links den Gang hinunter und erblickte zwei tief in ein Gespräch versunkene Männer, die am Ende um die Ecke bogen. Er sah drei Überwachungskameras, aber keine davon schien an ihm oder Lynn interessiert zu sein.

Er hörte das *Bing* des Aufzugs, der weitere Besucher in den ersten Stock brachte. Adams ließ die Hand auf dem Griff der Pistole liegen, während er darauf wartete, dass sich die Türen öffneten.

Sie glitten auseinander, und ein anderes Paar trat in den Gang. Adams sah zu, wie sie nach links gingen, das Namensschild an einer Tür lasen, die weiter den Gang entlang lag, und dann klopften. Ein elegant gekleideter junger Arzt öffnete und bat sie herein.

»Fertig?«, fragte Lynn stirnrunzelnd. »Ich glaube, alles ist sauber.«

Adams lächelte verlegen. »Ich bin fertig«, sagte er und streckte die Hand aus, um an die Tür zu pochen.

Sekunden später öffnete sie sich, und ein älterer, aber ebenfalls eleganter Arzt stand freundlich lächelnd da. Sie müssen Ms. Gower sein«, sagte er und streckte die Hand aus.

Lynn schüttelte sie. »Es ist mir ein Vergnügen, Dr. Connor«, gab sie zurück. »Das ist ein Freund von mir, James Davies.«

»Mr. Davies«, sagte der Arzt und schüttelte Adams' Hand. »Kommen Sie bitte herein.«

Er führte sie in ein kleines, aber vornehm eingerichtetes Büro, das mit teuren Möbeln ausgestattet und klinisch sauber war, und bot ihnen die zwei Ledersessel an, die vor seinem gläsernen Designer-Schreibtisch standen. Dann nahm er ebenfalls Platz und sah auf die Papiere hinunter, die vor ihm lagen.

Plötzlich blickte er auf und sah sie durch seine halbmondförmigen Brillengläser an. »Es tut mir leid, ich habe Ihnen gar nichts zu trinken angeboten«, erklärte er entschuldigend. »Möchten Sie etwas? Tee, Kaffee?«

»Nein, danke«, lehnte Lynn für sie beide ab. »Wir sind sehr neugierig auf die Testergebnisse.«

Connor lächelte ihnen zu. »Selbstverständlich.« Er tippte auf die Papiere auf seinem Schreibtisch. »Die Ergebnisse. Sehr interessant. *Äußerst* interessant.«

»Ms. Gower, Mr. Davies«, begann Connor und sah wieder durch seine Brille, »ich bin hier in Phoenix der leitende Gutachter. Nach der ersten Untersuchung wurden Ihre Proben zur Bewertung an mich weitergegeben. Dürfte ich Sie fragen, woher sie stammen?«

»Ich fürchte, das können wir nicht beantworten, Dr. Connor.«

Er nickte und sah wieder auf die Testergebnisse hinunter. »Okay«, begann er. »Fangen wir an.«

13

Tony Kern verließ das Büro des Präsidenten und wählte sofort Jacobs' Nummer.

Als Jacobs nach dem ersten Klingelton abnahm, kam Kern sofort zum Thema. »Er dreht durch«, erklärte er. »Buchstäblich. Der Tanklaster? Er glaubt kein Wort davon und hat bereits eine vollständige Untersuchung angeordnet. Sie soll Vorrang vor allem anderen haben.«

»Aber hat er denn vorher etwas von Lowells Besuch gewusst? War er im Bilde darüber, dass Lowell zu mir unterwegs war?«

Kern, der unterwegs zum Lagezentrum im Westflügel des Weißen Hauses war, schüttelte den Kopf, obwohl er wusste, dass Jacobs ihn nicht sehen konnte. »Er hatte keine Ahnung, und deswegen ist er erst recht angefressen. Ich meine, der Direktor des Secret Service und ein ganzes Aufgebot an Agenten, und alle unterwegs zu einer inoffiziellen Operation? Er will alle Hebel in Bewegung setzen, um genau herauszufinden, was los war.«

»Dann weiß er im Moment also gar nichts«, sagte Jacobs. »Hat beim Secret Service sonst noch jemand eine Ahnung?«

»Nein«, antwortete Kern. »Die Männer, die er bei sich hatte, waren dem Direktor gegenüber loyal und ihm persönlich bekannt. Einige hatten nicht einmal Dienst. Damit sieht es nach einer Privatangelegenheit aus, was den Präsidenten beunruhigt.«

»Und meine Beteiligung an der Sache?«, wollte Jacobs wissen.

»Nun ja, der Unfall ist offensichtlich in der Nähe Ihres Hauses passiert, daher nimmt man an, dass sie auf dem Weg zu Ihnen waren, aber einen richtigen Beweis gibt es dafür nicht. Aber ich würde davon ausgehen, dass jede Minute ein ganzer Haufen Ermittler vor Ihrer Tür steht. Ist Eldridge da?«

»Er kümmert sich momentan anderweitig um eine kleine Sache«, antwortete Jacobs.

»Das ist wahrscheinlich gut so, er hat hier keinen guten Ruf. Ist das Haus gesäubert?«

»Das ganze Anwesen«, bestätigte Jacobs. »Ich habe ein Team aus Nevada einfliegen lassen; die Leute sind daran gewöhnt, gründlich sauber zu machen. Alles ist makellos, als wären sie nie hier gewesen.«

»Gut«, meinte Kern und lächelte zwei Beratern zu, an denen er in dem schmalen Gang im Kellergeschoss vorbeiging. Er drückte das Handy jetzt fester ans Ohr und flüsterte. »Ich weiß, dass wir nahe daran sind, aber wir können es uns trotzdem nicht erlauben, Risiken einzugehen. Haben wir schon ein Datum?«

»Noch nicht. Philippe meint, dass es Mitte der Woche startbereit ist.«

»Okay«, sagte Kern, der vor der geschlossenen Tür des Lagezentrums wartete, immer noch im Flüsterton. »Ich werde versuchen, alles so sehr zu verlangsamen, wie ich es von hier aus kann. Eine weitere Woche dürfte kein Problem sein.«

»Sorgen Sie dafür, dass es keins wird«, gab Jacobs zurück.

»Lassen Sie uns mit dem Stück Stoff anfangen, bei dem Sie uns gebeten haben, es an unser anderes Labor in Pasadena weiterzuleiten«, begann Dr. Connor. »Obwohl wir die genaue Art des Materials nicht festlegen konnten, sind wir zu der Meinung gelangt, dass es sich um ein Seidenderivat handelt und, was das Verhältnis von Beanspruchbarkeit zu Gewicht angeht, große Ähnlichkeit mit Spinnenseide zeigt. Es weist bemerkenswerte wärmeisolierende Eigenschaften auf, obwohl das Stück zu klein ist, um es so gründlich zu testen, wie es meinen Kollegen lieb gewesen wäre.«

»Hatten sie so etwas schon einmal gesehen?«, fragte Adams.

»Nein«, antwortete Connor sofort. »Noch nie. Sie vermuteten, es könne mit einer fortgeschrittenen Militärtechnologie zu tun haben – wir wissen, dass man dort versucht, synthetische Materialien zu erzeugen, die beispielsweise Eigenschaften von Spinnennetzen nachahmen –, aber dann haben sie weitere Tests durchgeführt und mussten sich ganz neu Gedanken machen.«

»Radiokarbon-Datierung?«, fragte Lynn.

Connor nickte. »Genau.«

»Und?«, hakte Adams nach.

Connor räusperte sich. »Der Konsens – nach *drei* verschiedenen Tests – ist ein Datum von 40 500 Jahren vor unserer Zeit. In anderen Worten, das Stoffstück, das Sie uns überlassen haben, ist über zweiundvierzigtausend Jahre alt.«

Lynn und Adams wechselten einen Blick. Dann war Devanes spontan anhand der Eisschichten getroffene Altersschätzung ziemlich exakt gewesen, und sie konnten Adams' Theorie, dass die wahrscheinlichste Erklärung eine falsche Datierung sei, abhaken. Der Leichnam und die Artefakte, die der Wissenschaftler zusammen mit ihm gefunden hatte, stammten tatsächlich aus der Urzeit.

»Und die DNS-Untersuchung?«, erkundigte Lynn sich nervös.

»Nun«, begann Connor, den die Ergebnisse der Radiokarbon-Analyse offensichtlich verwirrt hatten, »wir haben unsere üblichen diagnostischen Untersuchungen durchgeführt, darunter Minisatelliten, insbesondere Mikrosatelliten, und haben dann sowohl Polymerase-Kettenreaktion-Analyse und AFLP-Analyse eingesetzt.«

Lynn nickte, während Adams nur ausdruckslos vor sich hinsah. Ihm kam es nicht so sehr auf die Methoden an wie auf das Ergebnis.

»Das Objekt war männlich, ungefähr vierzig Jahre alt, mit blondem Haar und blauen Augen. Kein Anzeichen von internen Pathologien, scheint kräftig und gesund gewesen zu sein.«

Lynn starrte Connor durchdringend an. »Kommen wir zur Sache, Doktor«, sagte sie. »War das Objekt menschlich?«

Die angespannte, nervöse Stimmung, in der Lynn und Adams auf der Vorderkante ihrer Sessel saßen und darauf warteten, dass Connor ihnen antwortete, wurde plötzlich durch den Knall unterbrochen, mit dem die Tür hinter ihnen aufflog.

»Beantworten Sie die Frage nicht, Doktor!«

Sie fuhren im Sitzen herum und sahen einen hochgewachsenen, finster dreinblickenden Mann in der Tür stehen. Flankiert wurde er rechts und links von je drei Bewaffneten, die sich rasch im Büro verteilten. Adams erkannte sofort Eldridge, den Sicherheitschef aus Jacobs' Haus in Washington. In der Hand hielt er eine Pistole mit Schalldämpfer, mit der er direkt auf Connors Kopf zielte.

Adams und Lynn hatten keine Zeit zu reagieren. Schon richteten sich drei schallgedämpfte Maschinenpistolen auf sie.

»Sie!«, schrie Lynn auf, als sie Eldridge ansah und in ihm Major Daley aus der Antarktis wiedererkannte. »Sie Bastard, ich werde ...«

Bevor sie den Satz beendet hatte, erklang ein leises Bellen, und mit einem Mal explodierte Connors Hinterkopf und verteilte sich über die Rückwand des Büros, obwohl die schallgedämpfte Kugel nur eine kleine Eintrittswunde in der Stirn des Mannes hinterließ. Sekundenlang hielt sich der Körper des Arztes noch aufrecht, als hänge er an Fäden wie eine Marionette, und dann kippte er von der Taille aus nach vorn. Sein blutüberströmter Kopf knallte auf die gläserne Tischplatte.

Lynn riss schockiert und ungläubig die Augen auf, doch Adams kam zur Besinnung. Er nutzte den Knall, mit dem der Kopf des Arztes auf den Tisch krachte, als Ablenkung, warf sich nach vorn, um Abstand zu schaffen, und griff nach seiner versteckten Handwaffe. Doch Eldridges Männer waren zu wachsam, und der, der ihm am nächsten stand, schlug Adams schnell mit dem Kolben seiner Waffe in den Nacken.

Er sah buchstäblich Sterne, und sein Kopf drehte sich nach dem harten Schlag vor Schmerz, während er auf dem Teppichboden zusammensank und mehr spürte als sah, wie ein anderer Mann die Hand ausstreckte und ihm die Waffe aus dem Hosenbund zog. Stöhnend versuchte er, bei Bewusstsein zu bleiben.

Lynn reagierte jetzt auch. Sie kam von ihrem Stuhl hoch, um Adams zu helfen; doch einer der Männer stieß sie zurück, indem er ihr schallend ins Gesicht schlug.

Sofort kehrte Adams in die Realität zurück und schoss vom Boden hoch, um Lynn zu verteidigen. Aber er wurde nur wieder hinuntergezwungen und mit dem Gesicht in den Teppich gedrückt, während seine Hände brutal hochgerissen und hinter dem Rücken mit Kabelbindern gefesselt wurden.

Er drehte den Kopf zur Seite, wobei seine Wange über den Teppich kratzte, und sah, dass Lynn ebenfalls an den Händen gefesselt und von ihrem Stuhl hochgerissen wurde.

Adams und Lynn wurden auf die Füße gestellt und gegen den Schreibtisch gestoßen, und die Männer hielten ihnen ihre Pistolenläufe vor die Nase.

»Dr. Edwards«, sagte Eldridge liebenswürdig. »Immer noch am Leben.« Er applaudierte spöttisch. »Kompliment! Sie sind eine ganz außerordentliche Frau.«

»Fahren Sie doch zum Teufel, Sie mordlustiger Bastard!«, schrie sie zurück, was Eldridge mit einem grausamen Lächeln quittierte.

Als Nächstes wandte Eldridge sich Adams zu. »Und Sie müssen Matthew ›Free Bear‹ Adams sein. Auch ein ganz außerordentlicher Mann, dass Sie uns so auf Trab gehalten haben.« Unvermittelt trat er zwei Schritte auf Adams zu und schlug ihm mit der Pistole brutal ins Gesicht.

Adams' Beine gaben nach, und er sackte zu Boden. Eldridge sah mit ausdrucksloser Miene auf ihn hinab. »Das ist für meine Männer.« Er warf Lynn einen Blick zu. »Ich bin nicht der einzige mordlustige Bastard in diesem Raum, Dr. Edwards. Das sollten Sie nicht vergessen.«

»Das war Notwehr!«, rief Lynn empört aus.

Eldridge schnaubte nur verächtlich. Adams rappelte sich wieder auf die Füße. Schon jetzt bildete sich auf seiner olivfarbenen Haut eine in allen Farben schillernde Prellung.

»Ihr Fehler war, die Stoffprobe einzureichen«, erklärte Eldridge. »Wenn Sie bei der DNS geblieben wären, hätten wir womöglich nichts bemerkt. Aber als wir E-Mails und Anrufe über ein vierzigtausend Jahre altes Stück Stoff abfingen und feststellten, dass sich ein DNS-Labor dafür interessierte und damit zu tun hatte, haben unsere kleinen Alarmglocken geläutet. Es wird Sie freuen zu hören, dass wir uns um Dr. Connors Kollegen bereits gekümmert haben«, fuhr Eldridge fort. »Sehen Sie, was Sie mit Ihren kleinen Spielchen erreicht haben? Inzwischen sind sechs weitere Menschen tot; vielleicht mehr, falls unsere Nachforschungen ergeben, dass Sie noch jemand anderem davon erzählt haben.«

»Sie Hurensohn«, flüsterte Lynn Eldridge voll tiefem, ungebremstem Hass zu, aber sie war so vernünftig, dass sie nicht versuchte, die sieben bewaffneten Männer anzugreifen, die vor ihr aufgereiht standen. »Warum bringen Sie uns nicht einfach um, damit wir es hinter uns haben?«, fragte sie verbittert.

»Ach, ich möchte den Spaß nicht verderben«, sagte Eldridge, und ein echtes Lächeln breitete sich über sein Gesicht aus. »Wir haben noch einige sehr nette Erlebnisse für Sie auf Lager.«

Er gab seinen Männern ein Zeichen, und Lynn sah, wie sich einer von ihnen auf sie selbst und ein anderer auf Adams zubewegte. Lynn öffnete den Mund, um zu protestieren, und sah dann, dass sie Elektroschocker in den Händen hielten. Sie fuhr zurück und versuchte ihnen auszuweichen, aber es war zu spät.

Sie spürte, wie der Stromschlag abrupt und heftig in ihren Körper fuhr, und dann wurde es schwarz um sie.

14

Adams wachte aus tiefem Schlaf auf. Ein scharfer Schmerz, der sich wie ein Messer in sein Hirn zu bohren schien, schoss ihm durch den Kopf.

Ein paar Sekunden lang konnte er sich an nichts erinnern, doch dann fiel ihm langsam alles wieder ein. Die beiden Pistolenhiebe erklärten wenigstens seine Kopfschmerzen.

Aber wo befand er sich jetzt? Und wo war Lynn?

Ganz gleich, wo er war, es war fast dunkel. Vielleicht ein geschlossener Raum, irgendwo im Inneren eines Gebäudes, wo kein Licht einfallen konnte. Aber selbst dazu war es zu dunkel, und ihm wurde klar, dass er eine dicke Augenbinde trug. Und dann erkannte er, dass er auch gefesselt war. Kopf, Rumpf, Hände und Füße waren an einem starren, hochlehnigen Stuhl gesichert.

Er öffnete den Mund zum Sprechen, um herauszufinden, ob Lynn sich zusammen mit ihm an diesem unbekannten Ort befand; doch man hatte ihn geknebelt, und sein Mund bewegte sich nutzlos um ein schweres, verknotetes Tuch, sodass er nichts weiter als ein einfaches, leises Ächzen hervorbringen konnte.

Doch dann vernahm er ein ähnliches Stöhnen aus nächster Nähe – vielleicht zwei Meter entfernt, oder ein wenig weiter –, und er wusste, dass Lynn in seiner Nähe war. Sie war noch am Leben.

Er versuchte, sich zu bewegen, um an sie heranzukommen, aber der Stuhl schien im Boden verankert zu sein; und das Material, mit dem er gefesselt war, saß zu fest, um es zu sprengen. Vielleicht konnte er später versuchen, die Fesseln zu lockern, den Knebel im Mund zu bewegen und auszuspucken oder die Augenbinde wegzuschieben. Einstweilen entspannte er sich und setzte seine anderen Sinne ein, um sich eine Ahnung davon zu verschaffen, wo sie sich befanden. Sobald er sich weniger Gedanken über seine Einschränkungen machte, nahm er sofort ein leises, pochendes Brummen wahr, das unter ihm zu entspringen schien, vielleicht auch an den Seiten. Nein, es schien ihn in alle Richtungen zu umgeben, als werde es über den Raum, in dem sie sich befanden, übertragen. Und dann spürte er ein leises Vibrieren im ganzen Körper; ein Zeichen dafür, dass sie sich bewegten.

Blitzschnell wurde Adams klar, dass sie sich in einem Flugzeug befanden; in einer Druckkabine. Wohin zum Teufel konnten diese Leute sie bringen? Und warum?

Die Antwort auf das »Warum« lautete wahrscheinlich, dass man sie verhören wollte, um herauszufinden, was genau während der letzten Tage passiert war und wem sie noch davon erzählt hatten. Adams dachte an Baranelli, und ihm wurde unwohl, als er erkannte, dass sie ihn in Gefahr gebracht hatten.

Trotz seiner Zähigkeit, seiner Ausbildung und seines Kriegergeists machte Adams sich keine Illusionen, dem Verhör widerstehen zu können. Das Problem war nicht, dass er sich vor der Folter fürchtete, denn an körperlichen Schmerz war er gewöhnt; er hatte Angst davor, was er tun würde, wenn man ihn zuzusehen zwang, wie *Lynn* gefoltert wurde. Und falls die Leute, die ihn verhörten, statt brutalerer Methoden die modernsten Drogen einsetzen, war jeder Gedanke an Widerstand ohnehin sinnlos, denn diese neuen synthetischen Wahrheitsdrogen funktionierten so gut wie garantiert.

Aber das »Wohin« gab ihm noch Rätsel auf. Durch Stephenfields Recherchen wusste er, dass sowohl Jacobs neben seinem Hauptwohnsitz in Mason Neck noch Wohnungen in New York und San Francisco besaß, und Adams fragte sich, ob sie dorthin unterwegs waren. Das inoffizielle Hauptquartier der Bilderberg-Gruppe befand sich an der Universität Leiden in den Niederlanden, von wo aus die jährlichen Treffen organisiert wurden, und Adams wusste, dass Jacobs sich ziemlich oft dort aufhielt und auch eine Wohnung in der Stadt unterhielt.

Doch als er die verschiedenen Orte durchging, hatte er das Gefühl, dass keiner davon passte. Er wusste nicht warum, aber er konnte sich einfach nicht vorstellen, warum man sie an einen davon bringen sollte.

Aber es gab noch etwas anderes, zu dem Jacobs und die Bilderberg-Gruppe in einer eindeutigen Verbindung standen; einen Ort, wo das technologische Know-how existierte, um sie zum Reden zu bringen, und wo ihr Verschwinden nie gemeldet werden würde.

Adams' Bauchgefühl sagte ihm, dass sie unterwegs nach Area 51 waren.

15

Eine Ewigkeit später spürte Adams ein komisches Gefühl in Magen und Bauch, als die Maschine an Höhe verlor, und er wusste, dass sie endlich landen würden.

Inzwischen wollte er nur noch alles hinter sich bringen. Er war es leid, im Flugzeug eingesperrt zu sein, wo er sich weder bewegen, etwas sehen oder sprechen konnte; er wollte nur noch ankommen, um festzustellen, ob sie eine Fluchtchance hatten. Mit der einzigen Information, dass sie sich in einem Flugzeug befanden, waren seine Optionen bisher beschränkt gewesen. Er wusste, dass sich ihre Chancen mit der Landung nur verbessern konnten.

Er fühlte, wie sie rasch sanken, und dann hörte er aus weiter Ferne ein schwaches elektronisches Schleifen und erkannte, dass das Fahrwerk für die Landung ausgefahren wurde.

Wieder drei Minuten später rollte die Maschine aus und kam vollständig zum Halten.

Nur Sekunden nachdem das Flugzeug gebremst hatte und zum Stehen gekommen war, hörte er, wie sich Türen öffneten, und gleichzeitig drangen die schweren Schritte von mehreren Paar Stiefeln zu ihm. Adams hörte die Männer atmen und schätzte, dass ein halbes Dutzend von ihnen die Maschine betreten hatte.

Es wurden keine Befehle gegeben, kein Wort fiel, aber die Unbekannten, die soeben an Bord gekommen waren, machten sich gleich an die Arbeit. Adams spürte sie um sich herum, hörte, wie sie verschiedene Arretierungen öffneten, und fühlte, wie sein Stuhl sich aus seinen Halterungen löste. Ihm wurde klar, dass er in einem Rollstuhl saß, der am Boden der Maschine fixiert gewesen war.

Er wurde nach hinten gekippt, bis er sich fast in der Waagerechten befand, aber immer noch sicher an seinen Stuhl gefesselt war, und dann durch die Maschine geschoben. Der Rollstuhl stieß auf ein Hindernis, über das er mit Gewalt gestoßen wurde, und dann wurde er langsam nach unten befördert.

Aus der Länge des Rumpfs bis zum Ausgang und dem Umstand, dass er über eine Rampe am hinteren Ende der Maschine geschoben wurde, erfasste Adams rasch, dass Lynn und er in einer C-130-Herkules-Transportmaschine hergeflogen worden waren. Ein Flugzeug, das hauptsächlich vom Militär eingesetzt wurde und Adams' Vermutung über ihr Ziel unterstützte.

Noch immer hatten die Leute, die das Flugzeug betreten hatten, kein Wort miteinander gewechselt, doch Adams erkannte ein leises Stöhnen von Lynn und hörte, dass auch ihr Rollstuhl bewegt und hinter seinem die Rampe hinuntergeschoben wurde.

Aus dem Körpergeruch, dem Gang und dem Atemmuster schloss Adams, dass sein Rollstuhl von einem Mann gesteuert wurde, obwohl er nicht wusste, ob das bei Lynn genauso war. Die Leute, die sie schoben, schienen einen langen, gewundenen und umständlichen Weg zu beschreiben, und Adams konnte nur vermuten, dass das genau wie die Knebel und Augenbinden zu ihrer Desorientierung dienen sollte, damit sie in Panik gerieten und ihre Entschlossenheit geschwächt wurde. Trotzdem versuchte er sich den Weg einzuprägen – falls ihnen die Flucht gelang, konnte er versuchen, ihn zurückzuverfolgen, um den Rückweg zu finden. Was ihm das nützen würde, wusste er noch nicht. Doch die notwendige Konzentration war ein gutes Mittel, um die Desorientierung und das Gefühl von Ohnmacht zu verhindern, die ihn ansonsten vielleicht erfasst hätten.

Zuerst wurden sie über einen geraden, glatten Asphaltstreifen geschoben, von dem Adams annahm, dass er die Landebahn darstellte. Er hörte auch andere Geräusche; zwei weitere Flugzeuge, die in verschiedene Richtungen rollten und von denen eines ein seltsames, beinahe elektronisches staubsaugerähnliches Motorengeräusch erzeugte, wie er es noch nie gehört hatte; ein kleines, allradgetriebenes Geländefahrzeug, wahrscheinlich eine Art Militärjeep, in einiger Entfernung; und dann einen anderen Truck, der nur ein, zwei Meter weiter vorbeifuhr und dessen Dieselmotor ein tiefes Grollen ausstieß, der alle anderen Geräusche überdeckte, als er vorbeidonnerte.

Dann befanden sie sich plötzlich in einem Gebäude, und Adams strengte sich an, um überhaupt etwas anderes zu hören als das dumpfe, monotone Rollen der Räder an ihren Stühlen und das scharfe Klacken der Stiefel ihrer Begleiter, das von einem Untergrund, den er für Beton hielt, zurückgeworfen wurde. Es ging einen langen, leeren Gang entlang.

Und dann bogen sie nach rechts ab, und augenblicklich überfiel sie ein lautes Lärmbombardement wie von einem Industriekomplex mitten in der Produktion – Elektrosägen, die sich durch Bleche arbeiteten, Gasschweißbrenner, mit denen geschweißt wurde, das Knirschen schwerer Maschinen und Stimmen, die alle in expertenhaftem, wissenschaftlichem Ton sprachen.

Sie bogen noch viermal ab, blieben dann abrupt stehen, warteten zwanzig Sekunden und bewegten sich erneut vorwärts, aber nur zwei Meter weit. Adams hörte, wie sich Türen hinter ihnen schlossen, und spürte, dass sie sich auf sehr engem Raum befanden, einem Fahrstuhl, wie er vermutete. Dieser Eindruck bestätigte sich nur Sekunden später, als er erneut das sinkende Gefühl in seinem Magen und Bauch bemerkte, aber viel intensiver als im Flugzeug. Der Aufzug war schrecklich schnell, und Adams fürchtete schon, er werde sich übergeben und durch den Knebel an seinem eigenen Erbrochenen ersticken.

Aber er behielt seinen Mageninhalt bei sich und staunte, wie lange die schnelle Fahrt nach unten dauerte – fünf Sekunden, zehn, fünfzehn, zwanzig. Er konnte sich nur fragen, wie tief im Bauch der Erde sie sich inzwischen befanden. Er wusste, dass es fünfundvierzig Sekunden dauerte, um vom Foyer des Empire State Building in den achtzigsten Stock zu gelangen, und es verschlug ihm fast den Atem, als ihm klar wurde, wie ausgedehnt die geheimen Anlagen auf diesem Stützpunkt waren.

Ehe er weiter darüber nachdenken konnte, wurden sie wieder

hinausgeschoben, einen weiteren langen, leeren Betongang entlang, bis er hörte, wie sich eine Metalltür öffnete. Man rollte sie in einen Raum, wo das Geräusch der Räder auf dem Boden anzeigte, dass er ebenfalls aus Metall bestand.

Er spürte, wie die Hände auf den Griffen seines Rollstuhls sich entspannten und weggenommen wurden, und er hörte, wie sich die Stiefel zurückzogen und wieder auf den Betonkorridor draußen traten.

Und dann fiel die Tür zu und sperrte Lynn und ihn in dem geheimnisvollen Metallraum Hunderte von Metern unter der Erdoberfläche ein.

Adams fühlte, dass Lynn bei ihm in dem Raum war, und bezog Trost aus dem Umstand, dass sie noch in der Nähe war, obwohl er sich gleichzeitig furchtbar um ihre Sicherheit ängstigte. Aber wenigstens wusste er, wo sie war; er konnte sich nur vorstellen, wie er sich fühlen würde, hätte man sie in einen anderen Teil des Komplexes davongeschoben.

Man ließ sie lange allein, was Adams für den Versuch hielt, sie zu zermürben und ihnen jedes Gefühl für Zeit und Raum zu nehmen. Ihm half es, bei Verstand zu bleiben, dass er sich ihren Weg gemerkt hatte und jetzt die Sekunden ihrer Wartezeit zählte. Er konnte nur hoffen, dass Lynn das Gleiche tat.

Nach seiner Berechnung dauerte es knapp unter fünfzehntausend Sekunden oder etwas länger als fünf Stunden, bis sich die Tür erneut öffnete.

Er hörte, wie zwei Paar Füße in den Raum traten; eines in Stiefeln, das andere in Schuhen mit Ledersohlen. Das Licht wurde eingeschaltet, und Adams spürte den grellen Schein sogar durch seine Augenbinde. Er wusste, was als Nächstes kommen würde.

Sekunden später riss eine starke Hand die Binde von seinen Augen. Adams wusste, dass der Plan war, sie kurzzeitig zu blenden, um sie noch weiter zu schwächen. Doch er hatte in dem Moment, in dem er gespürt hatte, wie die Hand nach der Augenbinde griff, die Lider zusammengekniffen. Obwohl das Gleißen der Halogenspots an der Decke über ihm sich durch seine Lider zu brennen drohte, wurde der Schock, der seine Netzhäute traf, ein wenig abgemildert.

Langsam öffnete er die Augen und wurde von dem unwillkommenen Anblick Flynn Eldridges begrüßt, der ihm ein sadistisches Grinsen schenkte. »Ich hoffe, Sie hatten eine gute Reise«, erklärte Eldridge trocken.

Adams ignorierte ihn und schaute stattdessen zu Lynn hinüber. Erleichtert sah er, dass sie ebenfalls die Augen geschlossen hatte, als man ihr die Augenbinde abnahm. Als sie sie aufschlug, warf er ihr ein beruhigendes Lächeln zu und versuchte, ihr mit den Augen Trost und Hoffnung zu vermitteln.

Als Adams sich erneut Eldridge zuwandte, erblickte er über die muskulöse Schulter des Mannes hinweg einen eleganten, in einen Anzug gekleideten Mann vorgerückten Alters, in dem er sofort Stephen Jacobs erkannte. Adams war beeindruckt. Dann war also der große Boss persönlich zum Verhör heruntergekommen.

Adams beobachtete, wie Jacobs auf sie zutrat und sie musterte, wie ein Biologe vielleicht eine neu entdeckte Lebensform untersucht. »Da sind wir also, meine Freunde«, erklärte er schließlich mit tiefer, weicher Stimme. »Sie und ich wissen, dass Sie diese Anlage nicht lebend verlassen werden. Sie werden sterben, geben Sie sich da keinen Illusionen hin.« Er lächelte. »Wie Sie sterben, könnte allerdings interessant für Sie werden.«

Jacobs gab Eldridge einen Wink, und dieser trat vor und nahm zuerst Adams und dann Lynn die Knebel heraus. Kaum war Lynn ihn los, spuckte sie dem Mann geradewegs ins Gesicht. Auf ihrer Miene lag ein Ausdruck von purem Hass.

»Na, na, Dr. Edwards«, sagte Jacobs zu Lynn, während sich Eldridge den Speichel von der Wange wischte, »es ist nicht seine Schuld. Nicht wirklich. Er hat schließlich nur Befehle ausgeführt.«

»Ihre Befehle?«, schoss Lynn aufgebracht zurück.

»Zufällig ja«, gab Jacobs zurück. Sein Selbstvertrauen war unerschütterlich. »Und jetzt habe ich unseren Fachleuten befohlen, Sie mit jeder nur möglichen Methode, die ihnen zur Verfügung steht, zu verhören, bis wir herausfinden, was genau Sie wissen und wem Sie noch davon erzählt haben.«

»Baranelli haben wir schon gefunden«, erklärte Eldridge mit einem Hauch von Befriedigung. »Es brauchte nicht viel, bis er gequietscht hat wie ein Schweinchen. Glücklicherweise hatte er noch keine Zeit gehabt, jemandem davon zu erzählen. Inzwischen ist er natürlich tot.«

Lynn und Adams versuchten, aus ihren Stühlen aufzuspringen und Eldridge zu fassen zu bekommen; beide hätten ihn mit großer Freude mit bloßen Händen erwürgt. Doch ihre Fesseln saßen zu fest, und ihre heftigen Bemühungen brachten die Rollstühle nur leicht zum Beben.

»Wahrscheinlich kommt es nicht mehr darauf an«, sagte Jacobs und ignorierte den Angriffsversuch der zwei Gefangenen. »Die Sache ist schon so weit fortgeschritten, dass es gleichgültig wäre, wenn die Wahrheit jetzt herauskommt. Aber ich mache nun einmal keine halben Sachen. Und Sie beide sind ein Kapitel, das noch abgeschlossen werden muss. Es steht zu viel auf dem Spiel, um jetzt Fehler zuzulassen.«

»Wenn wir schon so gut wie tot sind, warum verraten Sie uns nicht, worum das alles geht?«, sagte Adams. Wenn er schon sterben musste, wollte er wenigstens wissen, warum.

Jacobs sah Eldridge an, der den Kopf schüttelte, und dann wieder Adams und Lynn. »Wahrscheinlich kann es nicht schaden, wenn Sie es jetzt erfahren, oder?«

Er ignorierte Eldridges missbilligenden Blick, zog sich einen Schemel mit einer Sitzfläche aus Plastik heran und setzte sich. Lächelnd schaute er Lynn und Adams an, offensichtlich zufrieden mit sich und dem, was er erreicht hatte. Aber was hatte das alles für einen Sinn, wenn er nicht wenigstens ein wenig damit angeben konnte?

»Beginnen wir am Anfang, ja?«, sagte er lächelnd.

16

Für Jacobs war es schön, endlich die Geschichte ganz erzählen zu können, jedenfalls den Teil, den er direkt und aus erster Hand kannte.

Er hatte den größten Teil seines Lebens mit einer gespaltenen Persönlichkeit gelebt, deren eine Seite nur in seinem Kopf existierte. Er verfügte über privilegierte Kenntnisse, von denen die meisten Menschen nicht einmal träumen konnten. Dadurch hatte sich seine Persönlichkeit stark verändert, bis er manchmal nicht mehr wusste, wer er wirklich war. Und jetzt würde sein Leben erneut eine Wende nehmen, und einmal mehr fragte er sich, wo sein Platz in dem Ganzen war.

»Der Absturz von Roswell geschah am 8. Juli 1947. Nach den ersten Presseberichten wurde der ganze Vorfall später natürlich dementiert. Und dann wurde das Gesetz über die Nationale Sicherheit unterzeichnet, und im September desselben Jahres wurde die CIA gegründet. Zufall?« Er lächelte seinen beiden Gefangenen zu. »Selbstverständlich nicht. Präsident Harry S. Truman unterschrieb das Gesetz, nachdem man ihm die Beweisstücke des Absturzes von Roswell vorgelegt hatte.«

Jacobs sah die interessierten Mienen von Lynn und Adams, die für kurze Zeit ihr bevorstehendes Ableben vergessen hatten. »Ja«, fuhr er fort, »wir haben an der Absturzstelle eine große Zahl solcher Beweise gefunden. Das Wrack eines Raumschiffs, das über drei Quadratmeilen der Wüste New Mexicos verstreut war. Wir haben es eingepackt und zu einer ersten Untersuchung heimlich zum Luftwaffenstützpunkt Roswell geschafft. Von dort aus wurde es später zum Luftwaffenstützpunkt Muroc transportiert, der heute unter dem Name Air-Force-Basis Edwards bekannt ist.« Er hielt inne und hielt dem Blick des Mannes und der Frau stand, die ihm gegenübersaßen. »Wir haben auch einen Körper gefunden.«

»Was?«, fragte Lynn unwillkürlich.

»Ja, wir haben an der Absturzstelle einen Körper geborgen. In gutem Zustand sogar, wenn auch leider tot. Aber er bewies, dass *da draußen noch etwas war.* Jetzt mussten wir uns nur noch fragen, ob diese Wesen uns freundlich gesonnen waren. Wozu waren sie in der Lage? Und so wurde die CIA gegründet, um die Nation gegen alle Bedrohungen von außen zu schützen, besonders von denen, die von *außerordentlich weit draußen* kamen, ja sogar außerirdischen Ursprungs waren. In Muroc begannen wir die Technologie nachzubauen, die wir vorgefunden hatten, und nahmen an dem Körper eine Autopsie vor. Wir waren in der Lage, Kontakt zu ihnen aufzunehmen, was angesichts unseres niedrigen technischen Niveaus damals zuerst schwierig war. Es wurde klar, dass diese Leute vorhatten, auf die Erde zu kommen und die Herrschaft zu übernehmen. Eine Katastrophe, die ihren Planeten zerstörte, hatte sie gezwungen, ins All zu fliehen, und seitdem sind sie dort oben und suchen nach einem geeigneten Planeten, um ihn zu besiedeln. Sie waren ganz offen und wollten unsere Hilfe.«

»Und Sie waren einverstanden?«, fragte Lynn ungläubig.

»Sie hatten eine unwiderstehliche Art, zu fragen«, gab Jacobs lächelnd zurück. »Anscheinend besitzen sie ein geradezu unheimliches Verständnis des menschlichen Charakters. Sie appellierten schlicht und einfach an unsere Gier und Eitelkeit und erklärten uns, wenn wir kooperierten, würden wir in der neuen, von ihnen geschaffenen Welt mit der gleichen Stellung wie sie belohnt und würden unsterblich sein.«

»Und das haben Sie geglaubt?«, erkundigte sich Adams skeptisch.

»Wir besaßen gewisse Garantien und Beweise«, antwortete Jacobs. »Aber das würde zu weit von der Geschichte wegführen. In Verhandlungen haben wir erreicht, dass einhundert Menschen überleben dürfen, und wir haben die Bilderberg-Gruppe gegründet, um die Besten, die die Welt zu bieten hatte, zu rekrutieren. Unsere erste Versammlung fand im Mai 1954 statt, und dabei wurde beschlossen, den Vertrag zu ratifizieren, der zur Gründung des CERN am 29. September desselben Jahres führte. Das CERN – die Europäische Organisation für Kernforschung – wurde gegründet, um die Technologie zu entwickeln, die nötig ist, um unsere Besucher auf die Erde zu holen.«

»Aber das Raumschiff war doch schon hier gewesen«, warf Lynn ein. »Warum brauchten diese Leute dann Ihre Hilfe?«

Jacobs nickte. »Das ist ein berechtigter Einwand. Sie besaßen die Fähigkeit, große Strecken zurückzulegen, aber nur mit sehr kleinen Einmannschiffen, und dazu musste der Pilot in einen Kälteschlaf versetzt werden, was sich häufig als gefährlich erwies – wie bei dem Absturz von Roswell, von dem wir annehmen, dass der Pilot nicht aus seinem Tiefschlaf aufgewacht ist. Sie wollten mehr – ihre ganze Bevölkerung sollte hierher versetzt werden, zusammen mit allen ihren Transportmitteln und technischen Geräten, um sofort mit der Invasion beginnen zu können.«

Jacobs ignorierte Adams' und Lynns entsetzte Mienen. »Man beschloss, diese Forschungen lieber in Europa als in den USA durchzuführen, um die Verbindung zwischen unserer Arbeit dort und unserem Nachbau der Technologie von der Absturzstelle zu verschleiern, der inzwischen hier, in Area 51, stattfand. Nicht lange nachdem wir die Kommunikation eröffnet hatten, kam man zu der Einschätzung, dass Muroc zu öffentlich war, und daher sponserte die CIA die Errichtung einer neuen Basis am Groom Lake in der Wüste von Nevada, einem Ort, an dem unsere Anonymität praktisch garantiert war. Hier wurden die Projekte entwickelt, die jedermann kennt – das U2-Spionageflugzeug, der Stealth-Bomber, das Stealth-Kampfflugzeug und all die neuen unbemannten Drohnen –, sämtlich das Ergebnis dessen, was wir in diesem Raumschiff entdeckt hatten.

Unsere Arbeit am CERN geht noch einen Schritt weiter. Während wir in Area 51 Technologie entwickeln, die die bleibende

Überlegenheit des Westens über unsere Feinde sichert, beschäftigen wir uns am CERN ausschließlich mit dem Bau eines Wurmlochgenerators – der Maschine, über die unsere Besucher hierher kommen werden.«

»Ein Wurmlochgenerator?«, fragte Lynn ungläubig. »Ich dachte nicht, dass so etwas möglich ist.«

»Ist es auch nicht, zumindest nicht mit der Technologie, die Sie gegenwärtig für möglich halten. Aber wir arbeiten mit einem Volk zusammen, das *Tausende* von Jahren weiter fortgeschritten ist als wir, sodass deren Wissenschaft für uns Primitive ebenso gut Magie sein könnte. Sogar mit ihrer Hilfe ist es uns sehr schwergefallen, die Maschine richtig zum Funktionieren zu bringen. Unsere ist natürlich nur eine von zweien – die andere befindet sich auf ihrem Mutterschiff, das sich Millionen von Lichtjahren entfernt am anderen Ende der Galaxis befindet. Stellen Sie sich vor, dass Sender und Empfänger gekoppelt sind. Ihre Maschine wird die Raumzeit krümmen und zu einem Bogen formen; unsere Maschine, der ›Empfänger‹, wird dafür sorgen, dass ihr Standpunkt und unserer sich treffen, damit sie sich kreuzen können. Wenn beide Maschinen nicht perfekt aufeinander abgestimmt sind, könnten sie überall im Universum landen.«

»Und die Maschine ist fertig?«, fragte Adams, der an Jacobs' Aussage in seiner Villa in Mason Neck dachte.

Jacobs lächelte breit. »Innerhalb der nächsten paar Tage, ja. Wir haben es fast geschafft.«

»Und was passiert, wenn sie kommen?«, wollte Lynn wissen.

»Eine globale Pandemie wird ausbrechen, biologische Kriegsführung von kolossalem Ausmaß. Sie wird die Weltbevölkerung um geschätzte achtundneunzig Prozent dezimieren. Der Rest wird zu seinem eigenen Besten gejagt und versklavt, sodass der größte Teil des riesigen Lebensraums der Erde ausschließlich den Besuchern zur Verfügung steht. Und einhundert Überlebenden natürlich.«

»Wie kommen Sie auf die Idee, dass diese Leute Sie leben lassen?«, fragte Adams verbittert.

»Wir haben bereits die Formeln für die Biowaffen und auch die Gegenmittel erhalten«, antwortete Jacobs. »Und der Lohn ist das Risiko wert.«

»Sie Abschaum«, stieß Lynn heftig hervor. »Sie sind bereit, für Ihren Lohn sechs *Milliarden* Menschen umzubringen? Ich hoffe, Sie brennen in der Hölle.«

Jacobs lächelte nachsichtig. »Unwahrscheinlich«, gab er zurück. »Ich bin unsterblich, schon vergessen?«

Adams schnaubte höhnisch. »Wenn Sie glauben, dass diese Leute ihre Seite der Vereinbarung einhalten, dann leben Sie in einer Traumwelt.«

Die Zuversicht, die Jacobs' Miene ausstrahlte, machte Lynn nachdenklich. Sie ging die Geschichte des Mannes noch einmal durch und mit einem Mal fiel ihr etwas auf. »Warum sagen Sie eigentlich immer ›wir‹, wenn Sie über Roswell sprechen?«, fragte sie. »Das war 1947. Damals waren Sie noch ein Kind.«

Jacobs schüttelte sacht den Kopf. »Aha, endlich haben Sie es gemerkt«, sagte er. »Nein, ich war kein Kind. Ich gehörte damals der Central Intelligence Group an, dem unmittelbaren Vorläufer der CIA. Man hatte mich nach Roswell geschickt, um den Zwischenfall zu untersuchen, und ich war derjenige, der empfohlen hat, die CIA zu gründen, um uns vor der sogenannten außerirdischen Bedrohung zu schützen. In dieser Eigenschaft hat man mir unmittelbar nach der Schaffung der CIA die Leitung dieser speziellen Abteilung – der sogenannten ›ET-Einheit‹ – übertragen. Ich war der Erste, der mit ihnen gesprochen hat, nachdem der Kontakt hergestellt war, und ich habe die Gründung der Bilderberg-Gruppe und des CERN vorgeschlagen und in die Wege geleitet. Im Krieg war ich Major beim Nachrichtendienst, und ich war neunundvierzig, als das Raumschiff in der Wüste abstürzte.«

Jacobs sah die schockierten Blicke seiner Gefangenen und ergötzte sich daran. »Mein richtiger Name ist Charles Whitworth, und ich bin am 3. Oktober 1898 in Dallas, Texas, geboren. Ich bin einhundertvierzehn Jahre alt.«

Breit lächelnd stand er von seinem Schemel auf und richtete sich aus seiner vorherigen gebeugten Haltung, wie sie typisch für einen Mann in den Siebzigern ist, in die kerzengerade, militärische Positur eines viel jüngeren Mannes auf. Er nahm ein Gebiss heraus, sodass perfekte Zähne zum Vorschein kamen, nahm die halbmondförmige Brille ab und zeigte seine kristallklaren blauen Augen. Dann zupfte er an einer faltigen Hautpartie an seinem Hals, die sich zog und dann in seiner Hand zerfiel; offenbar ein professionelles Make-up.

»Seit 1969, als ich das Abkommen geschlossen habe, sie herzubringen, besitze ich den Körper eines Dreißigjährigen«, erklärte er ihnen. »›Whitworth‹ starb, und ich schuf Stephen Jacobs als seinen Nachfolger und habe seitdem als Jacobs gelebt. In der Öffentlichkeit musste ich Prothesen und Schminke benutzen, um entsprechend meinem neuen Geburtsjahr 1940 zu altern. Ich wollte einen Beweis, und sie haben ihn mir gegeben. Genetische Manipulationen, von denen Sie sich keinen Begriff machen. Sehen Sie mich an«, befahl Jacobs mit einem fanatischen Glitzern in den Augen. »*Ich* bin der Beweis für ihr Versprechen an uns. Ich bin bereits unsterblich.« Aus seinen durchdringenden blauen Augen starrte er sie an. »Und die Erde ist zum Untergang verurteilt.«

Lynn erholte sich zuerst von dem Schock, den Jacobs' Behauptung beiden versetzt hatte. Die Wissenschaftlerin in ihr setzte sich über ihre emotionale Reaktion hinweg.

»Die Frage, auf die ich wirklich eine Antwort will, haben Sie immer noch nicht beantwortet«, sagte sie und hielt seinem Blick stand. »Welche Rolle spielt der Leichnam, den wir in der Antarktis gefunden haben, bei dem Ganzen? Hat er derselben Gruppe angehört, die jetzt herkommen will? Und wenn ja, was haben sie hier vor vierzigtausend Jahren gesucht?«

Lynn *musste* die Antwort wissen, auch wenn sie sterben würde. Die Entdeckung des Leichnams hatte sie nicht nur in diese ganze Sache hineingezogen, sondern ihre Kollegen waren deswegen alle umgebracht worden. Wenn schon nichts anderes, dann war sie ihnen zumindest das schuldig.

»Der Leichnam?«, fragte Jacobs nachdenklich und sah dann auf die Uhr. »Ich finde, ich bin Ihnen gegenüber schon mehr als offen gewesen, Dr. Edwards. Wir müssen jetzt gehen. Sie werden wohl sterben, ohne es zu erfahren.«

Er wandte sich Eldridge zu und wies mit einer Kopfbewegung in Richtung Tür. Der bullige Mann öffnete sie, und Jacobs folgte ihm. An der Tür drehte er sich noch einmal zu Lynn und Adams um.

»Sie sollten eigentlich dankbar sein«, erklärte er ihnen. »Was immer hier mit Ihnen geschieht, ist fast mit Sicherheit besser als das, was der Großteil der Erdbevölkerung in den kommenden Wochen und Monaten erleben wird. Der Virus, der hier ausgesetzt werden wird, ist aggressiv. Scheußlich sogar. Er frisst ihnen das Fleisch von innen heraus weg. Wirklich, Sie sollten froh sein, dass Sie lange vor den anderen sterben werden.«

»Bastard«, stieß Adams mit zusammengebissenen Zähnen hervor.

»Kann sein«, räumte Jacobs ein. »Leben Sie wohl.« Und mit diesen Worten drehte er sich auf dem Absatz um und trat mit Eldridge durch die Stahltür, die sich elektronisch hinter ihnen schloss.

Sekunden später betraten drei andere Männer den Raum. Sie schienen eine Art Wissenschaftler zu sein; ernst aussehende Männer mittleren Alters in weißen Kitteln.

Einer von ihnen, ein kleiner, onkelhaft wirkender Mann mit Halbglatze und dicker Brille, trat auf die beiden Gefangenen zu und musterte sie.

»Mein Name ist Dr. Steinberg«, erklärte er freundlich. »Ich werde Ihre Behandlung beaufsichtigen. Mein Ziel ist es, falls irgend möglich, Schmerz bei Ihnen zu minimieren. Wenn Sie kooperieren, werden Sie, glaube ich, unsere Methoden leicht unangenehm finden, nichts weiter.«

»Und wenn nicht?«, fragte Lynn.

»Sagen wir, es wäre besser, wenn Sie kooperieren, und belassen es einstweilen dabei«, meinte er diplomatisch. »Aber zuerst werden wir ein paar grundlegende Tests durchführen, um ihren körperlichen und geistigen Status einzuschätzen, damit wir unsere Ausrüstung korrekt kalibrieren können.«

»Sie meinen, damit Sie uns so weit wie möglich zusetzen können, ohne uns umzubringen?«, verlangte Adams zu wissen.

Steinberg lächelte ihm zu. »Ja, Mr. Adams, ich fürchte, das ist genau der Grund.« Er gab den beiden anderen Ärzten ein Zeichen, die daraufhin große Laborwagen mit einer Vielzahl medizinischer Geräte darauf heranschoben. »Lassen Sie uns beginnen, ja?«

17

Zu den Tests gehörte eine gründliche körperliche Untersuchung, bei denen die Ärzte mit Handschuhen jeden ihrer Körperteile abtasteten. Zusätzlich nahmen sie noch Proben von Haut, Blut, Haar und Urin und führten sogar eine Muskelbiopsie durch. Die Riemen, die um ihre Körper führten, waren entfernt worden, aber sie blieben während der ganzen Prozedur mit Handgelenken und Fußknöcheln an die Stühle gefesselt.

Man unterzog sie grundlegenden psychologischen Tests. Die standardisierten Fragen kannten beide bereits; daher gaben sie Antworten, von denen sie wussten, dass sie die Ergebnisse verfälschen würden. Doch die Ärzte nickten nur lächelnd. Dann holten sie einen tragbaren Kernspintomografen und untersuchten ihr Hirn direkt.

Nach einer Zeit, die ihnen wie Stunden vorkam, verließen die Ärzte endlich den Raum, um die Ergebnisse zu analysieren, und ließen Adams und Lynn allein.

Lynn fuhr zu Adams herum. »Wir müssen einen Weg hier hinaus finden«, flüsterte sie ihm zu. »Wir dürfen nicht zulassen, dass sie diesen Wurmlochgenerator in Betrieb nehmen.«

Adams blinzelte ihr zu und wies mit dem Kopf auf einen großen Spiegel an der gegenüberliegenden Wand. Die Botschaft war deutlich; er war sich sicher, dass sie immer noch beobachtet wurden.

Er hatte bereits beschlossen, dass sie einen Fluchtversuch unternehmen würden. Sterben würden sie auf jeden Fall – zusammen mit ungefähr sechs Milliarden anderen, sobald die verdammte Maschine am CERN funktionsfähig war. Was hatten sie also zu verlieren? Die einzige Frage, die sich Adams stellte, war, wie zum Teufel sie das fertigbringen sollten. Sie waren an Stühle in einem Metallraum gefesselt, der Hunderte von Metern tief unter der Oberfläche einer der am stärksten gesicherten Militärbasen lag. War Flucht möglich?

Mit stählerner Entschlossenheit in den Augen sah er Lynn an und nickte beruhigend. Es stand einfach zu viel auf dem Spiel, um es nicht zu versuchen. Und wenn er im Leben an eines glaubte, dann dies: Wo ein Wille war, da war auch ein Weg.

Im Beobachtungsraum saßen die drei Wissenschaftler an ihren Computermonitoren und analysierten die Ergebnisse.

Durch den Einwegspiegel betrachtete Steinberg die Gefangenen, die einander in die Augen sahen und bemerkenswert furchtlos wirkten. Anscheinend waren sie von einem unstillbaren Feuer erfüllt, das die Drohung von Tod und Folter nicht leicht würde ersticken können.

»Zähe Mistkerle«, murmelte er, größtenteils an sich selbst gerichtet. Als Leiter der Sektion 8, der medizinischen Verhörabteilung von Area 51, hatte Steinberg hier im Lauf der Jahre Dutzende von Menschen gesehen und wusste, dass ihnen vor seiner Zeit noch Hunderte weitere vorausgegangen waren, aber noch nie hatte er so etwas erlebt wie die entspannte Zuversicht der beiden Menschen, die jetzt in dem Raum saßen.

»Interessant«, sagte einer seiner Männer leise und unterbrach Steinbergs Gedankengang.

Er wandte sich vom Fenster ab und sah den Mann an. »Was ist?«, fragte er.

»*Sehr* interessant«, wiederholte der Mann und begutachtete eine ganz spezielle Reihe von Werten, die auf dem Computerbildschirm vor ihm standen.

Vier weitere Stunden vergingen, bevor die Wissenschaftler, flankiert von zwei Sicherheitsleuten und mit zwei fahrbaren Krankenbahren zwischen sich, wieder in den Raum traten.

»Hallo«, sagte Steinberg, immer noch freundlich. »Bedaure, dass wir Sie haben warten lassen, aber wir mussten sichergehen, alle Ergebnisse überprüft zu haben.«

»Darauf wette ich«, murrte Lynn. »Sie können ja nicht zulassen, dass wir Ihnen zu schnell wegsterben, oder?«

Steinberg schmunzelte. »Wie unverblümt Sie sich ausdrücken«, meinte er beinahe bewundernd. »Und Sie haben natürlich recht.«

Er gab den Wachen ein Zeichen, worauf diese zu den Gefangenen traten, jeder von ihnen mit einer Rollbahre. Die Ärzte zogen Injektionsspritzen hervor und begannen, sie aus zwei verschiedenen Ampullen aufzuziehen.

»Wir müssen Sie jetzt verlegen«, erklärte er entschuldigend. »Sie werden einer Einzelbehandlung unterzogen, in verschiedenen Räumen. Ich fürchte, Sie werden einander nicht wiedersehen.«

Er beobachtete, wie Lynn und Adams einander ansahen und sich zum ersten Mal ungebeten Verzweiflung auf ihre Gesichter schlich.

Seine Miene wurde weicher. »Wussten Sie eigentlich von Ihrem Zustand, Dr. Edwards?«, fragte er.

Lynn runzelte die Stirn. »Welchem Zustand?«, gab sie unbehaglich zurück.

Steinberg betrachtete sie mitleidig. »Es tut mir leid, dass Sie es von mir erfahren müssen, und ausgerechnet hier, aber ... Sie sind schwanger, Dr. Edwards.«

18

Der Schock stand Lynn überdeutlich ins Gesicht geschrieben. Sie sah Adams an, der ebenso entgeistert wirkte. »Wa... was?«, stammelte sie, während die Ärzte mit tropfenden Nadeln auf sie beide zukamen.

»Sie sind schwanger«, erklärte er nüchtern. »Seit acht Tagen.«

Lynn brauchte nicht nachzurechnen; sie wusste, dass es passiert sein musste, als sie sich nach ihrer Flucht aus Chile in der Wüste geliebt hatten.

»Ich fürchte, wir können deswegen nichts am Endergebnis unseres Vorgehens ändern«, erklärte Steinberg bedauernd. »Aber wir werden versuchen, Ihnen den Prozess so angenehm wie möglich zu gestalten. Wahrscheinlich bedeutet es Ihnen nichts, aber es tut mir leid.«

Lynn starrte ausdruckslos vor sich hin; sie hatte das Gefühl, ihr Hirn sei erstarrt. Sie war schwanger, sie wurde Mutter. Und Matt war der Vater; genau das, was er sich vor vielen Jahren gewünscht hatte, und der Hauptgrund, der schließlich zu ihrer Trennung geführt hatte.

Und hier waren sie, wiedervereint und endlich mit einem Kind, und hatten nichts als den Tod vor Augen.

Adams starrte Lynn an und konnte nicht glauben, was er gerade gehört hatte; er versuchte immer noch, es zu verarbeiten. Lynn war schwanger?

Und dann erzählte man ihnen, sie würde trotzdem verhört und getötet, zusammen mit seinem ungeborenen Kind?

Er wusste, dass die Ärzte ihnen ein Narkosemittel spritzen würden, damit sie sich friedlich und ohne Gegenwehr auf die Bahren legen ließen, die neben ihnen standen. Dann würde man sie in andere Räume schieben, wo der »Spaß« erst richtig beginnen würde.

Die Lederriemen, die seine Arme und Beine an den Stuhl fesselten, saßen fest; er hatte schon auf dem Flug versucht, sich von ihnen zu befreien. Aber diese Erkenntnis betraf nur seinen Verstand, und als er jetzt zusah, wie der Arzt auf Lynn und ihr ungeborenes Kind zutrat, sich die Spritze auf ihren nackten Arm zubewegte und der Wachposten neben ihr in Stellung ging, da brach dieser bewusste Teil seines Ich vollständig zusammen und ließ nur sein primitives, animalisches Selbst zurück, eine reflexhaft reagierende Kreatur, die aus reinem, ungezügeltem Instinkt handelte.

Er brüllte auf, sein Körper stemmte sich krampfhaft gegen die Riemen; seine Muskeln wölbten sich und versuchten, das Leder, das in sie einschnitt, zu sprengen, und sein Rücken bog sich auf dem Stuhl durch. Seine Augen traten aus ihren Höhlen, seine Miene wirkte raubtierhaft verzerrt, und es sah aus, als wolle sein Körper in der Mitte durchbrechen.

»Halten Sie ihn unten!«, rief Steinberg dem Wachmann neben ihm zu, den Adams' plötzliche, heftige Zuckungen so verblüfft hatten, dass er regungslos dastand. »Verpassen Sie ihm die Spritze!«, schrie er den Arzt an, als Adams' Körper sich wieder verkrampfte, und noch einmal und noch einmal, bis die Lederriemen jedes Mal stärker nachgaben.

Der andere Wachmann, der bei Lynn gestanden hatte, rannte zu ihm, und beide Männer versuchten, Adams wieder in seinen Stuhl zu setzen, und drückten seine Arme hinunter, während sein Körper sich weiter in konvulsivischen, unberechenbaren Zuckungen wandte.

Der Arzt versuchte, mit der Nadel die richtige Stelle zu treffen, aber Adams warf sich so heftig hin und her, dass er sein Ziel nicht gut genug sah, um die Spritze anzusetzen. Einer der Wachen griff nach dem Elektroschocker, den er am Gürtel trug, zog ihn aus dem Holster und ging damit auf Adams los.

Doch da verkrampfte Adams sich erneut, dieses Mal noch stärker, und brüllte, was seine Lungen hergaben – ein durchdringendes, animalisches Heulen, das den Menschen um ihn herum bis in die Knochen drang, sodass sie den Bruchteil einer Sekunde zurückwichen.

In dieser kurzen Zeit gab der Lederriemen, der sein rechtes Handgelenk fesselte, endlich nach. Im nächsten Moment packte Adams mit der freien Hand das Gelenk des Wachmanns mit dem Elektroschocker und riss es brutal auf den Arzt zu.

Die Kontakte bohrten sich in den Körper des Arztes und schickten 50 000 Volt Strom in ihn hinein, sodass er komplett ausgeschaltet wurde. Er brach zusammen, und die Spritze lief auf dem Metallboden aus.

Mit derselben Bewegung drehte Adams den Arm des Wachmanns weiter um, während sein ganzer Körper weiter vor heftigem Zorn krampfte. Und dann gab der zweite Riemen nach, und seine linke Hand war frei, packte den zweiten Wachposten am Gürtel und zog ihn zu sich heran, direkt auf den Elektroschocker.

Der Wachposten fiel bewusstlos zu Boden, und Adams – dessen Fußknöchel noch mit Riemen gefesselt waren – erhob sich ein Stück aus dem Stuhl und versetzte dem Wachmann einen Kinnhaken. Der desorientierte Mann konnte Adams nicht davon abhalten, seinen Arm zu beugen und ihn mit dem Elektroschocker außer Gefecht zu setzen.

Nachdem jetzt drei Männer bewusstlos am Boden lagen, wandte sich Adams sofort den anderen beiden zu – dem Mann mit der Spritze, der immer noch gefährlich nahe neben Lynn stand, und Steinberg, der mit ungläubig aufgesperrtem Mund auf der Stelle erstarrt war.

Dann sprang der Mann mit der Nadel auf Lynn zu, und Adams warf den Elektroschocker nach ihm. Er wartete nicht ab, um festzustellen, ob er sein Ziel getroffen hatte, sondern beugte sich vor und löste rasch die Riemen um seine Beine. Dabei hörte er das Aufschlagen des kleinen Metallteils und das Stöhnen des Arztes.

Er blickte auf und warf sich auf den Mann mit der Spritze, der nach der kurzen Ablenkung durch den Elektroschocker wieder auf Lynn zutrat. Adams sprang ihn an, trieb ihn rückwärts gegen die Wand und versetzte ihm einen Magenschwinger. Er sackte zu Boden, worauf Adams ihm ein Knie direkt ins Gesicht stieß, sodass er mit dem Hinterkopf kräftig gegen die Metallwand krachte.

Er drehte sich um und sah, dass Steinberg ihn immer noch anstarrte, ohne zu reagieren. Doch dann, als Steinberg die Mordlust in Adams' Augen sah, setzte er sich endlich in Bewegung und streckte die Hand nach der elektronischen Gegensprechanlage an der Wand aus.

Adams schnappte sich den Elektroschocker vom Boden, rannte auf Steinberg zu und stieß ihn hart gegen seinen Hals, als seine Hand gerade den Knopf berührte. Sein Körper erstarrte und er brach auf dem Boden zusammen.

Adams trat ihn heftig in den Bauch – einmal, zweimal, dreimal, mit aller Gewalt. Dann hob er den Fuß, bereit, ihm den Todesstoß zu versetzen.

»Nein!«, schrie Lynn, und der Bann war gebrochen. Adams setzte den Fuß wieder auf den Boden und schaute sich um.

»Wenn wir hier lebend herauskommen wollen, brauchen wir ihn«, sagte sie.

Es dauerte weniger als fünf Minuten, die zwei Wachen und die Wissenschaftler, die langsam wieder zu sich kamen, zu sichern. Adams fesselte sie an Händen und Füßen, knebelte sie und versetzte ihnen noch einmal 50 000 Volt. Er wollte sie nicht töten, aber auch kein Risiko eingehen. Je länger er sie bewusstlos halten konnte, umso besser.

Zusammen mit Lynn setzte er Dr. Steinberg in einen der Rollstühle und fesselte ihn so, wie sie es noch vor Minuten gewesen waren. Sie steckten die SIG-Sauer-Pistolen und die Funkgeräte ein, die die Wachleute bei sich gehabt hatten, und gingen auf die Labortür zu.

Adams war aufgefallen, dass sich in dem Raum, abgesehen von dem Einwegspiegel, keine Kameras befanden. Vermutlich hielt man es angesichts der Lage für unnötig, die Räume hier unten allzu genau zu überwachen; normalerweise bestand kein allzu großes Risiko. Aber er war sich auch äußerst bewusst, dass jetzt zwei Wachleute fehlten.

»Wo liegt die Wachstube?«, fragte er Steinberg, der benommen zu ihm aufsah.

»Eine Etage höher«, murmelte der Arzt, der immer noch darum kämpfte, ganz zu Bewusstsein zu kommen.

»Wie viele Leute?«

»Auf dieser Etage?«, fragte Steinberg. »Ungefähr dreißig, aber sie decken drei Stockwerke ab.« Als Verhörexperte war ihm klar, dass Widerstand sinnlos war und er den beiden ebenso gut von Anfang an die Wahrheit sagen konnte. Wahrscheinlich würden sie ihn ohnehin töten, aber so ersparte er sich wenigstens viel Schmerz.

Adams versuchte das schnell im Kopf zu überschlagen, scheiterte jedoch. »Wie viele insgesamt auf der Basis?«

»Knapp dreihundert.«

Adams und Lynn wechselten einen Blick, dann wandte sich Adams wieder an Steinberg. »Wann werden diese beiden ...« – er wies auf die bewusstlosen Wachleute – »zurückerwartet?«

»Sie waren mir für die Dauer des Verhörs zugeteilt und sollten am Ende ihrer normalen Schicht abgelöst und durch zwei andere ersetzt werden.«

Adams musterte Steinbergs Miene auf Anzeichen dafür, dass er nicht aufrichtig war, fand aber keine. »Wie lange noch, bis ihre Schicht zu Ende ist?«

»Sie hatten gerade angefangen, also acht Stunden, mehr oder weniger.«

Lynn beugte sich zu dem Mann herab, der drauf und dran gewesen war, sie beide foltern und töten zu lassen. »Gibt es einen Weg hier hinaus?«, fragte sie. »Können Sie ihn uns zeigen?«

»Und warum sollte ich das tun?«, gab Steinberg höhnisch zurück.

Adams sah Lynn und dann wieder Steinberg an. »Was genau wissen Sie über Jacobs' Pläne?«

Er brauchte nur wenige Minuten, um ihm zu erklären, was Jacobs ihnen erzählt hatte. Steinberg geriet völlig außer sich.

»Dieser Bastard«, murmelte er. »Wie kann er bloß meinen, damit durchzukommen?«

»Er ist bereits dabei«, rief Adams ihm ins Gedächtnis. »Inzwischen dürfte er schon auf halbem Weg nach Genf sein.« In gewisser Hinsicht war Adams erstaunt über Steinbergs Reaktion. Schließlich hatte der Mann sich bisher seinen Lebensunterhalt damit verdient, unschuldige Menschen zu foltern. Aber ein weltweiter Völkermord war etwas anderes, vor allem, wenn man gerade herausgefunden hat, dass man eines der unglücklichen Opfer sein würde.

Steinberg saß nur da und schüttelte ungläubig den Kopf. »Ich wusste natürlich von den Forschungen an der außerirdischen Technologie, aber ich hatte ja keine Ahnung, dass wir irgendwie in Kontakt mit ihnen getreten waren. Ich kann es einfach nicht fassen, ich ...«

»Doktor«, schnitt ihm Adams das Wort ab und versuchte, Steinbergs Aufmerksamkeit wieder auf das Thema zu lenken. »Wir müssen hier verschwinden und zum CERN gelangen. Können Sie uns helfen?«

Endlich schaute Steinberg auf und sah Adams in die Augen. »Es könnte eine Möglichkeit geben«, erklärte er ernst.

Zehn Minuten später saß Steinberg nicht mehr im Rollstuhl und sie gingen zusammen mit dem Arzt einen weiteren Betonkorridor entlang. Ihre Schritte hallten durch den kahlen Gang.

»Warum ist es hier unten so leer?«, fragte Lynn.

»Diese Etage ist als streng geheim eingestuft«, erklärte er ihr. »Nicht allzu viele Leute sind überhaupt befugt, sich hier aufzuhalten, und von denen sind viele kürzlich abgezogen worden – zum CERN, vermute ich nach dem, was Sie mir eben erzählt haben. Im Moment ist hier nur noch eine Rumpfbesetzung verblieben.«

»Was findet hier unten statt?«, wollte Adams als Nächstes wissen.

»Sie würden es wahrscheinlich als ›Forschung an außeridischer Technologie‹ bezeichnen«, gestand Steinberg. »Hier entwickeln wir Projekte, die direkt mit der an der Absturzstelle von Roswell entdeckten Technologie zu tun haben. Den meisten Menschen, die hier in Area 51 arbeiten, ist dieses ganze Stockwerk unbekannt. Ich kenne selbst nicht viele Einzelheiten; ich führe nur die Verhöre. Wir sind hier untergebracht, weil dies die sicherste Ebene ist. Die Aufzüge fahren normalerweise nur bis zur Etage darüber, außer, man besitzt einen speziellen Zugangsschlüssel.«

Lynn nickte, und sie gingen nach Steinbergs Anweisungen ein paar Minuten schweigend weiter. Er wusste schon, wohin er wollte, hielt sich aber noch zurück, weil er fürchtete, getötet zu werden, wenn er sein Ziel zu früh preisgab, da seine Entführer ihn dann nicht mehr brauchen würden.

»Vorsicht jetzt«, sagte Steinberg, als sie in einen weiteren langen Betongang einbogen. »Hier unten befindet sich ein Labor. Eigentlich müsste es um diese Zeit leer sein, aber man weiß nie.«

Sie schwiegen, bis sie die Tür des Labors erreichten, doch Lynns Neugier war geweckt. »Was geschieht da drin?«

Steinberg lächelte ihr zu. »Dort werden die Leichname aufbewahrt«, flüsterte er.

»Die Leichname?«, fragte Lynn für sie beide. »Was für Leichname?«

»Der Pilot des Raumschiffs, das 1947 abgestürzt ist«, erklärte er ihnen stolz. »Perfekt erhalten, obwohl im Lauf der Jahre mehrere vollständige Autopsien durchgeführt worden sind.«

»Und was sonst noch?«, erkundigte sich Adams.

»Oh, mehrere andere Leichname fragwürdiger Herkunft, die im Lauf der Jahre aufgetaucht sind.«

»Wie der, den mein Team in der Antarktis entdeckt hat?«, fragte Lynn, und Steinberg nickte. »Sie meinen, da waren noch andere?«

Steinberg lächelte. »Natürlich«, sagte er wie zu einem kleinen Kind. »Möchten Sie sie sehen?«

Adams war sich im Klaren darüber, dass das unklug war. Die Entwicklung in Genf verlief zu schnell, die Maschine am CERN stand viel zu kurz vor der Inbetriebnahme, um Zeit mit etwas zu vergeuden, was letztendlich nur wissenschaftliche Neugier war. Und doch wusste er, dass es für Lynn mehr bedeutete – der Leichnam, den ihr Team im Eis gefunden hatte, hatte schließlich dazu geführt, dass ihre Leute umgebracht wurden, und sie hatte das Gefühl, es sei ihre Pflicht, dieser Entdeckung bis zum Ende nachzugehen. Das war sie ihnen schuldig.

Und sich selbst gegenüber musste Adams zugeben, dass er ebenfalls darauf brannte, einen Blick in den Raum zu werfen. Außerdem konnte alles, was sie hier erfuhren, sich als nützlich erweisen, wenn es so weit war und sie in Genf Jacobs gegenüberstanden.

Aber es war ein Risiko. Wer wusste schon, ob das Labor wirklich beherbergte, was Steinberg behauptete? Vielleicht hatte der Arzt sie ja auch getäuscht und sie geradewegs zum Hauptquartier der Wachen geführt. Adams konnte nicht beurteilen, ob Steinberg die Geschichte über Jacobs tatsächlich geglaubt oder nur so getan hatte, um sie in eine Falle zu locken.

Doch Adams hatte Steinberg, während er sprach, auf körperliche Anzeichen hin beobachtet – seine Blässe, seine Herzfrequenz, seine Atmung, sein Schwitzen –, und abgesehen von der zu erwartenden Nervosität, die natürlicherweise daraus resultierte, mit vorgehaltener Waffe eskortiert zu werden, sah es aus, als sage er die Wahrheit, jedenfalls so weit Adams das beurteilen konnte. Er vertraute auf seine Fähigkeit, so etwas einschätzen zu können. Daher erklärte er sich schließlich einverstanden damit, dass das Grüppchen den Raum betrat.

»Ich habe keine Ahnung, ob jemand da drin sein wird«, erklärte Steinberg ihnen ehrlich. »Wir müssen also vorsichtig sein.«

Adams nickte, zog seine Pistole und ging neben der Tür in Stellung. Steinberg beugte sich vor und drückte seine Handfläche auf ein Zugangspaneel, von dem aus ein Lichtstrahl auf seine Netzhaut fiel. Die Tür wurde entsperrt und schwang auf.

Adams nickte Lynn zu, worauf sie einen Schritt hinter Steinberg in den Raum trat.

»Andrew!«, hörte Adams Steinbergs freundliche Stimme. »Ich dachte, Sie wären mit den anderen gefahren.«

»Willie!«, hörte Adams einen älteren Mann ausrufen. »Was machen Sie hier?«

Blitzschnell umrundete Adams den Türrahmen, trat in den Raum und richtete die Waffe auf den Wissenschaftler, der nicht mehr als zwanzig Schritte vor ihm stand.

Die Miene des Mannes verriet, dass er weder schreien noch sich bewegen würde, denn er war so schockiert, dass er Wurzeln geschlagen hatte.

Adams rannte auf ihn zu, rang ihn zu Boden und fesselte ihn mit Kabelbindern, die er den Wachen im Verhörbereich abgenommen hatte. Gleichzeitig schaute er sich im Raum nach weiteren Personen um, entdeckte aber niemanden. Doch was er sah, war hochinteressant, und während er Andrew wieder auf die Füße zog, fuhr er fort, das Labor zu inspizieren.

Wie er bald feststellte, hatte er eher ein Leichenschauhaus als ein Labor vor sich. Der Raum war ein großer Metallzylinder, in dem Dutzende von Schubfächern in die Wände eingelassen waren. Am Kopfende des Raums, an einem Ehrenplatz, stand ein mit Flüssigkeit gefüllter Tank, in dem ein Körper schwamm.

Adams und Lynn erblickten ihn gleichzeitig und ihnen klappten die Kinnladen herunter.

Steinberg sah ihre Mienen und lächelte. »Mr. Adams, Dr. Edwards«, erklärte er förmlich, »erlauben Sie mir, Ihnen Ausstellungsstück 1 a vorzustellen, den Piloten des Raumschiffs von Roswell.«

Lynn ging mit Steinberg auf den Tank zu, während Adams den anderen Mann – auf dessen Namensschild »Professor A. Travers« stand – mitzerrte.

Mit aufgerissenen Augen blieben sie vor dem Plexiglas-Tank stehen. Lynn sah erstaunt, dass der Leichnam bis auf den Umstand, dass er die normale Anzahl Arme und Beine besaß, nicht mehr die geringste Ähnlichkeit mit dem aufwies, was sie im Eis gefunden hatten.

Der vierzigtausend Jahre alte Leichnam aus der Antarktis hätte ebenso gut letzte Woche dort verschüttet worden sein können, so sehr ähnelte er einem modernen Menschen. Aber der Körper, den sie jetzt ansah, schrie geradezu »außerirdisch«.

Er war klein, die Gliedmaßen kurz und schlank und der Bauch leicht aufgetrieben, sodass er einem hungernden Kind nicht unähnlich sah. Doch der Schädel war groß, viel größer als der eines modernen Menschen, und die Augen waren ebenfalls riesig und lagen unter dem vergrößerten Schädel in tiefen Höhlen. Das Gesicht selbst war klein, genau wie der Körper, und der Mund noch winziger; fast, als sei die Evolution dabei, ihn vollständig auszumerzen. Doch der Umfang des Hirnschädels musste doppelt so groß sein wie bei einem Menschen und wies auf hohe Intelligenz hin.

Adams war verblüfft darüber, wie ähnlich dieser Körper den gängigen Bildern solcher Wesen sah – großer Kopf und Augen, ein kleiner, kindlich wirkender Körper. Die Haut war gräulich blass, als habe diese Spezies jahrtausendelang keine Sonne mehr gesehen. Vielleicht erklärte das ja, warum auf Grundlage angeblicher »Augenzeugenberichte« solche Wesen von der UFO-Presse die »Grauen« genannt wurden.

»Von welchem Planeten stammt es?«, fragte Lynn in grenzenloser Aufregung und wandte sich zuerst Steinberg und dann Travers zu. »Kommt es von demselben Planeten wie der Leichnam, den wir gefunden haben?«

Steinberg und Travers wechselten einen Blick, und dann wandte sich Travers an Lynn und nickte. »Selbstverständlich«, sagte er.

»Warum ›selbstverständlich‹?«, fragte sie sofort.

»Weil sowohl dieser Körper als auch der, den sie in der Antarktis entdeckt haben, derselben Spezies angehören – *Homo sapiens.*«

Er sah ihre schockierte Miene und entschied sich, seine Aussage zu bekräftigen.

»Beide sind Menschen.«

19

»Menschen?«, brach Adams das Schweigen, das mehrere Sekunden lang in der Luft gehangen hatte. »Wie zum Teufel kann dieses Ding ein Mensch sein?«

»Oh, es ist tatsächlich menschlich«, sagte Travers. »Es hat nur circa vierzehntausend Jahre lang eine sehr spezifische Art von Evolution durchlaufen.«

Adams wusste, dass sie es eilig hatten, aber er spürte den Drang, mehr zu erfahren; und Lynn würde nicht anders empfinden.

»Das sollten Sie näher erklären«, sagte er.

Travers überlegte ein, zwei Sekunden, dann warf er einen Blick auf die Pistole in Adams' Hand, die sich immer noch auf ihn richtete, und nickte knapp. »Nun gut«, erklärte er. »Kommen Sie mit.«

Sie folgten dem Professor zu einem der Schubfächer. Lynn keuchte auf, als sie den Leichnam auf der Metallplatte sah. Es war der, über den Tommy Devane in der Antarktis gestolpert war.

»Ich versuche das so einfach wie möglich auszudrücken«, sagte Travers. »Dieser Leichnam, den Sie gefunden haben, gehört der Gruppe von *Homo sapiens* an, die die Erde bereits vor zweihunderttausend Jahren bewohnte; ein hoch entwickeltes Volk, das über hervorragende Kenntnisse der Naturwissenschaften und Mathematik verfügte.«

»Vor zweihunderttausend Jahren?«, fragte Lynn. »Hoch entwickelt?«

Wieder nickte Travers. »Ja, und fragen Sie mich nicht, wie sie auf diese Stufe der Evolution gelangt sind, denn das wissen sie selbst nicht. In einem Moment lebten auf der Erde noch andere Spezies der Gattung *Homo*, unter anderem *ergaster, heidelbergensis, rudolfensis, habilis, neanderthalensis*. Und im nächsten haben wir den

Homo sapiens sapiens, und zwar nicht nur physisch, sondern auch intellektuell voll ausgebildet. Wir wissen schon seit einiger Zeit, dass es bereits vor zweihunderttausend Jahren anatomisch moderne Menschen gab. Aber wir hatten keine Ahnung, dass die Erde schon vor so langer Zeit von intellektuell fortgeschrittenen Menschen bewohnt wurde. Anscheinend existierte eine ganze Ära fortgeschrittener menschlicher Zivilisation, die sich weit in die Vorgeschichte zurück erstreckt.«

»Wenn wir das akzeptieren«, ließ sich Lynn hören, »was ist dann aus dieser uralten Zivilisation geworden?«

»Sie wurde vernichtet«, erklärte Travers einfach. »Jedenfalls beinahe. Menschen, Gebäude, Transportmittel, ganze Städte, für immer verloren.«

»Aber wie?«, fragte Adams.

Travers hob eine Hand. »Bevor wir dazu kommen, müssen wir uns ansehen, wie die menschliche Gesellschaft vor ihrer Zerstörung aussah. Das wird Ihnen zu verstehen helfen, was geschehen ist.«

Adams und Lynn schauten ihn erwartungsvoll an und bedeuteten ihm, weiterzusprechen. Steinberg war offenbar genauso fasziniert.

»Als sich die Technologie entwickelte und die Menschen immer größere Fortschritte machten, sah die Welt mehr oder weniger so aus wie heute – diverse Nationalstaaten, die für ihre eigenen Bürger sorgten, während sie miteinander um Macht konkurrierten. Ein Krieg folgte auf den anderen, bis sich schließlich die Demokratie zu verbreiten begann und sich ähnlich denkende Nationen zu Föderationen zusammenschlossen. Nach mehreren Fehlstarts – bedenken Sie, dass dieser Prozess *Tausende* von Jahren in Anspruch nahm – bildete sich eine echte Weltregierung heraus, die der Erde den Frieden brachte.

Aber dann geschah es, dass diese Gesellschaft sich in der Mitte zu spalten begann und die Reichen reicher und die Armen ärmer wurden, bis es im Wesentlichen zwei Schichten gab. Die ›Oberschicht‹, wenn Sie so wollen, hieß ›Anunnaki‹, was übersetzt so viel bedeutet wie ›die vom Himmel auf die Erde kamen‹, und die untere, viel bevölkerungsreichere Schicht wurde ›Arkashian‹ oder die ›anderen‹ genannt. Sie wurden mehr oder weniger die Sklaven der Anunnaki. Die Arkashian verbreiteten sich bis in die fernsten Winkel der Welt, während die Anunnaki einen einzigen großen Stadtstaat schufen, der vor der Küste dessen lag, was heute der Atlantik ist.«

»Atlantis?«, fragte Adams ungläubig.

»Ja, Mr. Adams«, bekräftigte Travers. »Dieser Ort hat tatsächlich existiert, und er war das am höchsten entwickelte Zentrum der Zivilisation, das es auf diesem Planeten vorher oder nachher gegeben hat.«

»Wenn dies alles also an zukünftige Generationen überliefert wurde, dann haben doch wahrscheinlich einige die Katastrophe überlebt, die über sie gekommen ist?«

Travers seufzte ungeduldig. »Es gibt *immer* Überlebende«, sagte er. »Und in diesem Fall waren es sogar zwei Gruppen, womit wir übergangslos beim nächsten Teil unserer Geschichte sind. Vor vierzehntausend Jahren erlebte die Welt die Flut, die seitdem den Weg in die Erzählungen jeder einzelnen Kultur und Religion gefunden hat. Es gab sie wirklich, und sie hat schätzungsweise fünfundneunzig Prozent der damaligen Lebensformen auf der Welt ausgelöscht.«

Lynn keuchte auf. »Ein Meteor?« Sie wusste, dass die NASA diverse Ursachen für eine solche Flut untersucht hatte, und hatte die Fachliteratur gelesen. Eine der wahrscheinlichsten Erklärungen lautete, dass, wenn ein großer Meteor einen Ozean traf, dieser Aufprall einen Mega-Tsunami erzeugen und das Angesicht des Planeten vollkommen verändert würde.

Travers schüttelte den Kopf. »Nein, obwohl die Wirkung praktisch dieselbe war. Damals lag kurz vor der afrikanischen Küste eine große Felseninsel – ähnlich wie die Kanaren, nur weit größer. Auf einer Seite war eine Klippe, im Wesentlichen ein ufernaher Berg, der irgendwann einfach zusammenbrach. Vielleicht war seismische Aktivität ein Grund; jedenfalls ist ein riesiges Stück dieser Klippe schlicht abgerutscht und ins Meer gestürzt. Wir reden hier von

Millionen Tonnen Fels, die ungebremst auf den Meeresboden prallten. Die Wucht dieses Aufschlags schuf eine zwei Meilen hohe Flutwelle, die sich über den Atlantik ausbreitete und die Ostküste der heutigen Vereinigten Staaten vollständig zerstörte.«

»Und Atlantis«, setzte Adams hinzu.

»Gewissermaßen«, meinte Travers unverbindlich. »Aber das war noch nicht alles, denn die unglaubliche Wucht des Aufpralls schleuderte Milliarden Tonnen an Schutt in die Atmosphäre, der sich dann entzündete, überall auf dem Planeten landete und gewaltige Verheerungen durch Waldbrände verursachte. Das dabei entstandene Kohlendioxid verdunkelte die Atmosphäre, bis ein nuklearer Winter eintrat, der dazu beitrug, den größten Teil des restlichen Lebens auszulöschen.«

»Woher wissen Sie das alles?«, fragte Lynn.

»Ich bin der führende Experte für die Anunnaki«, antwortete Travers. »Ich arbeite seit Jahren mit ihnen zusammen und bin Fachmann für ihre Geschichte.«

»Sie arbeiten mit ihnen zusammen?«, fragte Steinberg misstrauisch.

Travers lächelte. »Ich kommuniziere mit ihnen«, erklärte er. »Ich benutze ein Gerät, das mich in die Lage versetzt, telepathisch Verbindung zu den Anunnaki aufzunehmen, und daraus habe ich mir ihre ganze Geschichte zusammengereimt – jedenfalls so, wie sie selbst sie darstellen.«

Adams nickte. Es überraschte ihn nicht, dass es mehr als eine dieser Kommunikationsboxen gab. Er war sich sicher, dass dieses Gerät identisch mit dem war, das Jacobs in seinem Haus in Mason Neck benutzt haben musste.

Plötzlich kam ihm ein Gedanke. »Wo befindet sie sich?«, fragte er. »Die Box?« Wenn sie in diesem Raum war, konnten die Anunnaki dann in diesem Moment ihre Gedanken lesen?

»Entspannen Sie sich«, sagte Travers gelassen. »Sie befindet sich in einem ganz anderen Raum. Wir besitzen eine Forschungsbibliothek, die dazu dient, ihre Geschichte und Kultur zu erfassen und zu bewahren, und sie steht dort. Wir benutzen sie regelmäßig, und sie beantworten uns unsere Fragen nur zu gern. Wirklich ein bemerkenswertes Volk«, sagte er mit tief empfundenem Respekt.

»Kommen wir auf die Flut zurück«, meinte Lynn zu Travers, um das Gespräch wieder auf das Thema zu bringen. »Wer hat sie überlebt?«

»Die Anunnaki natürlich«, erklärte Travers ihr. »Ihnen war lange zuvor klar, dass der Berg vielleicht ins Meer stürzen würde, doch trotz ihrer technischen Kompetenz fanden sie keine Möglichkeit, die Katastrophe zu verhindern. Stattdessen verwendeten sie ihre Ressourcen darauf, ihren Stadtstaat Atlantis in ein Raumschiff zu verwandeln.«

»Sie haben *was* getan?«, fragte Adams verblüfft. »Sie haben aus einer Stadt ein Raumschiff gemacht?«

»Sie hatten bereits lange Erfahrung mit der Raumfahrt«, erläuterte Travers. »Sie hatten jeden Planeten des Sonnensystems erforscht und waren dabei, Technologien für intergalaktische Flüge zu entwickeln. Denken Sie doch daran, wie Plato die Stadt Atlantis beschreibt – die zentrale Insel, die von konzentrischen Ringen umgeben ist, und beide sind durch Brücken verbunden. Ein Raumschiff, schlicht und einfach. Die Insel in der Mitte stellte das eigentliche Schiff dar, und die Ringe – die sich drehten, sobald das Schiff sich im Raum befand – erzeugten die künstliche Schwerkraft für ihre lange Reise. Und dann hob das Ganze einfach ab und flog in den Weltraum davon.«

Lynn dachte darüber nach. »Zumindest erklärt das, warum Atlantis nie gefunden wurde«, meinte sie. »Weil es gar nicht mehr auf der Erde ist.«

Travers lächelte. »Genau richtig«, bekräftigte er. »Die Anunnaki entkamen der verheerenden Flut, indem sie mit Atlantis selbst in den Weltraum auswichen.«

Adams sah auf die Digitaluhr, die in die Wand des Labors eingelassen war, und wandte sich an die anderen. »Da wir gerade von Entkommen reden … Ich finde, wir sollten jetzt aufbrechen.«

Steinberg schaute zu der Uhr hoch und nickte zustimmend. »Ja, ich glaube, Sie haben recht.« Er drehte sich zu Travers um und erklärte ihm kurz, worum es ging und worin Jacobs' Plan für die Weltbevölkerung bestand. »Ich bringe die beiden zum Roosevelt-Ausgang«, sagte er. »Sie sollten mitkommen.«

Lange betrachtete Travers den Tank mit dem Leichnam des Anunnaki, dann wandte er sich wieder um. »Ja. Natürlich komme ich mit. Ich habe noch einiges zu erklären.«

Steinberg lächelte Adams und Lynn zu. »Okay«, sagte er, »gehen wir. Es ist noch ungefähr eine Meile bis zum Ausgang.«

Kurz darauf liefen sie wieder durch die verlassenen Korridore von Ebene 36, wo ihre Schritte auf dem Beton widerhallten und sie riesige Lagerräume und Hightech-Labors passierten.

»Was ist nach der Flut passiert?«, fragte Adams, neugierig darauf, wie die Geschichte weiterging, die Travers ihnen bisher erzählt hatte.

»Die meisten Arkashian wurden ausgelöscht«, fuhr Travers fort. Er war offensichtlich froh darüber, wieder in seine Lehrerrolle zu schlüpfen. Adams vermutete, dass es ihn von ihrer heiklen Lage ablenkte. »Aber auf der ganzen Welt überlebten kleine Gruppen und wir sind ihre direkten Nachfahren. Die erfolgreichsten Überlebenden fanden sich schließlich in einer schmalen Region im Nahen Osten zusammen, wo die Bedingungen ihnen erlaubten, die Ackerbaukulturen Sumer, Babylon und Ägypten zu entwickeln.«

»Aber wo sind alle Überreste geblieben, die von der früheren Zivilisation da sein müssen?«

»Das meiste befindet sich unter Wasser«, antwortete Travers, »wie man es nach einer solchen Flut erwarten würde. Aber der größte Teil der Hochtechnologie hatte sich auf Atlantis konzentriert, das sich nicht mehr auf diesem Planeten befand. Die ältere, über die ganze Welt verteilte Technologie der Anunnaki war schon lange zuvor von den Arkashian zerstört worden. Einige Artefakte werden immer noch hier und da entdeckt, zusammen mit den Leichnamen, wie Sie einen gefunden haben, aber fast alle landen schließlich hier.« Er wies in die Richtung zurück, aus der sie gekommen waren. »Dieser Raum dort birgt allein mehrere hundert Exemplare dieser uralten Menschen, darunter einige, die so gut erhalten sind wie Ihr Fund. In anderen Lagerräumen hier unten befinden sich Tausende weiterer Beispiele für ihre antike Technologie.«

»Und was ist aus den Menschen geworden, die diese Entdeckungen gemacht haben?«, verlangte Lynn bitter zu wissen.

»Die meisten wurden hier verhört, bevor ihr Gedächtnis gelöscht oder sie getötet wurden«, gestand Steinberg. »Andere, die wir aus irgendeinem Grund nicht herbringen konnten, hatten entweder unglückliche ›Unfälle‹ oder wurden einfach nur in der Presse lächerlich gemacht, ihre ›Beweise‹ systematisch diskreditiert und dann offen verspottet. Deswegen hören Sie oft in den Massenmedien von solchen Entdeckungen, und aus diesem Grund werden sie auch von der etablierten Wissenschaft stets abgestritten.«

Lynn schnaubte verächtlich. »Sie haben wirklich alles unter Kontrolle, was?«

»Wir versuchen es jedenfalls«, sagte Travers.

»Und was ist aus den Anunnaki geworden?«, wollte Adams wissen.

»Sie sind während der nächsten paar tausend Jahre durchs All gereist – den Großteil davon aufgrund der enormen Entfernungen im Kälteschlaf – und versuchten, einen neuen Planeten zu finden, um ihn zu besiedeln. Schließlich fanden sie heraus, dass in Reichweite ihres Raumschiffs tatsächlich keine anderen wirklich bewohnbaren Planeten existierten, also beschlossen sie, das Raumschiff selbst zu ihrer Heimat zu machen. Dabei vollzog sich ohne den körperlichen Druck des Lebens auf einem Planeten die Evolution, die sie an dem Roswell-Piloten gesehen haben. Sie brauchten keine kräftigen Körper, keine starken Gliedmaßen mehr und so weiter, weswegen ihre körperliche Gestalt auf die eines modernen Kindes geschrumpft ist. Doch ihr Gehirn – und ihre Intelligenz – wuchsen weiter, was zu den abnorm großen Schädeln führte, wie Sie sie gesehen haben. Auch die anderen körperlichen Sinne – Tastsinn, Sehkraft, Geruchssinn und Gehör – nahmen mit der Zeit stark ab, und sobald sie die Fähigkeit zur telepathischen Kommunikation entwickelt hatten, wurde ihr Mund mit jeder Generation kleiner und nutzloser.«

»Großartig«, meinte Adams. »Wenn in ihrer kleinen Raumschiff-Welt alles so perfekt ist, warum wollen sie dann herkommen und die Macht übernehmen?«

»Schlichte Mathematik«, erklärte Travers. »Momentan sind sie praktisch unsterblich. Durch medizinische Fortschritte gibt es für sie keine Obergrenze des Alters, da ihre Zellen künstlich am Absterben gehindert werden. Aber sie sind sich im Klaren darüber, dass sie sich vermehren müssen, damit ihre Evolution sich fortsetzen kann – aber wo hätten sie Platz für neue Menschen? Auf ihrem kleinen Raumschiff jedenfalls nicht. Sie wollen sich weiterentwickeln, und dazu brauchen sie mehr Platz. So einfach ist das.«

»Aber wieso ausgerechnet jetzt?«, fragte Lynn. »Warum sind sie gerade jetzt zurückgekommen?«

»Der Zweite Weltkrieg«, antwortete Travers. »Die Atombombe. Sogar in den Tiefen des Raumes haben ihre Sensoren die Explosionen registriert, und es war klar, dass sie von Menschen erzeugt worden waren. Das verriet ihnen nicht nur, dass der Planet Erde noch bewohnbar war, sondern dass wir die Technologie besaßen, um ihre Rückkehr in erreichbare Nähe zu rücken, obwohl wir natürlich ihre Anleitung brauchten, um die Mittel dazu zu schaffen.«

»Es erstaunt mich, dass sie nicht von Anfang an solche Sensoren hier stationiert oder sonst wie überwacht haben, was nach der Flutwelle geschah«, meinte Lynn.

»Das haben sie. Sie haben eine Art ›Nachhut‹ zurückgelassen, die die Erde in einem kleineren Raumschiff umkreiste, um Bericht zu erstatten.«

»Tatsächlich? Und was ist aus denen geworden?«, wollte Lynn wissen.

»Haben Sie die Bibel gelesen?«, fragte Travers lächelnd. »Es steht alles darin.«

20

»Wie meinen Sie das?«, fragte Adams, während sie um eine weitere Ecke des unterirdischen Labyrinths bogen.

»So ziemlich alles in der Thora, den ursprünglichen Gesetzbüchern der frühesten Bibelüberlieferung, bezieht sich auf die Besatzung des zurückgebliebenen Schiffs«, erklärte Travers. »Und da die Bibel auf älteren Mythen und Erzählungen beruht, kann man die Geschichte dieser Leute auch in den Schriften der alten Sumerer, Babylonier und Ägypter nachlesen. Dieselben Geschichten haben auch Inder, Griechen, Römer und sogar die Wikinger nacherzählt, daher kann jeder sie in seiner eigenen Religion oder Mythologie noch einmal nachvollziehen.«

»Klingt wie das, was Baranelli uns erzählt hat«, meinte Adams zu Lynn.

Lynn nickte. »Ja, wir haben in Harvard vergleichende Religionswissenschaft studiert«, sagte sie. »Und es stimmt, dass es in ansonsten ganz verschiedenen Religionen in der ganzen Welt bemerkenswerte Ähnlichkeiten gibt. Die Sintflut zum Beispiel.«

»Genau«, pflichtete Travers ihr bei. »Und es ist klar, dass fast alle Glaubensrichtungen ›Götter‹ oder ›Engel‹ beschreiben, die vom Himmel herabsteigen, oft in ziemlich komplexen Apparaturen.«

»Und Sie behaupten, diese ›Götter‹ seien in Wahrheit Menschen gewesen, die nach der Flut zurückgelassen worden waren und nun in einem Raumschiff in der Umlaufbahn lebten?«

»Ja. Sie beobachteten die Erde aus der Ferne, da sie sich nicht sicher waren, ob die Arkashian überleben würden oder ob die Atmosphäre zu stark beeinträchtigt war. Und so überwachten sie uns, während die Generationen kamen und gingen, bis sich in der

›Wiege der Zivilisation‹, die wir kennen, Gemeinwesen bildeten und begannen, Ackerbau zu treiben.«

»Haben sie denn ihre Berichte zum Mutterschiff geschickt? Nach Atlantis?«

»Das war der Plan gewesen, aber bald stellte sich heraus, dass ihre Nachrichten aus einem unbekannten Grund ihre Kameraden, die sich jetzt tief im Raum befanden, nicht erreichten. So waren diese Menschen auf sich gestellt.«

»Was ist aus ihnen geworden?«, fragte Adams.

»Als ihnen bewusst wurde, dass sie jeglichen Kontakt zu den anderen Anunnaki verloren hatten, und sie sich sicher waren, dass die Erde wirklich wieder bewohnbar war, begannen sie uns zu besuchen. Sie landeten in kleinen Raumschiffen und wurden von den alten Sumerern sofort als Götter betrachtet. Tatsächlich ist der Name ›Anunnaki‹ für diese Götter eindeutig in der sumerischen Literatur überliefert.

Nachdem sie so viele Generationen allein gewesen waren, schwelgten die Besucher natürlich in der Ehre und Beachtung, die ihnen hier zuteilwurde. Um ihre Stellung zu festigen, begannen sie, diese frühen Zivilisationen in den Grundlagen des Lesens und Schreibens und der Mathematik zu unterrichten – nicht auf fortgeschrittenem Niveau, sondern nur so weit, um ihnen sozusagen Appetit zu machen. So wollten sie sich auch in Zukunft die Verehrung der Menschen sichern, nach der sie inzwischen geradezu süchtig waren. Trotz ihrer Fortschritte waren sie immer noch Menschen und denselben Emotionen ausgeliefert wie wir. Aus diesem Grund vermischten sie sich schließlich mit uns – was *beweist*, dass diese Besucher Menschen waren, da unterschiedliche Spezies sich nicht erfolgreich kreuzen können – und gingen schließlich in unserer Bevölkerung auf. Allerdings schufen sie mit ihren Abkömmlingen ›königliche‹ Dynastien, die Hunderte, wenn nicht Tausende von Jahren überdauerten. Beispielsweise kann man die königliche Linie Davids bis zu diesen frühen Besuchern zurückverfolgen. Ihre Beziehungen sahen aus wie eine moderne Seifenoper, wie man an den Erzählungen über die griechischen Götter sieht, von denen die meisten auf viel älteren und ursprünglich wahren Geschichten beruhen. Einige dieser Geschichten muss man tatsächlich lesen, um sie zu glauben. Und dazu kamen noch die vielen Berichte über fortgeschrittene Technologie und Waffen. Zeus' Blitzbündel? Eine Laserwaffe aus dem Raumschiff. Ähnliche Geschichten findet man auch anderswo. Das Raumschiff selbst wird in den indischen Veden als ›vimyana‹ beschrieben, und die Besucher kamen von einem ›Stern‹ am Himmel, der leicht zu identifizieren war. Das war natürlich die Raumstation in der Umlaufbahn, die man tatsächlich mit bloßem Auge erkennen konnte, ganz ähnlich wie heute die internationale Raumstation. Die Vernichtung von Sodom und Gomorrha in der Bibel basierte auf einem tatsächlichen Ereignis, das lange, bevor das Buch geschrieben wurde, stattfand. Damals wurde eine ganze Stadt von einer Atomwaffe ausgelöscht. Und es gibt noch viel mehr Beispiele, überall in der religiösen Literatur.« Travers räusperte sich. »›Als sich die Menschen über die ganze Welt ausgebreitet hatten und Mädchen geboren wurden, sahen einige dieser himmlischen Wesen, dass diese Mädchen schön waren, und so nahmen sie sich die, die sie begehrten ... Zu dieser Zeit, und auch noch später, wandelten die Nephilim auf Erden, die von menschlichen Frauen und den himmlischen Wesen abstammten. Dies waren die großen Helden und berühmten Männer aus alter Zeit.‹ Klingt wie eine fiktive Geschichte über außerirdische Besucher und ihre Vermischung mit den Menschen, was? Ist es auch. Erstes Buch Mose, Kapitel sechs, Vers eins bis vier.«

»Sie machen Witze«, sagte Adams.

»Nein«, schaltete sich Lynn ein. Ihre Gedanken überschlugen sich. »In anderen Übersetzungen werden die Nephilim manchmal auch ›Riesen‹ genannt, aber die genaue Bedeutung des Wortes war unbekannt.« Sie wandte sich an Travers. »Sie behaupten also, die Nephilim seien die überlebenden Anunnaki gewesen?«

»Unbedingt. ›Nephilim‹ ist tatsächlich eine direkte Transliteration von ›Anunnaki‹ aus ihrer eigenen Sprache ins Althebräische.

Es steht alles da«, fuhr er fort, »schwarz auf weiß, vor unser aller Augen. Die ganze Geschichte unserer Welt. Jeder hat es gelesen, aber niemand versteht es wirklich. Manche glauben, dass die darin beschriebenen Götter tatsächlich übernatürliche Wesen sind, während andere glauben, sie seien das Ergebnis durch Drogen hervorgerufener Halluzinationen oder Visionen oder sie seien nur symbolisch. Niemand hält diese Geschichten für *buchstäblich* wahr. Am nächsten kommen der Wahrheit noch die Verfechter der Prä-Astronautik, die behaupten, diese Götter aus der Urzeit seien in Wirklichkeit Astronauten gewesen. Aber die Wahrheit ist noch erstaunlicher. Diese uralten Götter, die ganze Grundlage aller Religionen und Glaubensgebäude, waren Männer und Frauen. Wir haben Menschen verehrt und tun es noch.«

21

»Wir sind da«, erklärte Steinberg, als sie um eine weitere Ecke bogen und plötzlich vor etwas standen, das wie eine Aufzugtür aussah. »Dies ist der Roosevelt-Ausgang«, erläuterte er, »der einige Zeit nach der Errichtung der Basis auf Anweisung des Präsidenten gebaut wurde. Roosevelt, der uns hier gelegentlich besucht hat, litt unter Klaustrophobie und war ziemlich paranoid. Er hasste die Vorstellung, dass ein einziger Aufzug den alleinigen Fluchtweg bildete, falls hier unten etwas passierte, und ließ einen Geheimtunnel bauen.« Steinberg beugte sich vor und drückte auf einen Knopf neben der Aufzugtür. Reibungslos glitt sie zur Seite und enthüllte das übliche Innere eines Lifts. »Er war als normaler Aufzug getarnt, der immer defekt war und schließlich als unsicher außer Betrieb genommen wurde. Aber …«, fuhr er fort und tippte dabei einen Code in die Kontrolltafel an der Innenwand ein, »… das sollte auch nie ein Aufzug sein. Jedenfalls nicht im normalen Sinn.«

Als er zu Ende gesprochen hatte, glitt die Rückwand des Aufzugs zur Seite, und ein außerordentlich langer Tunnel wurde sichtbar, der sich leicht ansteigend in die Ferne erstreckte, soweit sie sehen konnten.

Adams steckte den Kopf hinein. »Wenn wir uns sechsunddreißig Stockwerke unter der Erde befinden«, meinte er, »dann müsste der Tunnel, wenn er in diesem Winkel weiter verläuft, ja …«

»Fünf Meilen lang sein«, beendete Steinberg seinen Satz. »Er mündet in der Nähe des ›Extraterrestrial Highway‹, das heißt der Route 375, die bis zum Gelände der Basis führt. Der Tunnelausgang befindet sich kurz vor dem Zaun. Er liegt noch auf dem Grund und Boden der US Air Force – das ganze Gebiet Hunderte von Meilen im Umkreis ist im Besitz der Air Force – aber es könnte weit genug sein, dass Ihnen die Flucht gelingt.«

Adams wies auf einen Metallwagen auf der rechten Seite des Tunnels, der auf etwas ruhte, das wie Eisenbahnschienen aussah. »Was ist das?«

Steinberg lächelte. »Das würde ich an Ihrer Stelle ignorieren. Das soll für eine schnelle Flucht sorgen, aber es hat hier über vierzig Jahre gestanden, ohne gewartet zu werden. Und selbst wenn es funktionieren würde, dann würde Ihnen die hohe Beschleunigung wahrscheinlich nicht guttun.«

Adams nickte. »Dann lassen Sie uns gehen«, sagte er und trat zusammen mit Lynn in den Tunnel.

Als er bemerkte, dass die beiden Wissenschaftler ihm nicht folgten, drehte er sich um.

Und dann stieß Lynn einen erschrockenen Aufschrei aus, und Adams riss die Augen auf, als sie Professor Travers sahen, der eine Pistole direkt auf Steinbergs Kopf richtete.

22

»Haben Sie wirklich gedacht, ich würde Sie einfach davonspazieren lassen?«, fragte Travers. »Haben Sie geglaubt, ich wüsste nicht über die Pläne Bescheid?« Er lachte sie aus. »Ich war Gast bei der Bilderberg-Versammlung von 2002 und wurde sofort für die Hundert ausgewählt.« Er wies den Gang entlang, durch den sie gekommen waren. »Hören Sie das?«

Adams hörte es und verfluchte sich, weil er es nicht eher bemerkt hatte. Es waren Männer in Stiefeln, und zwar viele, die sich ihnen im Laufschritt näherten. Er hatte sich von Travers mit seinen Geschichten ablenken lassen. Nach dem Echo vermutete Adams, dass sie innerhalb der nächsten sechzig Sekunden hier sein würden.

»Zwanzig Security-Männer«, erklärte Travers. Ein boshaftes Lächeln malte sich auf seinem Gesicht. »Und sie sind nicht gerade bekannt dafür, dass sie nachsichtig mit Ausreißern umgehen.«

Adams sah Steinbergs empörte, zornige Miene lange, bevor Travers sie wahrnahm, und packte schon Lynns Hand und lief in den Tunnel, als Steinberg einen Wutschrei ausstieß und sich auf seinen Kollegen stürzte.

Steinberg umklammerte Travers' Pistole mit beiden Händen und riss seinen Arm nach oben. Ein lauter Knall folgte, und eine einzelne Kugel prallte als Querschläger ab und flog den Gang entlang. Die beiden Männer rangen weiter um die Waffe.

Adams hörte, dass die Schritte gleich um die Ecke biegen würden. Er schob Lynn in den Metallwagen und suchte vergeblich nach den Kontrollen.

Steinberg sah, was sie vorhatten. »Linke Seite! Den roten Knopf!«, brüllte er ihnen zu.

Adams drehte sich um und sah die bewaffneten Wachleute in

den Gang stürmen. Sie hatten die Maschinenpistolen auf Schulterhöhe angelegt.

Er zuckte zusammen, als sie abdrückten, hörte, wie Lynn begeistert »Ja!« schrie und sah gleichzeitig, wie Steinberg von hunderten 9-mm-Teilmantelgeschossen in blutige Fetzen gerissen wurde. Und dann spürte er, wie sein Körper mit gewaltiger Wucht in den Metallwagen zurückgedrückt wurde, als er sich aus seinen Halterungen losriss und mit furchteinflößender Geschwindigkeit den Tunnel entlangraste. Travers und die zwanzig Wachleute blieben als winzige, bedeutungslose Punkte weit, weit zurück.

Lynn wurde klar, dass Steinberg keinen Scherz gemacht hatte, als er von der Beschleunigung sprach.

Zuerst versetzte die Geschwindigkeit des Wagens ihr einen solchen Schock, dass ihr fast das Gehirn versagte. Die unglaubliche Wucht presste sie an die Rückwand des Wagens, und ihre Gesichtshaut wellte sich unter dem starken Druck. Aber dann kam sie langsam wieder zu sich und schätzte die Schwerkraft auf 4 oder 5 g.

Während ihrer Zeit bei der NASA war sie eingeladen worden, die Ausbildung der Piloten zu beobachten. Im Sturzflug hatte sie dabei Beschleunigungen bis zu 12 g erlebt, aber sie hatte auch einen speziellen Anzug getragen, der den größten Teil des Schocks abfing. 4 bis 5 g waren ungefähr das, was man auf einer Achterbahn erlebte, aber diese Zahlen bezogen sich nur auf kurze Zeiten während der schnelleren Teile der Fahrt. Doch hier hatten sie keine Schutzanzüge, und die Beschleunigung hielt konstant längere Zeit an.

Bald begann sie die Auswirkungen zu spüren. Als Erstes bemerkte sie nach nur dreißig Sekunden großer Beschleunigung, dass ihr Blickfeld verschwamm und grau wurde und der Tunnel Farben und Konturen verlor. Sie schloss die Augen, um sich zu sammeln, doch rasch wurde ihr übel.

Als sie die Augen wieder aufschlug, hatte sie einen extremen Tunnelblick. Der Umstand, dass sie sich ohnehin in einem Tunnel befand, war dabei nicht hilfreich. Ihr Blickfeld wurde immer kleiner, und zwar rasch. Sie hatte keine Ahnung, wie schnell sie sich bewegte, doch sie wusste, dass der Tunnel fünf Meilen lang war. Selbst bei einer Geschwindigkeit von zweihundert Meilen pro Stunde würde die Fahrt über eineinhalb Minuten dauern, und sie war sich nicht sicher, wie viel Zeit bereits vergangen war. Wie lange konnte sie das noch aushalten? Sie spürte, wie ihre Sehkraft jetzt vollständig versagte. Bald würde sie nichts mehr sehen können, und sie wusste, dass sie dann rasch das Bewusstsein verlieren, womöglich sogar sterben würde.

Von den Rändern ihres Blickfelds her wurde ihr schwarz vor Augen, und sie wusste, dass es bald zu spät sein würde; doch dann fühlte sie, wie der Wagen abbremste; nach und nach, doch sie spürte die verringerte Geschwindigkeit. Und als der Wagen langsamer fuhr, kehrten auch ihre Sinne zurück. Zuerst wich die Schwärze zurück, dann weitete sich der Tunnel vor ihr, und schließlich waren die Farben wieder da, und ihre Wahrnehmungsfähigkeit kehrte vollständig zurück, während der Wagen weiter bremste, bis er zum Stehen kam.

Erneut überrollte die Übelkeit sie wie eine Welle. Ihr drehte sich der Kopf, und sie griff nach dem Rand des Wagens, um sich zu stützen. Aber dann spürte sie eine Hand auf ihrem Arm, drehte sich um und erblickte Adams, der sie aus blutunterlaufenen Augen ansah.

»Komm«, sagte er matt und zog sie am Arm. »Lass uns gehen.«

Colonel Briscoe Caines stand vor den Hauptmonitoren in der Zentrale der Security, einem großen Backsteingebäude, das neben dem neuen Hauptquartier der Basis lag, exakt in der Mitte einer Vielzahl weiterer Gebäude, die sich über Area 51 verteilten.

Caines hatte das Oberkommando über die Sicherheit auf der Basis; eine Aufgabe, der er mit rücksichtsloser Hingabe nachkam. Er war Major in den US Special Forces gewesen, bevor er zum Militärgeheimdienst gegangen war, wo er zum Colonel aufgestiegen und dann zur Area 51 gewechselt war.

Obwohl seine Versetzung von der US-Armee in Zusammenarbeit mit der CIA vorgenommen worden war, hatte ihn in Wahrheit sein alter Freund Stephen Jacobs berufen, und er machte sich keine Illusionen darüber, wer in Wahrheit verantwortlich für die Sicherheit auf der Basis war: Commander Eldridge und seine Alpha-Brigade. Eldridge und seine Kumpane waren jedoch kürzlich nach Genf abgezogen worden, sodass Caines diese Schweinerei jetzt allein in Ordnung bringen konnte.

Er war vor zehn Minuten geweckt worden, als der Notruf eingegangen war; der Wachoffizier war in heller Panik gewesen. In seinem Einzelzimmer im Schlafquartier, das sich im hinteren Teil der Security-Zentrale befand, hatte er die Beine aus dem Bett geschwungen und sich angezogen, während er den Bericht anhörte.

In der Wachstube auf Ebene 34 war ein Notsignal von Professor Travers aus Labor 8 eingegangen, das zwei Ebenen tiefer lag. Offenbar hatten die beiden Gefangenen, die kürzlich auf die Basis gebracht worden waren, ihre beiden Wachposten und zwei der Verhörspezialisten überwältigt und Dr. Steinberg überzeugt, ihnen bei der Flucht zu helfen. Als Caines das hörte, hatte er verächtlich geschnaubt – was für eine Chance hatten sie schon?

Doch dann wurde offensichtlich, dass sie unterwegs zum Roosevelt-Ausgang waren, und mit einem Mal wurde diese Möglichkeit um einiges realer. Er befahl einer Abteilung Männer, die Flüchtigen in den ausgedehnten Gängen von Ebene 36 aufzuspüren. Das gesamte übrige Sicherheitspersonal der Basis sollte sich bereithalten. Dann verließ er im Laufschritt das Schlafquartier der Offiziere und erreichte die Sicherheitszentrale in Rekordzeit.

Als er dort eintraf, war allerdings noch mehr schiefgelaufen. Steinberg war zwar getötet worden, aber Adams und Edwards hatten den Fluchttunnel erreicht und waren in dem magnetoelektrischen Wagen in Richtung Ausgang verschwunden.

»Zur Groom Lake Road!«, schrie er in das Mundstück seines Funkgeräts. Jetzt schlich sich die Panik auch in seine Stimme. »Alle Einheiten!«

23

Adams hob Lynn aus dem Wagen und wies nach oben. Die Schienen endeten ein, zwei Meter vor dem Endpunkt des Tunnels, der scharf nach oben abbog und eine Art kurzen, senkrechten Schacht bildete. An die Wand war eine Leiter geschraubt und führte durch den dunklen Gang zu etwas hinauf, das wie die Luke eines U-Boots aussah.

Er stieg die Leiter hoch, und Lynn folgte ihm sofort. Nur eine Sekunde lang wandte sie sich um und sah in den langen Tunnel, um sich zu vergewissern, dass sie noch allein waren.

Ihr Kopf hatte sich von dem Schock durch die Beschleunigung des Wagens erholt, und die Übelkeit war inzwischen fast verschwunden. Ein wenig flau im Magen war ihr noch, doch das lag daran, dass sie ihre Flucht aus der sichersten Militärbasis der Welt noch nicht geschafft hatten. Nicht nur, dass eine Gruppe ausgebildeter Killer ihnen unmittelbar auf den Fersen war; sie hatten auch nicht die geringste Ahnung, was sich auf der anderen Seite der Luke über ihnen befinden würde. Aber sie hielt sich dicht hinter Adams und sah zu, wie er das obere Ende erreichte und die Füße um die Leitersprossen schlang, damit er sich aufrichten und die metallene Luke öffnen konnte.

Er versuchte, das Drehrad zu bewegen, doch es saß zu fest.

Adams sah zu ihr herunter. »Das verdammte Ding ist festgerostet«, erklärte er ärgerlich. »Ist wahrscheinlich seit fünfzig Jahren nicht mehr geöffnet worden.«

Obwohl es sinnlos erschien, drehte er sich um und stemmte sich erneut dagegen, bis er rot im Gesicht war und sich an seinen Händen Blasen zu bilden begannen. Doch das Rad rührte sich nicht. Es war, als wolle die defekte Luke sie grausam verhöhnen und ihnen vor Augen führen, dass die Aussicht auf Flucht nur auf der anderen Seite lag.

Caines betrachtete die Monitore. Die Gänge von Ebene 36 waren nicht mit Sicherheitskameras bestückt, da sie fast vollständig autark war, doch das Team unter Leitung von Captain Aldo Barnes lieferte ihm Bilder aus seinen Helmkameras.

Erleichtert sah er, dass Barnes so vorausschauend gewesen war, ein paar L-84-»Ramcarts« aus dem Wachlokal auf der höheren Ebene mitzunehmen. Dieses Fahrzeug war im Prinzip ein modifiziertes Golfmobil und nicht annähernd so schnell wie der Wagen, mit dem die Flüchtlinge davongerast waren. Andererseits waren die Männer so beträchtlich schneller, als wenn sie die beiden zu Fuß durch den Tunnel verfolgt hätten.

Caines sah zu, wie die Hälfte der Männer es fertigbrachte, sich in die beiden kleinen Fahrzeuge zu quetschen, die dann mit schnellen dreißig Meilen pro Stunde in den Tunnel fuhren, während der Rest der Männer ihnen im Laufschritt folgte. Dann wandte er sich ab und überprüfte die Fortschritte seiner anderen Einheiten, die zu der Stelle unterwegs waren, wo der Tunnel an die Oberfläche mündete.

Barnes übernahm mit dem ersten Mobil die Führung und überprüfte mit einem wilden Grinsen das Magazin seines Steyr-AUG-Sturmgewehrs. In dem engen Tunnel war das Donnern der Dieselmotoren ohrenbetäubend laut. Die beiden, die sich nur ein paar Meilen vor ihnen befanden, hatten zwei seiner Männer in den Verhörräumen bewusstlos am Boden liegen gelassen. Barnes fühlte sich in seiner Berufsehre gekränkt, aber dafür würde er sich bald rächen.

Adams hörte die Motoren als Erster, obwohl er sich weiter gegen das Drehrad stemmte und ihm durch den Überdruck in seinem Kopf das Blut in den Ohren pochte.

Die verdammten Wachleute mussten ein Fahrzeug in den Tunnel gebracht haben und würden schneller bei ihnen sein, als Adams gehofft hatte. Eine Gruppe Bewaffneter, die zu Fuß unterwegs war, hätte wahrscheinlich ungefähr eine Stunde gebraucht, um sie zu erreichen. Aber wenn sie motorisiert waren? Das kam auf die genaue Geschwindigkeit an, aber ganz bestimmt einiges weniger als eine Stunde. Gut möglich, dass ihnen nur wenige Minuten blieben.

Adams blickte zu Lynn hinunter, sah, dass auch sie das Dröhnen von Motoren gehört hatte, und nahm die Besorgnis in ihrem Blick wahr. Sie galt jetzt nicht nur ihnen beiden, sondern auch dem ungeborenen Kind, von dem sie wusste, dass es in ihrem Leib heranwuchs.

Er wandte sich wieder der verfluchten, verrosteten Luke zu und ging mit frischem Elan darauf los. Das verdammte Ding würde sich auf jeden Fall öffnen, egal wie. Etwas anderes konnte er nicht zulassen.

Sekunden später spürte er, wie Lynn zu ihm heraufstieg, die Füße zwischen seine auf die Sprosse setzte und sich mit dem Rücken an der gegenüberliegenden Tunnelwand abstützte.

Sie lächelte ihm aufmunternd zu und fasste die gegenüberliegende Seite des Drehrads. In ihrem Blick lag mehr als nur Liebe; da waren Verstehen, Glaube und das Eingeständnis ihrer tiefsten Gefühle füreinander.

»Wir machen das zusammen, ja?«, sagte sie zu ihm, und Adams wusste, dass sie nicht nur davon sprach, die Luke zu öffnen.

Er erwiderte ihren Blick, wobei er hoffte, dass er alles zum Ausdruck brachte, was er in ihren Augen gelesen hatte, und nickte.

»Auf ›drei‹ drehen wir beide gemeinsam«, erklärte er. Das Donnern der Dieselmotoren wurde lauter.

»Eins«, begann er, während beide fest die Hände um das Rad aus

Edelstahl legten. »Zwei«, fuhr er fort und holte tief Luft. »Drei!«, schrie er, und dann zogen beide so fest an dem Ring, wie sie konnten. Ihre Muskeln zogen sich so heftig zusammen, dass ihre Stirnvenen blau zu pulsieren begannen und drohten, die Haut zu sprengen.

Zuerst spürten sie nichts, nicht einmal die Andeutung einer Bewegung, doch als sie beide mit fast übermenschlicher Anstrengung kämpften, hörten sie das allererste Schleifen von Metall auf Metall und nahmen ein Knirschen und ein leichtes Ruckeln wahr, das sie beide durch ihre Hände spürten.

Adams sah Lynn an. Er konnte vor Anstrengung nicht sprechen, doch sein Blick sagte alles. *Wir haben es fast geschafft! Stärker!*

24

Nach nur einer Meile Fahrt durch den langen Tunnel erreichten die Ramcart-Buggys ihre Höchstgeschwindigkeit von fünfzig Meilen pro Stunde. Nach Barnes' Berechnung würden sie sieben Minuten nach ihrem Start von dem im Aufzug versteckten Zugang am Ende ankommen.

Nach sechs Minuten sah er auf die Uhr und gab seinen Männern ein Zeichen, sich bereit zu machen. Sie würden stürmen, sobald sie angekommen waren, und die beiden Flüchtigen schnell und gründlich unschädlich machen.

Und dann sah er das Ende des Tunnels näher kommen und erblickte den verlassenen Wagen. Der Mann und die Frau waren nicht gleich zu sehen, was hieß, dass sie wahrscheinlich oben im Zugangstunnel feststeckten und versuchten, die metallene Luke zu öffnen.

Barnes lächelte in sich hinein; die Luke war jahrelang vernachlässigt worden und dadurch so gut wie zugeschweißt. Sie stand auf der »To-do-Liste«, gehörte aber anscheinend immer zu den Posten, die nicht erledigt wurden.

Die Mobile hielten an, und Barnes und seine Männer schwärmten mit erhobenen Waffen in den Tunnel aus und rannten auf den vertikalen Schacht zu. Das würde ein Kinderspiel werden.

Zwei seiner Männer erreichten die Stelle vor ihm. Sie richteten ihre Sturmgewehre senkrecht in den kurzen Ausgangstunnel. Als keine Schüsse fielen, war Barnes kurz verwirrt, doch dann war er da, blickte zur Luke hoch und begriff sofort.

Denn da war nichts, worauf man hätte schießen können. Der Schacht war leer und durch die offene Stahlluke war der Nachthimmel zu sehen.

Adams und Lynn war es endlich gelungen, das Stahlrad so weit zu drehen, dass der Rost brach, der die Luke festhielt. Das Knirschen des widerspenstigen Metalls war einer flüssigeren Bewegung gewichen, bis sich die Luke vollständig geöffnet hatte.

Staub und Erde waren ihnen auf die Köpfe gerieselt, als Adams die Luke behutsam aufschob. Er hielt sie ein paar Zentimeter offen, während er und Lynn beiseiterückten und warteten, bis die Erde auf den Tunnelboden gefallen war.

Adams schob wieder dagegen und traf zwar auf Widerstand, machte aber weiter, bis die Luke halb offen stand. Aus Sicherheitsgründen hatte er sie ohnehin nicht ganz öffnen wollen, da er nicht zu viel Aufmerksamkeit erwecken wollte, falls sich Wachposten in der Nähe befanden. Er nahm an, dass die Sicherheitsleute von Ebene 36 einen allgemeinen Alarm ausgegeben hatten und sie daher vielleicht schon bis zum Tunnelausgang gekommen waren, falls sie ihn finden konnten.

Er hielt die Luke weit offen, sodass jemand hindurchkriechen konnte, und bedeutete Lynn, zu ihm herüberzukommen. Sie stieg auf seine Leiterseite um, verschaffte sich festen Halt und übernahm die schwere Luke. Adams zog seine Handwaffe, küsste Lynn rasch auf die Lippen und schob sich langsam hinaus in den nächtlichen Mondschein.

Adams hielt sich tief am Boden und glitt langsam und lautlos aus der halb offenen Luke. Sobald sich sein Oberkörper im Freien befand, hielt er inne und beobachtete die nähere Umgebung. Dabei hielt er den Kopf still, und nur seine Augen bewegten sich.

Er nahm keine Bewegung wahr, da war er sich ziemlich sicher. Er war Experte darin, Tiere bei Nacht zu verfolgen, und war es gewöhnt, Bewegungen selbst in der tiefsten Finsternis aufzuspüren. Aber hier entdeckte er keinerlei verräterische Anzeichen. Doch das hieß noch lange nicht, dass sich nicht in größerer Entfernung jemand befand, der sie elektronisch überwachte oder sich hinter dem Lukendeckel verbarg, wohin sie nicht sehen konnten.

Und so schob er sich langsam heraus und drehte sich um, um

auch hinten nachzusehen. Die gesamten 360 Grad des Horizonts musterte er, bis er sich zu seiner Zufriedenheit davon überzeugt hatte, dass niemand da war.

Doch nachdem jetzt die Motorengeräusche aus den Tunneln unter ihnen verstummt waren, nahm er andere Motoren wahr, die über Land auf sie zukamen, und ihm war klar, dass die Security inzwischen wusste, wo sie sich befanden, und bereits unterwegs war.

Er zog sich hoch, bis er in der Hocke kauerte, griff nach der Luke und riss sie vollständig auf, sodass das Erdreich, das darauf gelegen hatte, zur Seite geschleudert wurde. Dann langte er hinunter, fasste Lynn bei den Armen und zog sie mit einer einzigen fließenden Bewegung heraus, bis sie neben ihm auf festem Boden stand.

Mit einer Handbewegung wies er in die Richtung der von rechts kommenden Geräusche, und Lynn folgte seinem Blick. Nur sechs Meter von ihnen entfernt befand sich ein hoher Maschendrahtzaun und direkt dahinter sahen sie die hell erleuchteten Start- und Landebahnen. Das Geräusch kam von dort und rasch wurde ihnen klar, dass sich gepanzerte Fahrzeuge mit großer Geschwindigkeit näherten und die Piste als Schnellstraße benutzten. Links von ihnen erstreckte sich eine schmale, leere Straße in die Ferne. Abgesehen davon ähnelte die Landschaft dem kahlen Buschland der chilenischen und peruanischen Wüste, aus der sie erst vor kurzer Zeit geflohen waren.

»Sie sind unterwegs«, erklärte Adams ihr. »Wir müssen verschwinden, und zwar sofort!«

25

Als Barnes aus der Luke stieg, kamen die Scheinwerfer von vier großen Geländewagen über das holprige Gelände auf ihn zu. Fest montierte M2-Maschinengewehre richteten sich direkt auf ihn.

»Anhalten!«, brüllte er in sein taktisches Mikrofon. Es war auf die Wellenlänge eingestellt, die alle Abteilungen des Sicherheitsdienstes von Area 51 benutzten. Er hob die Arme, und der Suchscheinwerfer des ersten Fahrzeugs erfasste ihn. Er illuminierte ihn perfekt.

Der Rest seiner Männer kletterte hinter ihm aus dem Tunnel, während die vier Allradfahrzeuge einen Bogen um sie beschrieben und dann anhielten.

»Sie sind irgendwo hier draußen«, erklärte Barnes, »und sie haben nur ein paar Minuten Vorsprung.«

»Haben wir hier Überwachungsanlagen?«, wollte jemand aus dem Inneren des zweiten Geländewagens wissen.

»Positiv«, antwortete Colonel Caines von seiner Station in der Zentrale aus. »Wir haben Sensoren bis hin zum Haupttor verteilt.«

Da das Gelände der Basis Groom Lake so weitläufig war, hatte man es nicht eingezäunt. Stattdessen standen an der einzigen Zufahrtsstraße – der Groom Lake Road, die nur vierzehn Meilen von Highway 375 lag und von den Einheimischen liebevoll »Extraterrestrial Highway« genannt wurde – eine Vielzahl unübersehbarer Schilder, die vor der Weiterfahrt warnten. Wer es trotzdem tat, wurde sofort von den privaten Sicherheitsposten – den »Cammo dudes« – festgesetzt, die ihn an das Büro des Bezirkssheriffs übergaben. Das Land zwischen dem äußeren Rand und der Basis selbst wurde durch eine Vielzahl von Wärmesensoren und Bewegungsmeldern überwacht, und auf den hohen Hügeln, die die Zufahrtsstraße umgaben, hielten ebenfalls Posten Ausschau.

»Barnes, Sie und Ihre Männer setzen die Suche zu Fuß fort«, erklärte der Colonel weiter, »und ich möchte, dass die Jeeps das Suchgebiet bis zum Hauptgelände ausweiten. Innerhalb der nächsten zwei Minuten treffen zweihundert weitere Männer mit Hunden und Infrarotkameras in der Suchzone ein. Helikopter werden soeben startbereit gemacht und sind bald in der Luft, womit wir die Zone weiter ausweiten. Und jetzt los!«

»Ja, Sir!«, antwortete Barnes. »Ihr habt es gehört!«, sagte er, an sein Team gewandt. »Abrücken!«

Vier lange, furchtbare Stunden später saß Colonel Briscoe Caines wie angewurzelt vor den Monitoren und bekam langsam Kopfschmerzen. Der gesamte Sicherheitsapparat der sichersten Militäranlage der Welt war mobilisiert worden, um in einer offenen Wüste zwei leicht bewaffnete Flüchtige zu stellen, und war erfolglos geblieben. Dreihundert Mann, zwei Dutzend Geländefahrzeuge und vierzehn Helikopter hatten fünfhundert Quadratmeilen Wüste durchkämmt und nichts gefunden.

Was zur Hölle war hier los? Obwohl kürzlich auf Befehl von Stephen Jacobs viel Personal von der Basis nach Europa versetzt worden war, stand Caines nicht gerade hilflos da. Aber sie fanden nirgendwo eine Spur, nur die Fußabdrücke von zwei Personen, die vom Tunnelausstieg über den Wüstensand zur Groom Lake Road führten.

Aber wie hätten die beiden von der Straße aus weiterkommen sollen? Sie hatten kein Fahrzeug gesichtet. Vielleicht war trotzdem jemand mit einem Wagen gekommen und hatte sie mitgenommen. Oder jemand hatte in der Nähe des Tunnels Motorräder für sie deponiert. Aber wie in aller Welt hätte das organisiert werden sollen? Und die Hubschrauber hätten sie mit Sicherheit trotzdem gefunden, selbst wenn die Sensoren es nicht getan hatten.

Caines konnte sich das Ganze nicht erklären.

Lynn verlagerte ihr Gewicht und bemühte sich um eine bequemere Haltung, aber das war unmöglich.

Nachdem sie den Tunnel verlassen hatten, hatte Adams sie nach links gezerrt, auf die befestigte Straße zu, wo er sich über den Asphalt gewälzt und Lynn aufgefordert hatte, es ihm nachzutun. »Um die Hunde zu verwirren«, hatte er ihr erklärt und dann ihre Hand genommen und sie zurückgezogen. In ihrer eigenen Spur waren sie zum Tunnelausgang zurückgekehrt. Adams hatte sich vergewissert, dass sie die Füße in ihre alten Abdrücke setzten, um zu verschleiern, dass sie zurückgekehrt waren.

Dann hatte er sich ans Werk gemacht und neben der Luke die Erde ausgehoben, bis er mit Lynns Hilfe eine flache Mulde gegraben hatte. Anschließend hatte er sie in die kleine Grube gezogen und begonnen, ihre Körper mit dem losen Erdreich zu bedecken.

»Wie sollen wir Luft bekommen?«, flüsterte sie atemlos, kurz bevor sie ganz zugedeckt waren.

Adams zog seine Pistole hervor, entfernte das Magazin und steckte es in die Tasche. Dann betätigte er den Schlitten, um die Kugel, die sich im Lauf befand, zu entfernen. Er hob sie auf und steckte sie ebenfalls in die Tasche, während Lynn begann, ihre Waffe derselben Prozedur zu unterziehen.

Sie steckten sich die Pistolengriffe in den Mund und gruben sich weiter ein, bis sie vollständig bedeckt waren und nur noch die Läufe ihrer Pistolen ein winziges Stück aus dem Boden ragten, sodass die kalte Nachtluft zu ihnen hinabströmen konnte.

Und seitdem hatten sie regungslos so dagelegen und kaum zu atmen gewagt, als das Team aus dem Tunnel hochgeklettert war und die Geländewagen gekommen waren. Sie hatten gefürchtet, ihre Pistolenläufe würden entdeckt werden oder die Hightech-Überwachungsgeräte der Sicherheitsleute könnten ihre Körperwärme detektieren.

Aber in der Aufregung waren die Läufe übersehen worden – schließlich waren zwei Ausbrecher auf der Flucht, da war ein Erdhaufen, der beim Öffnen der Luke aufgeworfen worden war, nicht die erste Priorität; und dank der kalten Erde, mit der die beiden bedeckt waren, reagierten die Sensoren nicht auf ihre Körperwärme.

Sie lagen immer noch da, als die Hunde eingesetzt wurden und Dutzende – vielleicht Hunderte – weiterer Füße sich durch das Gebiet bewegten. Wieder kamen und gingen die Geräusche und der Erdhügel blieb unberührt.

Aber sie hatten jetzt schon viel zu lange ihre Stellung nicht verändert, und Lynn begann unter so starker Platzangst zu leiden, wie sie es noch nie erlebt hatte. Obwohl nur ein paar Zentimeter Erde sie von der Außenwelt trennten, hätten es ebenso gut Meter sein können. Sie fühlte sich, als wäre sie tatsächlich lebendig begraben, wie einer dieser Menschen, die man zu voreilig für tot erklärt hat und die dann unter Tonnen von Erde begraben in einem Sarg aufwachen. Lynn wusste, dass ein paar von ihnen sich mit bloßen Händen hinausgegraben hatten, und jetzt empfand sie den gleichen Drang, das starke Bedürfnis, sofort mit dem Scharren zu beginnen.

Sie spürte, wie sich neben ihr etwas bewegte, und ihr wurde klar, dass Adams schon dabei war. Er flüchtete aus ihrem unterirdischen Gefängnis. War es ihm zu viel geworden?

Sofort begann Lynn selbst zu graben und hatte es fast geschafft, als Adams ihr die Hand entgegenstreckte und sie herauszog. Die schwere Erde fiel von ihrem Haar und ihrer Haut, und sie nahm den Pistolengriff heraus, der so breit war, dass ihr der Mund schmerzte. Sie konnte es nicht abwarten, sich die Lunge bis zum Bersten mit *richtiger* Luft zu füllen. Während sie diese ersten kostbaren, wundervollen Atemzüge tat und saubere Luft einsog, musterte Adams ihre nähere Umgebung.

»Niemand da, jedenfalls im Moment nicht«, erklärte er einigermaßen zufrieden. »Wahrscheinlich durchkämmen sie jeden Zentimeter Land im Umkreis der Basis.«

»Und was machen wir jetzt?«, fragte sie ihn. Langsam kam sie wieder zu sich.

»Jetzt verschwinden wir von hier«, gab er zuversichtlich zurück.

»Wie denn?«

Adams lächelte und wies über ihre Schulter hinweg auf den Maschendrahtzaun, von dem Area 51 umgeben war.

Lynn drehte sich um, schaute hin und stöhnte dann ungläubig auf. »Oh nein«, sagte sie kläglich. »Du nimmst mich wohl auf den Arm.«

26

Der Zaun war eigentlich kein so gewaltiges Hindernis, wie es auf den ersten Blick aussah. In erster Linie stellte er eine Art Demarkationslinie dar, damit das Personal der Basis wusste, wo es Zutritt hatte und wo nicht. Für die Sicherheit ging man davon aus, dass es unmöglich war, an den Körperwärme- und Bewegungsmeldern, die überall in der umgebenden Wüste platziert waren, und den patrouillierenden Wachen vorbeizukommen.

Doch als sie näher kamen, sah Adams, dass der Zaun zwar an sich nicht beeindruckend war – nur eine Lage Maschendraht und drei Meter hoch –, aber auf ganzer Länge sowohl an Bewegungsmelder wie auch an Körperwärme-Sensoren gekoppelt war. Vielleicht würde es doch nicht so einfach werden.

Adams kauerte im Schatten. Mit seinem in der Dunkelheit geschulten Sehvermögen nahm er in einiger Entfernung etwas wahr, das wie ein Tor aussah, und nachdem er es kurz gemustert hatte, wurde ihm klar, dass hier die Fahrzeuge der Security durchgekommen sein mussten.

»Komm«, flüsterte er Lynn zu und wies auf das Tor.

»Durch den Haupteingang?«, fragte sie ungläubig.

»Das ist nicht der Haupteingang«, gab er im Flüsterton zurück, »sondern ein kleines Seitentor. Und ich glaube, es ist noch offen.«

Er nahm ihre Hand, und die beiden liefen am Zaun entlang geduckt auf das Tor zu. In fünfzig Metern Entfernung kauerten sie sich wieder hin und versuchten, Einzelheiten des Tors auszumachen. Um sich herum hörten sie weit draußen in der Wüste das Motorengeräusch von Geländefahrzeugen, die sich durch das holprige Terrain kämpften, Helikopter, die oben am Himmel kreisten, und Stimmen, die Befehle brüllten. Hier dagegen fehlte jedes Zeichen von Aktivität. Adams konnte nur vermuten, dass das Tor zeitweilig offen gelassen worden war, da bestimmt die ganze Nacht über ein ständiges Hin und Her von Fahrzeugen herrschen würde.

Plötzlich hörten sie hinter sich Motorengeräusche, und er fasste Lynn am Arm und zog sie auf den sandigen Boden hinunter. Sie sahen über die Schulter und erblickten zwei Allradfahrzeuge, die zur Basis zurückkehrten. Aufmerksam beobachteten sie, wie die Geländewagen über das holprige Gelände polterten und dann das Tor passierten, wobei ihre Scheinwerfer etwas anstrahlten, was Adams jetzt als kleines und verlassenes Wachhäuschen erkannte.

Sie beobachteten das Tor noch ein paar Sekunden, und dann wandte Adams sich an Lynn. »Die nächsten Fahrzeuge sind noch mindestens eine Meile entfernt«, erklärte er, denn in der kahlen Wüste fiel es ihm leicht, die Geräusche wahrzunehmen. Er wies auf das Tor. »Zeit zu gehen.«

»Wie sieht es aus?«, erkundigte sich Caines über die abgeschirmte Leitung und hoffte auf etwas – *egal, was* –, das dazu beitragen würde, diese furchtbare Situation zu lösen.

»Bisher haben wir nichts«, hörte er sofort Barnes' Meldung. »Hier draußen ist verdammt noch mal nichts als Sand!«

Caines bemerkte, wie frustriert der Mann war, und auch die Antworten, die anschließend von den Fahrern der Geländewagen und den Piloten der Hubschrauber hereinkamen, klangen genauso. Niemand hatte etwas gefunden.

Er wandte sich erneut den Monitoren zu. Das geschäftige Team, das in der Zentrale umherschwärmte, bemerkte er gar nicht.

Wo zum Teufel steckten die beiden?

Im selben Moment, in dem Caines sich diese Frage stellte, befanden sich seine Zielpersonen weniger als hundert Meter von der Sicherheitszentrale entfernt, obwohl keine Seite etwas von der Nähe der anderen ahnte.

Nachdem Stephenfield ihn mit einem groben Lageplan von Area 51 vertraut gemacht hatte, wusste Adams, was das große Backsteingebäude auf der anderen Seite der Start- und Landebahn darstellte, und machte einen Bogen darum. Es lag südwestlich eines ähnlichen Baus, von dem er wusste, dass er eine Art Labor für etwas war, das Präzisionsmesstechnik hieß. Nördlich davon und jetzt genau gegenüber lag das mächtige Gebäude, in dem das Hauptquartier der Basis untergebracht war. Aber er hätte immer noch nicht sagen können, wo sich der unterirdische Bereich befand, in dem man sie gefangen gehalten hatte. Aber wahrscheinlich brauchte er das auch nicht mehr zu wissen, überlegte er; denn sein Ziel befand sich jetzt in Reichweite.

Adams und Lynn waren erstaunt darüber, wie groß, wie weitläufig die Basis war, fast wie eine kleine Stadt, wenn auch eine, die ebenso viel elektrischen Strom verbrauchte wie eine Metropole. Dutzende von Gebäuden, von kleinen Baracken bis zu großen Lagerhäusern und Fahrzeughangars, lagen über ein riesiges Gebiet verstreut. Dazu kamen noch die sieben hell erleuchteten Start- und Landebahnen mit ihren Kontrolltürmen und dazugehörigen Fahrzeugen.

Das Innere der Basis wirkte jedoch beinahe verlassen. Glücklicherweise belegte die Suche nach ihnen außerhalb der Basis fast das ganze Sicherheitspersonal mit Beschlag. Sie hatten eine Piste nach der anderen überquert, indem sie sich auf dem Streifen zwischen ihnen duckten, dann schnell über den glatten Asphalt rannten und immer so weit wie möglich im Dunkel blieben, bis sie die Piste erreichten, die am nächsten beim Hauptquartier lag.

Als sie dort hockten, wies Adams auf die Reihe aus sechs Boeing-737-Passagierjets, die auf ihrem weißen Rumpf auf jeder Seite einen roten Streifen trugen. »Die Janet-Flieger«, flüsterte Adams Lynn zu und zeigte dann auf eine Maschine am entgegengesetzten Ende, die gerade von einem Team aufgetankt wurde.

Adams sah in den Himmel auf, zu Mond und Sternen. Durch das grelle Flutlicht auf der Basis waren sie schwieriger zu erkennen, aber es war nicht gänzlich unmöglich. »Wir haben kurz nach fünf«, erklärte er Lynn. An diesem Wintermorgen würde es noch lange dauern, bis es hell wurde. »Der erste Flug nach draußen geht um sechs. Dann wird das auswärtige Personal nach der Nachtschicht nach Hause geflogen.«

»Und was hat das mit uns zu tun?«, fragte Lynn, obwohl sie die Antwort schon ahnte.

»Wir fliegen mit ihnen«, flüsterte er zurück.

Die Türen der Maschine waren verschlossen und gesichert, das sah Adams sogar von der anderen Seite der Piste aus. Aber sie konnten es sich nicht leisten, noch abzuwarten. Bald würde das auswärtige Personal auf dem Weg nach Hause aus dem Hauptquartier strömen oder in Minibussen aus anderen Teilen der Basis hergebracht werden, und das Flugzeug würde von Menschen umgeben sein.

Und so schlichen Lynn und er sich so nahe wie möglich heran, warteten, bis alles Wartungspersonal das Gebiet verlassen hatte, und rannten dann fast im Sprinttempo über die Piste und zum Landegestell, wobei sie darauf achteten, sich tief zu ducken und jeden Schatten auszunutzen. Dann schob Adams Lynn an dem gewaltigen Bugrad hoch und zog sich hinter ihr selbst nach oben. Sie kletterten weiter in den Fahrwerksschacht hinein, in die tiefen, dunklen Eingeweide des Flugzeugs, und quetschten sich an der kompakten Maschinerie vorbei, bis sie von außen nicht mehr zu sehen waren. Schließlich erreichten sie den oberen Teil des Schachts.

Adams hielt sich am oberen Ende der Fahrgestellstrebe fest und tastete im Dunkeln umher, bis seine Hand auf einen Hebel stieß. Als er daran zog, öffnete sich eine kleine, eckige Einstiegsklappe, die in den Rumpf des Flugzeugs führte. Er kletterte als Erster, aber sein Körper passte nur gerade so eben hindurch. Zuerst fürchtete er, die Schultern nicht hindurchquetschen zu können, doch dann gelang es ihm, sie so eng zusammenzuziehen, dass er sich vorsichtig durch die Klappe schieben konnte. Schnell zog er Lynn hinter sich her, deren geschmeidiger Körper viel leichter hindurchschlüpfte.

Adams ließ die Klappe offen. Ihre einzige Lichtquelle war das Licht, das von der Rollbahn reflektiert wurde. Doch seine Augen passten sich rasch an, und er sah, dass sie sich im Frachtraum befanden, der zur Hälfte mit Metallbehältern gefüllt war.

Die Kisten waren auf dem Boden gesichert, und Adams suchte eine aus, die kurz vor der hinteren Querwand stand. Dann schloss er die Klappe, worauf die Finsternis sie sofort einhüllte wie eine dicke Decke. Er nahm Lynns Hand und führte sie zu dem von ihm ausgesuchten Versteck hinter der Kiste. Wenn die Fracht überprüft wurde, würden sie nicht verborgen bleiben, aber Adams vermutete, dass das wenig wahrscheinlich war, weil sich die ganze Aufmerksamkeit momentan auf die Wüste konzentrierte.

Dann warteten sie auf sechs Uhr und hofften, dass das Unwahrscheinliche eintreten und der Flugplan eingehalten werden würde.

Um sechs begann die Maschine zu rollen und nach zehn Minuten spürten sie, wie die kleine Boeing auf der Piste beschleunigte und abhob.

Erleichterung überwältigte sie beide.

27

Der Flug von Groom Lake nach Las Vegas war kurz.

Adams hielt Lynn umarmt, als die Maschine landete. Er wusste, dass sie sich auf der nordwestlichen Landebahn des internationalen Flughafens McCarran befanden, an der das Terminal der Janet lag.

Sie blieben in ihrem Versteck hinter der Kiste, während die Boeing über die Piste rollte, dabei immer langsamer wurde und schließlich an ihrem Bestimmungsort zum Halten kam.

»Komm«, sagte Adams, verließ ihr Versteck und ging geradewegs auf den Fahrwerksschacht zu. Lynn folgte ihm dichtauf.

Er öffnete die kleine Klappe und schlüpfte hindurch, was ihm dieses Mal leichter fiel. Oben an der Fahrgestellstrebe hielt er inne, um Lynn hindurchzuhelfen. Sobald sie draußen war, drehte sie sich um und schloss die Klappe. Jetzt waren sie von der Landebahn aus nicht zu sehen, da sie noch im Inneren des Fahrwerksschachts verborgen waren. Und gleichzeitig spurlos aus dem Frachtraum verschwunden, für den Fall, dass nach der Landung jemand dort nachsah.

Adams überlegte, was sie jetzt tun sollten. Die Nachtschicht würde jeden Moment aussteigen; und dann würde die Wartungscrew des Flughafens sich mit der Maschine beschäftigen, sie auftanken und auf ihren nächsten Flug vorbereiten. Timing war jetzt alles.

Langsam drehte er sich so, dass er mit dem Kopf nach unten hing. Die Beine schlang er um die Strebe, um sich festzuhalten, und legte die Hände an den Körper, sodass höchstens sein Scheitel zu sehen sein würde, wenn jemand ihn beobachtete. Dann ließ er sich hinunter, um die Lage rund um die Maschine zu sondieren.

Man hatte bereits eine Treppe an die Seite des Flugzeugs geschoben, die dem großen weißen Terminal am nächsten stand. Auf der anderen Seite des Terminals befand sich ein riesiger Parkplatz, und dahinter lagen die Superhotels und Kasinos des Strip. Ihnen gegenüber ragte die kolossale schwarze Glaspyramide des Luxor auf.

Von der anderen Seite der Maschine hörte Adams einen Elektromotor, drehte sich und sah einen Wartungswagen, der über die Piste auf sie zukam. Er rührte keinen Muskel, denn ihm war klar, dass er bei diesen Lichtverhältnissen seine Position nur verraten würde, wenn er sich bewegte; es sei denn, jemand kam bis zum Schacht und blickte ihn direkt an.

Er beobachtete die Lage weiter und sah zu, wie die ersten Fußpaare die Treppe hinunterkamen und dann eine Servicemannschaft aus dem Wagen stieg, eine Leiter vom Dach des Fahrzeugs holte und die Maschine durch die hintere Serviceluke betrat.

Ihm wurde klar, dass sich jetzt jeder Einzelne auf seine Aufgabe konzentrieren würde. Daher zog er sich wieder hoch, nickte Lynn zu und rutschte an der Strebe hinunter bis auf den Reifen. Er blickte nach oben, um sich zu vergewissern, dass Lynn nachkam, und ließ sich dann vom Rad auf den Asphalt der Landebahn fallen.

Lynn folgte ihm Sekunden später. Er fasste sie an der Hand und rannte mit ihr zur anderen Seite des Wartungsfahrzeugs, damit sie vom Terminal der Janet aus nicht gesehen wurden. Auf der abgewandten Seite des Wagens schlichen sie weiter bis zu seinem hinteren Ende.

Adams ließ noch einmal den Blick über ihre Umgebung schweifen und wies mit einer Kopfbewegung auf den Parkplatz, der nur dreißig Meter entfernt auf der anderen Seite der Rollbahn lag. Lynn folgte seinem Blick und nickte.

Er wandte sich ihr zu. »Drei ... zwei ... eins ... los!«, kam es lautlos über seine Lippen.

Gemeinsam sprinteten sie, so schnell sie konnten, über den dunklen Bodenbelag und rannten auf den starken Schatten zu, den der Flugzeugrumpf durch das starke Flutlicht des Terminals warf. In fünf Sekunden legten sie die Strecke zurück und kamen atemlos am Zaun an. Adrenalin flutete durch ihre Blutbahnen. Adams war sicher, dass sie unentdeckt geblieben waren, aber mit jeder Sekunde, die verging, wurden sie stärker zur Zielscheibe.

»Hoch und hinübersteigen«, sagte er zu Lynn. Sie wandte sich dem Zaun zu, beugte ein Bein und setzte den Fuß in Adams' verschränkte Hände, mit denen er sie aufwärtsschob, sodass sie die Krone des Zauns erreichte. Sie packte den Rand, zog sich darüber und ließ sich auf der anderen Seite elegant fallen.

Adams wich ein, zwei Meter zurück, sprang auf den Zaun zu und schwang sich mit einer einzigen, fließenden Bewegung hinüber. Er landete in der Hocke, drehte sich um und sah durch den Zaun, um festzustellen, ob ihre Flucht bemerkt worden war. Niemand hatte sich nach ihnen umgedreht. Die Arbeiter aus Area 51 strömten ins Terminal wie Schafe in ihren Pferch, und die Wartungsmannschaft schwirrte weiter um die Maschine herum und tat, wofür sie bezahlt wurde. Die geschäftigen Hauptterminals lagen weit im Südosten. Im Vergleich dazu war es in der nordwestlichen Ecke des Flughafens totenstill; fast wie auf einem eigenen, privaten Flugfeld.

Eindeutig. Sie waren nicht bemerkt worden. Und so wichen Adams und Lynn vom Zaun zurück, richteten sich auf und wandten sich dem Parkplatz zu. Sie waren einfach ein Pärchen, das zu seinem Wagen ging. Arm in Arm schlugen sie den Weg zu dem unbewachten Ausgang ein.

Zehn Minuten später hatten sie die Haven Street und die Giles Street überquert und gingen über den Parkplatz des Motel 8 Las Vegas, bis sie auf dem South Las Vegas Boulevard herauskamen, dem berühmten »Strip«. Sie überquerten die breite, belebte Durchgangsstraße und wandten sich nach Norden, zur gigantischen Pyramide des Luxor, des weltberühmten Hotels und Kasinos, das Adams schon vom Fahrwerksschacht der Boeing aus gesehen hatte.

Überall auf der Welt hätte ein Paar, das kurz nach sieben Uhr morgens ein Kasino betrat, neugierige Blicke auf sich gezogen. In Vegas jedoch war das ebenso selbstverständlich wie die Tatsache, dass die Nacht auf den Tag folgt. Hier herrschte eine echte Vierundzwanzig-Stunden-Kultur, und manche der Stammgäste verbrachten buchstäblich jede Stunde jeden Tages vor den Spielautomaten oder an den Roulettetischen, wo sie die Ersparnisse eines ganzen Lebens auf den Fall eines Würfels verwetteten.

Als die beiden das über elftausend Quadratmeter große Kasino betraten, staunten sie über das rege Treiben, das um sie herum herrschte. Hunderte, vielleicht sogar Tausende von Menschen wogten von den Spieltischen zu den Automaten und wieder zurück. Es war schlicht und einfach das Chaos.

Lächelnd wandte Adams sich Lynn zu. »Perfekt.«

John Ayita war ein Mann, der viele Sorgen hatte und keine davon war unbedeutend. Zehn seiner Schattenwölfe waren tot, darunter sein Team in San Francisco und die Najana-Brüder. Soweit er wusste, waren nur noch er und Stephenfield übrig.

Von Adams hatte er nichts mehr gehört, seit er mit Lynn zu DNA Analytics gefahren war, um die Testergebnisse abzuholen. Daraus konnte er nur schließen, dass die Bilderberg-Gruppe sie irgendwie aufgespürt, gefangen genommen und zum Reden gezwungen hatte. Wie hätte es anders sein können?

Und doch konnte er nicht glauben, dass Matt geredet hatte, nicht der große »Free Bear«. Lynn vielleicht? Oder diese Leute hatten sie unter Drogen gesetzt; Ayita wusste, dass gegen manche Arten von Wahrheitsseren kein Widerstand möglich war. So oder so hatte Jacobs' Alpha-Brigade seine Männer ausgelöscht, und er war auf der Flucht und versuchte, sein Leben zu retten.

Er hatte sein Hauptquartier in dem Lagerhaus aufgegeben und in den Untergrund gehen müssen, und er wusste, dass Stephenfield das Gleiche tun würde.

Jetzt saß er in einer Bar in der Innenstadt von Salt Lake City, trank ein Bier und dachte über seinen nächsten Schachzug nach, als sein Handy klingelte. Das Telefon war sauber, da er sich seiner anderen Geräte entledigt hatte, weil er fürchtete, er könne darüber aufgespürt werden. Aber er hatte diese Nummern auf sein neues Handy umleiten lassen.

Nach kurzem Überlegen nahm er das Gespräch an, sagte aber nichts.

»Bist du das, John?«, hörte er Matt Adams' Stimme. Er sprach Lakota, aber dennoch antwortete Stephenfield nicht. Er war froh, dass Adams wenigstens am Leben war, wusste aber nicht, ob er ihm trauen konnte. Vielleicht machte er den Anruf unter Druck. Oder man hatte seine Stimme aufgenommen, und was er hörte, war eine Computersimulation. Er hatte keine Ahnung.

»Hör mal«, sprach die Stimme auf Lakota weiter, »ich kann nicht über eine ungeschützte Leitung reden. Wir müssen uns treffen.« Ayita überlegte, warum er die Stammessprache benutzte. Wenn Adams zu diesem Anruf gezwungen wurde, warum gebrauchte er die Sprache? Die logischere Erklärung war, dass er sich des Umstands bewusst war, dass Anrufe abgehört werden konnten, und Lakota sprach, weil es so schwierig zu übersetzen war.

»Wo und wann?«, fragte Ayita schließlich.

Am selben Nachmittag saß Ayita mit Adams und Lynn in einem Motelzimmer am Highway 80, außerhalb von Carson City. Stephenfield war ebenfalls bei ihnen. Adams war es gelungen, Kontakt zu dem einzigen anderen Überlebenden der Schattenwölfe aufzunehmen.

Alle waren sehr auf ihre Sicherheit bedacht gewesen, da keine Seite der anderen vollkommen vertraute. Aber schließlich waren sie zusammengekommen, und jeder hatte über seine Erlebnisse berichtet.

Der Verlust seiner Freunde erschütterte Adams tief. Doch während er erklärte, was Lynn und ihm zugestoßen war und was sie herausgefunden hatten, begann die private Tragödie im Vergleich zu verblassen.

»Wir müssen also so schnell wie möglich nach Genf«, schloss Adams. »Jetzt steht alles auf dem Spiel.«

Ayita neigte den Kopf und dachte darüber nach. Adams hatte natürlich recht. Verglichen mit dem Schicksal der ganzen Menschheit war ihr eigenes Leben nichts; jetzt nützte es nichts mehr, sich zu verstecken. Er wandte sich an Stephenfield. »Kannst du immer noch Pässe besorgen?«, fragte er.

Stephenfield überlegte und nickte dann. »Darauf kannst du wetten, wenn die Alternative wäre, nicht nach Genf zu gelangen.«

Drei Stunden später kehrte Stephenfield in das Motelzimmer zurück. Es erstaunte ihn immer wieder, was man mit ausreichend Bargeld zustande bringen konnte; und er hatte nicht an seinem Geld gespart. Wozu würde Geld noch gut sein, wenn sie es nicht schafften, nach Genf zu gelangen, um Jacobs aufzuhalten?

Er griff in seine Tasche und zog nicht nur Pässe hervor, sondern auch Führerscheine, Sozialversicherungsausweise sowie eine ganze Reihe gefälschter Kreditkarten. Er legte alles auf den Tisch, und Adams bemerkte verblüfft, dass es vier Pässe waren.

Stephenfield lächelte ihm zu. »Du dachtest doch nicht, dass wir Lynn und dich allein fahren lassen, oder?«, fragte er.

»Hör mal«, wandte Adams ein, »ich möchte nicht, dass ihr auch noch euer Leben riskiert ...«

»Du brauchst uns«, gab Ayita mit stahlharter Stimme zurück. »Und wozu sollen wir hierbleiben? Wenn du die Wahrheit sagst, sind wir sowieso alle tot, wenn ihr scheitert.«

Adams wurde klar, dass er recht hatte. »Okay«, meinte er. »Dann sollten wir lieber unsere Tickets buchen. Wie lauten unsere neuen Namen?«

»Ich gebe dir die Informationen unterwegs«, erklärte Stephenfield. »Die Flüge sind schon reserviert, wir fliegen in zwei Stunden von Reno-Tahoe International.«

Adams lächelte. »Ausgezeichnet«, sagte er. Er war froh, gleich aufbrechen zu können. »Wir fliegen nach Genf, und dann sorgen wir dafür, dass diese Bastarde sich wünschen werden, diesen ›Kontakt‹ niemals aufgenommen zu haben.«

4. Teil

1

Zum ersten Mal, seit er denken konnte, war Jacobs aufgeregt.

Er lebte jetzt seit mehreren Jahrzehnten als Jacobs und betrachtete sich nicht mehr als Charles Whitworth. Aber einst war er Whitworth gewesen, der erstgeborene Sohn von Benjamin und Mary Whitworth, und hatte sich seine ersten Sporen am Ende des Ersten Weltkriegs verdient. Er hatte schon alles getan und gesehen. Das hier würde alles übertreffen.

Er konnte es kaum abwarten, den Anunnaki zu begegnen, und er hegte keinen der Zweifel, die Adams und Edwards ihm einzuflößen versucht hatten. Sie würden ihren Teil der Abmachung einhalten; natürlich würden sie das. Schließlich war er schon jetzt unsterblich. Doch der wahre Grund, weswegen Jacobs ihnen traute – jedenfalls einstweilen – war, dass die Anunnaki ihn und die anderen Auserwählten brauchten.

Denn trotz ihrer ganzen fortgeschrittenen Hochtechnologie blieb die Tatsache, dass die Anunnaki seit mehreren tausend Jahren auf keinem richtigen Planeten mehr gelebt hatten. Ihr Geist war stark, doch ihr Körper war schwach, und wenn sie wirklich den Rest der Menschheit versklaven wollten, brauchten sie Hilfe. Die Wirkung des tödlichen Virus hatte ihre Grenzen. Anschließend musste man Jagd auf die Überlebenden machen, und aus diesem Grund würde auch die gesamte Alpha-Brigade verschont werden. Aufgabe der Bilderberger war es, ihre diversen Talente einzusetzen, um die anderen Überlebenden zu ködern, damit die Alpha-Brigade sie gefangen nehmen konnte. Solche Aufgaben, die Körpereinsatz erforderten, bewältigten die Anunnaki einfach nicht mehr. Sie besaßen natürlich die Technologie, um dafür Roboter zu bauen oder kybernetische Lösungen zu finden, aber sie hatten keinen Platz dazu – genau deswegen kehrten sie ja in erster Linie auf die Erde zurück.

Und so war Jacobs mehr als durchaus einverstanden, den zurückkehrenden Anunnaki zu vertrauen. Er zweifelte nicht daran, dass sie bei der ersten Gelegenheit nach Möglichkeiten suchen würden, ihn und seine Verbündeten loszuwerden. Aber er hatte vor, sich in der kurzen Zeit, die ihm zur Verfügung stand, bei ihnen unentbehrlich zu machen, und war sehr zuversichtlich, dass ihm das gelingen würde. Außerdem hegte er noch einen weiteren, viel ehrgeizigeren Plan, hütete sich aber wegen der telepathischen Fähigkeiten der Anunnaki, allzu viel darüber nachzudenken. Im Lauf der Jahre hatte er eine Technik entwickelt, diese bis zu einem gewissen Grad zu umgehen. Er hatte gelernt, dass Gedanken oder Worte vollständig ausgeformt sein mussten, bevor die Anunnaki sie deuten konnten. Wenn er an etwas dachte, was sie nicht erfahren sollten, sorgte er daher dafür, dass es in seinem Kopf nie vollständig Gestalt annahm. Es war beinahe so, als versuche man, im Dunkeln zu sehen. Man fixierte den Gegenstand nicht direkt, sondern richtete stattdessen den Blick daran vorbei, um ihn mit seinem peripheren Gesichtssinn wahrzunehmen.

Und so lag Jacobs' endgültiger Plan knapp außerhalb der Reichweite der Anunnaki. Zwar hatte er keine Garantie dafür, dass er funktionieren würde; aber auf jeden Fall war er es wert, verfolgt zu werden, wenn die Zeit dazu reif war.

Einstweilen allerdings genoss er einfach die Vorfreude, während er durch die dunklen, verschneiten Straßen von Genf chauffiert wurde. Er und seine Kollegen waren spät am Abend zuvor am Flughafen gelandet – sie waren jetzt wieder zu hundert, nachdem Saul Rubino, ein milliardenschwerer Diamantenhändler, sein Angebot angenommen hatte –und hatten beschlossen, die Nacht im Palais Grande mit seiner Aussicht über den wunderschönen See, der die Stadt so berühmt gemacht hatte, zu verbringen.

Wesley Jones war in Washington zurückgeblieben, um sich dort um alles zu kümmern und zu versuchen, die Ermittlungen an der

Unfallstelle in der Nähe von Jacobs' Haus zu behindern, sollte aber rechtzeitig zur Ankunft der Anunnaki nach Genf kommen. Im Lauf der Jahre hatte Jacobs gelernt, sich auf Jones zu verlassen, und hoffte, dass er es schaffen würde.

Der Rest der Bilderberg-Hundert verließ die Stadt jetzt im Konvoi und schlug die Autobahn ein, die durch die herrlichen Ausläufer der fernen Berge führte. Sie waren unterwegs zum Teilchenbeschleuniger des CERN, der Organisation, an deren Gründung er selbst beteiligt gewesen war, und zwar mit dem ausdrücklichen Ziel, die Anunnaki zurück zur Erde zu holen.

Philippe Messier hatte sich gestern Abend zum Essen im Hotel zu ihnen gesellt und die versammelte Gruppe bei Hummer und Dom Pérignon darüber informiert, dass die Maschine am Nachmittag des nächsten Tages betriebsbereit sein würde. Daraufhin war Jubel aufgebrandet und Messier hatte immer wieder darauf anstoßen müssen, bis er kaum noch stehen konnte.

Als die ersten Sonnenstrahlen über die Berge schienen, lehnte sich Jacobs in den tiefen Ledersitz der riesigen Rolls-Royce-Limousine zurück und nahm einen Schluck von seinem Morgencognac.

Sein Telefon klingelte, als er gerade das Glas an die Lippen setzte. Rasch zog er es aus der Tasche. Er sah, von wem der Anruf kam, und nahm ihn sofort an. Dann wich ihm das Blut aus dem Gesicht.

Colonel Caines hatte keine Lust gehabt, diesen Anruf zu machen. Aber besser, er kam direkt von ihm, als dass Jacobs aus anderer Quelle davon hörte; und das würde mit Sicherheit der Fall sein, ehe der Vormittag vorüber war.

»Mr. Jacobs«, begann er unbehaglich, »ich habe leider schlechte Nachrichten.«

Jacobs hörte aufmerksam zu, während Caines ihm eine Zusammenfassung der Ereignisse der letzten paar Stunden lieferte.

»Haben Sie irgendwelche Anhaltspunkte?«, fragte Jacobs.

»Nein, Sir«, gestand Caines und war froh, dass Jacobs sich nicht im selben Raum mit ihm befand. »Derzeit haben wir keine Vorstellung, wohin sie verschwunden sein können. Aber wir tun alles in unserer Macht Stehende, um sie wieder aufzuspüren.«

Kurz überlegte Jacobs, ob er Caines zusammenbrüllen sollte, ihn über das Telefon anschreien und ihm mit Folter und Tod drohen, weil er bei seiner Mission versagt hatte. Und dann hätte er am liebsten das Handy in Stücke geschlagen.

Doch stattdessen schob er das Telefon nur langsam wieder zusammen und beendete den Anruf ohne ein weiteres Wort. Es gelang ihm, sich zu beherrschen. Caines anzuschreien, würde gar nichts nützen. Wozu sollte das jetzt noch gut sein?

Adams und Edwards waren gerissen, und inzwischen waren sie gefährlicher denn je. Warum hatte er ihnen im Labor nur alles erzählt? Sein Stolz hatte die Oberhand gewonnen. Deswegen. Er war wahrhaftig alt genug, um es besser zu wissen. Aber ebenso wenig wie es nutzte, Caines anzubrüllen, führte es zu nichts, sich selbst Vorwürfe zu machen. Stattdessen überlegte er, während seine Limousine über die glatten Schweizer Straßen glitt, wie die beiden ihr Verschwinden inszeniert haben könnten.

Sekunden später richtete er sich abrupt auf und griff nach seinem Handy, um Caines zurückzurufen.

Caines sah, dass der Anruf von Jacobs kam, und ging zögernd an den Apparat. »Ja, Sir?«, meldete er sich vorsichtig.

»Haben Sie das Innere der Basis überprüft, Caines?« An Jacobs' Ton hörte er, dass er aufgeregt war.

»Bedaure, was meinen Sie, Sir?«

Jacobs stieß einen entnervten Seufzer aus. »Ich meine, ob Sie in der verdammten Basis gesucht haben!«, schrie er ins Telefon.

»Ähem ... nein, Sir«, antwortete Caines. Er hatte nie darüber nachgedacht, ob sich die Flüchtigen vielleicht wieder Zugang auf die Basis verschafft haben könnten.

»Dann überprüfen Sie das eben jetzt!«, befahl Jacobs. »Wenn Sie die beiden außerhalb des Geländes nicht finden können, dann müssen sie wieder hereingekommen sein!«

Adams sah durch das kleine Fenster neben sich und betrachtete die dichten Wolken, die den Blick auf den Atlantik tief unter ihm versperrten. Er erlaubte sich einen kurzen, entspannten Moment. Der Flug von Reno-Tahoe nach Zürich dauerte sechzehn Stunden; da blieb ihm nichts anderes übrig, als sich auszuruhen.

Ideal wäre ein Flug nach Genf gewesen, aber die internationalen Flüge führten nach Zürich und sie würden von dort aus mit einem anderen Verkehrsmittel weiterreisen müssen. Sobald Jacobs von ihrer Flucht erfuhr, würde er bestimmt alle in Genf ankommenden Personen überprüfen lassen, daher war es wahrscheinlich umso besser, dass sie in Zürich landeten. Mit einem Schnellzug konnten sie von dort aus Genf rasch erreichen, und an einem Bahnhof war es einfacher, unauffällig anzukommen.

Um keine unerwünschte Aufmerksamkeit zu erwecken, saßen die vier einzeln und weit voneinander entfernt, sodass Adams nicht einmal jemanden zum Reden hatte. Die Bordzeitschrift beschäftigte ihn nur wenige Minuten, und er hegte kein Interesse an der mittelmäßigen Filmauswahl, die den Fluggästen angeboten wurde. Und so hatte er nur seine eigenen Gedanken zur Gesellschaft. Aber so übel war das auch nicht, überlegte er. Viele Jahre hatte er es nicht anders gekannt.

Also saß er da und versuchte, sich darauf zu konzentrieren, was sie nach ihrer Ankunft in Zürich vorhatten. Sie hatten beschlossen, dass Ayita und Stephenfield zuerst von Bord gehen und versuchen würden, die Aufmerksamkeit eventueller Beobachter auf sich zu lenken. Lynn und er würden folgen, falls die Luft rein war. Anschließend würden sie getrennt durch die Passkontrolle gehen und jeder für sich ein Taxi zum zentralen Platz der Stadt nehmen. Dort würden sie sich treffen und zu Fuß zum Bahnhof gehen, wo sie vier Fahrkarten nach Genf kaufen und bar bezahlen würden.

Adams wusste, dass es in Genf etwas schwieriger werden würde. Doch obwohl er versuchte, alles logisch durchzuspielen, kehrten seine Gedanken stattdessen immer wieder zu Lynn zurück.

Evelyn Edwards, seine Exfrau und jetzt die Mutter seines noch ungeborenen Kindes. So schön, so intelligent, so einfallsreich, auch noch viele Jahre nach ihrer ersten Begegnung. Oft konnte er nicht glauben, dass sie sich wirklich in ihn verliebt hatte.

Er liebte sie immer noch, da war er sicher. Doch gerade das war so viele Jahre lang ein Teil des Problems gewesen, hatte den Rest seines Lebens stagnieren lassen und verhindert, dass er seine Möglichkeiten richtig ausschöpfte. Und jetzt war sie schwanger; sie erwarteten ein Kind. Adams hatte keine Ahnung, wie er das empfinden sollte. Der größte Teil von ihm war fast unbeschreiblich glücklich – er würde das Kind bekommen, das er sich immer gewünscht hatte, mit der Frau, die er begehrte. Doch er empfand auch eine tiefe Zerrissenheit. Was würde angesichts der Ereignisse aus dem Kind werden? Würde es je geboren werden, oder würde die Menschheit noch vor diesem wunderbaren Tag ausgelöscht sein?

Die Last der Verantwortung erdrückte ihn beinahe. Es war jetzt seine Aufgabe, dafür zu sorgen, dass es nicht so weit kam. Genau, wie es damals seine Aufgabe gewesen war, diesen verdammten Laster in der Wüste zu finden.

Jetzt gelobte er sich, dass er im Gegensatz zu damals nicht versagen würde, koste es, was es wolle.

2

Als Caines' Anruf kam, befand sich Jacobs im Vorgebirge, nur zehn Kilometer von dem berühmten Teilchenbeschleuniger des CERN entfernt. Jetzt klang der Mann optimistischer.

»Sie hatten recht, Sir«, erklärte er ziemlich aufgeregt.

»Haben Sie die beiden gefunden?«, fragte Jacobs sofort.

»Nicht ganz, Sir«, antwortete Caines, dessen Stimme sich jetzt wieder nervös anhörte. »Ich wollte sagen, dass sie tatsächlich auf die Basis zurückgekehrt sind, sie aber vor mehreren Stunden wieder verlassen haben.«

»Und wie zur Hölle haben sie das fertiggebracht?« Jacobs explodierte beinahe.

»Wir haben alle Überwachungsvideos vom Gelände der Basis überprüft. Der Film ist ein wenig dunkel und verschwommen, aber es sieht so aus, als sei es ihnen gelungen, sich an Bord des Sechs-Uhr-Flugs der Janet nach McCarran zu schmuggeln.«

»Wollen Sie mich auf den Arm nehmen? Und wo stecken sie jetzt?«

»Wir ermitteln noch, Sir. Auf den Überwachungsvideos vom Terminal verlassen sie das Flugzeug und flüchten über den Parkplatz. Mit Verkehrsüberwachungskameras haben wir sie bis zum Hotel und Kasino Luxor verfolgt. Es sieht so aus, als hätten sie von einem Münztelefon in der Nähe der Spielautomaten einen Anruf gemacht und den verfolgen wir jetzt nach. Aber wir sind zuversichtlich, dass wir sie binnen Kurzem wieder haben, nachdem wir ihnen jetzt auf der Spur sind.«

»Gut«, sagte Jacobs. »Halten Sie mich auf dem Laufenden.«

Adams steuerte seinen Toyota-Landcruiser langsam über die holprige Wüstenstraße und bog mit weniger als fünf Meilen pro Stunde um die Kurven. Anscheinend fuhr der Wagen einfach nicht schneller.

Er konnte kaum etwas sehen und wollte nicht von der Straße abkommen. Wem würde er dann noch etwas nutzen?

Durch die Windschutzscheibe sah er zu der glühenden Sonne auf und wandte dann den Blick wieder ab. Sein Kopf schmerzte zum Zerspringen.

Dann fuhr er an den Straßenrand. Es war sinnlos. Drei Tage folgte er dem Laster jetzt schon und war ihm keinen Schritt näher gekommen. Er musste sich ausruhen, nur eine halbe Stunde lang die Augen schließen. Da er schon so oft hier gewesen war, wusste er, was die Folgen sein würden, wenn er einschlief. Doch er konnte einfach nicht widerstehen. Er musste weiter, musste versuchen, rechtzeitig anzukommen; wenigstens einmal, wenigstens dieses Mal. Aber er war so müde ...

Jetzt war er zu Fuß in der Wüste unterwegs und folgte den Reifenspuren, die nur einen halben Kilometer von der Stelle entfernt die Straße verließen, an der er gerastet hatte. Mehrere Stunden waren vergangen, und die Sonne stand tiefer am Himmel. Er verfluchte sich, denn er wusste, was das hieß. Er würde den Laster so vorfinden wie schon tausend Mal in der Vergangenheit, die Türen öffnen und hoffen, dass dieses Mal alles anders sein würde. Aber das würde es nicht; er würde immer noch dieselben verwesenden Leichen im Laderaum des kochend heißen Lasters sehen. Sie waren tot, weil er sich nicht hatte wach halten können.

Dennoch wanderte er unermüdlich weiter; gefangen in der Traumversion des Ereignisses, das sein Leben zerstört hatte. Noch eine Meile folgte er den Reifenspuren durch die staubige Landschaft, bis er den Laster fand, der verlassen in den letzten Strahlen der Nachmittagssonne stand. Er näherte sich und wusste sofort, dass dieses Mal etwas anders war.

Aber was? Er versuchte, zu denken und den Nebel aus seinem Kopf zu vertreiben.

Der Geruch! Er war nicht da! Ob sie noch lebten? Rasch lief er zu den Hintertüren und zog sie aufgeregt auf.

Und da waren sie – Dutzende von Kindern, benommen und hungrig, aber am Leben! Staunend sahen sie ihn an, und dann schienen sie mehr zu werden, und statt Dutzenden waren es Hunderte und dann Tausende, bis es so viele waren wie Sandkörner am Strand und sie sein Blickfeld vollständig ausfüllten.

Er hörte ein Ticken und wandte den Kopf in diese Richtung. An der Wand des Lasters hing eine kleine Uhr, die die Sekunden zurückzählte, und Adams wusste instinktiv, dass dies die Zeit war, die den Kindern bis zu ihrem Tod blieb. Sofort bewegte er sich vorwärts, doch dann gebot ihm eine Stimme Einhalt, die von hinten kam.

»Matt!«, rief Lynn, und sein Kopf fuhr herum.

Er sah Lynn mit einem Neugeborenen – *seinem* Kind – in den Armen. Mutter und Kind taumelten am Rand einer Klippe und konnten jeden Moment abstürzen.

Er sah auf die Uhr an der Wand des Lasters. Zehn Sekunden.

Wieder wandte er sich Lynn und dem Kind zu. Ihr Fuß glitt aus, Fels und Schiefer fielen in den Abgrund, und sie verlor das Gleichgewicht.

Adams erstarrte unentschlossen und konnte sich nicht rühren. In dem Laster befanden sich Tausende, ja Millionen von Menschen, die gerettet werden mussten. Auf der Klippe stand die Frau, die er liebte, mit seinem Kind; einem Teil seines Selbst, der durch diese Liebe ins Leben gebracht worden war.

Was sollte er tun? Wie sollte er in der Zeit, die ihm zur Verfügung stand, alle retten? Er musste etwas unternehmen, doch er konnte sich nicht bewegen. Er wusste einfach nicht, wohin er sich wenden sollte.

Ein Wecker schrillte, und er wandte sich zum Laster um. Dann schrie Lynn auf und er drehte sich zur Klippe.

Ihm klappte der Mund auf, als er sah, wie Lynn und ihr gemeinsames Kind vom Rand der Klippe stürzten. Er wollte zu ihnen laufen, doch die Schreie hinter ihm ließen ihn innehalten, die Schreie von Millionen gequälter Seelen.

Die Sonne über ihm schien größer zu werden und kam immer weiter auf ihn zu, größer und größer und heißer und heißer, bis sie alles war, was er sah, alles, was er *fühlte*.

Und dann tat Adams das Einzige, was ihm übrig blieb: Er fiel auf die Knie und schrie.

»Alles in Ordnung, Sir?«, fragte der stämmige Texaner neben Adams besorgt und rüttelte ihn wach.

Adams fuhr sofort hoch und beherrschte sich, sich nicht in der Kabine umzusehen und noch mehr Aufmerksamkeit auf sich zu lenken. »Ja, ich bin okay«, sagte er zu dem freundlichen Mann. »Danke. Nur ein Albtraum.«

Der Texaner wiegte verständnisvoll den Kopf. »Ich weiß, wie das ist, mein Sohn«, erklärte er. »Gegen seine Träume kann man leider nichts tun.«

Adams nickte. »Wahrscheinlich nicht«, antwortete er und lächelte dem Mann beruhigend zu, um klarzustellen, dass es ihm wieder gut ging.

Der Traum war neu, aber ganz eindeutig ein Albtraum. Konnte er wirklich nichts dagegen tun?

Adams spürte, wie sie an Höhe verloren, hörte, wie die Maschinen die Geschwindigkeit herunterfuhren, und sah dann die Hinweisschilder zum Anschnallen aufleuchten. Sie befanden sich im Landeanflug, und er lehnte sich in seinen Sitz zurück. Wahrscheinlich würde er es herausfinden.

3

Der Anblick der zahllosen Gebäude, aus denen der ebenerdige Teil des Teilchenbeschleuniger-Komplexes bestand, war so prachtvoll wie immer. Sie waren nicht alle an und für sich schön; der Eindruck rührte eher daher, dass das, wofür sie standen, herrlich war.

Der Wurmlochgenerator war so geheim, dass er nicht einmal einen Codenamen hatte. Abgesehen von den Spezialtechnikern, die daran arbeiteten und die, sobald er funktionierte, nie wieder das Tageslicht erblicken würden, wussten nur diese wenigen Auserwählten davon.

Jacobs' Limousine passierte das Haupttor. Er fragte sich, wie lange es dauern würde, alle zusammenzuholen. Die meisten der Bilderberg-Hundert waren gestern Abend bei dem Essen gewesen, aber einige Mitglieder waren noch nicht in der Schweiz eingetroffen. Er hoffte, dass sie hier sein würden, bevor die Maschine den Betrieb aufnahm. Nach der Rückkehr der Anunnaki würde es nicht ratsam sein, sich im Freien aufzuhalten.

Der Wagen fuhr weiter zwischen den Außengebäuden hindurch und schlängelte sich über die schneebedeckten Straßen im Inneren des Komplexes, bis er vor dem Hauptverwaltungsgebäude hielt.

Jacobs' Fahrer ging um den Wagen herum und öffnete ihm die Tür. Als er ausstieg, sah er erfreut, dass Philippe Messier schnellen Schrittes und mit ausgestreckter Hand auf ihn zukam.

»Philippe«, begrüßte ihn Jacobs und schüttelte die angebotene Hand. »Wie sieht es aus?«

Zur Antwort lächelte Messier und begleitete Jacobs zum Eingang. »Lassen Sie es mich so ausdrücken: Ich hoffe, die anderen sind bald hier.«

Achtzehn Stunden nachdem er in Reno-Tahoe ins Flugzeug gestiegen war, befand sich Adams auf dem Central, dem Hauptplatz der historischen Altstadt von Zürich.

Er stand an dem Geländer, von dem aus man über die Limmat hinaussah, einen eiskalten Wasserlauf, der trotzdem in den Strahlen der Wintersonne glitzerte. Adams ging so in Stellung, dass er beide Flussufer im Auge behalten und das Kommen und Gehen der Menschenströme überwachen konnte, denn er war ständig darauf gefasst, dass sie womöglich observiert wurden.

Am Flughafen hatte man ihn nicht aufgehalten, und soweit er es beurteilen konnte, waren Lynn und die anderen ebenfalls nicht behelligt worden. Das wies darauf hin, dass sie nicht beschattet wurden, aber er wusste, dass das keine Garantie war.

Mit seinem aufmerksamen Blick entdeckte er sowohl Lynn als auch Ayita, lange bevor sie seinen Posten an der Brücke erreichten. Obwohl er überglücklich war, Lynn zu sehen, achtete er darauf, nicht allzu starke Gefühle zu zeigen, als sie näher kam. Sie waren nur eine Gruppe von Freunden, die einen Rundgang durch die Stadt unternahmen. Als Letzter kam Stephenfield, und obwohl er am schwierigsten zu beobachten war, erfreute es Adams, dass er ihn trotzdem sah, bevor er sie erreichte. Wenn er einen Geheimdienstmann entdecken konnte, der so gut wie Stephenfield war, dann reichten seine Fähigkeiten wahrscheinlich aus, um jeden anderen zu erkennen, der sie möglicherweise observierte.

»Ist einer von euch verfolgt worden?«, fragte Ayita, als sie zusammen waren. Als alle verneinten, wandte er sich nach Norden. »Dann kommt. Der Zug nach Genf fährt in zwanzig Minuten.«

Während sie den Neumühlequai entlanggingen, sprach Ayita weiter. »Wir steigen in den Zug und kaufen unsere Fahrkarten beim Schaffner, sobald wir unterwegs sind. Wir haben keine Zeit, sie am Schalter zu besorgen, und außerdem ist der Kauf auf diese Art nicht nachzuverfolgen.«

Durch die Museumstraße wandten sie sich nach Nordwesten. Alle waren angespannt und sahen sich ständig um. Doch als sie sich dem Hauptbahnhof näherten, wurde ihnen klar, dass sie nicht beobachtet wurden. Vielleicht würden sie Genf ja tatsächlich erreichen, ohne aufgehalten zu werden.

Philippe Messier war stolz. Diese Woche würde bestimmt der Höhepunkt seiner unglaublichen Karriere werden.

Als Generaldirektor des CERN war Messier unmittelbar verantwortlich für den Erfolg des Teilchenbeschleuniger-Projekts. Der Teilchenbeschleuniger hatte – wie zuvor schon die Entwicklung des Internets – dem CERN seinen gegenwärtigen Status als bestes Forschungszentrum der Welt verschafft. Die Haupttätigkeit des CERN war aktuell die Teilchenphysik, und der LHC war in der ganzen Welt zu Recht sowohl wegen seiner Größe als auch seiner enormen Kosten berühmt. Dasselbe galt für die anderen experimentellen Teilchenbeschleuniger und den Antiprotonen-Entschleuniger, von dem es nur einen gab, und die alle ebenfalls auf dem Gelände beheimatet waren.

Die Teilchenphysik konzentriert sich auf die Erforschung subatomarer Partikel und die Frage, wie sie Materie erzeugen. Das Problem ist, dass man, um einen solchen Vorgang wirklich zu verstehen, die Teilchen in kleinere Bestandteile zerlegen muss, und die einzige Möglichkeit dazu ist, sie bei unglaublicher Geschwindigkeit ineinanderrasen zu lassen.

So wurden Teilchenbeschleuniger entwickelt, die dazu dienten, Partikel bis zu der für eine solche Kollision erforderlichen Geschwindigkeit zu beschleunigen. Der Hadronenspeicherring ist der größte Beschleuniger der Welt und besteht aus einem ringförmigen Tunnel von 27 Kilometern Umfang, der Hunderte von Metern unter der Erde liegt. Er ist so extrem lang, damit die Partikelstrahlen die nötige Strecke haben, um auf die erforderliche Geschwindigkeit zu beschleunigen. Die Strahlen werden in entgegengesetzte Richtungen abgefeuert, und man hofft, dass sie bei ihrem Aufeinandertreffen kollidieren. Doch dies ist mit den Worten des leitenden Ingenieurs des Hadronenspeicherrings so, »als schieße man zwei Nadeln über den Atlantik und erwarte, dass sie sich treffen«.

Messier lächelte, als er an dieses Zitat dachte, denn er wusste, dass es in Wahrheit leichter war, als man der Öffentlichkeit vormachte. Die Technologie, die die Anunnaki den Bilderbergern überlassen hatten, sorgte im Wesentlichen dafür, dass es jedes Mal, wenn die Maschine abgefeuert wurde, zu einem Treffer kam. Doch sogar beim CERN wusste nur eine Handvoll vertrauenswürdiger Mitarbeiter davon, denn man ließ die Strahlen zu Forschungszwecken kollidieren und nicht um die Energie zu gewinnen, die bei solchen Super-Kollisionen entstand. Doch Energiegewinnung war genau das, was Messier getan hatte, und er hatte sie an das geheime Experiment weitergeleitet, das noch tiefer im Boden verborgen lag.

Der Wurmlochgenerator brauchte große Mengen Energie. Da er die Raumzeit krümmte, reichte eine normale Energiequelle einfach nicht aus. Die Experimente jedoch, die weiter oben mit dem LHC durchgeführt wurden, erzeugten einen stetigen Strom von Antimaterie, der stärksten Energiequelle im bekannten Universum. Der Bedarf an Antimaterie als Energiequelle war es auch gewesen, der Charles Whitworth dazu bewogen hatte, im Jahr 1954 die Gründung des CERN anzuregen. Doch es hatte – selbst mithilfe von außen – bis heute gedauert, um die Technologie zu vervollkommnen.

Durch die schicke, ultramoderne Bar sah Messier zu Stephen Jacobs hinüber, unter dessen Namen Whitworth seit den 1960ern bekannt war. Der Mann war der lebende Beweis für die Fähigkeiten der Anunnaki und die Bestätigung für ihre Verheißungen.

Messier hob seine Champagnerflöte zum Gruß und sah, wie Jacobs lächelte und ebenfalls sein Glas hob.

Bald würden sie den Anunnaki von Angesicht zu Angesicht gegenüberstehen; und beide Männer fühlten sich bereit dazu.

Jacobs spürte, wie sein Handy in seiner Tasche vibrierte. Er zog es hervor und sah, dass der Anruf von Eldridge kam.

Nach dem Desaster in Area 51 hatte Jacobs den widerstrebenden Eldridge gezwungen, die Lage unter Kontrolle zu bringen, was bedeutete, dass der Kommandant der Alpha-Brigade seine Reise zum CERN verschieben musste. Jacobs wusste, dass ihn das zutiefst verärgert hatte. Aber andererseits wären sie gar nicht in diese Lage geraten, wenn Eldridge seine Arbeit anständig erledigt hätte.

Jacobs nahm das Gespräch an. Der Anruf kam aus seinem Privatjet, der genau wie kürzlich in Südamerika wieder als mobiles Hauptquartier diente.

»Wie ist der Status?«, fragte er ohne Vorrede.

»Ich glaube, wir haben sie, Sir«, hörte er Eldridge zuversichtlich sagen. »Ich bringe diese Sache ein für alle Mal in Ordnung und stoße dann zum großen Finale zu Ihnen.«

»Kein Finale, mein Freund«, verbesserte Jacobs ihn. »Denken Sie daran, dass dies erst der Anfang ist.«

4

Lynn saß am Fenster und sah zu, wie der Genfer Hauptbahnhof Cornavin aus dem eiskalten Nebel vor ihr auftauchte.

Nach einer Stunde der insgesamt zweieinhalbstündigen Fahrt war Nebel aufgekommen und hatte den bis dahin schönen Ausblick auf die Schweizer Landschaft verdeckt.

Jedenfalls waren sie jetzt da, und sie musste sich auf ihre nächsten Schritte konzentrieren. Wie zuvor würden Ayita und Stephenfield zuerst aussteigen und sich auf den Bahnsteigen nach Hinweisen auf den Feind umsehen. Wenn die Luft rein war, würden Adams und sie den Zug ebenfalls verlassen, und die vier würden einzeln zum Taxistand vor dem Bahnhof gehen.

Mit den Taxis würden sie zu zufällig ausgewählten Zielen fahren und von dort aus alle zu Fuß zum Moillebeau-Park gehen. Dort würden sie sich treffen und in Zweiergruppen weiterfahren, wieder mit dem Taxi. Stephenfield und Ayita würden vorausfahren und Lynn und Adams ihnen folgen. Sie würden sich nach Maisonnex Dessus bringen lassen, einem Vorort im Nordwesten der Stadt, kurz vor den Ausläufern des Jura-Gebirges. Das CERN-Gelände lag sehr nahe bei dieser kleinen Stadt. Dort würden die vier sich wieder treffen und ihre Pläne für das Eindringen auf das Gelände noch einmal abstimmen.

Lynn war sich nur zu bewusst, dass sie laut Plan in Maisonnex Dessus bleiben, die Kommunikation überwachen und als zentraler Kontaktpunkt agieren sollte. Die Begründung leuchtete ihr ein; denn Tatsache war, dass sie von den vieren die Einzige war, die keine direkte Einsatzerfahrung und auch keine Ausbildung dafür hatte. Doch wenn dies der einzige Gesichtspunkt gewesen wäre, hätte sie trotzdem darauf bestanden, die anderen ins CERN zu begleiten. Aber wie die anderen argumentiert hatten – Matt verständlicherweise mit *äußerster* Überzeugungskraft –, war sie schwanger und durfte das Risiko, direkt in einen Kampf verwickelt zu werden, nicht eingehen.

Es war vernünftig, jemanden zu haben, der alles aus der Entfernung im Auge behielt, und alles in allem kam wirklich nur sie dafür infrage. Stephenfield hatte ihr gezeigt, wie die Ansammlung elektronischer Geräte, die er irgendwie aus den USA hatte einschmuggeln können, bedient wurde. Sie würde also keineswegs untätig herumsitzen. Aber ein Teil von ihr wünschte sich immer noch, sie könnte aktiver mitwirken.

Doch eine andere – stärkere – Seite ihres Selbst verlangte, dass sie den Rat der Männer befolgte und sich nicht in Gefahr brachte. Sie hatte keine Ahnung, ob sich da schon ihr Mutterinstinkt meldete oder ob sie nur Angst hatte. Aber vielleicht war auch beides miteinander verbunden – möglich, dass sie nicht um sich selbst fürchtete, sondern um ihr ungeborenes Kind.

Und damit konnte sie leben, entschied sie.

Eldridge und seine Männer landeten auf einer privaten Start- und Landebahn des internationalen Flughafens von Genf und stiegen sofort in eine Gruppe Geländewagen um, mit denen sie vom Flughafen direkt zum Genfer Bahnhof Cornavin rasten.

Den großen Durchbruch hatten sie durch das Anzapfen lokaler Überwachungssysteme erzielt. Caines' Team in Area 51 hatte schließlich die Übereinstimmung hergestellt und ein Bild von Lynn Edwards am Flughafen Reno-Tahoe aufgespürt.

Da Reno-Tahoe ein kleinerer Verkehrsknotenpunkt war, dauerte es länger, bis das Team auf die Übereinstimmung stieß. Bis die Gesichtserkennungssoftware das Bild gefunden und analysiert hatte, war die Maschine bereits in Zürich gelandet.

Sobald sie Edwards identifiziert hatten, stellten sie fest, dass Adams in derselben Maschine gesessen hatte, und eine rasche Untersuchung der Passagierliste enthüllte die Einzelheiten ihrer neuen

Pässe. Eldridge konnte sich nur fragen, woher sie in so kurzer Zeit solche Papiere bekommen hatten.

Caines musste man zugutehalten, dass er daraufhin einen Satelliten so hatte umleiten lassen, dass er Zürich abdeckte, und außerdem in Echtzeit die Ticket-Informationssysteme überwachte. Die Daten in den Pässen, unter denen Edwards und Adams gereist waren, wurden zur Fahndung ausgeschrieben, und die neuesten Bilder der Flüchtigen wurden in die Überwachungssysteme der Schweizer Hauptstadt eingespeist.

Kurz hatten sie die beiden verloren, bevor vom Züricher Hauptbahnhof eine teilweise Übereinstimmung – wieder mit Edwards – gemeldet wurden. Anscheinend gelang es Adams besser, sich vor Überwachungskameras zu verbergen, was angesichts seines Hintergrunds zu erwarten gewesen war.

Auf die Namen der Passbesitzer waren keine Fahrkarten gekauft worden, aber als Caines seinen Bericht ablieferte, hatte Eldridge gewusst, dass die beiden nur ein Ziel haben konnten – Genf. Wo sie versuchen wollten, die Rückkehr der Anunnaki zu verhindern.

Hätte Jacobs nur den Mund gehalten! Warum hatte er den beiden alles erzählen müssen? Was hatte er damit bezweckt? Aber er hatte es nun einmal getan und jetzt waren die beiden unterwegs.

Eldridge hatte den Fahrplan aufgerufen und die wahrscheinlichsten Routen identifiziert. Dann befahl er Caines und seinen Leuten, Satellitenbilder der Bahnsteige mit den einfahrenden Zügen zu analysieren.

Die Übereinstimmung war nicht hundertprozentig gewesen, aber gut genug, um sowohl Edwards als auch Adams teilweise zu identifizieren. Und daher rasten Eldridge und seine Männer jetzt durch die Straßen von Genf zu einem tödlichen Rendezvous mit ihren Zielpersonen.

Durch sein Fenster sah Adams zu, wie Ayita aus dem jetzt stehenden Zug ausstieg und auf den Bahnsteig trat. Es war nicht offensichtlich, aber Adams sah ihm an, dass er sich gründlich nach Verfolgern umschaute.

Weniger als eine Minute später stieg Stephenfield ebenfalls aus und überprüfte unauffällig die andere Seite des Bahnsteigs. Nach einer weiteren Minute streckten beide Männer den rechten Zeigefinger aus und bedeuteten ihm damit, dass Lynn und er den Zug gefahrlos verlassen konnten.

Adams musste zugeben, dass es eine unschätzbare Hilfe bedeutete, Ayita und Stephenfield bei sich zu haben. Er wusste, dass die Suche in erster Linie ihm und Lynn galt, und daher war es ungeheuer nützlich, von zwei so erfahrenen Profis begleitet zu werden, die ihren Weg auskundschaften konnten. Es beruhigte ihn auch, dass sie und nicht Lynn ihn zum CERN-Labor begleiten würden. Er hatte schon ein ungutes Gefühl dabei, dass Lynn bis hierher mitgekommen war, aber ihm war auch klar, dass sie auf keinen Fall in den Staaten geblieben wäre. Wenigstens konnte sie sich auf diese Art nützlich machen und war trotzdem relativ sicher.

Adams stand auf und wollte auf den Gang treten. Doch plötzlich erstarrte er, denn sein Blick hatte eine Bewegung an Ayitas linker Hand erfasst. Alle vier Finger richteten sich gerade aus; das Signal dafür, dass jemand dort war. Die Luft war *nicht* rein.

Während die anderen Passagiere weiter hinausströmten, blieb Adams, wo er war. Sehr bald würde er der Einzige in diesem Wagen sein, und wenn Lynn das Zeichen ebenfalls gesehen hatte, was er hoffte, würde sie in ihrem auch allein bleiben. Dann würden sie auffallen.

Ayita musste einen Grund gehabt haben, und Adams wusste, dass es nichts Gutes sein konnte. Er setzte sich in Bewegung und ging, so ruhig er konnte, durch die nächste Tür in Lynns Waggon. Wenn etwas passierte, wollte er bei ihr sein.

Durch das kleine Bullauge in der Tür sah er Lynn, legte die Hand auf den Türgriff und drückte ihn nach unten.

Und dann brach die Hölle los.

5

Eldridge war es leid, die beiden mit Samthandschuhen anzufassen. Inzwischen hatte er zu oft versucht, Adams und Edwards zu fangen, auf der Lauer nach ihnen zu liegen oder sie in eine raffinierte Falle zu locken. Aber damit war jetzt Schluss. Dieses Mal waren sie geliefert.

Er und sein Dutzend Männer, alles Topleute der Alpha-Brigade, hatten ihre Wagen mit laufendem Motor vor dem Bahnhof stehen gelassen, sprinteten jetzt durch die Türen und entsicherten dabei ihre Sturmgewehre. Eldridge hatte ihren Einsatz mit der städtischen Bahnpolizei abgeklärt, aber wenn die Beamten trotzdem versuchten, ihn aufzuhalten, hatte er kein Problem dabei, ein paar von ihnen auf seine Abschussliste zu setzen.

Er leitete den Sturm auf Bahnsteig 5, wo Inlandszüge ankamen und gerade ein Zug aus Zürich eingefahren war, und befahl seinen Männern, entlang des stehenden Zugs auszuschwärmen und die Waffen auf die Türen zu richten. Sie ignorierten die Aufschreie der Passagiere, die dicht gedrängt den Zug verließen, und konzentrierten sich stattdessen auf ihre Gesichter. Adams und Edwards waren nicht darunter. Aber dann ließ Eldridge den Blick über die Fenster schweifen, und ein Lächeln breitete sich über seinem Gesicht aus, als er seine beiden Zielpersonen sah. Und zwar in zwei verschiedenen Waggons. Perfekt.

Sekunden später wich das Lächeln von seiner Miene. Die Wucht, mit der die Kugel seine Schulter traf, riss seinen Oberkörper herum, während seine Füße wie angewurzelt stehen blieben. Schmerz raste durch seine Hüften und seine Brust.

Keuchend ging er zu Boden. Er sah, wie seine Männer sich umdrehten und auf einen Mann feuerten, der mit einer Pistole in der

Hand auf dem Bahnsteig stand. Dann hechtete er hinter einer metallenen Bank in Deckung.

Während Eldridge sich davon überzeugte, dass seine kugelsichere Weste die Kugel erfolgreich abgewehrt hatte, wurden zwei seiner Männer von Schüssen aus der entgegengesetzten Richtung getroffen. Eldridge drehte sich um und sah einen zweiten Mann, der aus einer Pistole auf sein Team feuerte. Er verschoss ein ganzes Magazin, ließ sich dann auf die Schienen fallen und benutzte den aus Beton gegossenen Bahnsteig als Deckung.

Aus dem Zug schauten Adams und Lynn, die sich inzwischen im selben Waggon befanden, entsetzt zu, wie die dreizehn bewaffneten Männer den Bahnsteig stürmten, und sahen bestürzt, wie Ayita und Stephenfield das Feuer eröffneten und selbst beschossen wurden.

Adams hatte genug gesehen. Er zog seine Pistole und zerschoss das Fenster gegenüber. Dann drehte er sich um, packte Lynn und zerrte sie auf die andere Seite des Zugs.

»Aber die anderen!«, schrie sie. »Wir können sie nicht zurücklassen!«

»Wir müssen«, fauchte er angewidert, weil er diese Entscheidung treffen musste. »Wenn wir bleiben, sind wir tot. Und was passiert dann, wenn sich das Wurmloch öffnet?«

Lynn hielt kurz inne, dann nickte sie und folgte Adams zu dem zerschossenen Fenster. Dabei waren ihre Gedanken immer noch bei Stephenfield und Ayita.

Hinter der Bank beobachtete John Ayita, wie Matt und Lynn über die andere Seite des Zugs flüchteten.

Er sah, dass Stephenfield seine Stellung hielt und sich hinter dem Rand des Bahnsteigs versteckte. Sein Freund richtete sich auf, gab drei Schüsse ab – von denen zwei ihr Ziel trafen – und ließ sich dann wieder fallen. Ayita schoss noch zweimal und hielt dann inne, um das Magazin zu wechseln. Währenddessen kam Stephenfield wieder hoch, hob die Waffe, und dann – und dann …

Ayita traute seinen Augen nicht, als er sah, wie der Kopf seines Freundes explodierte. Eine 9-mm-Kugel rasierte ihm die Schädelkuppe ab, und die rötlich-graue Gehirnmasse zuckte, als Stephenfield zurücktaumelte. Dann trafen ihn zwanzig weitere Schüsse in den Rumpf, und sein ganzer Körper bebte unter der gewaltigen Wucht der Einschläge.

Und dann wurde Ayita selbst getroffen; sein Knöchel schien vor Schmerz zu explodieren. Er blickte hinunter und sah die riesige Wunde in seinem Unterschenkel. Der Boden um ihn herum war mit Blut bespritzt.

Ayita spuckte auf den Bahnsteig. Er war verwundet, sein Freund war tot, aber er würde nicht kampflos aufgeben.

Zufrieden sah Eldridge zu, wie seine Männer den ersten Angreifer erledigten. Wahrscheinlich würde das den Mann hinter der Metallbank ablenken.

Von der Stelle aus, an der er auf dem Boden lag, konnte Eldridge unter der Bank gerade eben die Füße und Knöchel des Mannes erkennen. Daher legte er seine Maschinenpistole an und feuerte einmal. Er traf den Mann am Knöchel, doch der stürzte nicht, wie er gehofft hatte. Wer immer der Kerl war, er war ein zäher Hund.

Und dann trat der Mann hinter der Metallbank hervor. Nach seiner Miene zu urteilen, hatte er den Verstand verloren, und die Schusswunde an seinem Bein ignorierte er anscheinend. In diesem Moment erkannte Eldridge John Ayita, den Anführer der Schattenwölfe, den er nicht hatte finden können, als er kürzlich seine Liquidierung befohlen hatte. Damit war der andere Mann wahrscheinlich Samuel »Two Horses« Stephenfield gewesen, der Nachrichtenoffizier der Gruppe und ihr einziges anderes Mitglied, das sich erfolgreich Eldridges Todesschwadron entzogen hatte. Bis jetzt.

Ayita feuerte zielsicher und exakt aus seiner Pistole und schoss einen Mann nach dem anderen nieder. Aber das Ergebnis war unausweichlich; auch Ayita wurde schließlich von Eldridges Expertenteam erschossen. Die ersten Kugeln trafen Ayita in den Bauch, sodass er sich krümmte und die Waffe fallen ließ. Die nächsten vier schlugen in seiner Brust ein und zerrissen die inneren Organe. Aber der Krieger in ihm war noch nicht tot, und er kam weiter auf sie zu. Verblüfft sah Eldridge zu, wie Ayita in seinen Gürtel griff, ein Jagdmesser hervorzog und es über den Kopf hob. Mit einem wilden Kriegsschrei griff er die übrigen Männer auf dem Bahnsteig an.

Doch der Schrei blieb ihm im Hals stecken, als fast gleichzeitig weitere vierzig Kugeln seinen Körper trafen und ihn auf dem Bahnsteig mehr als drei Meter zurückschleuderten. Sein Rumpf war praktisch zerfetzt, und seine leblosen Augen starrten zu den Stahlstreben des Bahnhofsdachs hinauf.

Eldridge setzte ein Knie auf den Boden und stand dann ganz auf. Er sah durch das Zugfenster.

Verdammt! Adams und Edwards waren fort.

6

Adams versuchte, die Schüsse, die er hinter sich hörte, zu ignorieren, und rannte auf der anderen, vom Bahnsteig abgewandten Seite des Zuges über die Gleise. Vor ihnen stand ein weiterer Zug, der sich zur Abfahrt bereit machte. Die Türen auf dieser Seite waren geschlossen, aber Adams wusste, dass sie es schaffen mussten, wenn sie eine Chance haben wollten, den Bahnhof lebend zu verlassen.

Die Schießerei war immer noch im Gang, als sie den Zug erreichten. Adams packte Lynn, hievte sie auf das Trittbrett einer verschlossenen Tür und zog sich hinter ihr hoch, als der Zug gerade den Bahnsteig verließ.

So, wie sie sich an der Außenseite festklammerten, gaben sie ein leichtes Ziel ab, falls einer der Bewaffneten auf der anderen Seite beschloss, auf sie zu schießen. Daher half er Lynn, die kleinen Handgriffe neben der Tür zu erreichen, die eine Leiter bildeten, und bedeutete ihr, sie solle hinaufsteigen.

Und das tat sie. Als sie oben war, half sie ihm hoch.

Während der Zug das Ende des Bahnsteigs passierte und endlich den Bahnhof verließ, wälzte er sich aufs Dach.

Und dann hörten sie keine Schüsse mehr.

Eldridge sah, was Adams und Edwards vorhatten, und beorderte sofort ein paar seiner Männer zurück in die Autos, um Jagd auf sie zu machen, wenn es sein musste. Die anderen sollten zum anderen Bahnsteig rennen.

Unterdessen setzte Eldridge, während seine Zielpersonen über die Leiter auf den Zug kletterten, ein Knie auf den Boden, um sich zu stabilisieren, und setzte den Kolben seines Sturmgewehrs an die Schulter. Er zielte und drückte den Abzug.

Der Schuss verfehlte die beiden knapp und ging zwischen ihren Körpern hindurch. Aber das reichte, um Lynn aus dem Gleichgewicht zu bringen. Sie drehte sich auf dem instabilen Dach des fahrenden Zugs, glitt aus und rutschte über den Rand.

Augenblicklich reagierte Adams, packte ihren Arm, während sie über die Seite ging, und hielt ihr ganzes Gewicht, während sie vor einem Abteilfenster baumelte.

Er stemmte die Füße in das Metalldach, hielt sich mit der freien Hand an einem Vorsprung fest und begann sie wieder heraufzuziehen.

Eldridge fluchte, leckte sich über die Lippen und zielte neu.

Wieder drückte er den Abzug und sah befriedigt, dass die Kugel Adams' Arm durchschlug und Blut spritzte.

Adams spürte, wie der Schuss in seinen Arm einschlug, und sofort löste sich sein Griff.

Er sah zu, wie Lynn auf die Schienen stürzte, und wollte ihr nachspringen. Doch stattdessen platzte ihm fast der Kopf vor Schmerz, und ihm wurde schwarz vor Augen. Dann wurde er ohnmächtig und lag bewusstlos auf dem Dach des fahrenden Zuges.

Eldridge sah zu, wie seine Männer vom gegenüberliegenden Bahnsteig sprangen, die bewusstlose Evelyn Edwards aufhoben und sie von den Schienen trugen. Er legte noch einmal auf Adams an, dessen Körper über dem Rand des Zugdachs zusammengesackt war, aber der Zug bog um eine Kurve und nahm sein Ziel mit.

Nach einem Blick auf seine Männer auf der anderen Seite des Bahnhofs aktivierte er sein Mikrofon. »Tötet die Frau noch nicht«, befahl er. »Haltet diesen Zug an und sorgt dafür, dass der männliche Verdächtige zuerst tot ist. Bringt sie einstweilen hier herüber. Vielleicht haben wir noch Verwendung für sie.«

Der glühende Schmerz in seinem linken Bizeps weckte Adams schließlich. Zuerst baumelte sein Kopf noch benommen hin und her, doch dann ruckte er hoch, als ihm einfiel, wo er sich befand und was passiert war.

Den Schmerz in seinem Arm ignorierte er einstweilen, zog sich in eine Hockstellung hoch und sah am Zug entlang auf die Schienen zurück. Der Bahnhof Genf-Cornavin war jetzt nur noch ein kleiner Punkt in der Ferne, und Adams musste davon ausgehen, dass er eine ganze Minute oder noch länger bewusstlos gewesen war. Reichlich Zeit für Eldridge und seine Männer, um Lynn gefangen zu nehmen.

Sein ganzer Körper krampfte sich vor Zorn zusammen, und erst als er dadurch den Schmerz wieder spürte, sah er nach unten, um den Schaden an seinem Arm zu inspizieren. Die Wunde wirkte sauber; die 9-mm-Kugel war durch den Bizeps geglitten wie ein heißes Messer durch Butter. Der Knochen war unbeschädigt, aber die Wunde blutete stark. Er wusste, wenn er sie nicht bald stoppte, würde er durch den absackenden Blutdruck erneut ohnmächtig werden.

Obwohl sein Instinkt ihm befahl, den Zug sofort zu verlassen und zurück zum Bahnhof zu rennen, sagten ihm Jahre der Ausbildung und Erfahrung, dass er sich zuerst um die Verletzung an seinem Arm kümmern musste. Wenn er die Wunde nicht zur Priorität machte, schaffte er es vielleicht gar nicht, vom Zug hinunterzukommen.

Er zog seine Jacke aus und riss einen Hemdärmel ab, um die Wunde richtig sehen zu können. Dann trennte er auch den anderen Ärmel ab und wickelte ihn als feste Kompresse um die Schussverletzung. Anschließend riss er einen Hosensaum ab, schlang ihn um den provisorischen Verband und schnürte ihn zu einem festen Knoten. Er zog die Jacke wieder an, um die Verletzung zu verbergen. Nicht perfekt, aber es würde reichen.

Der Zug legte an Tempo zu, fuhr aber noch nicht zu schnell, um hinunterzusteigen. Er würde vorsichtig an der Trittleiter hinabklettern, bis er so tief wie möglich über den Schienen hing, um nicht zu hart zu fallen. Dann würde er springen. Er hoffte nur, dass sein Arm dabei mitmachen würde.

Und dann hörte er Reifen kreischen und laute, starke Motoren donnern und drehte sich um. Nur zwanzig Meter entfernt rasten zwei Audi-Geländewagen parallel zu den Schienen die Straßen der Stadt entlang und hielten mit dem Zug mit.

Instinktiv fuhr er zurück, als er sah, wie sich Gewehrläufe aus den Seitenfenstern der Autos reckten. Er stieß sich ab und wälzte sich rückwärts. Auf dem Zugdach sprühten Funken, als die Hochgeschwindigkeitsmunition auf das Metall traf. Die Schüsse jagten ihn über das Dach und schlugen so nahe bei ihm ein, dass er Kordit roch. Und dann hatte er das Dach ganz hinter sich gelassen und segelte auf der anderen Seite des Zugs durch die Luft.

Das war nicht der Abgang, auf den er gehofft hatte. Er versuchte, sich abzurollen, als er auf die Schienen traf, aber dennoch verschlug der Aufprall ihm den Atem und betäubte ihn kurz. Mit dem verletzten Arm fing er den Sturz ab und kämpfte gegen den Drang, den unversehrten zu benutzen. Der angeschossene Arm war bereits nutzlos, dachte er. Warum sollte er also riskieren, den noch funktionierenden zu verletzen? Es kostete ihn große Geistesgegenwart, mutwillig den verletzten Arm in Gefahr zu bringen, doch der durchdringende Schmerz schärfte seinen Verstand noch weiter und trieb ihn hoch und von den Gleisen. Er rannte zur anderen Seite, weg von Eldridges Männern.

Es gelang ihm, sie zu erreichen und über einen hohen Metallzaun zu springen, bevor der Zug ganz vorbeigefahren war, was seinen Verfolgern seine Position verraten hätte. Die Männer steckten auf der Straße fest. Da sie die Gleise nicht befahren konnten, würden sie ihre Fahrzeuge verlassen und ihn zu Fuß verfolgen müssen.

Hinter ihm befand sich eine weitere Barriere, und als er hinübersah, erblickte er unter sich eine Einkaufspassage. Ohne innezuhalten, sprang er darüber, hielt sich an den Metallträgern fest und rutschte mit den Beinen und seinem unverletzten Arm vorsichtig bis auf die Einkaufsebene hinunter. Er wusste, dass er per Satellit verfolgt werden würde, und erkannte, dass er die unterirdische Passage nutzen konnte, um ihn abzuhängen. Auf Überwachungskameras musste er trotzdem achten, doch daran war er gewöhnt.

Er reihte sich in die Pulks der Käufer ein, die durch die unterirdische Passage strömten, und versuchte, sich so normal wie möglich zu verhalten und dabei trotzdem Ausschau nach seinen bewaffneten Verfolgern und den unvermeidlichen Überwachungskameras zu halten. Dann fiel ihm ein Schild auf, das auf das unterirdische Parkdeck der Einkaufspassage hinwies. Das war genau das, was er brauchte.

Adams wusste, dass es sinnlos war, jetzt zum Bahnhof zurückzukehren, obwohl er von ganzem Herzen darauf brannte. Ayita und Stephenfield würden inzwischen tot sein, und Lynn … Aber darüber wollte er jetzt nicht nachdenken; wenn er noch zu etwas nütze sein wollte, durfte er das nicht. Er musste die Ereignisse im Bahnhof beiseiteschieben und sie in einem der hintersten Winkel seines Verstandes verbannen, um sich irgendwann in der Zukunft damit zu befassen.

Falls er diese Zukunft überhaupt noch erlebte, dachte er erbittert.

»Wir haben ihn verloren«, hörte Eldridge einen seiner Männer berichten. »Er ist vom Dach auf die Schienen gerutscht, aber bis wir die Autos verlassen hatten, war er schon lange fort. Wir haben die Umgegend abgesucht, aber keine Spur von ihm gefunden.«

Eldridge drückte zur Bestätigung zweimal auf das Funkgerät. *Verdammt.* Das Team in Area 51 hatte ihn schon darüber informiert, dass der Satellit ihn bis zu der unterirdischen Passage verfolgt und noch nicht wiedergefunden hatte. Entweder befand sich Adams noch irgendwo in der Passage – unwahrscheinlich, da seine Männer ihn nicht entdeckt hatten – oder ihm war irgendwie die Flucht aus diesem Areal gelungen.

Aber Eldridge hielt jetzt Evelyn Edwards als Geisel und war sich sicher, dass er sie als Druckmittel einsetzen konnte, falls Adams sich ihnen noch einmal in den Weg stellte.

Er drückte auf das Funkgerät. »Okay«, befahl er, »das war es dann. Macht euch auf den Weg zur Basis. Es ist fast so weit.«

»Ja, Sir«, hörte er die Bestätigung. Die Stimme des Mannes klang eifrig.

Eldridge wandte sich zur Seite, um Lynn Edwards anzusehen, die bewusstlos und in Handschellen neben ihm auf dem ledernen Schalensitz des Audis lag.

Eine von zweien war nicht schlecht, überlegte er. Jedenfalls würde es einstweilen reichen müssen.

Ohne dass einer der beiden Männer es ahnte, saß Adams nur ein paar Meilen hinter Eldridge am Steuer seines frisch gestohlenen Wagens. Er hatte ihn auf dem Parkdeck kurzgeschlossen und war jetzt unterwegs zum CERN. Nun war Schluss mit raffinierten Plänen oder Spekulationen über die nächsten Schritte ihrer Gegner. Dazu war keine Zeit mehr. Er würde einfach am Haupteingang des CERN vorfahren und verlangen, eingelassen zu werden.

Ihm war etwas eingefallen, was Professor Travers während ihrer improvisierten Geschichtsstunde tief unter Area 51 gesagt hatte, und daraus hatte er etwas entwickelt, das einem Plan zumindest ähnlich sah.

Er musste nur noch einen kurzen Zwischenstopp einlegen.

Als der große Audi den Haupteingang des CERN-Geländes in Mysen erreichte, war Lynn wach, obwohl sie sich das vor ihren Entführern nicht anmerken ließ.

Ihr erster Gedanke galt dem Kind. Ob es nach dem schweren Sturz unversehrt war? Doch deswegen konnte sie jetzt nichts unternehmen; das konnte nur die Zeit zeigen.

Aber was war mit Matt? Was war aus ihm geworden?

Mit halb geschlossenen Lidern sah sie sich im Wagen um, erkannte Eldridges massige Gestalt neben sich und begriff, dass sie mit Handschellen an ihn gefesselt war. Aber Matt war nirgendwo zu sehen, und sie fragte sich, was das zu bedeuten hatte.

War er entkommen? Das hoffte sie von ganzem Herzen. Aber was, wenn er gefangen genommen worden war und sich in einem anderen Wagen befand? Oder tot war? Doch die Tatsache, dass sie noch lebte, sprach dafür, dass das auch für Matt galt. Es war logisch, sie als Geisel zu halten, wenn sie ihn noch nicht getötet hatten.

Trotz ihrer misslichen Lage schenkte der Gedanke ihr Hoffnung. Wenn Matt lebte, hatten sie vielleicht noch eine Chance.

7

Eldridge sah auf Lynn hinunter. »Sie können ruhig aufhören, sich zu verstellen, und die Augen öffnen, Dr. Edwards«, sagte er schroff. »Ich weiß, dass sie schon wach sind, seit wir in der Stadt waren.«

Lynn schlug die Augen auf und starrte ihn an. »Scharfsinnig wie immer«, entgegnete sie sarkastisch.

Eldridge lächelte. »Ich glaube nicht, dass Sie in der Position sind, sich lustig zu machen«, sagte er tadelnd. »Wir haben Sie einstweilen leben lassen. Dafür sollten Sie dankbar sein.«

Sie ignorierte ihn, und sie fuhren schweigend weiter. Der Wagen passierte das Tor, das zum CERN-Labor führte; eine ziemlich bescheidene Absperrung, die den Eindruck machte, als schütze sie nichts anderes als ein normales, alltägliches Gewerbegebiet. Sie fuhren an gesichtslosen Bürogebäuden, provisorischen Baracken und gelegentlich einem größeren, aus Beton errichteten Laborkomplex vorbei. Lynn erstaunte es nicht, dass das Gelände, genau wie das Tor, sich absolut nicht von einem üblichen Industriegebiet unterschied.

In ihrer Zeit bei der NASA hatte sie gelernt, dass viele weltberühmte und hoch angesehene wissenschaftliche Anlagen, die sich die Öffentlichkeit gern aus makellosem, schimmerndem Edelstahl und modernster Elektronik bestehend vorstellt, in Wahrheit oft deprimierend banal wirkten. Offenbar machte das CERN da keine Ausnahme.

Nach ein paar Minuten hielten sie vor einem Bau, der offenbar das Verwaltungszentrum darstellte. Der Beifahrer vorn stieg aus und öffnete Eldridges Tür, worauf der Hüne ausstieg und Lynn hinter sich herzerrte.

Sie traten durch die schweren Eingangstüren, und Lynn sah

erstaunt, dass das Foyer um einiges luxuriöser ausgestattet war, als das Äußere vermuten ließ. Aber andererseits, überlegte sie, hing die Forschung, die hier durchgeführt wurde, zu einem großen Teil von Spenden und externer Finanzierung ab, und ihrer Erfahrung nach ließen sich Menschen, die die Schecks dafür unterschrieben, gern stilvoll bewirten.

Ein paar Leute gingen umher, und Eldridge achtete darauf, keine Aufmerksamkeit darauf zu lenken, dass eine Frau mit Handschellen an ihn gefesselt war. Der Sicherheitsmann am Empfang bemerkte es, nickte Eldridge aber nur zu.

Sie schwiegen weiter, während sie durch das Foyer gingen, und Lynn fielen die ersten Schilder auf, die auf den großen Teilchenbeschleuniger hinwiesen und in mehreren verschiedenen Sprachen gehalten waren. Sie bogen in einen langen Gang ein und folgten ihm bis zum Ende, und trotz der Umstände stellte Lynn fest, dass sie aufgeregt darüber war, hier zu sein. Der LHC war das wissenschaftliche Mekka der Welt, und sie hatte sich schon immer gewünscht, ihn zu sehen.

Eldridge bemerkte ihr Interesse und lächelte. »Sie wollen den Teilchenbeschleuniger sehen, was?«, fragte er. Als Lynn ihn ignorierte, sprach er trotzdem weiter. »Steht leider heute nicht auf dem Programm, Dr. Edwards. Aber was Sie gleich zu Gesicht bekommen, ist noch viel außerordentlicher, glauben Sie mir.«

Lynn hasste den Mann neben sich, aber sie hegte den Verdacht, dass er in diesem Fall sogar recht haben könnte.

Sie fanden den Aufzug am Ende des linken Gangs und traten hinein, ohne sich aufzuhalten. Eldridge drückte auf den Knopf für die Ebene, auf der sich, nur hundert Meter unter der Oberfläche, der Teilchenbeschleuniger befand. Sobald der Aufzug anhielt, zog Eldridge einen Kartenschlüssel hervor und steckte ihn in einen unauffällig angebrachten Schlitz, und der Lift setzte sich erneut in Bewegung, tiefer in die Eingeweide der Erde hinab. Lynn fühlte sich sofort an ihre unterirdische Fahrt in Area 51 erinnert.

Noch eine Minute später und bestimmt weitere hundert Meter

unterhalb der Tunnel des Teilchenbeschleunigers hielt der Aufzug schließlich endgültig.

Die Tür glitt auf und enthüllte einen riesigen, luxuriösen Konferenzraum. Er war voller Menschen, gut über hundert, und als Lynn die Gesichter betrachtete, meinte sie, viele davon zu erkennen.

Da war Scott Keating, der bekannte Hollywoodstar; Roman Parlotti, der berühmt-berüchtigte italienische Medienmogul; Kristina Nyetts, die Direktorin der weltgrößten Pharmafirma; Tony Kern, Sonderberater des US-Präsidenten und viele andere. Das waren also die Bilderberg-Hundert, und dazu kamen noch die Männer der Alpha-Brigade. Die mächtigsten Menschen der Welt, zusammengekommen in der Hoffnung, noch mehr Macht anzuhäufen, koste es, was es wolle.

Und dann schweifte ihr Blick in eine Ecke, und sie sah Samuel Atkinson, den Generaldirektor der NASA, der lässig an einer Champagnerflöte nippte und angeregt mit Stephen Jacobs plauderte, dem Schöpfer dieses ganzen wahnsinnigen Projekts.

Der Anblick ihres ehemaligen Vorgesetzten, eines Mannes, dem sie vertraut und der sowohl sie als auch ihr ganzes Team verraten hatte, zerschmetterte den Rest an Fassung, den sie sich noch bewahrt hatte. Da stand er und unterhielt sich mit Jacobs, als hätte er keine Sorge auf der Welt,

»Sie Bastard!«, schrie sie laut; und in dem Raum wurde es totenstill, als sie auf die beiden Männer zustürzen wollte.

Doch Eldridge, an den sie immer noch gefesselt war, riss scharf an den Handschellen, sodass sie unter Schmerzen zurückfuhr. Sie versuchte es noch einmal, aber Eldridge trat an sie heran, schnappte sie und hob sie hoch.

Atkinson sah sie an und schlug dann den Blick nieder, als ihm klar wurde, wer sie war. Jacobs dagegen empfand kein schlechtes Gewissen und lächelte ihr quer durch den Raum zu.

»Ah, Dr. Edwards«, erklärte er charmant, »wie nett, dass Sie sich zu uns gesellen. Und Sie haben Glück, denn sie kommen genau zur richtigen Zeit.«

8

Da es in dem Raum bereits still war, ging Jacobs gleich zu seiner Ansprache an die Anwesenden über.

»Meine Damen und Herren, wir sind hier zu einer außerordentlichen Mission zusammengekommen«, hob er an. Nachdem er zwei Lebensspannen lang öffentliche Reden gehalten hatte, wusste er, wie man sich die Aufmerksamkeit aller sicherte. »Und wir sind außerordentliche Menschen. Der Weg war lang und steinig; zwölf Jahre hat es gekostet, unsere kleine Gruppe auszuwählen, und fast siebzig sind seit dem ersten Kontakt vergangen. Seitdem haben wir auf dem ganzen Globus unseren Einfluss eingesetzt, um die gesamte Welt unter unsere Kontrolle zu bringen. So weit wir wissen, sind es nicht die Politiker, die die Macht ausüben. Denn wie lange kann ein Präsident an der Macht bleiben? In den Vereinigten Staaten höchstens acht Jahre. Eine Firma kann man *achtzig* Jahre lang lenken, und das Geld, das Kongress-Lobbyisten im Namen dieser Firmen bewegen, sichert mehr politischen Einfluss als der von zehn Präsidenten zusammen. Schauspieler, Sänger oder Schriftsteller verändern und beeinflussen die Kultur um uns herum in einem viel größeren Maße als Politiker in der Vergangenheit und Gegenwart, und das, ohne jemandem Rechenschaft schuldig zu sein. So, wie wir heute hier versammelt sind, stellen wir die hundert einflussreichsten Menschen der Erde dar; Menschen, die die Welt zu dem gemacht haben, was sie heute ist. Erreicht haben wir das durch alle Arten von Manipulation, durch Korruption und ja, manchmal auch durch Gewalt, aber erreicht haben wir es. In dieser Eigenschaft sind wir für die eintreffenden Anunnaki unverzichtbar. Wir beherrschen die Welt, wie sie heute ist. Wen sonst würden sie überleben lassen? Sie *brauchen* uns, daran sollten wir immer denken. Und bald werden wir unseren Lohn erhalten. Wir werden die Welt offen beherrschen und während der nächsten tausend Jahre in unvorstellbarem Luxus und Komfort leben. Die Welt, wie wir sie kennen, wird natürlich nicht mehr existieren; aber ist das so bedauerlich? Die Menschheit braucht eine Säuberung. Wir sind zu schwach geworden und müssen durch Leiden zu neuen Leistungen angespornt werden. Und so heiße ich unsere Besucher willkommen, die Anunnaki, die, wie wir nicht vergessen dürfen, unsere Vorfahren sind, die ursprüngliche Menschheit. Und so wollen wir ohne weitere Umstände«, schloss Jacobs und wies auf zwei vergoldete Türflügel, die sich hinter ihm erhoben, »zum ersten Mal betrachten, was durch unsere jahrelangen Bemühungen finanziert und geschaffen worden ist.«

Die Menge drängte auf die riesigen Türen zu, die jetzt von zwei uniformierten Wachen zeremoniell geöffnet wurden.

»Meine Damen und Herren, ich präsentiere Ihnen das erste kontrollierbare kosmische Wurmloch der Welt.«

Lynn spürte, wie Eldridge sie durch die Türen in den dahinterliegenden Saal zerrte. Doch das wäre nicht mehr nötig gewesen; sie *wollte* das sehen.

Sie keuchte auf, als sie durch die Tür trat.

Eine solche Hightech-Anlage hätte man vielleicht in einer der oberen Etagen erwartet. Der Raum war weitläufig, und Dutzende Techniker in makellos weißer Kleidung huschten zwischen Reihen von Monitoren umher. In dem Saal ging es geschäftig wie in einem Bienenstock zu, und doch war er so vollkommen klinisch rein, dass Lynn wider Willen beeindruckt war.

Und noch beeindruckender – wenn auch angesichts des Zwecks dieser Anlage noch besorgniserregender – war die Tatsache, dass das CERN mehrere tausend Wissenschaftler und andere Mitarbeiter beschäftigte, aber fast niemand etwas von der Existenz dieses Ortes ahnte.

Seine andere Hälfte wurde von einer Art Beobachtungsgalerie eingenommen, die sich zu beiden Seiten des Eingangs über gut sechzig Meter weit erstreckte. Davor befand sich ein riesiges Fenster aus Plexiglas, und auf der Galerie standen von einem Ende bis zum anderen luxuriöse, lederbezogene Polsterbänke.

Lynn versuchte, durch das breite Fenster zu sehen, aber alles, was sich auf der anderen Seite befand, war in Dunkelheit gehüllt.

Trotz ihrer Lage und des Bestimmungszwecks der Anlage war sie neugierig. Ein echtes, funktionsfähiges Wurmloch? Wie in aller Welt würde so etwas aussehen? Nicht einmal mit ihren hervorragenden wissenschaftlichen Kenntnissen konnte sie sich das vorstellen.

Während die versammelten Mitglieder der Bilderberg-Gruppe ihre Plätze einnahmen, schlenderte Professor Messier strahlend nach vorn.

»Meine Freunde«, begann er und klatschte vor Freude in die Hände, »erlauben Sie mir zuerst, Ihnen zu danken. Danke, dass Sie dazu beigetragen haben, dieses Projekt zu finanzieren. Seit den Anfängen des CERN im Jahr 1954 hat die Schaffung dessen, was Sie gleich sehen werden, den heutigen Gegenwert von sechs *Billionen* US-Dollar verschlungen, von denen der größte Teil von Mitgliedern der Bilderberg-Gruppe wie Ihnen aufgebracht wurde. Stephen hat bereits über die Bedeutung des Projekts gesprochen, daher möchte ich nicht weiter darauf eingehen. Ich werde es Ihnen lieber zeigen.«

Messier legte den Kopf zur Seite und mit einem Mal wurde der Saal hinter dem riesigen Aussichtsfenster in helles Licht getaucht.

Zufrieden registrierte er die überwältigten Mienen der Zuschauer.

Auch Lynn staunte über das, was sie sah. Sie hatte sich etwas Ähnliches wie den großen Teilchenbeschleuniger vorgestellt, eine riesige Maschine, die »Hightech« und »super-fortschrittliche Physik« nur so herausschrie. Doch hier befand sich nur eine gewaltige, kolossale, unterirdische Schlucht; ein wahrhaft gigantischer, tief in die Erde gegrabener Schacht, dessen Wände aus gewachsenem Fels sich in die Höhe und Breite erstreckten, so weit das Auge sehen konnte.

»Was ist das?«, hörte sie einen der hundert verwirrt ausrufen.

Messier hielt eine Hand hoch. »Ich weiß, ich weiß«, sagte er. »Das hätten Sie nicht erwartet, was? Keine Sorge, diese Höhle ist mit jeder Menge aufregender Metallteile übersät, die alle dazu dienen, Energie in ihr Zentrum zu leiten. Aber denken Sie einmal logisch darüber nach. Wir holen ein ganzes Volk her, ungefähr *zwölftausend* von ihnen. Im Weltraum befindet sich der Wurmlochgenerator, den sie geschaffen haben, außerhalb ihres Raumschiffs, und ihr ganzes Raumschiff wird hindurchfliegen und hierher zurückkehren. Und überlegen Sie mit Verlaub auch, dass ihr Raumschiff Atlantis, als es das letzte Mal auf Erden weilte, als ganzer Stadtstaat betrachtet wurde. Das dürfte Ihnen eine Vorstellung von seiner Größe verschaffen.

Das Raumschiff ist tatsächlich so groß, dass es diese gewaltige Höhle vollständig ausfüllen wird. Der Anblick wird unglaublich sein«, erklärte Messier mit leuchtenden Augen. »Wir werden die Rückkehr von Atlantis miterleben, die Wiederkehr einer uralten, prähistorischen Zivilisation, die Heimkehr der *Götter* der Menschheit und die Rückkehr unserer direkten biologischen Vorfahren. Alles auf einmal.« Er sah auf seine Armbanduhr. »Und all das wird innerhalb der nächsten Stunde geschehen.«

9

Adams steuerte seinen Wagen durch die Straßen von Maisonnex Dessus und erreichte schließlich den Haupteingang des CERN.

Das Wachhäuschen stellte kein großes Hindernis dar, aber sobald der Posten den Wagen sah, telefonierte er und rief zweifellos Eldridge oder einen seiner Kumpane von der Alpha-Brigade an. Doch Adams machte sich keine Sorgen; es gehörte zu seinem Plan, von der Brigade festgenommen zu werden.

Als er am Tor anhielt, kam der Wachmann aus dem Schuppen und trat argwöhnisch auf ihn zu. »Wenn Sie hier warten würden, Sir«, erklärte er nervös. »Es kommt gleich jemand.«

Adams nickte nur und wartete.

Und natürlich war sein Auto innerhalb von Minuten von einem Dutzend Bewaffneter umzingelt, die ihn alle schreiend aufforderten, auszusteigen und die Hände so zu halten, dass sie sie sehen konnten.

Adams fügte sich, stieg aus und legte beide Hände auf das Autodach, obwohl ihm das enorme Schmerzen im Arm bereitete.

Zwei der Männer durchsuchten ihn gründlich, drehten ihn wieder um und stießen ihn gegen den Wagen. Dann wichen sie zurück und hoben die Waffen; bereit, ihn auf der Stelle zu liquidieren.

Und dann war Commander Eldridge da und trug eine SIG Sauer in der fleischigen Hand.

»Mr. Adams«, sagte er freundlich. »So sehen wir uns wieder. Obwohl ich fürchte, dieses Mal muss ich es kurz machen. Wir müssen rechtzeitig zur Show zurück sein.« Lächelnd hob er seine Handwaffe.

Adams sah an dem Lauf entlang. »Warten Sie!«, schrie er, und sein eindringlicher Ton ließ Eldridge einen Moment zögern. »Ich habe Informationen über die Anunnaki.«

Eldridge schnaubte verächtlich. »Was könnten Sie wohl über sie wissen, von dem wir keine Ahnung haben?«

»Etwas, das Travers mir in Area 51 erzählt hat und das Jacobs nützen könnte. Ich will nur wissen, ob Lynn am Leben ist. Wenn ja, lassen Sie sie frei, und ich erzähle Jacobs alles. Wenn nicht, können Sie mich ebenso gut gleich erschießen.«

Adams beobachtete Eldridges Miene und sah, dass der Mann seine Optionen abwog. Abrupt klappte er ein Handy auf und wählte eine Nummer. Rasch berichtete er, was Adams ihm erzählt hatte, lauschte und wandte sich dann wieder an Adams. »Er ist nicht interessiert.«

»Sagen Sie ihm, es geht darum, woher sie kommen. Ursprünglich, meine ich. Das weiß Jacobs, glaube ich, nicht, oder?«

Adams erinnerte sich an Travers' Geschichtsstunde und wusste noch genau, wie er gesagt hatte, dass vor vielen Tausend Jahren auf der Erde plötzlich moderne Menschen aufgetreten seien, aber niemand – anscheinend nicht einmal die Anunnaki selbst – wisse, wie es dazu gekommen sei.

Eldridge setzte eine finstere Miene auf, gab die Nachricht aber an Jacobs weiter. Dann wartete er – übermäßig lange, wie es Adams vorkam – auf eine Antwort. »Ja, Sir«, bestätigte er schließlich und beendete das Gespräch. Er wandte sich an seine Männer. »Habt ihr ihn durchsucht?« Zwei seiner Leute erklärten ihm, sie hätten eine gründliche Durchsuchung vorgenommen, und Eldridge drehte sich wieder zu Adams um und musterte ihn argwöhnisch. »Na schön«, sagte er, »dann filzt ihr ihn eben noch einmal. Wir lassen ihn hinein.«

Jacobs hatte keine Ahnung, was für Informationen Adams haben konnte, wenn überhaupt. Ihm war klar, dass es sich wahrscheinlich nur um einen Trick handelte, um in die Anlage zu gelangen. Andererseits bestand die verschwindend geringe Möglichkeit, dass Travers ihm etwas erzählt hatte. Der Professor hatte sogar intensiveren Kontakt mit den Anunnaki gepflegt als er selbst.

Außerdem war er sich trotz der Zuversicht, die er vor seinen Gästen an den Tag gelegt hatte, bewusst, dass ihre Stellung nicht so gesichert war, wie er es dargestellt hatte. Die Anunnaki waren weit mächtiger als sie selbst, und niemand konnte garantieren, dass sie ihre Zusagen einhalten würden. Da konnte sich jede kleine Information, die ihm im Umgang mit dieser uralten Menschenrasse von Nutzen sein konnte, lohnen. Das Wissen um ihre Ursprünge konnte beispielsweise von großem Wert sein.

Und so verließ er die Zuschauergalerie und ging zurück in den Konferenzraum, wo er sich setzte und auf Matthew Adams wartete.

10

Minuten später wurde Adams in den Raum gestoßen und gezwungen, sich direkt gegenüber Jacobs auf einen Stuhl zu setzen.

Jacobs lächelte ihm herzlich zu. »Wir müssen wirklich aufhören, uns unter solchen Umständen zu treffen«, sagte er. »Aber ich fürchte, wir haben keine Zeit für Nettigkeiten. Kommen wir also zur Sache. Was ist das für eine Information, die Sie haben?«

»Ist Lynn noch am Leben?«

»Ja«, antwortete Jacobs einfach. »Wir haben es für das Beste gehalten, sie leben zu lassen; als Pfand für den Fall, dass Sie beschließen, herzukommen. Also, worin besteht die Information? Woher kommen die Anunnaki?«

»Erst, wenn ich sie sehe«, gab Adams zurück.

Jacobs nickte Eldridge zu, der Adams' Kopf packte, ihn auf die Glasplatte des Konferenztisches knallte und ihn dann wieder auf seinen Stuhl stieß. Blut lief ihm aus der Nase.

Adams hielt einfach nur schweigend Jacobs' Blick stand.

Jacobs beobachtete Adams ein paar Sekunden lang und suchte nach Anzeichen von Schwäche, fand aber keine.

Schließlich schnalzte er missbilligend mit der Zunge und gab Eldridge ein Zeichen. »Gehen Sie bitte Dr. Edwards holen«, befahl er resigniert.

Philippe Messier hatte sich in den Kontrollraum zurückgezogen, um die Inbetriebnahme des Wurmlochs zu überwachen, doch seine Stimme war aus den Lautsprechern, die über die Zuschauergalerie verteilt waren, weithin zu hören.

»In der Kammer wird eine enorme Energie generiert werden«,

erklärte er über das Lautsprechersystem. »Die Sicherheitsscheibe vor Ihnen ist fünfundzwanzig Zentimeter dick. Ohne sie und ohne den schützenden Fels, der die Höhle umgibt, würde diese ganze Ebene zerstört, sobald das Wurmloch aktiv wird. Aber keine Sorge.« Er lachte leise. »Dort, wo Sie sitzen, sind Sie sicher. Alles ist tausend Mal am Computermodell getestet worden.«

Lynn lachte auf ihrem Platz in sich hinein. Getestet? In einer Computersimulation vielleicht, aber wie würde die Wirklichkeit aussehen? Es war schwierig, Voraussagen über eine Technologie zu treffen, die noch nie zuvor eingesetzt worden war.

»Wir werden jetzt den Einleitungsvorgang starten«, erklärte Messier. »Sie werden einen Teil der Energie sehen, die wir erzeugen, indem wir die im Teilchenbeschleuniger über uns produzierte Antimaterie nutzen.«

Eine kurze Pause trat ein, als alle verstummten und die Lichter flackerten. Dann ließ sich ein Geräusch hören, das wie ein Generator klang, nur viel lauter. Es war ein lautes, tiefes, pochendes Brummen, das Lynns Körper traf wie ein Schlag in die Magengrube. Und dann verdunkelte sich das Licht auf der Zuschauergalerie erneut. Aber dieses Mal blieb es trüb, sodass die Kammer dahinter noch deutlicher zu erkennen war.

Sekunden später verlosch das Licht in der Höhle, und Lynn hörte um sich herum enttäuschtes Aufstöhnen.

»Warten Sie es ab«, sagte Messier. »Nur einen Moment noch.«

Und dann erschienen Lichter tief in den Weiten der höhlenartigen Decke des Saals. Zuerst waren es nur Funken, doch dann wurden sie größer, und jeder von ihnen war hell genug, um den ganzen Saal zu erleuchten. Bald tauchten diese Energiequellen die ganze Höhle immer wieder in Licht und wirkten wie gefangene Blitze, in denen eine gewaltige Energie zuckte.

Lynn war fasziniert. Da spürte sie eine Hand auf ihrer Schulter.

»Kommen Sie mit«, flüsterte Eldridge ihr ins Ohr.

Als er Lynn in den Raum treten sah, tat Adams' Herz einen Satz. *Sie lebte!*

Er nahm auch die Aufregung in ihrem Gesicht wahr, die sich zu einem schmerzhaften Zusammenzucken wandelte, als sie ohne viel Umstände auf den Stuhl neben ihm gestoßen wurde.

»So, Mr. Adams«, sagte Jacobs, »und jetzt sagen Sie mir, was Sie wissen.«

»Erst, wenn Lynn in Sicherheit ist«, entgegnete Adams. »Sie verlässt das CERN *sofort*, mit sicherem Geleit vom Gelände.«

Jacobs nickte Eldridge zu, der Lynn von ihrem Stuhl riss. Plötzlich hielt er ein Messer in der rechten Hand, mit dem er auf ihr rechtes Auge zielte.

»Oder Sie sagen es mir jetzt, und Eldridge wird darauf verzichten, der Schlampe die Augen auszustechen«, schrie Jacobs aufgebracht, denn er wusste genau, dass nebenan jetzt der Wurmlochgenerator in Betrieb genommen wurde.

Adams sah sich im Raum um. Die Tür vor ihm, die zur Galerie führte, wurde von zwei Männern der Alpha-Brigade bewacht, ebenso die Fahrstuhltür hinter ihm. Eldridge stand einen oder zwei Meter von ihm entfernt und hielt Lynn in seinem starken Griff, und direkt gegenüber, auf der anderen Seite des Tischs, saß Jacobs.

Über den Türflügeln, die zur Galerie führten, begann ein Licht zu blinken, und über ein Lautsprechersystem ließ sich eine elektronische Stimme hören. »Drei Minuten bis zum Öffnen des Wurmlochs«, erklärte sie emotionslos. »Alle auf ihre Stationen.«

Jacobs wandte sich an Eldridge. »Stechen Sie zu!«, befahl er. Er war die Spielchen leid.

Adams sah, wie es in Eldridges Augen aufblitzte, und reagierte einen Sekundenbruchteil vor ihm.

Die Pfeile befanden sich unter Adams' Gaumendach und waren daher nicht entdeckt worden, obwohl er zweimal durchsucht worden war. Das Holz hatte Adams zusammen mit einem Messer in einem Genfer Baumarkt erstanden und die Pfeile geschnitzt, bevor er zum CERN aufgebrochen war. Sie waren klein, aber schwer und sehr spitz. Er ließ einen vom Gaumendach auf die Zunge fallen, rollte sie ein und ließ ihn, so fest er konnte, aus seinem Mund schnellen.

Er hatte diese Technik als Junge gelernt und Hunderte von Stunden geübt, aus sechs Metern Entfernung ein zweieinhalb Zentimeter durchmessendes Ziel zu treffen, bis es ihm in Fleisch und Blut übergegangen war. Es war möglich, gefahrlos bis zu einem halben Dutzend vergifteter Pfeile im Mund zu halten. Allerdings hatte er in der kurzen Zeit, die ihm zur Vorbereitung zur Verfügung gestanden hatte, kein Gift auftreiben können. Aber er hatte die Pfeilspitzen mit Chili-Pulver bestrichen, und als der erste Pfeil in Eldridges rechtes Auge einschlug, taumelte der Mann vor Schmerzen zurück und brüllte, was seine Lungen hergaben.

Sofort ließ er Lynn los. Sein Messer polterte zu Boden, und er griff mit den Händen an sein verletztes Auge, während ihm durch den Schock des entsetzlichen Schmerzes die Knie weich wurden.

Adams wandte sich Jacobs zu. Er wusste, dass er nur einmal auf den Mann schießen konnte, bevor er es mit den Wachen zu tun bekam, und ließ einen weiteren Pfeil davonschnellen. Doch Jacobs reagierte schneller, als Adams erwartet hatte. Er sprang hinter dem Tisch in Deckung, und der Pfeil pfiff harmlos über seinen Kopf hinweg.

Adams bückte sich, hob Eldridges Messer auf und warf es quer durch den Raum nach den Wachposten an der Tür. Dann drehte er sich zu den beiden Männern am Aufzug um. Sie hatten die Waffen erhoben und zielten auf ihn, doch Adams schoss in rascher Folge zwei Pfeile ab, die die Männer beide ins Gesicht trafen. Sie setzten sie nicht außer Gefecht, reichten aber aus, damit die Wachleute ein paar kostbare Sekunden lang nicht auf ihn schossen.

Hinter sich hörte er einen erstickten Schrei, und als er sich umwandte, sah er, dass das Messer, das er geworfen hatte, in der Brust eines der anderen Wachmänner steckte. Mit verblüfft aufgerissenen Augen sank der Mann in die Knie, während sein Partner aus einer Automatik das Feuer eröffnete.

Adams und Lynn gingen hinter den Metallstreben des Glastisches in Deckung, und Jacobs rannte zu der Flügeltür.

Glas zersprang, und Kugeln prallten von den metallenen Tischbeinen ab. Adams zerrte den halb blinden Eldridge mit seinem verletzten Arm auf sich zu, versetzte ihm mit der anderen Hand einen Kinnhaken und schlug ihn bewusstlos. Dann griff er nach dessen Waffe, doch Lynn war ihm einen Schritt voraus. Sie hielt die Pistole bereits in der Hand und zielte auf die Männer am Aufzug.

Die beiden Wachposten hatten sich von den Pfeiltreffern im Gesicht erholt und hoben erneut ihre Waffen, doch sie wurden rückwärts gegen die Metalltür geschleudert, als Lynn vier Schüsse abfeuerte und jeden der Männer mit zwei Kugeln direkt in die Brust traf. Blut spritzte über den polierten Holzboden.

Adams warf Lynn kurz einen verblüfften Blick zu und drehte sich dann erneut zu der Doppeltür um.

»Verdammt!«, rief Lynn, als sie sah, wie Jacobs durch die Tür in die sichere Galerie dahinter verschwand. Der letzte Mann eröffnete erneut das Feuer auf sie, doch Lynn zog seine Schüsse auf sich, indem sie sich in eine Richtung davonwälzte und dabei zurückschoss, während Adams sich zur anderen Seite warf und seine letzten beiden Pfeile davonschnellen ließ.

Lynns Kugeln trafen den letzten Wachposten in die Hüfte und warfen ihn zur Seite, und dann kippte er nach hinten um, als Adams' Pfeile ihn beide in den Hals trafen.

»Zwei Minuten bis zur Öffnung des Wurmlochs«, verkündete die elektronische Stimme.

»Komm«, sagte Adams und stand auf. »Wir müssen dorthinein. Sofort!«

11

Die Aufmerksamkeit der Bilderberger konzentrierte sich ganz auf die Aussichtsfenster. Fasziniert sahen sie zu, wie die durch Antimaterie angetriebene Maschinerie in der riesigen Höhle vollständig aktiviert wurde. Grelle Lichtstrahlen drangen aus anscheinend jedem Winkel des fernen Dachs. Es sah aus, als tobe im Inneren der Kammer ein heftiges Gewitter. Alle konnten erkennen, welche gewaltigen Kräfte hier gezähmt wurden, und niemand hegte Zweifel daran, was sie hier miterlebten.

Doch dann flogen die Türflügel auf, die zum Konferenzraum führten, und Jacobs stürzte hinein, stolperte im Laufen und fiel auf die Knie.

»Versperrt die Türen!«, schrie er, doch in dem Dröhnen des Wurmlochgenerators ging seine Stimme ungehört unter.

Und dann öffnete sich die Doppeltür erneut, und Adams und Lynn stürmten hinein. Sie richteten Maschinenpistolen in den Raum und zielten damit an den Lederbänken entlang. Wie ein Mann ließen sich die Bilderberger zu Boden fallen. Schreie erklangen, und dann hoben die beiden Eindringlinge die Waffen und feuerten auf die Decke, und alle drückten sich noch flacher auf den Boden und nahmen die Köpfe hinunter.

Vier Männer – Mitglieder der Alpha-Brigade, die in diesem angeblich unangreifbaren Raum unbewaffnet waren – rannten auf Adams und Lynn zu, wurden aber sofort niedergeschossen. Ihre von Kugeln durchsiebten Leichen knallten zu Boden.

»Schalten Sie die Maschine ab!«, brüllte Lynn, so laut sie konnte. Als sich niemand rührte, schoss sie noch einmal, sodass die Kugeln nur Zentimeter über die Köpfe der Bilderberger flogen. »Abschalten!«, schrie sie noch einmal.

Immer noch reagierte niemand. Adams, der gesehen hatte, wie Jacobs in Deckung ging, sprang über die Bänke. Er riss ihn hoch und klemmte dem Mann den Lauf seiner Waffe unter das Kinn.

»Schalten Sie das ab«, flüsterte er, und die Drohung, die in seiner Stimme schwang, war ihm ernst. »Schalten Sie das ab, oder ich puste Ihnen auf der Stelle das Hirn weg, und Sie bekommen die Anunnaki nie zu sehen.«

»Eine Minute bis zur Öffnung des Wurmlochs«, ließ sich die elektronische Stimme wieder hören.

»Los jetzt«, wiederholte Adams noch nachdrücklicher.

»Sie können den Vorgang jetzt nicht mehr aufhalten«, erklärte Jacobs mit zusammengebissenen Zähnen. »Es ist vorbei.«

Adams wollte schon den Abzug drücken, als die Türflügel erneut aufflogen und Eldridge, in jeder Hand eine Maschinenpistole, hereinstürmte.

Halb blind, mit blutüberströmtem Gesicht und völlig außer sich vor Zorn eröffnete der Hüne sofort das Feuer und überzog die Zuschauergalerie mit einem Kugelhagel aus .04-Hochgeschwindigkeitsgeschossen.

Adams und Lynn sprangen in Deckung. Die Kugeln schlugen in das Schutzglas ein. Querschläger sprangen von dem Panzermaterial ab.

»Nein, Sie Idiot!«, schrie Jacobs vom Boden aus. »Sie bringen uns alle um!«

Aber Eldridge hörte nicht zu und eröffnete erneut das Feuer. Die Kugeln zogen eine Spur durch den Raum und zerschmetterten im nahe gelegenen Kontrollzentrum eine ganze Schaltfläche.

»Nein!«, kreischte Messier, rannte zu der Kontrolltafel und versuchte, sie zu retten. Doch sie war unwiederbringlich zerstört. Als er sich jetzt Eldridge zuwandte, war alle Hoffnung von seinen Zügen gewichen. »Was haben Sie getan?«, verlangte er zu wissen. Die Wissenschaftler um ihn herum rannten in blinder Panik im Labor umher.

Plötzlich hob sich die Panzerglasscheibe zischend aus ihrem

Rahmen, glitt hoch und neigte sich. Sie öffnete sich wie ein riesiges Klappfenster und Adams wurde klar, dass Eldridge den Betätigungsmechanismus getroffen haben musste.

Die Blitze in der Kammer dahinter wurden noch heller, und jetzt schrien die hundert Bilderberger richtig, denn sie erinnerten sich an Messiers Worte. Ohne das Schutzglas waren sie zum Tode verurteilt.

»Countdown minus dreißig Sekunden«, zählte die emotionslose Stimme weiter.

12

»Schließt das Fenster!« Aus Dutzenden von Mündern erklang derselbe Schrei. Auf der ganzen Zuschauergalerie brach das Chaos aus.

Doch das Fenster konnte nicht geschlossen werden. Es war zu groß und zu schwer, und Eldridges Kugeln hatten die Kontrolltafel vernichtet.

Und dann hatte Eldridge seine Waffen leer geschossen. Adams stürzte voran, riss ihn von den Füßen und schleuderte ihn gegen die Türflügel und weiter in den Konferenzraum. Eldridge setzte seine überlegene Körpergröße ein, um Adams umzudrehen und durch den Raum zu stoßen, bis er gegen das harte Metall der Aufzugtüren knallte.

Der Schmerz, der durch Adams' Schulter schoss, ließ ihn würgen. Und dann legte Eldridge einen seiner riesigen, fleischigen Unterarme über seinen Hals, drückte mit seinem ganzen Gewicht zu, quetschte ihm die Luftröhre ab und würgte ihn, sodass er langsam das Bewusstsein verlor.

Adams sah das irre Glitzern in Eldridges Augen und wusste, dass er nicht aufhören würde, bis er tot war. Er spürte, wie ihm schwarz vor Augen wurde und die Sauerstoffzufuhr zu seinem Hirn abgeschnitten wurde. Reflexartig streckte er die Finger aus und tastete suchend die Wand neben sich ab.

»Countdown minus zwanzig Sekunden«, verkündete die Stimme. Adams' Finger fanden den Knopf, nach dem er suchte. Er drückte darauf, und die Aufzugtüren öffneten sich. Der Druck auf Adams' Hals ließ nach, als die Männer hineintaumelten und auf den Metallboden stürzten.

Adams nutzte den Schwung des Falls, um den Fuß auf Eldridges Magen zu stellen und ihn über den Kopf zu werfen. Der gewaltige

Körper des Hünen krachte an die gegenüberliegende Wand des Aufzugs. Adams spürte, wie der Aufzug durch den Aufprall ins Schaukeln geriet. Dann schlossen sich die Türen, und der Lift schoss nach oben. Eldridges Körper hatte die Kontrollen getroffen.

Ein letztes Mal hörte Adams die elektronische Stimme.

»Countdown minus zehn Sekunden.«

13

In der Zuschauergalerie war die Aufregung über die Ankunft der Anunnaki blinder Panik und Grauen vor dem, was gleich geschehen würde, gewichen.

In der Kammer davor wurden die Blitze konzentrierter und dauerhafter, und in der Mitte der Höhle flossen Lichtstrahlen zusammen. Vor ihren Augen bildete sich auf dem Felsboden eine leuchtende Kugel.

Lynn sah zu und wusste mit einem Mal, was sie tun musste. Sie hatte keine Ahnung, warum oder woher sie das wusste. Aber sie war sich mit jeder Faser ihres Wesens darüber im Klaren.

Während alle anderen vor dem riesigen Fenster zu fliehen versuchten, bewegte sie sich darauf zu, bis sie schließlich auf die von Licht erfüllte Höhle zurannte.

Plötzlich legte sich eine Hand auf ihre Schulter und hielt sie auf. Sie drehte sich um und sah Jacobs, der sie mit entsetzter Miene anstarrte.

»Stopp!«, schrie er. »Nicht dorthinein! Sie werden alles ruinieren!«

Er streckte die Hände nach ihrem Hals aus und versuchte in seinem Wahn, sie zu erwürgen. Sein Gesicht war nur Zentimeter von ihrem entfernt, und endlich sah sie den Irrsinn in seinem Blick.

Sie hatte nicht einmal Zeit für ein Gefühl der Befriedigung, als sie den Abzug ihrer Maschinenpistole betätigte und Jacobs eine Garbe Kaliber .40-Kugeln in den Leib jagte. Stöhnend sackte er zu Boden, und seine Finger lösten sich von ihrem Hals und glitten zu seinem Bauch. Ungläubig sah er auf die Eingeweide hinunter, die ihm über die Hände quollen. Er blickte zu Lynn auf, doch sie hatte sich bereits abgewandt und marschierte auf das offene Fenster zu.

Und dann warf sie die Waffe beiseite und stieg auf den breiten Fensterrahmen. Sie beugte die Knie und atmete tief.

»Fünf«, verkündete die Stimme, »vier … drei … zwei … eins. Wurmlochöffnung.«

Zum ersten Mal seit vielen Jahren sprach sie ein Gebet. Dann sprang sie.

14

Der Aufzug schoss in die Höhe und brachte die beiden Männer aus dem Gleichgewicht; doch Adams erkannte, dass Eldridge nach seinem Aufschlag gegen die Wand noch benommen war.

Das nutzte er aus, indem er ihn zurückstieß und ihm dann die Verbindung zwischen Zeigefinger und Daumen auf die ungeschützte Kehle drückte.

Eldridge gurgelte, als sein Kehlkopf zerquetscht wurde, doch er warf sich nach vorn, umklammerte Adams und presste ihm mit seinen mächtigen Armen die Luft aus den Lungen. Blut begann, durch den provisorischen Verband an seinem Oberarm zu sickern, und ihm verschwamm alles vor den Augen.

Aber noch war er nicht geschlagen, und er wollte verdammt sein, wenn er aufgeben würde. Er stieß Eldridge scharf das Knie ins Gemächt, donnerte ihm die Stirn ins Gesicht und brach ihm die Nase. Doch Eldridge umklammerte ihn weiter und drückte noch fester.

Und dann begann der Aufzug zu taumeln und zu wackeln und schien an den Schweißnähten aufzureißen, und endlich ließ Eldridge los. Adams stürzte auf den Boden, der glühend heiß war. Offenbar wirkte von unten große Hitze darauf ein.

Reflexartig fuhr er zurück, und im selben Moment sackte der gesamte Boden der Kabine weg.

Instinktiv klammerte er sich am Handlauf des Aufzugs fest und sah zu, wie der Boden – und mit ihm Commander Flynn Eldridge – durch den Schacht, der von einem seltsamen grünen Glühen erfüllt war, nach unten segelte.

Eldridges Gesicht erbleichte vor Schock, als er durch den brennenden Schacht stürzte; und Sekundenbruchteile, bevor sein Körper auf die Flammen traf, trat endlich Furcht in seine Augen.

15

Gerade als die Blitze sich zu einer festen Masse zusammenzogen und die ganze Kammer in eine Kugel aus purer Energie hüllten, stürzte sich Lynn mit einem Hechtsprung hinein.

Da ihr fallender Körper das einzige Lebendige in der Kammer war, floss die Energie um sie herum zusammen und pulsierte wie ein weiteres Lebewesen. Sie stellte fest, dass sie in der Luft schwebte und sich die leuchtende Energiekugel um sie herum verfestigte und anfühlte wie eine warme Flüssigkeit. Das Licht wurde noch greller, und sie verlor jedes Bewusstsein davon, wer sie war und wo sie sich befand, jedes Gefühl für ihre Existenz.

Und dann wurde es schwarz um sie, und sie empfand gar nichts mehr.

16

Das seltsame grüne Glühen verglomm fast so schnell, wie es gekommen war. Adams hing am Handlauf des Aufzugs und sah auf den verkohlten, ausgebrannten Aufzugschacht und Eldridges zu einem Klumpen verformten Körper hinunter.

Vorsichtig berührte er die nackte Wand unter dem Aufzug und war erstaunt darüber, dass sie sich kühl anfühlte. Er tastete umher und stellte fest, dass alles kalt war, als hätte es nie gebrannt.

Langsam ließ er sich aus der Kabine hinunter und kletterte an Handgriffen, die im Schacht angebracht waren, nach unten.

Unten angekommen, betrachtete er Eldridges Leiche. Es sah aus, als wäre das Fleisch säuberlich von den Knochen gekocht worden. Bei dem Geruch würgte er beinahe.

Was mochte aus Lynn geworden sein, als diese Energie durch die gesamte Ebene gerast war? Er konnte sich fast nicht überwinden, zurückzugehen, doch er wusste, dass er es tun musste.

Ob die Anunnaki dort sein würden?

Adams schluckte heftig und ging weiter. Es gab nur eine Möglichkeit, das herauszufinden.

Er erreichte den Konferenzraum und stellte fest, dass die Wand, die ihn vom Kontrollraum und der Zuschauergalerie trennte, nur noch eine zerschmetterte Hülle war. In dem Saal dahinter rührte sich nichts. Überall lagen Leichen, und bei den meisten war das Fleisch von den Knochen gebrannt. Er eilte weiter zu den riesigen Fenstern. Dann stand er an dem Sims und spähte in die dahinterliegende Höhle. Sofort erkannte er, dass sich dort kein »Mutterschiff« befand. Keine Spur von dem in ein Raumschiff verwandelten Atlantis oder den zur Ausrottung der Menschheit angetretenen Anunnaki.

Aber wo war Lynn? Adams wandte sich von der Höhle ab und betrachtete die Dutzenden verstümmelten Leichen.

Er biss die Zähne zusammen und begann mit seiner Suche.

17

Eine Stunde später hatte er alle Leichen inspiziert und sich davon überzeugt, dass Lynn nicht unter ihnen war. Wo steckte sie? Hatte sie irgendwie fliehen können? Er hoffte es von ganzem Herzen.

Aber was war hier passiert? Offensichtlich hatte sich die Energie auf die Höhle konzentriert – an ihren Wänden waren die gleichen Brandspuren zu sehen wie überall auf der zerstörten unterirdischen Ebene –, und trotzdem hatte sich das Wurmloch nicht geöffnet.

Oder doch?

Er dachte noch einmal über Lynns Verschwinden nach und betrachtete die Höhle jetzt mit anderen Augen.

Lynn war am Leben, das wusste er. Er hatte keine Ahnung, wo das sein mochte, aber irgendwo im Universum war sie noch am Leben.

Und er würde nicht ruhen, bis er sie gefunden hatte.

5. Teil

1

Lynn erwachte, und sofort huschten ihre Hände zu ihrem Bauch. Sicher konnte sie sich nicht sein, aber er fasste sich normal an, und das würde für den Moment reichen müssen.

Aber wo war sie? Es war dunkel, und der Boden unter ihr fühlte sich uneben an.

Ob sie sich noch in der Höhle befand? Sie sah nach oben und erblickte die Sterne. Nein, sie war irgendwo im Freien.

Aber was war passiert? Offenbar hatte ihre Anwesenheit in der Kammer die Mechanik des Wurmlochs verändert, sodass es sich anders als geplant verhalten hatte.

Mit einem Mal kam ihr der unangenehme Gedanke, dass sie überall im Universum sein konnte, an jedem möglichen Ort.

Ruckartig legte sie den Kopf in den Nacken, um die Sterne noch einmal zu betrachten, und war sofort beruhigt. Keine Frage, sie befand sich noch auf der Erde. Genauer gesagt, auf der Nordhalbkugel, denn sie erkannte den vertrauten Anblick des Großen Wagens, des Gürtels des Orion und der Venus, die alle an ihrem gewohnten Platz am Himmel standen. Und als sie sich umwandte, erblickte sie hinter sich den Mond in seiner ganzen Pracht, der sie in sein Licht tauchte. Außerdem, wurde ihr klar, wäre es unwahrscheinlich, dass sie die Atmosphäre eines fremden Planeten atmen könnte.

Doch sie wusste immer noch nicht, wo sie war, daher setzte sie sich in Bewegung und untersuchte im Gehen die Landschaft, die sie umgab.

Aber bald wurde sie müde, so schrecklich müde, und spürte das Bedürfnis, sich hinzulegen. Im Windschatten eines großen Felsens fand sie eine Stelle, die ihr sicher erschien, legte ihre Jacke als behelfsmäßiges Kissen auf den Boden und war innerhalb von Sekunden eingeschlafen.

Als sie am nächsten Morgen erwachte, schien die Sonne.

Sie schüttelte sich die Spinnweben vom Kopf, doch dann fiel ihr plötzlich ein Geräusch auf. Es war merkwürdig und ähnelte nichts, was sie je zuvor gehört hatte: ein eigentümlicher, schabender Laut wie das Knurren einer Eidechse.

Sie sah sich um und riss dann die Augen auf, als sie die Tiere auf dem Kamm des kleinen Hügels sah, der vor ihr lag. Es waren riesige, pelzige Wesen. Sie sah zu, wie sie durch die kahle Landschaft zogen, und war sich sicher, noch nie dergleichen gesehen zu haben. Oder doch?

Lynn blickte zur Sonne auf, als müsse sie sich vergewissern, dass sie sich weiterhin auf der Erde befand.

Sie stand auf und setzte sich erneut in Bewegung. Sie ging und ging. Anscheinend befand sie sich in einer wüstenhaften Einöde. Stundenlang, bis zur Erschöpfung, wanderte sie und hatte bis auf diese ersten seltsamen Wesen immer noch kein Zeichen von Leben entdeckt, und auch keine Spur von menschlicher Besiedlung.

Sie setzte sich und musterte die Wüstenlandschaft. Die Büsche, die sie sah, wirkten vertraut, aber was wusste sie schon über Wüstenpflanzen? Nicht viel. Aber diese Tiere ließen ihr keine Ruhe und erinnerten sie an etwas, das sie schon einmal gesehen hatte; in einem Schulbuch oder vielleicht in einem Lehrbuch an der Universität. Aber über welches Fachgebiet?

Als ihr endlich die Antwort aufging, traf sie Lynn wie ein Hammerschlag.

2

Im Lauf der nächsten paar Tage zog sie weiter durch die Landschaft und erreichte schließlich einen Fluss, der kräftig durch das sonst ausgedörrte Terrain strömte. Das war eine große Hilfe, und sie beschloss, in der Nähe des Wassers zu bleiben. Sie würde in der Wüste so viel Nahrung sammeln, wie sie konnte, und das wunderbare, klare Nass aus dem Fluss trinken.

Und dann, eines Tages, sah sie sie, zunächst aus einiger Entfernung. Eine Gruppe von einem halben Dutzend näherte sich dem Wasser. Sie versteckte sich hinter einem Felshaufen und beobachtete sie. Die Wesen gehörten einem Typus an, den sie mit graueneinflößender Gewissheit erkannte.

Sie gingen aufrecht, auf zwei Beinen, und waren ungefähr einen Meter fünfundsechzig groß. Der größte Teil ihrer muskulösen Körper war mit Haar bewachsen. Ihre Züge sahen ihren eigenen und denen von Menschen, die sie kannte, nicht unähnlich, aber es waren keine *Homo sapiens.*

Sie sah zu, wie sie Wasser tranken und gemächlich eine Stunde lang badeten. Die Wesen kommunizierten mit einer Mischung aus Grunzen und Pfiffen. Und dann verließen sie schließlich den Fluss und tappten an den unbekannten Ort, von dem sie gekommen waren, zurück.

Dadurch, dass sie sie wiedererkannt hatte, begann sie zu verstehen, was passiert war. Um ihre Hypothese auf die Probe zu stellen, sah sie während der nächsten paar Nächte zu den Sternen auf und maß ihre Bewegungen, so gut sie konnte.

Nach mehreren Nächten war sie sich sicher; entsetzt, aber sicher.

Die Wesen, die sie am Fluss gesehen hatte, kamen in vielen Büchern über die menschliche Evolution, die sie in Harvard gelesen, und mehreren, die sie während ihrer neuesten Recherchen studiert hatte, an prominenter Stelle vor.

Sie gehörten der ausgestorbenen menschlichen Unterart *Homo neanderthalensis* an.

Diese Erkenntnis bestätigte auch, dass die gewaltigen bepelzten Wesen, die sie an jenem ersten Tag gesehen hatte, Riesenfaultiere gewesen waren; Tiere, die ebenfalls seit langer Zeit ausgestorben waren.

Mit Astronomie kannte sie sich besser aus als mit Paläontologie, doch hatte sie nur dazu gedient, ihre Befürchtungen zu bestätigen.

Der Nachthimmel blieb im Lauf der Zeit ziemlich gleich, doch über sehr lange Zeitspannen kam es doch zu kleinen Veränderungen, die sich sogar mit bloßem Auge beobachten ließen. Sie wusste, dass der Neandertaler vor Zehntausenden von Jahren ausgestorben war, aber das trug nicht dazu bei, sie auf die Schlussfolgerung vorzubereiten, die sie aus ihren Sternenbeobachtungen zog. Denn die Position der Sterne am Himmel war so, wie sie vor *zweihunderttausend* Jahren gewesen sein musste.

Sie war tatsächlich in das Wurmloch geraten, aber statt die Struktur des Kosmos so zu verformen, dass die Anunnaki durch den Raum transportiert wurden, hatte es stattdessen Lynn in eine andere Zeit versetzt.

Als sie über das Geschehene nachdachte, kamen ihr unwillkürlich Professor Travers' Worte in den Sinn.

»Ja«, hatte er gesagt, als sie ihn nach den Anunnaki ausgefragt hatten, »und fragen Sie mich nicht, wie sie auf diese Stufe der Evolution gelangt sind, denn das wissen sie selbst nicht. In einem Moment lebten auf der Erde noch andere Spezies der Gattung *Homo*, unter anderem *ergaster, heidelbergensis, rudolfensis, habilis, neanderthalensis,* und im nächsten haben wir den *Homo sapiens sapiens,* und zwar nicht nur körperlich, sondern auch geistig voll ausgebildet.«

Und als sie am Flussufer saß und einmal mehr die Hand auf ihren Leib legte, in dem Matthew Adams' Kind heranwuchs, begriff Evelyn Edwards endlich alles.

Danksagungen

Ich möchte gern den folgenden Personen für ihre Hilfe auf dem Weg zur Veröffentlichung dieses Buchs danken: meinen Eltern, weil sie immer an mich geglaubt haben; meinem fantastischen Agenten Luigi Bonomi sowie Thomas Stofer und dem Rest des Teams bei LBA; meinem großartigen Redakteur Alexander Hope und allen bei Headline Publishing; Dr. Jeffrey D. Means von der Universität Wyoming; Matthew B. Barr und den Angestellten des Institute for American Indian Studies; meinem Freund Tom Chantler für seine wertvolle Hilfe und seinen wissenschaftlichen Rat und meiner Frau Justyna, ohne deren beständige Unterstützung, Ermunterung und kreativen Input dieses Buch nie geschrieben worden wäre.

Du wohnst neben ihnen. Du glaubst, sie zu kennen. Ein fataler Fehler.

Alison Littlewood
WINTERS HERZ
Roman
Aus dem Englischen
von Wulf Bergner
336 Seiten
ISBN 978-3-404-16941-2

Cass und ihr Sohn Ben ziehen nach Darnshaw: ein ruhiges und abgelegenes Städtchen. Die Bewohner nehmen sie freundlich auf, doch schon bald erweist sich ihre Herzlichkeit als trügerisch. Immer stärker drängen sie in Cass' und Bens Leben, ziehen den Jungen immer mehr in ihre Fänge. Als der Wintereinbruch Darnshaw von der Außenwelt komplett abschneidet, geht das Grauen erst richtig los. Cass erkennt, dass Ben in großer Gefahr ist und die Bewohner einen schrecklichen Plan verfolgen.

Bastei Lübbe Taschenbuch